MÉMOIRES D'UN REPTILE

"Actes noirs"

Ouvrage traduit avec le concours de NORLA
(Norwegian Literature Abroad)

NORLA
Norwegian
Literature Abroad

Titre original :
Krypdyrmemoarer
Éditeur original :

Publié avec l'accord de l'Oslo Literary Agency

ISBN 978-2-330-17201-5

SILJE O. ULSTEIN

Mémoires d'un reptile

roman traduit du norvégien
par Frédéric Fourreau

ACTES SUD

Je est un autre.

Arthur Rimbaud

I

LIV

Ålesund
Mercredi 16 juillet 2003

Son corps, la première fois, était un paradoxe. Comme une roche grise vivante, ou du papier de verre doux. Il était dur et mou en même temps. Rugueux et lisse. Lourd et léger. La première chose qui m'a frappée, c'est à quel point il était chaud. Comme si je m'étais imaginé que son corps serait froid au-dedans comme au-dehors. Ou comme si je n'avais pas voulu croire qu'il était en vie. J'apprendrais seulement plus tard qu'il n'émettait pas sa propre chaleur, mais qu'il absorbait celle qui l'entourait.

Je le tenais dans mes bras, et bien qu'il fît quasiment un mètre de long, ce n'était encore qu'un juvénile. Il leva la tête, s'appuya contre mon bras, tourna vers moi ses yeux brillants. Peut-être essayait-il de comprendre ce que j'étais ? Si j'étais une proie ou un ennemi. Sa langue fourchue vibra légèrement dans l'air et il commença à remonter lentement le long de ma poitrine, en direction de ma gorge. Là, il se figea en plein mouvement et ses yeux de pierre, morts, fixèrent les miens. Je regardai directement dans sa pupille étroite, sans un battement de cils, sans intention de détourner les yeux. On aurait dit qu'il cherchait toujours à établir une forme de connexion, bien que toute communication fût impossible entre nous.

Il avait quelque chose de flottant, sa capacité à garder une grande partie de son corps suspendue en l'air sans que ça ne semble lui coûter le moindre effort. C'était comme s'il n'avait pas besoin d'être en contact avec quelque chose de terrestre, mais qu'il était capable, s'il le voulait, de rester simplement dans un état d'apesanteur permanent. La simple pensée d'avoir un tel contrôle sur son propre corps me paraissait inconcevable, au point que j'en avais le tournis. Je levai mon bras et il y demeura suspendu comme à une branche, scrutant mon visage.

— Il vous aime bien, dit la femme à l'accent américain en me reconduisant dans le grenier froid où étaient alignées, le long du mur, des cages contenant toutes les espèces possibles d'animaux. – Sa voix laissa transparaître un certain amusement. – Il vous plaît ? C'est l'impression que ça donne.

Plaire. Non, ce n'était pas le terme approprié. J'aurais pu l'utiliser pour parler d'une jolie veste. Là, il s'agissait de quelque chose de totalement différent.

— Je peux le tenir ?

— Hé, qu'est-ce que t'attends pour me le donner ?

Ingvar et Egil l'observaient, l'un à ma droite, l'autre à ma gauche. J'avais presque oublié qu'ils étaient là. Ingvar avait deux ans de plus qu'Egil, une barbe et des cheveux longs bruns comme les miens, tandis que ceux d'Egil étaient blonds et coiffés avec du gel. Pourtant, à ce moment précis, ils ressemblaient à des jumeaux préadolescents. Dans leur cas, le terme "plaire" convenait tout à fait. Le serpent leur plaisait à tous les deux, comme leur aurait plu un groupe de musique ou une marque de bière, ou toute autre chose susceptible d'attiser leur intérêt. Mais moi, qu'est-ce que j'éprouvais ? Un sentiment maternel ? De l'amour ? Un lien interespèces. Lorsque je baissai les yeux sur son petit visage, si près du mien, j'eus l'impression qu'il me regardait avec confiance, ou compréhension.

L'idée nous était venue peu de temps auparavant. À 5 heures du matin, le séjour de l'appartement en sous-sol le plus cool d'Ålesund, où la lampe à lave régurgitait des boules rouges jour et nuit, était saturé de fumée. Nous n'étions plus qu'un petit groupe dans la pièce qui, quelques heures plus tôt, avait été pleine à craquer. La soirée était presque terminée, mais pas tout à fait. L'ambiance était détendue, une odeur douceâtre flottait dans l'air, et Egil, qui, pendant toute la soirée, avait envoyé du 50 Cent et du OutKast à plein volume, avait déroulé les manches de sa chemise et retrouvé son calme, assis sur la moquette, un bras autour des épaules d'une fille qui étudiait probablement avec lui à la BI Norwegian Business School.

J'étais moi-même de bonne humeur, grâce à un des puissants joints d'Ingvar, et m'étais retirée à l'intérieur de ma coquille. J'étais affalée dans le canapé, concentrée sur la sensation du plafond qui s'abaissait et s'élevait, comme s'il respirait. J'avais décidé de rester ainsi jusqu'à ce que je m'endorme, et j'étais bien partie pour, lorsqu'un garçon surgit de nulle part. Il était sorti je ne sais où, puis était revenu à l'appartement, il connaissait Ingvar, ou peut-être Egil, ça ne m'importait guère. Quand je repensai à lui, plus tard, je fus incapable de me souvenir de son visage, je me rappelai juste qu'il était assis par terre, sa tête près de la mienne, et qu'il voulait parler avec moi, mais que j'étais surtout occupée à regarder le plafond respirer. Après plusieurs tentatives vaines pour établir le contact, il avait fini par se lever et aller s'asseoir avec les autres.

Je m'endormis, ou alors je ne fis plus qu'un avec le plafond, cessant d'exister, puis je revins brusquement à la réalité. C'est le cri d'Ingvar qui m'avait réveillée. La fille que draguait Egil était à moitié dissimulée derrière son dos, les mains sur les yeux, tandis que lui avait le regard rivé sur la télé. À l'écran, il y avait un homme dans une mare de boue, quelque part dans la jungle, en train de tirer quelque chose hors de l'eau. C'était un serpent aux écailles luisantes, de la grosseur d'un alligator, mais beaucoup plus long. Le serpent était de plus en plus gros à mesure que l'homme le sortait de l'eau. Sa peau était marron, noir et jaune. *"The Great Python !"*, hurla l'homme en tirant un tronçon encore plus gros et volumineux. *"This is a big snake !"* Il cria : "Sa tête, voilà sa tête !" Accent australien et mouvements vifs. Tout à coup, le serpent ouvrit la gueule. Il se jeta sur lui, furieux. L'homme recula, lâcha un cri étouffé. Le serpent le suivit.

Je déglutis. J'entendis le rire nerveux et les jurons d'Egil dans le lointain. Les battements de mon cœur dominaient tout le reste, remplissaient la pièce du son de mon sang. Mes joues s'embrasèrent, mes mains devinrent moites. Je n'avais pas l'habitude de sentir mon corps aussi distinctement. Du moins, pas de cette manière. Il y avait quelque chose dans les mouvements souples du serpent, dans la force musculaire cachée sous ses écailles lisses. Je me sentais attirée vers cet écran, où l'homme venait de sortir un appareil photo des buissons et s'était mis en position pour prendre des clichés de l'énorme animal. Soudain, le serpent et moi bâillâmes presque à l'unisson. Nous étirâmes le cou, dévoilant une cavité buccale profonde et tendre avec de petites dents qui ne semblaient faire qu'une. Un palais mou et une langue qui ondulait dans l'air. Puis nous frappâmes. La pièce résonna de terreur et d'enthousiasme lorsque nous enfonçâmes nos dents dans un bras épais et velu.

"J'ai cru que j'allais mourir, dit l'Australien. J'ai bien cru qu'il m'avait chopé." Il était maintenant assis dans une chaise pliante, avec une tente en arrière-plan. "Et il aurait réussi. Si sa mâchoire inférieure s'était pas accrochée dans mon pantalon. J'aurais eu aucune chance contre lui."

La séquence du serpent mordant l'homme repassa plusieurs fois en accéléré. La gueule rose et béante se projeta en avant, encore et encore, en accéléré, puis au ralenti, si bien que je pus voir comment le serpent mordait, cette dent rose clair qui se ficha dans le tissu et, pour finir, le relâcha. La pensée de cette dent, de ce que l'on devait ressentir si on la touchait du bout des doigts. Je fermai la bouche. Déglutis.

— Je sais où on peut en trouver un, dit l'inconnu, celui qui avait débarqué de nulle part. Pas aussi gros que celui-ci, bien sûr, mais je sais où on peut acheter des serpents du même genre, des plus petits, des jeunes.

Quand j'y repense, que j'essaie de me rappeler à quoi il ressemblait, tout ce qui me revient c'est une tête sans traits, sans yeux, ni visage, ni bouche. Mais je me souviens du silence qui suivit, le temps d'un instant. Egil se tourna vers moi et m'adressa un grand sourire. Je tentai bien de le lui rendre, sans parvenir à atteindre la même intensité. Je craignais qu'il remarque à quel point je respirais vite, comment je déglutissais et que j'avais les joues en feu. J'acquiesçai lentement. Egil se tourna vers Ingvar, qui avait le même sourire aux lèvres. Il hocha la tête, lui aussi. Nous avions pris notre décision. Nous aurions un serpent.

La soirée s'anima de nouveau, la pièce se remplit de rires et de voix. Le type inconnu sortit un appareil photo numérique argenté et prit des photos de nous tous. Moi, Ingvar, Egil, la fille et le garçon, devant l'écran de télévision avec l'image figée d'un python de six mètres de long.

Le nouveau membre de la famille était un python molure long de seulement un mètre. Ce n'était encore qu'un bébé. Malgré tout, j'étais déjà amoureuse de cette créature. J'avais l'impression de planer dans l'air au-dessus d'un précipice, et c'était étrangement agréable. Avant de le transmettre à Egil et à Ingvar, je le soulevai devant mon visage et lui murmurai : "Tu viens à la maison avec moi."

Ce n'était sûrement que mon imagination, mais il me sembla le voir acquiescer.

MARIAM

Kristiansund
Vendredi 18 août 2017

— Maman, tu peux me l'acheter ?

Iben brandit une bande dessinée dans des tons pastel flashy. Le personnage de la couverture représente une zombie sexy avec des lèvres scintillantes et surdimensionnées qui font la moue. D'habitude, c'est Tor qui l'accompagne dans les boutiques. Je préfère être seule quand je fais du shopping, mais aujourd'hui, c'est notre journée "entre filles". C'est moi qui en ai eu l'idée. La rentrée a lieu lundi et j'avais envie d'emmener moi-même notre future collégienne acheter de nouveaux vêtements et des fournitures scolaires. Je voulais que l'on passe plus de temps ensemble dans l'espoir que nous nous rapprochions. Plus elle grandissait, plus nos rapports devenaient difficiles, voire distants.

Nous sommes au centre commercial de Storkaia depuis presque trois heures. Iben s'est acheté un ensemble et choisi un pantalon moulant et un petit haut en dentelle très élégant avec un bouton sur la nuque. Et aussi des chaussures roses et un sweat à capuche assorti qu'elle a voulu mettre aussitôt. Nous avons passé du temps devant les miroirs des boutiques de vêtements, fait des selfies et nous sommes bien amusées. À un moment, nous avons trouvé un pull à sa taille quasiment identique au chandail en cachemire que je porte, et nous avons pris des photos que nous avons envoyées à Tor. Iben me rappelle beaucoup celle que j'étais à son âge.

Parfois, ça me déplaît de voir à quel point nous nous ressemblons, mais aujourd'hui c'était très agréable. Après notre séance de shopping, nous avons mangé une glace à la cafétéria. Je lui ai posé quelques questions anodines auxquelles elle a répondu volontiers. Nous avons discuté de chevaux pendant un moment. Elle a une amie qui fait de l'équitation et elle aimerait bien en faire aussi. Je lui ai promis que j'en parlerais à Tor, mais elle m'a souri comme si je lui avais déjà donné la permission.

Iben est très belle avec ses boucles blondes qui lui tombent devant les yeux, son nez étroit et ses lèvres fines. Le contraste est saisissant avec ce personnage absurde de bande dessinée. Elle me regarde avec une expression qui est censée me charmer. Ça fonctionne plutôt bien avec Tor, qui a tendance à trop se laisser guider par sa conscience, mais avec moi c'est une mauvaise tactique. J'ai l'impression qu'on se moque de moi. Pendant onze ans, je me suis occupée d'elle, j'ai veillé à ce qu'elle ne se blesse pas, qu'elle ne tombe pas du canapé, qu'elle n'avale pas de travers, qu'elle ne mette pas de pièces de Lego dans sa bouche. Je l'ai consolée quand elle pleurait, je l'ai réconfortée quand elle était malade. Pour elle, ça ne compte pas. Les cadeaux et les permissions, c'est tout ce qu'elle veut.

Je lui prends la BD des mains. Elle me regarde pendant quelques instants avec cette lueur dans ses yeux sombres, quelques secondes pendant lesquelles elle a toujours l'espoir de l'obtenir, l'obtenir, l'obtenir. Je feuillette l'album. Il est plein de filles zombies ultra-niaises avec de grands yeux peinturlurés. Elles font des choses de tous les jours, vont à l'école et se maquillent. Les auteurs de cette bande dessinée savent parfaitement profiter de l'attrait des jeunes filles pour tout ce qui brille.

— Tu crois que ça va t'apporter quelque chose ?

Iben baisse le regard. Elle gratte le sol avec ses nouvelles chaussures.

— Iben. Qu'est-ce que ça va t'apporter ?

— Je sais pas, murmure-t-elle.

— J'ai l'impression que tu n'apprendras rien du tout en lisant ce truc. Pourquoi tu le veux ?

Elle continue de fixer le sol, hausse timidement les épaules en guise de réponse.

— Leurs hanches sont plus étroites que leurs cous, dis-je.

Je lui rends la bande dessinée. Je me place derrière et l'ouvre à la première page.

— Regarde. Aucune histoire. Pratiquement aucun texte, que du bavardage. Tout ce que ce livre contient, ce sont des dessins moches de filles maquillées. Pourquoi tu le veux, Iben ?

Elle secoue la tête. Essaie de se libérer, mais je la retiens. Je passe à la page suivante.

— Regarde. – Je continue de tourner les pages. – Tu vois ? Dix pages et toujours pas d'histoire. Rien. Ce bouquin est absolument vide.

Je me rends compte au son de ma voix que je suis dure avec elle, mais je ne peux tout de même pas permettre que ma fille continue de se laisser séduire par des choses de mauvais goût. La prochaine fois, elle sera mieux préparée. Iben essaie encore de s'échapper, mais je la maintiens en place avec mes coudes. Elle regarde ses chaussures neuves, lâche la bande dessinée, si bien que je suis maintenant la seule à la tenir. Je sens sa main molle dans la mienne. Elle se met à gémir. Elle essaie de libérer sa main. J'ai exagéré.

— Excuse-moi. Je ne voulais pas. C'est juste que je ne crois pas que tu doives lire quelque chose qui risque de te rendre plus stupide. Trouve-toi un meilleur livre et je te l'achète.

Iben m'arrache la bande dessinée des mains. Elle baisse la tête, s'éloigne à pas rapides et disparaît derrière un rayonnage. Tout à coup, mon téléphone sonne. Je fouille dans mon sac à main et tombe d'abord sur le téléphone d'Iben, qu'elle m'a confié car ses poches ne sont pas assez grandes. Je continue de chercher et finis par trouver le mien. C'est quelqu'un de la comptabilité, il veut sûrement fixer un rendez-vous pour recruter d'autres assistants personnels. VeryHealth a remporté un gros appel d'offres en juin, il y avait des photos de nous dans le *Tidens Krav*, avec des gâteaux et du mousseux, et après la planification estivale, nous sommes prêts à fournir les assistants. Aujourd'hui, ma fille passe avant mon travail, je m'en suis fait la promesse. Je laisse sonner.

Quand j'arrive dans le rayon des bandes dessinées, Iben n'y est pas. Je m'empare d'une autre BD qui me semble meilleure et d'un magazine de mots croisés. Je reste un instant à feuilleter la bande dessinée avec les filles zombies maquillées. On en reparlera ce soir.

Iben n'est pas à la caisse. Elle n'est pas non plus au rayon des confiseries, ni à la sortie. Je vide le contenu de mon caddie sur le tapis roulant, sors mon téléphone pour l'appeler, mais me souviens soudain que c'est moi qui ai son portable Je trouve qu'elle est encore trop jeune pour avoir un sac à main, mais il vaudrait peut-être mieux que je lui en achète bientôt un quand même. Je paie et demande au caissier s'il a vu sortir une fille de onze ans, mais j'aurais aussi bien fait de demander à la caisse automatique. Je range mes courses dans les sacs, m'éloigne avec mon caddie et m'arrête entre deux boutiques. Je jette un coup d'œil à droite, un coup d'œil à gauche. Comme il n'y a toujours aucune trace d'Iben, je sors du centre commercial et avance à longues enjambées sur le trottoir. Je sens que je commence à perdre patience. Je serre les dents et pousse mon caddie sur la rampe d'accès au parking.

Elle n'est pas à la caisse automatique du parking et ne m'attend pas non plus près de la voiture. Je me tourne d'un côté, puis de l'autre, mais je ne vois pas de jeune fille, juste des véhicules. À ce moment-là, je devrais me mettre à courir en rond comme une hystérique, appeler la sécurité, demander à ce qu'ils l'appellent dans leurs haut-parleurs. Je devrais être terrorisée à l'idée que quelqu'un l'ait enlevée. C'est ce qu'elle cherche. Elle veut me faire payer. Mais je ne lui donnerai pas cette satisfaction, il est hors de question que j'entre dans son jeu. Je commence à charger les courses dans le coffre, jetant les sacs avec une agressivité croissante. J'ai dû casser des œufs, mais j'espère seulement qu'ils dégoulineront sur les bandes dessinées d'Iben. Je pousse brutalement le caddie contre le mur. Il se renverse et ses roues tournent dans le vide, tandis que je m'installe dans la voiture. Mon manteau à quatre mille couronnes reste coincé dans la portière. Je tire dessus, le tissu se déchire. Je démarre le moteur. Iben court vite, elle ne devrait pas mettre plus de dix minutes à rentrer à la maison. Hors de question que je la ramène en voiture. Dans quelques instants, je serai sur la route. Si je le veux, je n'ai qu'à partir. Laisser ma vie de famille derrière moi pour ne plus jamais revenir.

LIV

Ålesund
Samedi 23 août 2003

Il avait mis sa capuche et se déplaçait avec sa démarche caractéristique, la tête en avant. Je reconnus son pull de loin, gris et vert à rayures, élimé par des années d'usage et de lavage. Nous nous étions tellement rapprochés que je pus voir les petites taches sombres que la pluie fine était en train d'y laisser. Tout à coup, il leva la tête et je croisai son regard bleu acier, son sourire quasiment inexpressif sur son visage boutonneux. Du tabac à priser formait comme une boule derrière sa lèvre supérieure, comme toujours, si bien qu'on aurait pu croire que c'était son aspect normal. Il devait avoir vingt-huit ans maintenant.

Patrick me fit signe et une vague de nausée me parcourut le corps. Je détournai la tête, baissai le regard et m'engouffrai dans la première boutique que je vis, une bijouterie. À peine avais-je franchi la porte que je regrettai déjà mon acte. Ce n'était pas une issue de secours, mais un cul-de-sac. Je m'approchai d'une vitrine où étaient exposés des bijoux en or et entendis tinter la cloche de la porte lorsqu'il entra à son tour.

Les souvenirs heureux venaient toujours en premier. Nos éclats de rire quand il me faisait tourner, encore et encore, dans notre séjour, jusqu'à ce que nous nous écroulions tous les deux sur le sol. Comment il étalait du jambon et des tranches de fromage sur son visage pour me faire rire. Les souvenirs d'avant que je ne commence à aller à l'école, et que celle qui prétendait être ma mère ne commence à s'absenter plusieurs mois d'affilée. C'était comme si ces souvenirs étaient emballés dans du coton, ou comme si ma tête se transformait en coton du simple fait d'y repenser.

Après ces souvenirs venaient les flashs du quotidien. Patrick qui ne se réveillait jamais à l'heure. Le radio-réveil qui grondait et diffusait la voix sèche du présentateur du journal dans l'obscurité de la pièce dépourvue de fenêtre. Au bout d'un moment, Patrick finissait par débrancher l'appareil. Je me levais et le tirais par le bras jusqu'à ce qu'il sorte de son lit, ou jusqu'à ce qu'il me dise d'aller me faire foutre. Puis, je me tartinais une tranche de pain, buvais un verre de chocolat au lait et partais à l'école. À mon retour, dans l'après-midi, je pouvais le trouver allongé dans le canapé, d'autres fois il était sorti ou il arrivait aussi qu'il soit dans la cuisine en train de nous faire des sandwichs au fromage cuits à la poêle. Les journées s'écoulaient et s'enchaînaient ainsi. Une vie de choses que nous faisions ou que nous ne faisions pas ensemble. Son souffle, qui s'échappait par son nez, quand il me chatouillait. La télévision qui était presque constamment allumée, les verres avec du lait séché à l'intérieur et les bols avec des restes de céréales sur le plan de travail de la cuisine. Ces résidus de dentifrice qu'il laissait dans le fond du lavabo et que j'étalais avec le doigt. Le quotidien devint de moins en moins nous trois et de plus en plus nous deux.

Les souvenirs les plus sombres venaient en dernier. Patrick était maintenant si près de moi, alors que je me tenais devant la vitrine de bijoux, que je pouvais sentir sa puanteur. Je n'avais pas envie de repenser à ces souvenirs. Si seulement il pouvait faire demi-tour et partir, ça me permettrait de leur échapper. Je fixai les bijoux en or que je n'avais pas les moyens de me payer. Le seul bijou que je portais, c'était une clé dorée suspendue à une chaîne autour de mon cou. Je vis son reflet dans la paroi de la vitrine et, au même instant, je vis Patrick tendre la main et la toucher du bout des doigts.

— Tu portes ta clé autour de ton cou comme les gamins qui sont seuls à la maison, Sara ?

Un frisson traversa mon corps. Je le repoussai.

— Allez, Sara…, dit-il.

Je retins ma respiration pendant quelques instants pour tenter de réprimer ma nausée.

— Je m'appelle Liv, répondis-je. Je te connais pas.

ROE

Kristiansund
Vendredi 18 août 2017

L'horloge de l'ordinateur indique presque midi. Je vérifie l'heure environ toutes les quatre minutes. Entre-temps, je regarde par la fenêtre, où le ferry de la Sundbåten s'apprête à rejoindre le quai. Le vent projette de petites gouttes de pluie contre la vitre. Quand je suis arrivée ici, je pensais que cette fenêtre donnant sur la mer serait une source de plaisir. Désormais, elle me rappelle juste que Kristiansund est une ville aussi déprimante qu'Ålesund, à la seule différence que la vue depuis le bureau est meilleure.

Ça fait déjà un bon moment que j'ai fini de taper le rapport sur l'audition de la fille qui est venue déclarer un viol, j'essaie juste d'en améliorer un peu la forme. Bien sûr, j'aurais pu aller déjeuner avec les autres et manger le *tabbekake* du Danois. J'aimais beaucoup ces gâteaux quand j'ai commencé dans la police. J'ai même fait semblant d'en être toujours aussi friand quand j'ai passé mon entretien en vue de mon transfert à Kristiansund, juste pour pouvoir me barrer d'Ålesund. Le *tabbekake* n'a plus le même goût une fois que tu travailles dans les bureaux et plus sur le terrain. Tu deviens juste celui qui mange et ne cuisine jamais, qui écoute les histoires et les analyse, mais ne les vit jamais. Il y a quelques anciens qui ne travaillent plus sur le terrain et qui continuent d'en apporter quand même, mais ça n'a aucun sens.

Ce n'est pas uniquement parce que je ne suis plus opérationnel. Après tout ce qui s'est passé, j'ai du mal à supporter la compagnie des autres. Quand les policiers mangent des gâteaux ensemble, ils posent des questions. Ils veulent s'insinuer en toi, savoir tout ce qui se passe dans ta tête. Je n'ai pas l'intention de partager quoi que ce soit, ni de leur révéler des choses qu'ils ne sont nullement capables de comprendre. Ils pensent qu'arrêter un junkie dans la rue c'est du travail de dur à cuire. Ils trouvent ça déplaisant si leur flirt ne débouche pas sur une relation sérieuse. Je ne peux pas parler avec de telles gens de ce que ça fait d'avoir perdu tout ce qui comptait réellement, avant même d'avoir compris à quel point c'était important. De ce que ça faisait d'avoir cinquante-cinq ans et de savoir que chaque jour qui passe est un jour de plus qui se met entre moi et ma fille. C'est trop tard pour moi. Du passé, je n'ai plus que des souvenirs de plus en plus flous des personnes que je n'ai pas su apprécier à leur juste valeur alors qu'elles étaient encore avec moi, et de l'avenir je n'attends que la mort. Bien entendu, c'est quelque chose que je ne peux pas dire à mes collègues. Je deviendrais alors le vieux grincheux qui reste assis là et mange leurs gâteaux en silence. Ils ne me forceront pas à devenir ce genre de type.

La seule chose qui me manque d'Ålesund, c'est que mes collègues, là-bas, connaissaient mes limites. En partant, j'étais loin de me douter que ça me manquerait un jour. Sverre et moi nous connaissons depuis tellement longtemps que nous aurions pu recoller les morceaux, si seulement j'en avais eu la force, mais il est aussi capable de comprendre que je préfère qu'on me fiche la paix. C'est le genre de compréhension qui me manque autour de moi.

J'ai le ventre qui gargouille, mais je préfère attendre qu'il y ait le moins de monde possible à la cantine pour aller déjeuner. Pour m'occuper, je me repasse la vidéo de l'audition de la fille. Elle est assise sur une chaise, tête baissée, les mains sur les genoux. Ses cheveux dissimulent son visage à la caméra. “Je le connaissais déjà, dit-elle. De l'école et tout ça. Il n'avait jamais essayé avec moi, il n'y avait jamais rien eu entre nous. Ce soir-là, chez lui, à la fête, il a bien essayé, c'est vrai, mais sans trop insister.” Ma propre voix intervient dans un toussotement : “Quand tu dis qu'il a essayé, qu'est-ce qu'il a fait exactement ?" Silence. "Il voulait parler. De trucs privés. Puis il a essayé de m'embrasser. J'ai reculé. Je lui ai dit que je n'étais pas intéressée, et il a laissé tomber. Après ça, j'ai eu l'impression que tout allait bien. C'est le genre de garçon avec qui on se sent tranquille. Je n'avais pas peur de dormir à côté de lui." La fille se met à pleurer. Je me vois lui tendre la boîte de mouchoirs. "Racontez-moi ce qui s'est passé ensuite", dis-je. "Je me suis endormie, explique-t-elle. Quand je me suis réveillée, il était déjà en train de le faire. Il avait commencé pendant que je dormais." Ma voix intervient de nouveau. "Je sais que c'est difficile, dis-je, mais il faut tu essaies de me faire un récit le plus concret et le plus détaillé possible. Quand tu dis qu'il *était en train de le faire*, tu peux m'expliquer ce que tu entends par là ?"

Je me souviens de ce que j'ai ressenti les premières fois que des filles se sont mises à pleurer devant moi. De la colère que j'ai éprouvée à l'égard du ou des violeurs. J'avais parfois plus à donner à ces malheureuses qu'à ma propre fille. J'estimais qu'elles avaient davantage besoin de moi, après tout ce qu'elles avaient subi. À présent, je ne leur manifeste plus autant d'empathie. Je ne peux plus me le permettre, j'ai trop peur que mon cerveau finisse par me lâcher.

J'arrête la vidéo au milieu de la déposition. J'observe un instant la tête baissée de la jeune fille. Je revois la Petite traverser la rue en courant, en direction de la maison où nous habitions ensemble comme une famille. Elle était tellement heureuse de me voir. C'est absurde de l'appeler encore ainsi, mais pour moi, elle sera toujours la Petite. Ma Petite. Tout à coup, mon cœur se met à tambouriner dans ma poitrine. Je refoule ce souvenir et éteins la vidéo.

J'avance à contre-courant du flot de policiers qui regagnent leurs bureaux et le centre opérationnel. Bientôt, beaucoup d'entre eux disparaîtront. Le centre opérationnel sera transféré à Ålesund dans quelques semaines. Tout se barre de Kristiansund. Je suis le seul à avoir fait le chemin inverse.

Je monte l'escalier et m'arrête un instant pour refaire mes lacets. J'écoute le brouhaha des voix de l'hôtel de police qui bourdonne comme un essaim d'abeilles autour de moi. Je ne supporte plus cet endroit, mais je ne supporte pas non plus les alternatives qui s'offrent à moi. Quelle merde ! Je me redresse et décide de grimper les dernières marches au pas de course, même si personne ne peut me voir, si ce n'est les statues de cire qui portent les anciens uniformes de la police.

Birte sort de la cantine, une bouteille d'eau minérale Farris à la main. Son visage est constellé de tant de taches de rousseur qu'on dirait une carte géographique, et ses cheveux roux sont coiffés, comme d'habitude, en une tresse qui lui tombe sur l'épaule, couvrant une partie de sa chemise d'uniforme. Birte lève la main pour me saluer au moment où je la croise. Ils ont tendance à se saluer un peu trop, ici. Je trouve ça gênant. Alors que je me dirige vers la porte, j'entends un cri aigu, puis un rire retentissant derrière moi. Je me retourne et vois le Danois déguisé en statue de cire, avec une perruque sur la tête et vêtu d'un uniforme du passé. L'homme de haute taille se plie en deux et éclate de rire. Birte, en larmes, s'assied sur une marche et s'essuie les yeux. Je sais que c'est stupide de ma part, mais je ne peux m'empêcher de penser que le Danois se tenait déjà là, dans l'escalier, quelques secondes plus tôt. Qu'il est resté immobile, tandis que je passais devant lui, pour pouvoir effrayer quelqu'un d'autre.

Il reste encore quelques groupes dans la cantine, ceux qui prennent de longues pauses déjeuner. Je ne vois rien qui me tente, mais opte pour une salade de poulet. Je m'empare d'un journal et vais m'asseoir à l'une des tables situées près de la fenêtre. Le footballeur Magne Hoseth fait la une du *Tidens Krav* aujourd'hui. Il veut aider Kristiansund à se maintenir en première division. Je feuillette le journal jusqu'à son interview. Je ne m'intéresse pas spécialement aux résultats du KBK, mais au moins ça change des articles sur l'économie et les hôpitaux. Raté. Hoseth lui-même a un avis sur le projet d'hôpital régional qui a déjà coûté quatre cent cinquante millions de couronnes rien qu'en études. La semaine dernière, Ålesund a perdu en appel. L'hôpital sera bien construit à Molde.

Je rassemble tout mon courage et plante ma fourchette dans la salade de poulet. Je m'apprête à l'enfourner dans ma bouche lorsque, du coin de l'œil, je vois quelqu'un venir vers moi.

— Hé, mais regardez qui est là !

Åsmund porte un pull gris-brun parfaitement assorti, comme un cliché, à ses cheveux blancs. Il n'a pas encore compris que je n'avais pas envie d'être vu en sa compagnie. Que mes propres cheveux argentés se dressent sur ma tête quand il est avec moi. Je n'ai plus qu'à me préparer à entendre ses anecdotes sur ses interventions dans les écoles ou dans le cadre du programme de prévention de la délinquance juvénile.

— Comment ça va, Åsmund ?

Il soupire et pose son plateau sur la table.

— Eh bien, plus je travaille ici, plus je suis convaincu qu'il n'y a aucun espoir pour la prochaine génération.

— Au moins, t'es pas confronté aux crimes à caractère sexuel. Je veux bien échanger mes dossiers contre une affaire de bagarre entre ivrognes ou de cambriolage. Les crimes à caractère sexuel et les affaires de mœurs, c'est la mort.

Une des choses que j'ai le plus de mal à accepter concernant Åsmund, c'est que, au fond, on est d'accord. C'est déprimant.

— J'ai entendu dire que tu étais particulièrement bon pour ce genre d'affaires, Roe. J'ai bavardé un peu avec les gars pendant qu'on mangeait le *tabbekake*, tout à l'heure. Ils disent que tu es un as de l'interrogatoire.

Je ne suis pas surpris qu'ils aient parlé de moi, mais j'ai l'impression qu'Åsmund ne me raconte pas tout. Il y a certainement eu un "mais".

Åsmund commence à me parler d'un type de trente ans qu'il a essayé d'aider. J'ai les idées ailleurs. Je regarde ma salade en me demandant si je dois continuer à manger. J'en prends une autre fourchette et observe la viande pâle, la couleur de la sauce, qui ressemble à de la moutarde.

— Roe !

Birte m'appelle depuis la porte de la cantine. Cette fois, son visage plein de taches de rousseur a une expression grave.

— Rassemblement. Dans la salle de réunion.

À son attitude, j'ai l'impression qu'elle est soudain plus mature de dix ans. Ça sent la grosse affaire à plein nez. C'est exactement ce dont j'ai besoin, qu'il se passe quelque chose. Je n'avais pas tellement faim, de toute façon. Je me lève en emportant le journal et ma salade et me dirige vers la poubelle, où je les jette si brutalement qu'ils heurtent le couvercle en plastique avec fracas.

Nous descendons l'escalier jusqu'au quatrième en trottinant. En arrivant devant la porte de la salle de réunion, Birte s'arrête. Elle tend le bras pour m'inviter à entrer en premier. Je tourne la tête et constate qu'Åsmund nous a suivis. Il se tient dans la cage d'escalier et regarde dans notre direction. Tout à coup, alors que je pose la main sur la poignée, un sentiment de malaise m'envahit.

La salle est plongée dans l'obscurité et pleine de gens assis qui me fixent dans un parfait silence. Puis, c'est l'explosion, une pluie de confettis emplit la pièce. Sur le mur, une inscription s'illumine : "Roe, cinquante-cinq ans." Et, en chœur, ils entonnent un *Joyeux anniversaire*. Ils chantent, font la révérence, tournent sur eux-mêmes. J'aurais dû le deviner. Ces enfoirés ont pensé à remuer le couteau dans la plaie.

LIV

Ålesund
Jeudi 28 août 2003

— Non-non-non-non, non-non-non, non, non, non !

La voiture à l'écran fit une embardée, sortit de la route, fonça droit sur un mur en béton et se renversa sur le toit. Egil poussa un juron et lança sa manette contre le piédestal de la statue représentant un ange qui trônait au milieu de la chambre d'Ingvar.

— Mais qu'est-ce qui te prend ? ricana Ingvar en balançant ses longs cheveux bruns sur le côté d'un rapide mouvement de tête, tandis que sa voiture franchissait sans entrave la ligne d'arrivée. T'es un peu trop nerveux.

— Si Egil casse sa Xbox, son père lui en achètera une nouvelle, dis-je. Allez, vas-y, lâche-toi, Egil.

— Ferme-la, répliqua Egil.

Derrière nos plaisanteries et nos chamailleries se cachaient de bons sentiments. C'était une des choses qui me plaisaient tant avec ces garçons, de pouvoir se taquiner mutuellement sans que cela n'ait de conséquences. On ne se chamaille pas de cette façon avec quelqu'un qu'on n'apprécie pas. On sait que l'autre ne nous en voudra pas, que ça ne dégénérera pas. Personne ne le prend mal, personne ne s'énerve, on relâche simplement la pression.

Egil se jeta sur le lit à côté de moi et rajusta son polo Lacoste beige. Bien entendu, c'était une coupe *slim fit*, il n'avait tout de même pas passé toutes ces heures à la salle de sport pour rien. Egil avait un physique d'une perfection agaçante. Tout en lui était bien proportionné : ses épaules, son menton, ses pommettes, son nez, son front et ses sourcils qui se rejoignaient presque. C'était un de ces garçons que la plupart des filles croyaient vouloir parce qu'elles étaient convaincues que toutes les autres le convoitaient. Les filles à la beauté lisse et parfaite pensaient avoir affaire à leur équivalent masculin. Et Egil en profitait allègrement. J'étais la seule à savoir que derrière cette apparence se cachait un bon garçon.

Je levai le bras auquel Néron était accroché. Son corps léger comme une plume tenta de se réfugier dans la chaleur du radiateur situé sous la fenêtre, mais Egil intercepta le serpent. Je m'assis par terre, à côté d'Ingvar, et m'emparai d'une manette. Ingvar lança une nouvelle partie, et les voitures prirent place sur la ligne de départ : ma Jaguar blanche et la Lamborghini noire d'Ingvar, ainsi que deux autres bolides de luxe. Le rugissement des quatre moteurs emplit la pièce. Des filles en minijupes grises apparurent et donnèrent le signal du départ. La course était lancée. Nous parcourûmes des rues sombres pied au plancher. J'étais tellement prise par le jeu que je prenais les virages avec tout mon corps. À un moment, je virai un peu sèchement, si bien que l'arrière de ma voiture heurta la glissière de sécurité, pas de points bonus pour moi. Ingvar prit bientôt la tête de la course, il filait à toute vitesse sur le bitume, décollant en haut d'une côte et réalisant un atterrissage tout en contrôle dans le virage suivant. J'étais tellement occupée à suivre ses exploits que j'entrai en collision avec une Opel avec des rayures rouges sur les flancs et nous perdîmes tous les deux le contrôle. Egil éclata de son rire méprisant habituel, comme s'il avait déjà oublié que, quelques minutes plus tôt, il s'était trouvé lui-même dans une situation similaire. Je repris le contrôle de ma voiture, dépassai l'Opel et exécutai un virage presque parfait, tout ça pour m'apercevoir que je m'étais engagée dans la mauvaise rue. J'étais de nouveau à la dernière place. Je soupirai, me rangeai sur le côté et garai ma voiture.

— Pour assurer comme tu le fais, Ingvar, c'est clair que tu dois passer des journées entières à jouer à ce jeu, commentai-je.

Ingvar indiqua l'écran, où les mots *Clean section* apparurent.

— T'es juste jalouse, dit-il. Parce que je suis trop fort.

— Tellement fort que t'as pas de vie, répliqua Egil.

Ingvar continua de conduire sans prononcer une parole. Je m'assis sur le lit, à côté d'Egil, tandis qu'Ingvar poursuivait la course, seul en tête, accumulant les points.

— Tu seras là, samedi, pas vrai ? dit Egil.

Il essaya de prendre Néron dans le creux de ses bras, comme un chat, mais le serpent ne sembla pas comprendre ce qu'il cherchait à faire. Il se laissa tomber de tout son poids sur le lit, où il s'enroula sur lui-même, la tête posée sur son corps. Néron était calme de nature. Il ne se déplaçait que rarement et pouvait rester quasiment immobile dans la même position pendant des heures. Il économisait son énergie dans l'attente de sa prochaine proie.

— J'ai pas assez de thunes, répondis-je. Je ne pourrai rien boire.

Egil soupira.

— C'est toujours moi qui te paie tes coups, de toute façon.

— J'en ai pas très envie non plus.

Il me regarda.

— En fait, je voudrais bien profiter de mon week-end pour réviser, lui dis-je. Sérieusement. Aller au lit de bonne heure, puis bosser toute la journée de dimanche, plutôt que de rentrer chez moi bourrée au milieu de la nuit en me détestant.

Egil haussa les sourcils.

— Ce n'est pas une soirée avec nous qui t'empêchera de devenir infirmière, hein ? Allez, ce sera pas comme la dernière fois, on va s'éclater, tu vas voir.

Il se souvenait sans doute mieux que moi des propos que je leur avais déballés, en rentrant de la fête, dimanche matin. Je n'aurais jamais dû leur parler de Patrick. Mais cela m'avait tellement perturbée de le croiser en ville, la veille.

— L'envie viendra en buvant, insista Egil.

C'était exactement ce que je m'étais dit, samedi dernier, quand j'étais rentrée et que j'avais commencé à me préparer pour la fête. En réalité, j'aurais surtout voulu me réfugier sous ma couette pour combattre l'angoisse qui m'avait envahie. Au lieu de cela, j'avais décidé que ce serait une soirée mémorable et m'étais convaincue que je m'amuserais certainement dès que j'aurais commencé à boire. Mais ça ne s'était pas passé comme ça. Je ne me souvenais même pas de ce que j'avais dit, seulement que j'avais trop parlé. Je ne savais pas non plus qu'Ingvar connaissait Patrick.

Egil continua à me dévisager d'un air déçu. Il attendait une réponse et n'était nullement disposé à essuyer un refus. Je poussai un soupir.

— Je déconnais. Bien sûr que je viendrai.

Je tendis l'index et caressai une fine bande d'écailles claires sur la tête de Néron, près de sa nuque. Vu du dessus, le motif semblait représenter une flèche, un coup de pinceau blanc en fond et une pointe de flèche foncée dirigée vers le bout de son museau et sa gueule. J'avais tellement observé cette tête au cours des mois précédents, c'était comme si elle m'indiquait la direction à suivre, si étrange que cela puisse paraître.

— Il est trop beau, dis-je. J'en reviens toujours pas.

— Je te remercie, dit Egil, mais je risque de prendre la grosse tête si tu continues.

— Je suis sérieuse, regardez un peu ce corps.

Le serpent avait mué une semaine plus tôt. J'avais pu suivre tout le processus, du moment où son corps avait commencé à prendre une teinte grise, même ses yeux qui étaient devenus noirs, jusqu'à ce qu'il se frotte contre les pieds du lit pour se débarrasser de sa pellicule de peau gris blanchâtre et cassante. De nouvelles écailles étaient alors apparues, aux couleurs intenses et scintillantes. Autrefois, les gens croyaient que les serpents étaient immortels. Ils les voyaient renaître de leur peau, encore et encore. À présent, son ancienne peau pendait au plafond de ma chambre, où je l'avais accrochée à la lampe. Je voulais conserver la trace de chacune de ses renaissances, me rappeler tous les serpents qu'il avait été.

— On pourrait pas emporter le python à la fête ? demanda Egil en battant des paupières.

Je le regardai.

— Ou juste à l'*after* ? ajouta-t-il.

Je secouai la tête.

— Il n'y aura pas de flics, juste des gens cool. Et s'il a peur, on le rapportera chez nous. Tout se passera bien.

— Jusqu'à ce qu'il en morde une et qu'elle appelle sa maman.

— Je ferai attention. Je les préviendrai qu'il faut pas l'effrayer.

— Egil. La discussion est close.

— Ce serpent est pas qu'à toi. Ingvar, qu'est-ce que tu en dis ?

Ingvar avait éteint la Xbox et était en train de mettre un CD. *Dopethrone*, d'Electric Wizard, son album préféré. Il mima avec les lèvres la voix de l'intro, une voix masculine qui disait : *"When you get into one of these groups, there's only a couple of ways you can get out. One is death, the other is mental institutions."* Un puissant riff de guitare envahit la pièce, tandis qu'il se laissait tomber à côté de moi sur le lit, si bien que je me retrouvai assise entre les deux. Ingvar portait un t-shirt de groupe de musique qui était tellement usé qu'il était impossible de voir lequel. Il avait un livre dans la main.

— Vous voulez savoir à quoi j'ai pensé aujourd'hui ? demanda-t-il en montrant le bouquin.

— *Alice au pays des merveilles ?* fis-je. Un livre pour enfants, Ingvar ? Je croyais que tu lisais uniquement des pavés russes.

— C'est un classique, répondit-il. D'après vous, on aurait été qui si on avait été des personnages d'*Alice au pays des merveilles* ?

Egil ricana.

— En tout cas, je sais qui tu aurais été, Ingvar. Tu aurais été la Chenille sur son champignon qui passe son temps à fumer.

Ingvar écarta les bras.

— Qui passe son temps… Ça m'arrive une fois par semaine au maximum.

— Pour certains d'entre nous, c'est déjà bien trop souvent, répondit Egil. En plus, qui sait ce que tu fais quand on est à l'école ?

— N'importe quoi ! De toute façon, c'est à but thérapeutique.

Ingvar souffrait d'épilepsie. Il faisait rarement des crises, mais était constamment en alerte et ne buvait pas souvent d'alcool. Nous étions convenus que, si un jour il appelait l'un de nous quand il était seul à la maison et qu'il ne disait rien, nous devrions partir du principe qu'il était en train de faire une crise et nous précipiter à son secours. Jusque-là, cependant, il y avait toujours eu quelqu'un de présent chaque fois qu'il avait fait une crise.

Egil ricana.

— Il est pas scientifiquement prouvé que le cannabis agisse contre l'épilepsie, Ingvar, alors évite d'utiliser ce prétexte pour justifier ta consommation de drogue.

— Et moi, je sais qui aurait été Egil, dis-je. Le Chapelier fou. Une éternelle succession de fêtes stupides, voilà à quoi ressemble ta vie.

— Je te trouve culottée, répliqua Egil. Tu es encore plus dingue que moi quand tu bois. Et Liv, elle aurait été quel personnage ? Ingvar, tu as une idée ? Le chat du Cheshire, peut-être ?

— Exactement, oui. Elle aurait été le chat du Cheshire, confirma Ingvar en levant l'index. Si tu avais proposé Alice, j'aurais aussi été d'accord. Mais j'ai encore mieux. Liv aurait été la Reine de cœur !

— Parce que je vous commande ?

— Entre autres. Et aussi parce que tu es la reine des fêtes. Mais la Reine de cœur est aussi le personnage le plus important du livre. Et c'est elle qui rend l'histoire dangereuse. Sans elle, il n'y aurait même pas d'histoire.

— Je comprends pas. Tu veux dire que je suis dangereuse ?

— Moi non plus, j'y comprends rien, Ingvar.

— Réfléchissez un peu. Qui est-ce qui nous a embarqués dans un bain de minuit en plein mois de février ? Qui est montée jusqu'au sommet du Sukkertoppen dans la nuit noire avec un groupe de gens bourrés ? Qui a rampé sous un buisson pour se faufiler dans le jardin d'une baraque chic et voler ce truc ?

Ingvar indiqua la statue d'ange sur son piédestal. C'était un de ces chérubins potelés que l'on trouvait un peu partout, mais tellement recouvert de mousse et d'excréments de mouettes qu'il avait l'air tout sauf mignon. Je l'avais surnommé Belzébuth.

— Je me rappelle quand la lumière s'est allumée à l'étage, dit Egil. T'as détalé avec l'ange.

— Exact ! s'exclama Ingvar. De combien de soirées on se souviendrait si Liv n'avait pas été là pour mettre un peu d'animation ? Sans elle, on n'aurait aucun souvenir. Juste un éternel jeu absurde avec des clochettes et des tasses de thé.

Je secouai la tête.

— Tu es plutôt intelligent pour un type qui passe son temps à fumer des pétards, Ingvar.

— Je ne passe pas mon temps à fumer des pétards !

— Si l'un de nous finit un jour en taule, ce sera Liv, intervint Egil. Je suis prêt à le parier.

— C'est ça, on verra, dis-je en riant.

— Alors, on est d'accord, on fait comme ça. Ingvar, t'es convaincu, maintenant, hein ? Néron peut venir à la fête avec nous ?

— Je suis de l'avis de Liv, répondit Ingvar. Le serpent pourrait mordre quelqu'un, ou essayer de l'étouffer. Et j'ai aucune envie de me retrouver dans une situation de ce genre.

Mon téléphone se mit à sonner. Le numéro affiché à l'écran n'était pas enregistré dans mes contacts.

— Allô ? Qui est-ce ? fit une voix féminine, rauque, typique d'une fumeuse.

— C'est vous qui m'avez appelée, dis-je en me levant.

Je sortis dans le couloir, dont les murs étaient décorés de tableaux au crochet datant de la jeunesse de la propriétaire, et me dirigeai vers la salle de bains. J'avais l'impression de percevoir une odeur, comme si j'avais traversé une brume fortement parfumée.

— Sara ? C'est toi ? demanda la voix sur un ton sentimental.

Je rabattis l'abattant des toilettes, vis le visage d'une femme d'âge moyen onduler à la surface de l'eau, au fond de la cuvette, baissai mon pantalon et m'assis.

— C'est Liv, dis-je en commençant à uriner.

Elle resta silencieuse un moment. Pendant ce temps, le téléphone coincé entre le menton et l'épaule, j'observais l'océan de savons, parfums, rasoirs et autres produits de toilette masculins, tous couverts de poussière, qui encombraient la pièce.

Il y avait aussi des boîtes de lessive en poudre, des élastiques pour les cheveux, des ongles coupés, une chaussette de tennis. Mes affaires, en général, je préférais les garder dans ma chambre, quand je ne prenais pas ma douche.

— C'est maman.

J'entendais sa respiration, tandis qu'elle inhalait la fumée jusque dans ses poumons, dans les ténèbres. Je m'essuyai et tirai la chasse. La cuvette se remplit à moitié et l'eau emporta le papier avec elle lorsqu'elle fut aspirée. Je me lavai les mains à l'eau bouillante. La femme au téléphone dit : "Allô ?" et ajouta : "Patrick m'a dit qu'il t'avait vue en centre-ville, ce week-end." La voix se brisa. Je m'essuyai les mains. Je pensai à la sensation que j'aurais éprouvée si elles avaient été couvertes d'écailles de serpent. La peau était une chose si fine, si délicate.

— Je suis tellement désolée, Sara.

Ses mensonges commençaient à gagner du terrain, c'était comme si quelque chose se relâchait en moi. Je regardai mon reflet dans le miroir, pâle dans la lumière vive. Je tirai sur la chaîne que j'avais autour du cou, si bien que la clé dorée surgit du col de mon pull. Je me mis à caresser son extrémité dentelée. Je m'éclaircis la voix, ce qui interrompit le flot de ses paroles, à mon grand soulagement.

— Vous vous êtes trompée de numéro, dis-je. Je m'appelle Liv, pas Sara.

— Tu vas bien, ma chérie ?

— Vous n'avez pas compris, insistai-je en haussant le ton. Je ne vous connais pas.

Je serrai la clé dans mon poing et m'efforçai de refouler cette odeur, cette voix.

— On pourrait pas essayer de se réconcilier ?

Je mis fin à la communication. Sa voix continua de flotter dans la pièce, comme une vibration. Je posai mon téléphone à côté du lavabo et retournai dans le séjour. Egil et Ingvar me regardèrent.

— C'est fou ce qu'il peut y avoir comme faux appels, dis-je.

Je pris Néron et le levai devant moi. Je contemplai les profondes fossettes sensorielles par lesquelles il percevait les rayonnements infrarouges émis dans la pièce. Il pouvait "voir" notre chaleur. Je me demandai à quoi elle pouvait bien ressembler.

Néron ouvrit sa petite gueule et siffla. Egil et Ingvar sursautèrent, mais je n'avais pas peur. J'étais persuadée qu'il ne me ferait rien de mal. Au lieu de ça, je m'efforçai d'écouter. Je voulais ouvrir mon esprit et comprendre sa langue. Pourrais-je distinguer une parole au fond de sa gueule ? Si seulement je parvenais à passer outre ce qui ressemblait à une succession de *s* et de *h*, outre l'alphabet, peut-être pourrais-je capter ce qu'il voulait dire ? Étant donné qu'il était dépourvu de lèvres, quel son cela aurait-il donné s'il avait essayé d'articuler un *m* ? Et s'il avait tenté de prononcer un *t* avec sa langue fourchue, ou un *g* sans cordes vocales ? Ses paroles ne pouvaient pas être similaires à celles d'un humain, aussi devait-il utiliser ses propres mots. Si je l'écoutais assez attentivement, je le comprendrais sans doute.

Avais-je rêvé de cela, la nuit précédente ? Que je me voyais sous la forme d'une flamme ardente sur le lit, et que j'entendais ma propre voix chuchoter. Ou était-ce la sienne ? Je ne me souviens plus de ce qu'il avait dit.

— On devrait essayer de le nourrir avec des souris vivantes, dis-je. Vous pensez pas que ce serait mieux pour lui, plus naturel ?

MARIAM

Kristiansund
Vendredi 18 août 2017

Le pare-brise est couvert de cadavres de moustiques. J'active les essuie-glaces, qui les écartent sur les côtés en dessinant des traînées brun rougeâtre. J'avance. Pour chaque route que je laisse derrière moi, une nouvelle se présente, comme un éternel recommencement. Sur le tableau de bord se trouve une pile de factures, parce que je suis la contradiction incarnée. À la maison, j'impose un ordre et une propreté stricts que je n'arrive même pas à respecter moi-même. Je poursuis ma route. Je pourrais continuer jusqu'à Trondheim, m'y arrêter pour la nuit et repartir demain matin. Je pourrais parcourir un bon bout de chemin avant que le doute ne s'empare de Tor et qu'il n'envisage de signaler ma disparition à la police.

Un téléphone se met à vibrer, le mien ou celui d'Iben. Il m'appelle constamment. Il doit se figurer que sa femme est partie rejoindre son amant et craindre que notre image ne vole en éclats, que le politicien Tor Lind et son épouse, son trophée, qui font si bonne impression sur tout le monde, ne se séparent.

Le téléphone redevient silencieux. Je file sur la route qui serpente à travers un paysage toujours paré de son joli vert estival. Par moments, le fjord disparaît derrière des maisons ou des arbres, mais il est là, il me suit. Les eaux froides sont à l'affût, en embuscade, elles attendent le bon moment pour bondir. Je suis tellement lasse de ces fjords et de ces montagnes.

Je serais tout aussi lasse de la jungle et de la savane si c'était ce qui m'entourait. Je ne connais pas grand-chose d'autre que ce monde qui s'étend là, dehors, si ce n'est que j'ai l'impression que mon cœur est emprisonné ici. Que cela ne me suffit pas de pouvoir regarder en direction de l'horizon de temps en temps et de voir l'eau se perdre dans le lointain. Je veux disparaître.

Sur le bac, je reste assise dans ma voiture, les yeux fermés. Un téléphone se remet à sonner, l'autre. La vibration est plus étouffée, comme s'il était enfermé quelque part. Je ne comprends pas pourquoi il s'obstine à m'appeler alors que je ne réponds pas. Je mange quelques bouchées de la baguette que j'ai achetée à la station-service. Elle a le goût de pain sous vide et cela me rappelle que toute chose est périssable. Je repose la baguette sur le siège passager, à côté de moi, et fixe la rampe du bac en attendant qu'elle s'ouvre. Qu'elle me dévoile un autre monde.

Le paysage change à mesure que je m'enfonce dans le Sør-Trøndelag. Il y a de moins en moins de fjords et de plus en plus de forêt. Sur ma gauche se dresse une paroi rocheuse abrupte qui porte les traces évidentes des explosifs qui ont été utilisés pour ouvrir la voie aux humains. Un des téléphones se remet à vibrer dans mon sac. J'accélère et sens la puissance du moteur dans les courbes, les muscles de la voiture qui m'entraînent en avant.

Je pense à ce que cela signifierait si je partais, tout simplement. Cela me semble impossible. Il ne s'agirait pas seulement d'abandonner la société que j'ai passé tant d'années à bâtir, ou bien ma maison, mon pari, ma vie. Devrais-je exiger qu'Iben vienne vivre avec moi, devenir une mère célibataire ? Sur bien des plans, c'est plus son enfant que le mien, je ne pourrais jamais l'en priver. C'est plus une volonté de ma part de m'éloigner d'eux. Je suis un poids pour eux, je les tire vers le bas. Ils seraient mieux sans moi.

Un nouveau fjord surgit dans le paysage, je freine brusquement, donne un coup de volant et stoppe à un arrêt de car. Je coupe le contact et reste assise là, les mains sur les genoux. Il y a des mères qui s'en vont et abandonnent leurs enfants. Personne ne les comprend. Personne ne comprend comment elles peuvent faire une chose pareille. Bien que je désire ardemment m'évanouir comme une poussière dans l'air, cela me serait impossible. Je souffre à la simple idée de disparaître et de ne jamais revoir mon enfant. Je revois l'image d'Iben qui replace une mèche de cheveux derrière son oreille, alors qu'elle est assise en train de faire ses devoirs, et cela me réchauffe le cœur, mon sang se met à bouillonner. Après tout, c'est quand même ma fille.

Je descends de voiture. Je la verrouille, bien qu'il n'y ait pas âme qui vive dans les environs, traverse la route et suis la pente jusqu'au fjord. Il n'y a pas un bruit, à part le croassement d'un corbeau. Je me penche et plonge la main dans l'eau. Elle est froide. Je regarde autour de moi. Une voiture arrive et disparaît en un battement de paupières. J'ôte mes escarpins. Je relève ma jupe et baisse mes collants. Je les abandonne par terre comme une coquille morte. Je pénètre dans l'eau. Un froid intense me brûle les orteils et les chevilles. Il y a des années que je ne me suis pas baignée aussi loin au nord. Parfois, Tor le fait avec Iben, quand il y a du soleil et que le vent est suffisamment chaud pour qu'il ose se mettre en maillot de bain. J'avais oublié à quel point c'est agréable de ressentir ces picotements quand nos pieds s'engourdissent dans l'eau froide. Je tire sur ma jupe et avance jusqu'à immerger mes cuisses sans mouiller ma culotte. Je m'arrête un instant et observe les eaux calmes du fjord.

J'aurais voulu être hors du temps, hors de l'espace, affranchie de ces lois de la physique insensées. Ce n'est pas ma maison qui m'emprisonne, pas plus que la ville ou ma famille. C'est mon corps. Je me demande au bout de combien de temps on me retrouverait si je disparaissais dans ces eaux sombres. Mais je n'ai pas assez de courage, pas assez de volonté. Quelque chose me retient, une force inconnue et tenace.

Je me retourne et commence à rejoindre la rive, je mouille ma culotte et ma jupe parce que j'avance trop rapidement, le froid me mord la peau, je vais certainement avoir une infection urinaire. Une fois de retour sur la rive, je m'assieds sur l'herbe et regarde l'eau devant moi. Ma jupe, qui était propre, va être pleine de terre, mais je m'en moque.

C'est comme si un vieux souvenir était remonté des profondeurs et flottait à la surface de l'eau. Une bulle qui refuserait d'éclater. Je ne peux pas me dérober ainsi. Cela ne servirait à rien. Ce que j'essaie de fuir ne me lâchera pas quoi que je fasse.

Je me lève et retourne à la voiture avec mes chaussures et mes collants à la main. La sensation du bitume sous mes pieds nus est étrange, des petits cailloux s'enfoncent dans la plante de mes pieds. Je les frotte avant de m'asseoir au volant. Je sors mon téléphone de mon sac, attends qu'il ait cessé de vibrer une fois de plus. Je suis injuste avec lui. Je sais que je suis beaucoup plus qu'un trophée pour lui. Je n'ai pas envie d'écouter les nombreux messages qu'il a laissés sur mon répondeur. Je me contente d'éteindre mon téléphone. Je fais la même chose avec celui d'Iben. Puis je prends le chemin du retour.

Je reste assise un moment dans la voiture après avoir coupé le moteur, à regarder ma maison. Elle se dresse là, devant moi, dans toute sa banalité. Les rideaux que j'ai choisis justement pour qu'ils se distinguent le moins possible. La haie de thuyas est taillée exactement comme toutes les autres haies de thuyas, le portail a été repeint récemment, les meubles de jardin sont neufs et propres. Personne, en passant devant notre maison, ne pourrait percevoir le moindre signe de déchéance. C'est à l'intérieur que nous nous empoussiérons et que nous pourrissons.

J'ai un truc qui, d'habitude, parvient à m'apaiser quand mes sentiments prennent le dessus, et qui m'a souvent aidée à trouver le sommeil. Je commence par imaginer que je vide la maison de tous ses meubles, de tous nos vêtements, de tous les jouets, de toutes les choses dont nous l'avons remplie au fil des années. Je vois un camion tout emporter. Puis je me procure de l'eau, des brosses, des chiffons et des détergents puissants. Je commence par la chambre d'Iben, continue dans le couloir, puis dans notre chambre, à Tor et à moi. Je prends mon temps pour récurer et nettoyer la salle de bains de l'étage, où nous nous douchons le plus souvent. Une fois l'étage terminé, je passe au rez-de-chaussée : le séjour, la cuisine, la salle de bains et les toilettes, ainsi que la grande pièce qui nous sert de débarras. Pour finir, je frotte le sol du couloir de l'entrée jusqu'à ce qu'il redevienne aussi blanc et brillant que le jour où nous avons emménagé. Le lustre est dépoussiéré, le tapis d'escalier est immaculé sur chaque marche. Je continue mon grand nettoyage jusque sur le perron, où je me retourne et me retrouve debout devant une porte close qui ne porte plus la moindre trace d'aucun de nous. Pas une bactérie, pas un cheveu. C'est un rituel laborieux que je peux faire durer à l'infini. Il me procure une sensation de calme.

Après m'être enfin décidée à sortir, je me penche pour jeter un œil par la fenêtre du séjour. On dirait que la télévision est éteinte. Il est si tard qu'Iben est certainement déjà en train de dormir, et Tor doit être bien heureux de ne pas avoir à subir le bruit de la télé. Si cela ne tenait qu'à lui, elle serait allumée uniquement pour les infos. "Tout ce que tu veux, mon trésor." C'est ce qu'il dit toujours en caressant la tête blonde d'Iben assise devant l'écran. Il a toujours été un bon père pour elle. Impliqué et patient. Sa patience est comme une poche chaude qui enveloppe sa petite tribu.

Au fond, c'est rassurant qu'il m'ait appelée tant de fois aujourd'hui. Ce n'est pas dans ses habitudes de m'appeler ainsi quand je m'absente. Il ne l'a même pas fait la fois où je me suis arrêtée dans un camping pour dormir et que je suis rentrée le lendemain matin. Il doit savoir par expérience que je finis toujours par rentrer. Tout ce qu'il a à faire, c'est d'être lui-même, patient, et d'attendre.

Sur la porte d'entrée est accrochée la plaque qu'Iben a faite à l'école. Trois visages souriants, deux adultes et une petite fille, avec nos noms inscrits dans une écriture enfantine. À côté des visages, il y a un grand arbre qu'Iben a dû dessiner avec l'aide de sa maîtresse. Famille Lind. Je caresse la plaque. J'aimerais tellement comprendre les mères qui disent qu'elles feraient n'importe quoi pour leurs enfants. J'ai moi-même prononcé ces mots, mais sans les penser, du moins pas réellement. Je ressens toujours de la joie et de la fierté quand elle réussit quelque chose, et de l'inquiétude quand elle est malade. En revanche, le lien profond qui est censé nous unir s'est étiolé.

Est-ce que je sauterais devant un train pour elle ? Est-ce que j'affronterais un ours ? Je n'en suis pas certaine.

Ce doit être la première fois qu'Iben range ses chaussures d'elle-même car je ne les vois pas traîner dans l'entrée. Peut-être qu'elle commence enfin à intégrer ce que je lui rabâche depuis des années. Après tout, elle grandit. Je souris en ouvrant le placard, mais ses chaussures n'y sont pas non plus. Quant à sa veste, elle n'est pas sur son cintre, ni sur la chaise, ni en boule sur l'étagère à chaussures, comme quand elle était petite. Était-elle furieuse au point de rentrer dans la maison tout habillée ?

Tor est assis dans la cuisine. Il lève les yeux de son ordinateur portable et croise mon regard. Son téléphone est posé à côté de lui, sur le plan de travail. Une tasse de café trône sur la table. Son visage est soucieux. Sa peau a une teinte grisâtre et son front est sillonné de profondes rides. Je regarde ses yeux bleus et son front haut qui lui déplaît tant, même si je trouve que cela lui va bien, les lunettes légèrement trop grandes qu'il met quand il n'arrive pas à mettre la main sur sa paire préférée. J'éprouve aussitôt de l'affection pour mon mari. Comment ai-je pu envisager de le quitter ?

— Vous étiez où ? lance-t-il en se levant.

Mon regard tombe sur le plan de travail, immaculé. Soudain, il me revient à l'esprit que mes courses sont toujours dans la voiture. Je regarde la place où Iben s'assied d'habitude, le rebord de fenêtre où elle pose son téléphone pour le recharger, le soir, mais c'est moi qui l'ai.

— Vous ?

Ma voix ressemble à un piaillement. Je n'arrive pas à dire autre chose. Je vois son visage prendre une expression effarée. Je tourne les talons et repars en sens inverse, en direction de l'entrée. Je monte l'escalier quatre à quatre et ignore complètement l'écriteau "Frapper avant d'entrer" qu'Iben a accroché à la porte de sa chambre quand elle avait six ans. Je me précipite à l'intérieur et prends une grande inspiration, prête à hurler et à la sermonner. Son lit est vide et n'a pas été défait. Elle n'est pas non plus assise à son bureau. Je redescends l'escalier au pas de course. Je m'arrête devant la porte du séjour, sentant l'adrénaline affluer dans mon corps, mais c'est justement ce qu'elle veut, me faire peur. Elle est certainement assise là, en train de rire de moi. Je saisis la poignée et ouvre la porte d'un coup.

Le séjour baigne dans la lumière faible du soir. Je regarde le canapé, la table de la salle à manger et la chaise inoccupée dans l'angle. Je me retourne et file vers la salle de bains, mais elle n'y est pas non plus. Je me rappelle que je n'ai pas vérifié celle de l'étage, alors je gravis de nouveau l'escalier et ouvre la porte.

— Mais qu'est-ce qui se passe ? demande Tor, au rez-de-chaussée.

Mes pas lourds font trembler les cloisons. Je vérifie dans notre chambre et manque de chuter en redescendant l'escalier. J'ouvre la porte du débarras et reste immobile au milieu du chaos. Je retourne dans la cuisine.

— Iben est sortie ?

Je m'efforce d'employer un ton normal, de ne pas montrer mon inquiétude, mais ma voix est fébrile.

Tor me fixe. Les muscles de son cou se tendent. Ses yeux semblent se gonfler. Je me rends compte qu'il est en colère. Et si Tor est en colère, c'est que la situation est grave.

— Tu veux dire que tu ne sais pas où est Iben ?

Je comprends en même temps que ses paroles m'atteignent. L'horloge du micro-ondes indique 22 h 23. Le centre commercial est fermé depuis déjà plusieurs heures. Et je n'ai aucune idée d'où est ma fille.

LIV

Ålesund
Vendredi 29 août 2003

On s'était rassemblés autour de mon lit comme si c'était un autel. Egil et Ingvar avaient pris place de chaque côté, moi près de la tête. On avait étendu un grand drap blanc qu'Ingvar et Egil tenaient au-dessus du lit, et dans lequel une petite souris blanche avec des taches marron courait dans tous les sens et glissait chaque fois qu'elle tentait de s'agripper au tissu. Egil se pencha en avant et regarda par-dessus le bord du drap en adressant des claquements de langue à la souris.

Néron se reposait dans mes bras. Il leva la tête et sortit sa langue avec des mouvements rapides. Je m'assis dans la position du lotus sur le coussin et je plaçai le serpent sur mes jambes. J'abaissai légèrement le drap devant lui. Il sentit l'air avec sa langue et flaira sa proie. Le corps couvert d'écailles se mit à remuer, à glisser vers mes pieds nus, rugueux et lisse à la fois, puis sur le bord du drap.

La nuit précédente, j'avais été réveillée par un bruit dans ma chambre, comme un vent soufflant au loin. Quelque chose d'à peine audible, mais d'insistant comme une démangeaison. Avec la nuit claire, il était impossible de savoir s'il était 2 heures ou 6 heures. J'avais pris mon téléphone et vu qu'il était 4 h 05. Le bruit était faible, mais bien présent, cela ne faisait aucun doute. Il était chargé d'odeurs et de rêves. Je m'étais penchée au bord de mon lit pour regarder en dessous. Les yeux de pierre de Néron me fixaient. Il était enroulé sur lui-même sur la moquette. L'espace d'un instant, j'avais cru que le bruit avait disparu, mais il n'avait pas tardé à se faire de nouveau entendre. Si faible que j'avais pensé qu'il avait peut-être toujours été là, ou qu'il n'avait jamais existé. Il provenait du serpent. Je m'étais allongée sur le sol, j'avais fermé les yeux et m'étais mise à écouter, avec la sensation de percevoir les traces de ce qui dansait entre nous dans la pièce. Du pur contact.

C'est à ce moment-là que j'avais entendu la première parole. Sa voix était archaïque, poussiéreuse. Dès que je l'avais entendu, j'avais été convaincue que c'était ce qu'il avait voulu me dire depuis le début. Le sens était parfaitement clair, même s'il l'avait exprimé avec un simple mot : "Chère." Une onde de chaleur avait traversé mon corps. Alors, j'avais rampé jusqu'à lui et lui avais chuchoté : "Mon cher, moi aussi je t'aime, Néron." Puis un nouveau murmure s'était fait entendre dans la chambre, et j'avais perçu un autre mot : "Liv."

Je n'aurais jamais cru qu'un autre être vivant puisse me procurer du bonheur. Je me pensais condamnée à devoir porter ma solitude pour toujours. Cette nuit-là, alors que j'étais allongée sous mon lit avec Néron, juste après qu'il m'avait murmuré ses premières paroles, j'avais senti un bonheur infini se diffuser à travers mes veines, jusque dans chacun de mes doigts, dans mes pieds, avant de retourner à mon cœur et d'entamer une nouvelle boucle. C'était comme s'il avait réussi à entrer en moi. Le seul mot qui m'était parvenu du fond de son corps était un désir. "Chasse." Cela faisait longtemps que nous ne l'avions pas nourri, et les souris congelées que nous balancions devant ses yeux pour lui donner l'illusion qu'il s'agissait de proies vivantes ne le satisfaisaient pas. La chasse lui manquait. Elle faisait partie de sa nature.

Quand je m'étais réveillée, le lendemain matin, j'étais seule sur la moquette. Je m'étais cogné la tête contre le bois du lit en voulant me lever. Pendant un instant, j'avais cru qu'il m'avait abandonnée, qu'il avait trouvé le moyen de sortir et qu'il s'était enfui. Puis, je l'avais vu, suspendu à une plante, sur le rebord de la fenêtre. Les rayons de soleil matinal faisaient scintiller sa peau luisante. Une fois de plus, j'étais restée fascinée par la manière dont son corps pendait avec indolence, en même temps qu'il était tendu pour rester accroché. J'étais remontée sur mon lit. J'avais essayé de m'enrouler sur moi-même, autant que ma colonne vertébrale raide me le permettait, m'étirant, me courbant d'un côté puis de l'autre, les bras le long du corps. Si quelqu'un m'avait vue, il se serait sans doute demandé si je n'étais pas en train de faire une crise cardiaque. Néron m'avait regardée et avait compris ce que je voulais faire. Il avait compris que j'étais à la recherche de points d'intersection entre nous, que j'essayais de me rapprocher de lui.

À présent, la souris courait en rond dans cet espace blanc que nous avions créé pour lui, ses petites pattes grattant et battant l'air, cherchant sans arrêt dans une autre direction et échouant systématiquement. Je me demandai si elle avait oublié où elle avait été ou si elle essayait de nouveau parce qu'elle ne voyait pas d'autre possibilité. Bientôt, elle ne trouva plus de nouvelles voies à tenter. Lentement, l'espace blanc était en train d'être rempli par le serpent. Néron s'approchait, telle une ombre dans le monde de la souris, une nouveauté, mais qui avait toujours été là, un nuage sombre dans le ciel du rongeur.

L'instant d'après, le petit animal blanc et marron fut capturé. Il se débattit brièvement, s'arrêta, se débattit à nouveau. Sa bouche minuscule émit une série de pépiements désespérés. Néron tenait fermement la souris, il la serra jusqu'à ce qu'elle cesse de s'agiter. De petites taches de sang maculèrent le drap blanc. Je ressentis des picotements. Dans ma poitrine, dans mon ventre et dans mon bas-ventre. Egil expira dans un long sifflement après avoir longtemps retenu son souffle. Puis, le serpent resserra doucement son étreinte sur le corps de la souris.

— Le truc de dingue ! murmurai-je.

Aucun de nous ne fit d'autre commentaire. Néron continua de serrer sa proie, toujours plus. Cela ne semblait guère lui coûter d'efforts. Son corps était tendu, mais calme. Tout à coup, quelque chose se passa sur son visage. On aurait dit qu'il s'ouvrait en un sourire. Ses mâchoires s'écartèrent en grand, la peau aux commissures de sa gueule s'étira comme du tissu souple. Le serpent engloutit sa proie. Des poils dépassaient de sa gueule. La tête marron et blanc du python s'élargit et s'aplatit, dans un sourire toujours plus large et plus absurde à mesure qu'il avalait. Bientôt, il ne resta plus de la souris qu'une paire de pattes roses et la queue, qui ne tardèrent pas à disparaître à leur tour à l'intérieur du serpent. Egil et Ingvar lâchèrent le drap, qui retomba sur le lit. Ils sortirent de ma chambre sans dire un mot.

Une boule irrégulière avançait dans le long œsophage du python, une protubérance à peine visible sous sa peau scintillante. Je tendis la main et la caressai du bout des doigts. Je me demandai quelle sensation cela faisait d'être là-dedans. C'était certainement chaud, peut-être aussi humide et étroit, comme dans un utérus.

MÉMOIRES D'UN REPTILE

Un jour, j'ai compris, tout simplement. Mon petit monde était entouré d'une fine coquille blanche qu'il me suffisait de briser pour m'en extraire. De presser ma tête contre la membrane claire, d'abord avec précaution pour tester cette matière visqueuse. Puis avec plus de force, jusqu'à ce que la coquille cède. Par l'ouverture, j'ai découvert quelque chose de frais. Une nouveauté que j'ai appris à connaître comme l'air. Bien sûr, j'avais déjà bu tout mon liquide amniotique, et lorsque j'ai senti l'air pénétrer dans mes poumons, ce fut avec le soulagement d'accueillir quelque chose dont je n'aurais jamais pensé avoir autant besoin.

J'ai regardé tout autour, pour observer le nouveau monde qui venait de s'ouvrir à moi. Les limites de mon nouvel univers étaient constituées par l'énorme ventre brillant d'un serpent enroulé autour de ses innombrables œufs blancs. Maman. Mes frères et sœurs qui n'étaient pas encore sortis. Je me suis glissé lentement dans ce jour nouveau, rampant sur les œufs non encore éclos. Il y avait tellement de choses à découvrir. La chaleur qui irradiait d'en haut. Un lointain goût de vie dans l'air. Tous les sons possibles, aigus et perçants, en provenance d'un endroit que je ne connaissais pas. Des sons qui s'élevaient et qui redescendaient, les vibrations de ma mère qui gardait ses œufs au chaud.

Après que la lumière et l'obscurité se furent succédé plusieurs fois, je me suis retrouvé avec une dizaine de frères et sœurs qui allaient et venaient dans leurs œufs selon qu'ils voulaient dormir ou jouer. Nous nous enroulions les uns avec les autres, nos corps se collaient, puis nous repartions chacun dans notre direction. Nous découvrions de nouvelles cavités entre les anneaux, nous nous glissions dessous, dessus et nous en extirpions. Nous apprenions à connaître notre force musculaire, la facilité avec laquelle nous pouvions plonger pour nous cacher et ressurgir. Où finissait le corps de l'un et où commençait celui de l'autre, cela n'avait pas d'importance. Nous étions à la fois nous-mêmes et tous les autres.

Notre mère nous cachait quelque chose. Elle nous protégeait de quelque chose qui nous attendait au-delà de ses grands anneaux. Au début, cela ne nous intéressait pas. Nous étions persuadés que ses anneaux constituaient les limites de l'univers. Pour nous, les jours se suivaient comme une seule vague intense de mouvement, de chaleur et de saveurs. Malgré tout, nous savions qu'il y avait quelque chose que nous allions devoir apprendre. Une raison qui nous poussait à éprouver nos muscles entre nous. Dans nos corps, nous savions que nos forces nous serviraient à quelque chose.

Je me rappelle parfaitement la première fois où j'ai levé le regard et constaté que le dos de ma mère avait disparu. Pourtant, cela n'avait pas été une fin, mais plutôt un début. Autour de nous, il n'y avait que de la terre nue, la voie était ouverte. J'étais affamé et, dans l'air, j'ai perçu une odeur lointaine de nourriture. De petits êtres qui se cachaient quelque part dans les parages. Maintenant, tout ne dépendait plus que de nous. Nous devions nous disperser comme un flot de serpents libres, prêts à remplacer l'odeur du liquide amniotique par celle de la viande.

J'ai quitté l'amas de coquilles d'œufs vides et suis descendu sur la terre desséchée. Je me suis mis à avancer parmi les petites pierres, dans un parfait silence, en suivant l'odeur. Les animaux devaient être là, quelque part, mais les odeurs que je percevais dans l'air étaient lointaines et indistinctes.

Je me suis préparé à me jeter en avant, à siffler sur le sol, poussé par l'instinct de chasseur qui était dans mon corps. Ce même instinct qui m'avait ordonné de sortir, sans que je puisse m'y opposer de quelque façon que ce soit. Juste pour découvrir que l'air aussi avait ses limites. Où que j'aille, je me heurtais à une résistance invisible. Je tâtais l'air avec ma langue, mais cette barrière n'avait pas de goût. Elle était là, tout simplement, une nouvelle vérité. Désorienté, je suis resté là, à côté de la barrière, essayant de comprendre. Cette fois, je savais qu'il devait y avoir quelque chose de l'autre côté. Je le voyais, l'entendais et le sentais clairement. Et elle s'est même mise en mouvement. Une créature tellement gigantesque que, en comparaison, le dos de ma mère paraissait minuscule. C'est sa hauteur qui m'a le plus impressionné, la manière dont la créature se dressait au-dessus de moi. Elle s'approcha, leva un de ses longs membres et frappa contre la barrière, toc, toc, toc, si bien que les vibrations provoquèrent comme des explosions dans mon corps.

LIV

Ålesund
Samedi 30 août 2003

Tout tournait autour de moi. La pièce tournoyait si bien que je ne distinguais plus le plafond des murs, ni mes bras des mains masculines qui me faisaient voltiger. Des personnes comme un flot irrégulier de peau et de couleurs défilaient devant moi en rouge, jaune et blanc. Je vis des cheveux, des vêtements et quelqu'un qui riait. Je ris en retour, sans savoir à quel visage. J'avais trop bu. Je m'efforçai de me concentrer sur un point. Le canapé noir en cuir avec son fauteuil assorti. Les tableaux poussiéreux sur les murs que la propriétaire avait certainement achetés d'occasion pour une bouchée de pain. La commode dans l'angle, d'un rouge criard, celle d'Ingvar, qu'il n'avait jamais utilisée. Le lecteur CD d'Egil avec ses baffles qui déversaient des grossièretés en rythme. Egil nous mettait constamment sa musique dans le salon. Moi, je préférais celle d'Ingvar, plus déprimante et psychédélique, plus en phase avec mes émotions. La musique de soirée d'Egil, son besoin ardent que la vie ne soit que fête et rigolade, tout cela m'angoissait. Si je participais, c'était uniquement parce que je connaissais la personne complètement différente qu'il était quand ses bruyants camarades de classe ne traînaient pas ici. Notre relation était ainsi. Nous prenions et nous donnions.

La personne qui me faisait tournoyer avait un visage insaisissable et fuyant, comme du sable. J'aurais voulu arrêter.

J'essayai de libérer mes bras, de m'arracher à ses mains, mais il me tira contre lui. Ses mouvements se firent plus lents, il me caressa les cheveux. Je fus prise d'un vertige et m'agrippai à son bras pour ne pas tomber. Il m'enlaça, me serra contre lui et se mit à nous balancer d'un côté et de l'autre, plus ou moins au rythme du rap que crachaient les haut-parleurs. C'était comme si les mouvements dans la pièce n'étaient pas synchronisés avec les sons, comme si tout était à contretemps, en retard. Je n'étais pas non plus certaine de pouvoir me fier à la gravité. Le haut n'était pas toujours en haut, il était parfois à gauche, et je n'avais aucune idée d'où étaient ma tête, mon ventre et mes jambes, de quelle partie de mon corps se trouvait en dessous et de laquelle était au-dessus, ni même si elles étaient encore solidaires. Des pièces disparates, mais qu'il était quand même possible d'emboîter, une tentative ratée d'assembler un puzzle. Voilà ce que j'étais.

Je posai ma tête sur son sweat-shirt. Il y avait une impression sur la poitrine que je sentis sous mes mains. La musique grondait dans mes doigts. Un peu plus tôt, Egil avait voulu me faire boire de l'eau et m'avait dit de m'asseoir un peu. Je lui avais ri au nez avant de renverser sur sa tête le verre à demi plein. Cela avait dû le mettre en colère et j'avais pouffé de rire à cette pensée.

— Qu'est-ce qui te fait rire comme ça ? me demanda le garçon.

Je levai le regard sur la chaîne en argent qu'il portait autour du cou, puis sur son menton, un menton rond.

— Je me disais juste que ce groupe est vraiment mauvais, lui répondis-je en appuyant vigoureusement mon index contre sa poitrine, sur l'impression qui représentait je ne sais quoi.

Je ris à nouveau, plus fort cette fois. Tout à coup, il me saisit le menton, enfonçant ses doigts durs dans ma chair et me forçant à lever la tête. Il pressa ses lèvres contre les miennes et enfonça dans ma bouche une langue effrontée qui avait un goût amer. Mon estomac fut pris de spasmes et je sentis comme un bouillonnement dans le fond de ma gorge.

Je me libérai de son étreinte, j'avais besoin d'air. Je me précipitai en direction de la porte en me faufilant entre les corps qui dansaient. Soudain, je repensai au verre de liqueur à la banane que quelqu'un avait placé dans ma main. Quel goût infect ! Je m'appuyai sur le dossier d'une chaise et tentai de réprimer ma nausée, en vain. Je parvins tant bien que mal à ouvrir la porte de la terrasse et me ruai sur la rambarde. Du vomi jaune brunâtre jaillit et éclaboussa le mur de la terrasse jusque sur la plate-bande fleurie, souillant les feuilles vertes et roses. C'était normalement à nous d'entretenir le jardin, mais la propriétaire de l'appartement s'était résignée depuis longtemps à tondre elle-même la pelouse et à arracher les mauvaises herbes. Au moins, elle n'allait pas avoir besoin de fertiliser ses fleurs dans l'immédiat.

Je m'avançai sur l'herbe, toujours avec ce goût de vomi dans la bouche. J'attrapai une grosse feuille d'un arbre et la léchai pour tenter de débarrasser ma langue de cette odeur. Je m'approchai du tronc et sentis l'humidité fraîche des feuilles sur mon visage. Je fermai les yeux dans l'espoir de retrouver un monde qui ne me donnerait pas la sensation de baigner dans une mer démontée. Au moins, je n'avais plus à supporter cette musique, tous ces gens et ce vacarme, c'était déjà ça.

— Une clope ?

Le type avec lequel j'avais dansé était adossé au mur et tendait vers moi un paquet de cigarettes. La flamme du briquet illumina son visage. Une bouille enfantine sur un grand corps. Il avait la tête quasiment rasée, à l'exception de quelques cheveux tellement clairs qu'on arrivait à peine à les distinguer. Il était maigre, et son sweat-shirt à capuche le faisait paraître petit, une sorte de copie d'Eminem. Un diamant brillait à son oreille.

— Carrément, dis-je.

Il s'approcha avec son paquet et tendit son bras au-dessus de ma tête pour s'appuyer à l'arbre. Je me sentais mal à cause de son parfum. Son visage était si près du mien, il voulait que j'allume ma cigarette avec la sienne. La nausée fit son retour. J'écartai ma cigarette et me penchai en avant. Il me tint les cheveux tandis que le vomi jaillissait à nouveau. Je régurgitai et sentis mes muscles se contracter. Mon ventre était vide mais mon corps, malgré tout, ne voulait pas arrêter. Le bas-ventre dur du type se pressa contre moi par-derrière. Sa main sur mon ventre était trop basse et cela me déplaisait.

Je m'essuyai la bouche avec le bras, si bien qu'un filet visqueux et jaunâtre s'accrocha à ma manche. Plusieurs fois, j'aspirai à fond pour raviver le feu de ma cigarette, tandis que j'allais m'asseoir sur une marche. Le type resta sur l'herbe à me regarder fumer. Ses yeux étaient sombres, presque noirs. Il avait un visage étroit et pratiquement imberbe. Pourtant, je me dis qu'il devait avoir quelques années de plus que moi. Parfois, on pouvait le deviner sans savoir pourquoi. Il attendit ainsi jusqu'à ce que j'écrase ma cigarette contre une marche. Si je m'étais levée pour partir, il m'aurait suivie. *Pourquoi tu ne me montrerais pas ta chambre, hein ? Allez, tu me la montres ?* Il fallait que je file sans me faire remarquer.

— En général, c'est moi qui gagne à ce jeu-là, dis-je.

Je sentais que la cigarette m'avait fait un peu de bien, même si j'étais toujours aussi bourrée.

— De quel jeu tu parles ?

Je le désignai de l'index.

— Le jeu du “je te fixe, tu me fixes”. Je ne connais personne capable de tenir plus longtemps que moi, sérieusement. Mais j'avoue que tu es un adversaire coriace.

Il me rejoignit et posa une main sur ma hanche.

— J'adore fixer, dit-il.

Il laissa glisser sa main sur une de mes fesses et la serra.

Une nouvelle vague de nausée me submergea en même temps que le souvenir du souffle de Patrick. Ignorant mon instinct qui me dictait de fuir, je m'approchai de lui.

— Putain, ce que t'es belle, murmura-t-il en pinçant ma lèvre inférieure avec ses doigts.

Je lui souris, l'entraînai en direction de la maison, à proximité de la porte de la terrasse, mais à un endroit d'où personne n'aurait pu nous voir à moins de sortir. Je m'assis sur l'herbe et le tirai à moi. Je pouffai de rire et mis mon index sur ses lèvres.

— Allonge-toi, ferme les yeux.

Il s'exécuta. Il se coucha sur le dos, le visage vers le ciel, les yeux fermés. Un vague sourire passa sur son visage lorsque je commençai à déboutonner son pantalon. Je le baissai et lui ôtai ses chaussures et ses chaussettes que je disposai soigneusement à côté d'une plate-bande avec des fleurs couleur saumon. Sous son pantalon, il avait un boxer avec le logo de la marque sur la ceinture, un de ceux qui se portent avec des pantalons taille basse. Je me levai et allai chercher le tuyau d'arrosage qui était posé près du mur et tournai la poignée rouge de la lance. Le type poussa un cri au moment où il reçut un jet d'eau glacée. Je lâchai aussitôt le tuyau et partis en riant vers la maison. Je l'entendis hurler des jurons dans mon dos.

Je claquai la porte de la terrasse et mis le verrou qui tourna dans un clic. Je me frayai un passage à travers la foule et vis Egil danser avec une fille qui avait de longs ongles rouges avec lesquels elle lui chatouillait le visage. J'étais certaine qu'elle s'était fait refaire les seins. J'étais chaque fois fascinée par ces femmes qu'il sortait de Dieu sait où, comme par magie. Elles devaient venir d'un endroit où la photocopieuse à bimbo tournait jour et nuit.

Je progressai au milieu de ces groupes de corps qui dansaient, se poussaient et riaient, avec leurs sourires artificiels et leurs voix faussement enjouées, leurs doigts qui jouaient avec les verres. Je me faufilai devant un couple qui s'embrassait, en direction de la chambre d'Ingvar. J'ouvris la porte et me heurtai à un mur de musique. La voix rauque du chanteur de Bongzilla rugissait dans le micro. Ingvar leva la main et me fit signe au moment où il faisait passer un joint. La pièce était saturée de fumée et de gens, le lit et la moquette couverts de corps qui bavardaient. Je m'assis par terre, à moitié écrasée contre un groupe de garçons qui semblaient être encore en âge d'aller au collège.

Je pris mon temps avec le joint lorsque ce fut mon tour, aspirai plusieurs longues bouffées et me remplis les poumons en fermant les yeux. Bientôt, je me sentis moins ivre et plus satisfaite. Les voix autour de moi s'affaiblirent, la pièce se fit plus lointaine, les paroles des autres s'évanouirent. C'était comme si quelque chose s'était insinué dans mes conduits auditifs, quelque chose qui grossissait de plus en plus. J'étais bien. Je tirai une dernière bouffée et ouvris les yeux pour faire passer le joint. Un homme se tenait dans l'embrasure de la porte et m'observait. C'était le mec à la Eminem qui avait voulu jouer avec moi dans le jardin. Le devant de son sweat-shirt à capuche était trempé. Derrière lui, il y avait deux types musclés aux bras énormes. La manière dont ils se tenaient me fit penser à une parodie d'un film de Tarantino. Le mec à la Eminem me fixait. Je m'attendais à ce qu'il détourne le regard, mais rien n'y fit. Ses yeux me fixaient comme deux pierres noires. Il n'était pas du tout à son avantage avec ces deux gorilles derrière lui qui le faisaient paraître maigre et gringalet. C'était tellement comique que je me mis à rire, mais une fois que j'eus commencé, je n'arrivai plus à m'arrêter. Je fus prise d'un irrépressible fou rire, à tel point que les larmes me montèrent aux yeux et que je basculai en arrière. Et je restai là, étendue par terre, à hurler de rire.

Quand je me tournai à nouveau vers la porte, il avait disparu. Je m'aperçus alors que le silence était revenu dans la chambre. Je m'adossai au cadre du lit en ricanant, lorsque je sentis que quelqu'un me tapait sur l'épaule. Je levai une main et tirai délicatement sur la barbe d'Ingvar.

— Ce que c'est bon, cette merde, Ingvar ! dis-je en essuyant mes larmes.

Ingvar avait l'air tendu.

— C'était quoi, ça ?

Il indiqua l'embrasure de la porte où s'était tenu le type à la Eminem quelques instants plus tôt.

— Juste un type un peu trop insistant.

Ingvar poussa un soupir.

— Ce type un peu trop insistant, c'est lui qui me fournit.

Je me redressai.

— C'est *lui*, David Lorentzen ? Tu nous l'as toujours présenté comme un gros dur.

— Il avait l'air sacrément furieux.

Je haussai les épaules.

— Je coucherai jamais avec personne pour que tu aies ton cannabis.

Ingvar soupira à nouveau et se rassit sur son lit. Les haut-parleurs déversaient le son des Weedeater, un groupe que j'aimais écouter quand Ingvar, Egil et moi passions l'après-midi ensemble, mais à ce moment précis, la musique était bien trop forte pour moi, bien trop lourde. Mêlée aux voix dans la pièce, elle se transformait en un chaos croissant. Je me dis que cela devait être ce qu'on entendait en enfer.

— Salut, Liv !

Tout à coup, Egil apparut au-dessus de moi. Je me décalai afin qu'il puisse s'asseoir à côté, sur la moquette, mais il se contenta de se pencher et lança un regard en direction de deux filles qui semblaient l'attendre.

— Je me demandais un truc. Ces deux jeunes femmes, là-bas, elles seraient curieuses de voir Néron. Tu penses qu'il serait possible de le ramener ici, quelques instants ?

— Arrête, Egil.

— Allez, juste un peu. Ou alors laisse-les au moins aller dans ta chambre lui faire un petit coucou.

Je le tirai à moi, si bien qu'il perdit l'équilibre et fut contraint de s'asseoir.

— Je comprends même pas que tu leur en aies seulement parlé. Tu as besoin de Néron pour te rendre intéressant ?

— Il est pas qu'à toi, tu sais ? Il était censé être à nous trois, on devait former la fraternité du serpent.

— Laisse tomber.

Egil se pencha vers mon oreille.

— File-moi la clé, chuchota-t-il.

En guise de réponse, je me levai et partis.

Une fois devant la porte de ma chambre, je tirai sur la chaîne dorée que j'avais autour du cou pour faire sortir la clé de mon col. Je la caressai délicatement avec mon pouce. Je l'avais moi-même fait plaquer d'or quand je m'étais installée ici. La première clé d'une pièce pour moi toute seule, où personne ne pourrait jamais entrer sans que je l'y autorise. Bien sûr, j'avais eu la clé de la prétendue maison de mon enfance, mais là-bas, ma chambre était toujours ouverte, et pendant de nombreuses années, je l'avais partagée avec Patrick. Il y avait quelque chose de sacré dans le fait de posséder un tel objet, je la considérais comme mon amulette.

Avant de la glisser dans la serrure, je m'assurai qu'Egil n'était pas derrière moi. Je refermai la porte aussitôt à l'intérieur. Je poussai un soupir de soulagement. Puis j'allai jusqu'au terrarium, à côté de la fenêtre, fabriqué spécialement pour Néron, qui s'était couché sur le tapis chauffant. L'Américaine qui nous l'avait vendu nous avait conseillé de le garder dans une pièce fermée à clé. Même si le terrarium était doté d'un couvercle coulissant, il était possible qu'il parvienne à s'échapper. Et si jamais il sortait de la maison, la nouvelle se retrouverait dans tous les journaux du pays. Ingvar et Egil laissaient toujours les portes de leurs chambres ouvertes, c'est pourquoi nous avions décidé qu'il resterait dans la mienne. J'ouvris le couvercle, saisis délicatement le petit corps sinueux et le soulevai. Sa langue fourchue sonda l'air. Il s'étira et sembla scruter la pièce depuis cette nouvelle altitude.

— Salut, murmurai-je. Je t'ai manqué ?

J'allai me mettre avec lui sous la couette. Ses minuscules anneaux me chatouillèrent le ventre lorsque je le glissai sous mon t-shirt. Je caressai cette surface sèche. Quand on l'a eu, Egil croyait que les serpents étaient visqueux comme des escargots, ou gluants et mous comme des vers. Peut-être aussi que mes doigts s'attendaient à quelque chose de similaire, mais pas du tout. On aurait plutôt dit que son corps était recouvert d'un tapis de petits ongles lisses. J'aurais pu passer mon temps à toucher ce dos rugueux tant j'aimais la sensation que cela me procurait.

Au début que j'habitais ici, j'aurais éventuellement pu ramener ce garçon dans ma chambre. Je l'aurais peut-être seulement fait pour ne pas avoir à dormir seule. Cela m'était arrivé plusieurs fois. Mais cela ne m'avait rien apporté du tout, si ce n'est de l'angoisse, une sensation de brûlure dans le basventre et trop peu de place pour pouvoir trouver le sommeil. Partager mon lit avec Néron, en revanche, me procurait une sorte de soulagement. Je tendis l'oreille pour tenter de capter sa voix dans la pièce, de retrouver les paroles qu'il m'avait murmurées cette nuit-là, mais il se taisait. Et si cela avait juste été le fruit de mon imagination ?

— Parle-moi, lui chuchotai-je en sentant une larme couler sur ma joue.

Cela me surprit. Ce n'était pas mon genre de pleurer.

ROE

Kristiansund
Vendredi 18 août 2017

— Tu danses avec moi ?

Ronja sourit et tend une petite main vers moi. Elle est éméchée et a les joues rouges. Ses boucles châtains, qui sont d'habitude soigneusement attachées, pendent librement sur ses épaules. Elle s'appelle Ronja Solskinn. Un nom de famille solaire qui sonne comme une promesse, et personne ne saurait l'incarner mieux qu'elle. Elle est foncièrement "ouverte et chaleureuse", toujours imprégnée de cette naïveté dont l'âge adulte aurait dû la priver. Les grandes souffrances lui ont été épargnées.

— Merci beaucoup, mais je ne danse pas.

Le pub qu'ils ont choisi est plein à craquer. Des clients ivres se déplacent d'un pas chaloupé et parlent exagérément fort, se rattrapent brusquement au dossier d'une chaise et commencent à vous faire la causette. C'est l'endroit le plus en vogue de la ville, paraît-il, à cause du karaoké. Des gens bourrés au point qu'ils en perdent les pédales et s'agrippent à un micro en braillant. Ils trouvent ça tordant. Et ne pas connaître les paroles est encore plus drôle.

Ronja se penche sur la table. Elle lance un regard aux autres, qui sont concentrés sur leurs conversations. Elle écrit quelque chose sur son téléphone, ses pouces font de petits mouvements rapides, puis elle tourne l'écran vers moi.

Je voulais juste te dire que je pense que tu as bien fait de t'énerver. Ils n'avaient pas le droit de te poser ces questions.

Je suis arrivé en retard au restaurant. Les autres s'y sont rendus directement après le travail, tandis que je restais pour régler quelques affaires. J'en ai aussi profité pour changer de chemise. C'est pourquoi j'ai hérité de la pire place, en bout de table, cerné de policiers à qui je n'avais jamais eu affaire et dont j'ai dû subir les salves de questions toutes plus personnelles les unes que les autres.

Ils voulaient savoir si ce qu'ils avaient entendu à propos de ma fille était vrai. Leurs visages prenaient des expressions émues. Le pire, c'est qu'ils croyaient être aimables en me posant ces questions. Ils étaient convaincus que ça me ferait du bien de faire ressurgir ma Petite de ma mémoire et de me l'agiter sous le nez. Ils n'avaient pas compris qu'elle n'était pas juste un moyen d'engager la conversation, mais bel et bien une fille de chair et d'os. J'ai fini par leur demander de la fermer, littéralement. Je hoche la tête et adresse un sourire reconnaissant à Ronja.

Un jour, la Petite m'avait traité de vieux ronchon. Ce n'était pas vraiment une coïncidence si Ingrid utilisait si souvent la même expression à propos de moi quand nous étions mariés. Mais à l'époque, je n'étais pas en colère comme maintenant. Irritable, peut-être. Attaché à mes principes, absolument. Je me montrais parfois distant parce que mon travail occupait une grande partie de ma vie. Maintenant, en revanche, je suis réellement un vieux ronchon. Ce vieux ronchon est devenu un nouvel ami, un protecteur. Je déteste ce type, mais j'ai besoin de lui. C'est comme ça que sont les choses, à présent.

Je baisse les yeux sur le message de Ronja. J'efface ce qu'elle a écrit et, avec mes doigts maladroits, je tape : *Ça fait toujours du bien de s'énerver. Pas contre les délinquants, ni pendant une arrestation ou un interrogatoire, mais le reste du temps, toujours.*

Elle reprend son téléphone, lit ce que je viens de lui écrire. Elle acquiesce, se redresse, va sur la piste et se met à danser. Elle semble tellement insouciante, tellement libre. Pour ma part, je suis content que la musique soit aussi forte. Au moins, ça rend toute tentative de conversation confidentielle impossible. Maintenant, tous les autres ont rejoint Ronja sur la piste de danse. Elle passe ses bras autour du cou du Danois, tandis que lui la prend par la taille. Je me demande si c'est bien le genre de type qu'il lui faut. Il m'a l'air d'être un peu trop parfait. Elle s'ennuiera vite avec lui. Je pense que les jeunes femmes comme elle ont besoin de temps. Elles sont constamment en recherche et tellement, tellement ouvertes. Elle connaîtra de multiples blessures avant d'apprendre à se fermer.

— Tu veux quelque chose ? me demande Shahid. C'est moi qui offre.

Il a le regard vitreux et s'avance vers moi d'une manière peu naturelle. C'est une des personnes les plus pragmatiques que j'aie jamais connues. Il porte des lunettes fonctionnelles, des chaussures confortables et il vient au travail à vélo avec un sac à dos gris et orange pourvu d'une poche latérale où il range sa bouteille d'eau. Sport et transport en même temps. Maintenant, mon chef d'ordinaire si sage agite sa carte Visa en direction du bar. Les gens ivres sentent les sobres de loin. Ils font tout ce qu'ils peuvent pour éliminer tout signe de diction claire et de respect de soi. Je désigne mon verre de bière à moitié plein et lui dis que j'en ai encore.

— Tout va bien, Roe ? Tu te plais avec nous au commissariat ?

Il semblerait qu'il souhaite entamer une conversation confidentielle, bien qu'il doive crier pour couvrir la voix d'une quadragénaire exubérante qui croit savoir chanter les notes les plus hautes. Donc, si je ne me sentais pas bien avec mes collègues, ce qui est le cas actuellement, je n'aurais qu'à le crier à mon chef. J'envisage de ne pas lui répondre du tout, ou de lui demander s'il s'agit d'un entretien d'évaluation.

— Tout va bien, mais je pense que je vais pas tarder à rentrer.

Il pose une main sur mon épaule, dans un geste d'amitié alcoolique.

— Reste encore un peu, Roe. C'est toi la vedette de la soirée.

La vedette de la soirée n'a jamais souhaité qu'on lui organise une fête d'anniversaire, mais aucun d'eux ne l'a compris. Shahid a lui-même eu cinquante ans récemment, et il a certainement dû inviter toute la communauté pakistanaise de Norvège à cette occasion.

— Allez, reste encore un peu avec nous, insiste-t-il. On est contents que tu sois là. C'est pas si souvent que tu sors avec nous. C'est important d'entretenir des rapports sociaux. Avec toute l'expérience que tu as, tu dois bien le savoir, toi aussi, qu'on travaille mieux en équipe quand on connaît ses collègues. On a besoin de bavarder, de s'aérer l'esprit. De parler de nos vies. En tout cas, ce soir, on est là pour s'amuser. Allez, santé !

Je lève mon verre et trinque avec lui. Il se tourne vers ceux qui sont assis du côté opposé. Je baisse les yeux sur ma bière, me concentre sur ma respiration et compte jusqu'à dix. J'ai envie de lui dire que je n'ai pas besoin d'une leçon sur les bienfaits du lâcher-prise ou du débriefing. Bien sûr que c'est une bonne chose. De parler du boulot avec un certain recul, dire ce qu'on en pense. Pour les personnes qui subissent une pression modérée, qui ont seulement besoin de souffler un peu. Pour moi, au contraire, c'est impossible.

Ils mettent un slow. Ronja et le Danois dansent serrés l'un contre l'autre. Elle a la tête sur sa poitrine. Elle est tellement petite et frêle, tandis que lui est grand et gros. Il semble l'envelopper de son corps. Les mains et les épaules de Ronja se noient dans les siennes. Ils vont bien ensemble, mais pas tout à fait, c'est comme s'il était une version trop grande de celui qu'elle aurait dû avoir. Le Danois est un brave type, qui mène une vie bien ordonnée. Ce qui est une bonne chose. Au fond, qu'est-ce que ça peut bien me faire avec qui elle sort ? Ronja est juste une personne agréable, avec qui j'aime bien parler, et je voudrais qu'elle soit heureuse.

Une vibration se fait entendre sur le banc. Elle provient de la veste de Shahid, mais il ne remarque pas que son téléphone sonne, et il continue de discuter tranquillement avec son voisin. Je dois lui donner une petite tape dans le dos pour le faire réagir. Au lieu de passer devant moi pour sortir, il choisit de faire le tour par l'autre côté, forçant les autres policiers à se lever. C'est ainsi que je me retrouve à côté d'Åsmund. Il s'est changé après le travail. Il porte une nouvelle chemise et un pull en tricot.

— Alors, comment ça va ?

Je ne sais pas combien de fois on m'a posé cette question depuis le début de la soirée. Ça ne va pas bien. J'ai seulement changé de ville pour m'apercevoir que rien ne changeait. C'est tellement absurde, c'est exactement comme dans cette comptine, *L'homme qui voulait fuir le lutin*. Tout le monde sait que ce fichu lutin le suivra partout. Je lève mon verre pour trinquer et lui demande s'il est prêt pour la prochaine campagne de sensibilisation dans les écoles, juste histoire de parler.

Il y a une raison pour laquelle il est si facile de bavarder avec Åsmund. Tout en lui est superficiel. Ses sujets de conversation préférés sont le travail, la météo, la fatigue. Il se réjouit de partir bientôt à la retraite. Plus qu'un an et il pourra lézarder au soleil sur sa terrasse et observer les oiseaux dans son jardin. C'est un vieux garçon qui aspire à une vie solitaire. Je partage sa passion pour les oiseaux, mais pour moi c'est quelque chose de sinistre. Je les observe parce qu'ils me rappellent ce qui me manque. Je les vois construire des nids et nourrir leurs petits, et j'imagine le jour où quelqu'un arrivera avec une tronçonneuse et abattra leur arbre. Ça ne lui plairait certainement pas si je le lui racontais. C'est pourquoi nous nous contentons généralement de parler des espèces qui sont venues se percher sur notre mangeoire. Moi dans ma vie passée, lui dans celle-ci.

La musique s'arrête. Dans le haut-parleur, on entend une femme s'éclaircir la voix et annoncer que, ce soir, on fête un anniversaire. Je regarde vers la scène, où se tient Birte, entourée de quatre collègues.

— Roe Olsvik fête aujourd'hui ses cinquante-cinq ans, alors nous allons tous chanter *Joyeux anniversaire* !

Åsmund me prend par le bras et essaie de me forcer à me lever, mais je résiste et reste assis. Malgré tout, la plupart des gens dans le pub ont repéré qui est celui dont on fête l'anniversaire. Tout le monde se met à chanter en me fixant du regard. Tout à coup, une femme en uniforme de barmaid vient vers moi avec un gros gâteau couvert de bougies allumées qui illuminent le local sombre. Je serre les poings sous la table, conscient qu'il me faut maintenant sourire, remercier et souffler les bougies, mais je ne sais pas si je vais en être capable. C'est moi qui aurais dû mourir si ce maudit monde avait eu un sens. Je n'aurais pas dû rester ici à vieillir. Je me lève. Mon sourire est comme un trait rigide et artificiel sur mon visage. Je salue, je remercie, je m'incline et hoche la tête, tandis que les gens me filment et me prennent en photo avec leurs téléphones. Je souffle. Je dois m'y prendre à deux fois pour venir à bout des dernières bougies.

Bientôt, tout le pub se rassemble autour de ma table pour me féliciter. Une dame qui doit avoir une soixantaine d'années veut m'offrir un verre. Elle est tellement soûle qu'elle ne s'aperçoit pas que son décolleté dévoile la moitié de son soutien-gorge. Je décline poliment. Quant à celui qui vient me parler juste après, je lui dis tout simplement d'aller se faire voir. Mon ventre me fait mal, j'ai comme un nœud dans la poitrine et mes joues me brûlent. J'essaie de me frayer un chemin à travers la foule. Il faut à tout prix que j'atteigne l'escalier, que je sorte et que je prenne l'air. Il est hors de question que je reste ici une seconde de plus.

— Roe !

Shahid tend la tête depuis le balcon où se sont rassemblés les fumeurs. Il tient son téléphone contre sa poitrine, il a vu que je m'étais levé et que j'étais sur le point de partir. Il me fait signe de venir. L'espace d'un instant, j'envisage effectivement de le rejoindre, mais ma patience est à bout. Je veux rentrer chez moi. Je contourne un couple qui s'enlace dans le couloir et descends l'escalier. À peine arrivé sur le trottoir, je m'arrête et respire à fond. Mes poumons me brûlent.

— Roe !

Shahid me rejoint en courant. Il dit à son interlocuteur qu'il le rappellera.

— Il est arrivé quelque chose.

Il est pâle. Il tient son téléphone entre deux doigts, comme s'il était brûlant. Il regarde autour de lui. Il y a le videur et deux filles qui se tiennent un peu plus loin.

— Une gamine a disparu. Elle a onze ans. Ça fait neuf heures que ses parents sont sans nouvelles d'elle.

Je m'éclaircis la voix.

— Et c'est seulement maintenant qu'ils déclarent sa disparition ?

Il acquiesce.

— Vu que c'est une enfant et qu'elle n'a jamais fugué, je lance les recherches immédiatement. Espérons qu'ils la retrouveront cette nuit. Mais au cas où… Tu sais… Le facteur temps peut être crucial s'il s'avère que c'est une plus grosse affaire. Imagine qu'ils ne l'aient pas encore retrouvée demain matin, on ne peut pas laisser tous nos enquêteurs faire la fête… Il faut qu'on rentre se reposer, tous autant qu'on est.

Je hoche la tête. Je sens que le nœud dans ma poitrine commence à se relâcher, comme un soulagement. Je me racle la gorge.

— Je peux me mettre au boulot dès maintenant.

Shahid me lance un regard perplexe.

— Quand tu seras redevenu sobre, Roe, pas avant.

Je baisse les yeux et fixe mes mains. J'aurais préféré ne pas avoir à admettre ce que je m'apprête à lui dire.

— J'ai bu de la bière sans alcool pendant toute la soirée.

LIV

Ålesund
Vendredi 9 janvier 2004

Dans une pièce sombre était assise une fille sombre. Ses longs cheveux noirs recouvraient son visage. Elle était assise dans une chaise en rotin au milieu d'un cercle d'eau. On entendait faiblement le grésillement du signal interrompu de la télévision. Le personnage principal s'approcha de la fillette aux cheveux noirs et tendit un bras pour tenter de la toucher. Puis, tout se passa très vite. La fillette attrapa la main de la femme, la pièce se mit à tournoyer et un cri retentit. La femme se réveilla dans son lit. Son bras portait la marque rouge sang de la main qui l'avait serré.

Je piochai une grosse poignée de pop-corns dans le bol et reposai ma tête sur l'épaule d'Egil. Néron était lové sur le dossier du canapé, au-dessus de nous, sa queue caressait l'arrière de ma tête. Dehors, le vent soufflait, propulsant une neige fondue contre les carreaux de la fenêtre. Les lumières que nous avions accrochées au-dessus de la porte de la terrasse avant Noël étaient restées en place malgré la fin des festivités. Egil avait passé Noël dans sa famille et était revenu avec un fort besoin de marquer son territoire. On aurait dit que toute la ville s'était rassemblée ici entre Noël et le Jour de l'an.

— Nous aussi, on aurait pu jouer dans un film comme *The Ring*, dit Egil. Tu aurais été parfaite dans le rôle de Samara, Liv.

— Chut ! protesta Ingvar.

Il était assis dans le fauteuil, les jambes étendues sur une vieille caisse de sodas. Ses cheveux bruns lui tombaient devant les yeux.

— Ingvar aussi aurait pu interpréter Samara, dis-je en riant. On aurait pu alterner.

Ingvar lança un pop-corn qui traversa la pièce et atterrit sur mon visage. Je le lui renvoyai, mais manquai ma cible, si bien qu'il finit sa course sur la moquette. Egil se porta à mon secours avec une poignée de pop-corns qui s'abattirent comme une pluie sur Ingvar. Je lâchai un grand cri de joie et applaudis.

— Arrêtez de vous comporter comme des gamins, dit Ingvar. J'essaie de suivre le film.

— Mais si tu as déjà vu la version japonaise, répliquai-je, tu sais déjà ce qui va se passer.

— Je ne regarde pas des films uniquement pour découvrir ce qui va se passer.

La sonnette retentit et la porte d'entrée s'ouvrit. Des voix se firent entendre dans le couloir.

— On est prêts ! hurla un des membres du groupe d'Ingvar. Ce dernier leur cria des paroles inarticulées en guise de réponse.

Sur l'écran, le personnage principal avait retrouvé la maison où la fillette aux cheveux noirs avait passé son enfance et découvert les mauvais traitements auxquels elle avait été soumise. Egil tendit un bras musclé vers l'endroit où Néron avait jugé bon de se hisser.

— Je vous préviens, dit-il. Avant qu'il soit devenu assez grand pour occuper tout le dossier du canapé, je le montrerai à ceux que j'invite ici. Que vous soyez d'accord ou non. Putain, un jour vous vous en irez et alors ce sera à moi de décider.

— Laisse tomber, Egil. Le jour où je déménage d'ici, j'emporte Néron avec moi.

— C'est pas ton serpent, alors c'est pas toi qui décides. J'ai quasiment tout payé moi-même, le serpent et le terrarium.

— Dis plutôt que c'est ton papa qui a payé.

— Ferme ta gueule.

— C'est pas bientôt fini ce bordel ? gronda Ingvar, dans son fauteuil.

— On peut savoir ce qui te prend, Ingvar ? répliquai-je. Tu as tes ragnagnas en ce moment ?

Il se leva et balaya avec sa main les pop-corns collés à ses vêtements.

— Vous me soûlez. C'est impossible de regarder un film avec vous.

Ingvar disparut dans le couloir. Je tournai de nouveau le regard vers l'écran de la télé, mais j'avais perdu le fil.

— J'aime pas ça, dit Egil. Que tu ramènes mon père sur le tapis comme ça. Si tu pouvais éviter, j'apprécierais.

— Je sais, désolée.

— À Noël, j'ai rêvé que je le tuais. Que je lui tirais une balle dans la tête. – Il forma un pistolet avec ses mains. – C'est un vrai psychopathe. Je suis sérieux. Il ressent rien. À part de l'avidité et de l'amertume. Pour moi, les types comme lui devraient pas être autorisés à exercer leur pouvoir sur les autres.

— Ce sont justement les types comme lui qui ont du pouvoir sur les autres.

Il acquiesça.

— Je devrais me révolter. Lui donner ce qu'il mérite, d'une façon ou d'une autre. Un jour, je le ferai. Je frapperai là où ça fait mal, son portefeuille. Je cramerai la maison, je viderai son coffre-fort.

Sur le meuble à côté du téléviseur, une grosse bulle vert jaunâtre remonta à l'intérieur de la lampe à lave.

— Et Ingvar, qu'est-ce qu'il a ? demandai-je. Il n'est pas aussi rabat-joie, d'habitude.

Egil mastiqua avec calme le pop-corn qu'il venait de mettre dans sa bouche.

— Il y a bien quelque chose, pas vrai ?

Egil soupira.

— Je l'ai un peu contrarié. Mais c'est un truc sans importance, on s'en fout.

Je mis le film en pause et me pressai contre Egil. Néron tâta l'air dans ma direction.

— Pourquoi tu veux pas me le dire ?

Il baissa les yeux.

— En fait, je crois pas que tu aies envie de le savoir.

— Egil, dis-moi de quoi il s'agit.

Egil prit le serpent et le leva devant lui, le regard concentré sur la créature à écailles.

— Ingvar a rencontré Patrick. Plusieurs fois. En centre-ville. Je les ai vus parler.

Je fermai aussitôt les yeux et serrai les paupières pour tenter de repousser mes souvenirs. Patrick empestait la bière et la mauvaise hygiène. Il était maladroit, avait de l'acné et les cheveux gras. Les filles faisaient des commentaires sur lui à voix haute. Parfois, le soir, il s'installait devant le miroir pour percer ses boutons.

— Ingvar dit que c'est difficile de le repousser quand l'autre vient le voir, dit Egil. Après tout, ce sont des amis de longue date, mais il m'a juré qu'ils ne se fréquentaient pas.

Des amis de vieille date. C'était comme ça. Les gens se connaissaient. Que je parte m'installer de l'autre côté du fjord n'avait pas suffi.

— Ingvar aurait dû lui coller une droite, voilà ce que je pense, reprit Egil. Pour moi, on devrait même envoyer quelqu'un s'occuper de lui. Qu'il lui flanque une correction. David, tu vois qui c'est ? Celui que connaît Ingvar. Lui, il pourrait nous aider.

— Hors de question, dis-je. C'est quand même mon frère.

Egil secoua la tête.

— Tu t'en fous. Il mérite pas que tu te préoccupes de lui.

— Il n'est jamais venu ici ?

D'un coup, l'appartement se remplit de sons instrumentaux assourdissants en provenance de la chambre d'Ingvar. On aurait dit qu'ils essayaient de reproduire le bruit d'une scie circulaire. Néron, qui était juché sur l'épaule d'Egil, sembla stressé par le vacarme. Je le pris et dis :

— Et merde. Je vais réviser dans ma chambre.

RONJA

Kristiansund
Vendredi 18 août 2017

August sent l'après-rasage et le whisky. Ses bras me serrent si bien que j'ai l'impression de me noyer dans son étreinte. Il penche la tête vers moi, tout près de mon visage, tellement près que je distingue les pores de sa peau. Son menton est lisse, même si de petits poils blonds commencent à pointer. Dans le pub, tout le monde chante *Joyeux anniversaire*. Nous sommes dans l'escalier, un peu à l'écart. À proximité, il n'y a que des étrangers, même si un de nos collègues pourrait débarquer à tout moment. Je lance un regard en direction du bar, mais je ne vois personne que je connais. August en tient une bonne. Je ne l'avais encore jamais vu comme ça. Ses yeux sont vitreux, son sourire figé. Je pouffe de rire. Je ne suis pas habituée à voir son visage dans cet état. Ça a quelque chose de drôle de le tenir par le cou et de sentir la chaleur de son haleine. Ce n'est pas une bonne idée, pas du tout même, vu que nous sommes collègues. Mais c'est comme si tout cela n'était pas réel. Il sent bon, et un petit baiser ne peut pas faire de mal. Je dois me dresser sur la pointe des pieds pour atteindre sa bouche.

Ses lèvres sont fines et un peu plus douces que je ne l'avais imaginé. Sa langue bouge avec précaution, comme une petite limace pointue. Mes lèvres émettent un léger bruit de succion lorsque je me retire. Je ris à nouveau, secoue la tête et laisse tomber mon front sur sa poitrine. Je sens son souffle chaud dans mes cheveux.

— Il vaut peut-être mieux qu'on s'arrête là, dit-il. Pour l'instant.

— Tu as raison, je ricane. Ça vaut peut-être mieux.

Quelqu'un nous bouscule en se dirigeant vers la sortie. Je lève la tête et vois le dos large de Roe descendre l'escalier. Puis je vois passer le chef. Tous deux paraissent pressés de sortir. August recule. J'enfouis mon visage dans mes mains, j'ai les joues brûlantes.

— Tu crois qu'ils nous ont vus ?

Je fais quelques pas, me recoiffe, je ne sais pas à quoi ressemblent mes cheveux depuis qu'il a enfoncé ses doigts dedans.

— Je pense qu'on ferait mieux de retourner auprès des autres avant qu'ils reviennent.

Je m'éloigne en m'efforçant de garder mes mains loin de mes cheveux. Soudain, il me vient à l'esprit que mon mascara a peut-être bavé, mais il est peu probable que quelqu'un le remarque. Je lève la tête et croise aussitôt le regard de Birte. Ses yeux oscillent entre August et moi, elle hausse un sourcil et sourit. J'aurais dû me douter qu'on ne parviendrait à duper personne.

Je vais faire la queue au bar. Je n'ai envie de parler à personne, je veux juste un verre d'eau avant de rentrer chez moi. Birte s'approche, me prend par le bras.

— J'adore cette chanson, me dit-elle. On danse, allez…

Je secoue la tête, mais elle refuse de m'écouter et m'entraîne sur la piste de danse. Avec un doigt, elle me soulève le menton.

— La tête haute, princesse.

Nous dansons. Je me sens déjà un peu mieux, en tout cas plus libre que quand je faisais la queue au bar, toute honteuse. C'est peut-être ce que voulait Birte, pour cette raison qu'elle est venue me chercher. Je rejette mes cheveux en arrière, lève les yeux au plafond et m'abandonne. La boule à facettes projette sur nos visages des reflets argentés, nous chantons *Wannabe*, des Spice Girls, et rions à gorge déployée.

Tout à coup, quelqu'un me prend par le coude et me force à me retourner. Je m'attends à me retrouver en face d'August, mais c'est Shahid. Il a l'air stressé.

— La fête est terminée, dit-il. On rentre tous chez nous et on décuve.

LIV

Ålesund
Mardi 3 février 2004

Son placard était un portail donnant sur un monde de gâteaux. Elle sortit des petites brioches à l'anis, des viennoiseries, un pain au moût de bière et une coupelle en verre contenant un énorme morceau de beurre. Les *serinakaker* devaient être des restes de Noël. Elle vida sa cafetière dans des tasses en porcelaine à motifs floraux. Le *brunost* me colla au palais et je le fis passer avec de grandes gorgées de lait, comme le pain et les gâteaux.

— Ils font un de ces bazars, en dessous. C'est bien trop de travail pour une vieille femme comme moi. Mon fils… – Elle alla chercher la photo d'un homme d'âge mûr et me la montra. – Il voudrait bien m'aider, mais il est déjà bien occupé de son côté. La dernière fois qu'il est venu, il en a emmené la moitié chez le vétérinaire. C'est vraiment terrible d'en arriver là, mais s'ils ne sont pas capables de s'en occuper… En tout cas, ça fait plaisir de voir qu'il y a des jeunes comme toi qui aiment les animaux.

Elle me donna une petite tape sur le bras de sa main douce.

La vieille femme marchait avec les coudes pliés, le dos courbé et la poitrine en avant. Elle ressemblait à un de ces oiseaux exotiques. Je n'avais jamais eu de grand-mère, ou du moins je ne les avais jamais rencontrées. Je ne savais même pas si elles étaient encore en vie, ni comment elles m'auraient accueillie si j'étais allée les trouver. Je ne savais pas si leurs bras étaient comme ceux de cette femme. Sa peau flasque pendait sous ses avant-bras, fripée et couverte de taches de vieillesse comme le ciel était constellé d'étoiles.

Elle m'accompagna à la cave, où elle souleva un tapis qui était disposé comme un rideau sur un banc. C'était là qu'ils étaient, sous le banc, une chatte avec deux petites boules de poils dans un panier. Quand la lumière tomba sur eux, les chatons se mirent à miauler et à tourner en rond dans le panier. La vieille femme s'empara de l'un d'eux et le souleva. Il était tout petit, blanc et marron, avec des reflets dorés, et émettait des cris apeurés. Son pelage était fin et doux. La vieille femme le déposa dans le creux de ma main, comme dans une cuillère, où il agita désespérément ses pattes minuscules. Poussant de faibles miaulements, il s'agrippa au dos de ma main avec ses griffes. Je le soulevais avec précaution et le posai sur ma poitrine.

— Salut, toi, lui dis-je. Je vais t'emmener chez moi, dans ta nouvelle maison.

J'ai dû rentrer à pied. Je n'eus pas le courage de prendre le bus, de peur que quelqu'un me reconnaisse. Je lançais des regards en coin à ceux que je croisais pour tenter de déterminer si je les connaissais avant qu'ils ne me voient. Je me tenais bien droite, la poitrine haute, bien que mon instinct me commandât de me courber, de courir et de me faire discrète. Je fis aussi de mon mieux pour éviter de marcher dans la neige fondue et sale, en vain. L'eau pénétrait dans mes chaussures, trempant mes collants.

C'était un trajet plutôt ennuyeux à faire à pied, mais je n'aurais jamais pensé qu'il puisse être aussi angoissant. La cage se balançait au bout de ma main. Chaque fois que je l'inclinais un peu, le chaton glissait et poussait ses miaulements faibles. Il n'était que midi. Les rues étaient relativement vides, ce n'était pas un quartier où l'on croisait beaucoup de monde au milieu de la journée, si ce n'est durant la pause déjeuner des établissements scolaires. Et pendant encore quelques heures, Egil et Ingvar ne seraient pas non plus à l'appartement.

Désormais, Néron ne se contentait plus d'une souris ou d'un rat par-ci par-là. Il les attrapait et les engloutissait, mais ça ne suffisait plus à le rassasier. Il m'empêchait de dormir. Il s'insinuait dans mes conduits auditifs avec sa voix venue de la nuit des temps. Il se jetait sur moi à la moindre occasion pour me montrer à quel point il était furieux que je ne lui donne pas à manger en quantité suffisante. Je ne percevais plus les mots "Liv" ou "chère", juste "chasse", "chasse", "chasse". Il ne m'avait pas encore mordue, mais il s'en était fallu de peu.

Je débouchai sur une rue fréquentée. Je rasai les restes de vieilles congères noires de suie. Ce n'était pas une portion bien longue, le risque d'être vue par quelqu'un était extrêmement limité, mais mon système nerveux n'était visiblement pas du même avis. Le chaton miaulait en permanence, maintenant. Qu'aurais-je bien pu dire si j'avais rencontré une connaissance ? Il aurait fallu que ce soit une demi-vérité si je voulais qu'on me croie, comme toujours, mais quelle aurait pu être cette demi-vérité ? Je m'occupais du chaton d'une vieille dame pendant qu'elle était à l'hôpital ? De celui d'un bon ami de ma famille une fois de temps en temps ? C'était trop compliqué. La petite cage me brûlait les doigts. Les miaulements incessants me causaient des douleurs dans les tempes. Plus que quelques mètres et je serais arrivée au bout de la rue. Je ne devais surtout pas regarder dans la voiture qui venait de ralentir avant de me dépasser. C'était une journée tout à fait ordinaire, une journée comme les autres, je m'étais simplement rendue chez le vétérinaire avec le chaton qu'une amie m'avait confié. Elle n'était pas libre, elle passait un examen. Qui était cette amie ?

Enfin, je n'étais plus très loin de l'appartement. Les miaulements se firent de nouveau entendre à la suite d'un brusque changement de direction. Il fallait que je reste calme. Plus qu'un dernier obstacle, le plus risqué : passer sous les fenêtres de l'étage, m'inventer une histoire au cas où la propriétaire me verrait et qu'elle considérerait comme inadmissible que je rapporte un chat. Elle ne regardait jamais dehors, ni dans la journée, ni dans la soirée, elle se cachait constamment derrière ses rideaux, mais on ne sait jamais. Peut-être que ce jour-là, justement, elle aurait pu jeter un coup d'œil dehors au moment exact où je passais. La cage à la main, comme si c'était une valise, je traversai tranquillement la place qui s'étendait devant la maison. Elle était là, à la fenêtre de sa cuisine. Ses cheveux poivre et sel formaient comme un nuage autour de sa tête émaciée. Elle était occupée à faire quelque chose, et pile lorsque je levai les yeux vers la fenêtre de sa cuisine, elle jeta un regard dehors. J'agitai machinalement ma main libre pour la saluer, mais elle ne prêta pas attention à moi et retourna aussitôt à ses occupations.

Alors que je descendais l'escalier menant à notre appartement, je fis tout mon possible pour apaiser mes palpitations. Je devais garder mon calme. Je l'avais seulement pris pour quelques jours, histoire d'essayer, bien évidemment j'avais l'intention de lui demander la permission si tout s'était bien passé et que j'avais voulu le garder. Une fois devant la porte d'entrée, j'entrepris d'ouvrir de ma main tremblante, tandis que le chaton miaulait. Si je l'avais pris pour quelques jours, pourquoi n'avais-je rien dit à Egil et à Ingvar ? D'un autre côté, pourquoi quelqu'un aurait-il pris la peine de me poser ces questions ?

Mon regard glissa sur l'étagère à chaussures et sur le sol juste en dessous, même si je savais qu'Egil était en cours et qu'Ingvar était chez un membre de son groupe et qu'il avait prévu de répéter toute la journée. Je restai plantée dans l'entrée, à regarder par la fenêtre, le jardin, la clôture en bois, les voitures qui passaient dans la rue. Il était encore temps de retourner chez la vieille dame qui m'avait donné le chaton et de lui dire que j'avais découvert que j'étais allergique ou que j'avais changé d'avis. Peut-être que je me serais sentie mieux si j'avais impliqué Egil et Ingvar. Ensemble, nous aurions pu nous justifier en disant que c'était un jeu qui avait pris des proportions imprévues. Nous aurions pu nous motiver mutuellement. Pourtant, je n'avais pas eu le courage de leur en parler. Ou peut-être était-ce l'envie qui m'avait manqué ? Peut-être que j'avais voulu exécuter mon plan toute seule, mue uniquement par le désir, le besoin de nourrir mon serpent moi-même.

J'ouvris la porte de ma chambre avec ma clé dorée. Je posai la cage sur le sol et allai prendre Néron dans son terrarium. Souvent, je le laissais se promener librement dans ma chambre, mais dans le terrarium, il faisait plus chaud. Même si j'étais convaincue qu'il détestait y être enfermé, même si je pouvais l'entendre siffler des paroles enragées quand je l'y déposai, je savais qu'il avait besoin de la chaleur du tapis chauffant. Il désirait être libre, mais j'étais certaine qu'il ne comprenait pas ce que cela impliquait.

Néron se laissa prendre et poser sur la moquette d'un beige douteux. Il avait tellement grandi en peu de temps qu'il n'était plus si facile à manipuler, mais il se montrait toujours coopératif quand il percevait une odeur de viande. Et là, il avait déjà flairé la présence de la nouvelle petite créature dans la pièce. Il s'approcha de la cage en tâtant l'air avec sa langue fourchue.

J'ouvris la porte de la cage, enfonçai la main à l'intérieur et saisis le petit corps. Le chaton se mit à miauler et agita ses pattes minuscules. Son pelage fin était hirsute, comme s'il y avait de l'électricité statique. Il miaula de peur quand je le soulevai, quand je lui caressai le dos, quand je le posai par terre, quand il se retrouva dans une pièce où il y avait de l'air et du mouvement. Le simple fait d'exister l'effrayait. Il n'y avait peut-être rien que ne craignait pas une telle créature, à l'exception de la chaleur de sa mère à qui il avait été arraché.

Mon corps se mit en alerte, mes oreilles se mirent à siffler, l'adrénaline se déversa dans mes veines, mais je me dis que le sort de cette créature était scellé depuis longtemps. Personne n'avait manifesté le moindre intérêt pour cette portée et les autres chatons avaient été emmenés chez le vétérinaire. Il aurait mieux valu les abandonner en forêt, qu'ils servent de nourriture aux renards. Il y avait bien trop de chats dans les foyers norvégiens. Les gens tapissaient les murs des commerces d'annonces pour tenter de se débarrasser de leurs chatons, en vain. Autant les donner à manger à des animaux affamés, pensai-je, plutôt que de remplir la pièce du fond d'un cabinet vétérinaire à cause de l'incapacité des gens à s'occuper de leurs animaux de compagnie. Au moins, ils serviraient à quelque chose.

Néron se déplaça prestement en direction de sa proie, qui vacillait sur ses petites pattes. Le chaton perçut peut-être du mouvement autour de lui, l'onde glissante d'un corps rampant. Puis il découvrit la tête du serpent. Il poussa un cri. Pas un miaulement de chaton, mais un hurlement de terreur qui avait presque quelque chose d'humain, bientôt interrompu par les crocs de Néron qui se plantèrent dans sa nuque tendre. Alors, il n'y eut rien d'autre que du mouvement, le corps du python qui resserrait de plus en plus son étreinte sur sa proie.

Les serpents ont au moins le mérite d'être honnêtes, pensai-je. Ils n'essayaient pas de masquer leurs agissements au moyen de discussions sur la morale. Nous, les humains, nous étions capables de parler du bien et du mal pour, l'instant d'après, commettre des péchés en parfaite contradiction avec ce que nous venions de dire. Les humains étaient une espèce qui dressait des murs de bois et de pierre autour d'elle et de sa propre prétendue malveillance. Qui appelait sa proie bifteck et faisait semblant de croire qu'elle n'avait jamais été vivante. Pourquoi s'adonner à un tel jeu ? Si une femme tuait son mari, on la condamnait au motif qu'elle avait agi contre nature. Pourquoi ne tenions-nous pas compte du comportement de la femelle araignée qui dévorait son partenaire tout de suite après l'accouplement ? Pourquoi ne pas admettre que nous *aussi* sommes comme cela ? Que la nature est ainsi ?

Le regard de pierre de Néron se posa sur moi un instant, comme s'il voulait me remercier, juste avant de commencer à avaler sa proie. Je me sentis nauséeuse et submergée par l'émotion. Je pouvais sentir le martèlement de mon cœur dans ma poitrine, dans mon ventre et jusque dans mon bas-ventre. Je baissai mon pantalon et ma culotte, et en huit dix frictions vigoureuses, j'atteignis l'orgasme.

MARIAM

Kristiansund
Vendredi 18 août 2017

Je suis assise à la table de la salle à manger, comme paralysée. Le mur se colore des reflets clignotants des gyrophares bleus à l'extérieur, qui indiquent à tout le voisinage qu'il s'est passé quelque chose. Il ne s'est rien passé. Je me refuse à y croire. Elle doit probablement être allée voir quelqu'un. Dans le pire des cas, elle aura eu l'idée d'aller je ne sais où et sera montée à bord d'un bus. Je refuse de croire qu'il s'est passé quelque chose de grave. Ils la retrouveront certainement d'ici une heure ou deux. Elle demandera de l'aide à un adulte ou bien elle rentrera à la maison par ses propres moyens. Cela arrive tout le temps, des jeunes qui disparaissent et qui réapparaissent.

Ils m'ont dit de rester près du téléphone, au cas où elle appellerait. Le portable d'Iben et le mien sont, là, devant moi, soigneusement disposés l'un à côté de l'autre, sur un set de table. Je fixe la lumière bleue intermittente sur le mur, j'inspire, j'expire. Je devrais être au lit, en train de dormir. Demain, c'est samedi, Iben doit jouer un match de hand, et j'ai promis de faire un gâteau pour le goûter. Les sacs de courses sont toujours sur le plan de travail, ils n'ont pas été vidés, les œufs sont sûrement cassés, tous, et le lait a dû tourner, je vais devoir aller à la boutique, demain matin, afin de racheter des ingrédients pour mon gâteau. Elle pourra m'aider quand elle rentrera. J'espère qu'elle ne s'est pas éloignée au point de devoir passer la nuit dehors. Je n'aime pas l'idée qu'elle puisse avoir froid et peur. Ou qu'elle s'adresse au mauvais adulte.

— Mariam Steinersen Lind ?

Un homme se tient dans l'embrasure de la porte. Il a ôté ses chaussures avant d'entrer et se trouve en chaussettes. Il porte un jean et une chemise blanche. Il est grand et large d'épaules. Des cheveux châtains parsemés de gris, des sourcils broussailleux et un nez crochu. Il a à la main une serviette en cuir élimée fermée par un bouton-pression. D'apparence, il est un peu à mi-chemin entre un plombier et un vieux professeur principal.

— Inspecteur Roe Olsvik.

Il brandit sa carte de police et s'approche de moi. Il me donne une poignée de main ferme.

— Roger ?

— Roe, R. O. E. C'est du norrois, ça veut dire "honneur".

Il est manifestement originaire d'Ålesund. Son dialecte est chantant. Son thorax imposant se soulève quand il prononce son nom. Il lâche ma main, ouvre sa serviette en cuir et en sort un dictaphone.

— Je dois vous poser quelques questions, Mariam. J'espère que vous n'y voyez pas d'inconvénient.

Mon regard se met machinalement à vagabonder dans la pièce. Quelques questions, c'est bien la dernière chose dont j'aie besoin en ce moment. Tout ce que je veux, c'est fermer les yeux et faire comme si cette journée n'avait jamais eu lieu. Demain, tout sera redevenu normal.

— J'ai déjà parlé avec… j'ai oublié son prénom ?

Il acquiesce.

— Je le sais. Mais j'ai moi aussi des questions à vous poser. C'est d'accord ?

Je n'aime pas le ton de sa voix. Je le trouve faussement aimable, comme s'il cherchait à me charmer. Pour dire la vérité, je ne l'apprécie pas du tout.

— Puis-je vous demander un service, Mariam ? Je suis venu ici le plus vite que j'ai pu et, dans la précipitation, j'ai oublié d'emporter du papier et un stylo. Est-ce que je pourrais vous emprunter de quoi écrire ?

Je me demande si ce n'est pas une de ces personnes qui pensent se rendre agréables en appelant constamment les autres par leur prénom, comme si je ne savais pas comment je m'appelais.

— Vous avez déjà votre dictaphone, ce n'est pas suffisant ?

Il m'adresse un sourire difficile à déchiffrer.

— Si, mais vous savez comment c'est… Les vieilles habitudes… J'aime bien prendre des notes par écrit, ça me donne l'assurance que les informations importantes ne seront pas perdues. Si ça ne vous dérange pas trop ?

Je me lève et vais dans la cuisine. Il me semble que j'ai du papier quelque part, mais je ne l'utilise que rarement. Je fouille parmi les livres de cuisine, ouvre un tiroir qui contient des ustensiles en bois, des couverts de service et des fouets. Je finis par tomber sur un bloc-notes où figurent une recette de brioche et une liste de courses. Je ne trouve rien d'autre pour écrire qu'un stylo à paillettes turquoise qui doit appartenir à Iben. Je regarde, les couleurs scintillent à l'intérieur. Elle aime les couleurs pastel, c'est encore une petite fille. Pourquoi est-ce que je ne lui ai pas acheté cette bande dessinée ?

Quand je retourne dans le séjour, le policier a dans la main une de nos photos de famille. Il la désigne d'un mouvement de tête avant de la reposer.

— C'est une belle famille que vous avez, Mariam.

Ma fille a disparu. Et lui, il est là à faire des commentaires positifs sur une famille amputée comme si elle était encore entière. Pourquoi ? Je regarde la photo, où Iben sourit, entre Tor et moi, le visage baigné de soleil. Elle se cache pour se venger de moi. Quand elle reviendra, je m'appliquerai à lui faire prendre conscience de l'agitation qu'elle a provoquée. Je l'emmènerai au commissariat pour qu'ils lui expliquent combien d'agents ont été envoyés à sa recherche. Tor lui racontera comment il a arpenté les rues en criant son nom et quelle peur il a eue. Le policier à qui j'ai eu affaire en premier m'a demandé si je connaissais les amies d'Iben et si je pouvais lui donner leurs numéros de téléphone. Comme je ne savais pas quoi répondre, je lui ai donné les numéros de tous ses camarades de classe. C'est Tor qui sait ces choses-là.

Nous nous installons l'un en face de l'autre à la table de la salle à manger, là où j'ai passé la dernière heure à fixer alternativement les deux téléphones devant moi et un des vieux magazines d'Iben qu'elle avait lu et relu pendant nos dîners. C'est devenu une telle routine que je ne prends même plus la peine de ranger ses magazines. Elle le fait elle-même, mais toujours pour remplacer l'ancien par un nouveau.

— Bien, dit Roe en prenant une note. On m'a déjà informé dans les grandes lignes de la déclaration que vous avez faite, mais j'aurais quelques questions complémentaires à vous poser. Vous avez dit qu'Iben était partie en courant après une dispute dans un supermarché, c'est bien ça ?

Je sens que j'ai la gorge sèche. J'acquiesce.

— Dites-moi ce qui s'est passé pour qu'elle parte comme ça.

— Iben voulait que je lui achète une BD, mais je n'ai pas voulu. On s'est disputées et elle est partie. Je pensais qu'elle m'attendrait devant le supermarché ou qu'elle reviendrait, mais elle a disparu.

Il opine.

— Vous êtes-vous adressée à un vigile ou à un autre employé du supermarché ?

J'étais trop submergée par mes propres émotions pour prêter attention aux autres personnes.

— Mon caddie était plein, je ne pouvais pas me déplacer comme je voulais. Et puis j'étais persuadée qu'elle m'attendait près de la voiture.

Il nota quelque chose dans le bloc-notes.

— Quand vous avez constaté qu'elle n'était pas à la voiture, pourquoi n'êtes-vous pas retournée dans le centre commercial pour demander aux vigiles s'ils l'avaient vue ?

— Je pensais qu'elle était rentrée à la maison. Ce n'est pas si loin, après tout.

Il lève le regard de la table.

— Il y avait quelqu'un chez vous ?

— Tor était à son travail.

— Iben a les clés ?

Je secoue la tête. Avant, elle les avait, oui, mais elle les a perdues. Elle n'a pas eu le courage de nous le dire avant plusieurs semaines. Et nous avons dû faire changer les serrures de la maison.

Le policier tape sur le bloc-notes avec le stylo à paillettes.

— Je ne comprends pas très bien. Comment avez-vous pu croire qu'elle était rentrée à la maison ?

Je baisse le regard et fixe la table. Je sais que j'aurais dû me comporter comme une gentille maman. Une maman qui cherche son enfant, le cœur battant, qui appelle la police, en larmes, même si ça ne faisait qu'une demi-heure qu'elle n'a pas vu sa petite fille, parce qu'elle a tellement peur, tellement, tellement peur. Mais c'est une autre Mariam qui a pris le dessus, celle qui devient folle de rage et qui fuit. Je n'arrive pas à l'expliquer au policier, mais ce n'est pas non plus nécessaire. Iben s'est cachée, tout simplement.

Il s'éclaircit la gorge.

— Donc, vous avez cru qu'Iben était rentrée à la maison. Vous êtes montée dans votre voiture et vous êtes partie, mais vous n'êtes pas rentrée chez vous, c'est bien ça ?

— Je suis allée faire un tour. Du côté de Trondheim. J'ai déjà expliqué tout ça.

Il hoche la tête.

— Vous étiez en colère, vous aviez le sentiment d'avoir été traitée injustement par une enfant de onze ans, vous êtes allée faire un tour pour vous calmer ?

Dit de cette manière, mon comportement peut sembler puéril. De nouveau cette expression sur son visage, que je n'arrive pas bien à interpréter et qui cache quelque chose d'obscur. Il note quelque chose, peut-être que je n'ai pas répondu à sa question.

— Combien de temps vous êtes-vous absentée ?

— Comme je l'ai dit à… j'étais ici à 22 heures, 22 h 30.

— Ça signifie que vous vous êtes absentée plus de sept heures. Avez-vous l'habitude de prendre la voiture et de partir comme ça pendant des heures ?

Je me racle la gorge.

— Non, ce n'est pas habituel.

Il plante son regard dans le mien. Pourquoi est-il aussi énervé ?

— Pourquoi êtes-vous partie, Mariam ? Pourquoi n'avez-vous pas cherché votre fille ?

J'ai haussé les épaules sans m'en rendre compte. Je les baisse brutalement et prends une grande inspiration.

— Je ne sais pas.

— Je vous avoue, Mariam, que j'ai comme l'impression que vous me mentez.

Je hausse de nouveau machinalement les épaules.

— Pourquoi vous mentirais-je ?

Il s'éclaircit la voix et se met à tambouriner sur le bloc-notes avec le stylo.

— Vous êtes la seule à pouvoir répondre à cette question. Peut-être que ce que vous racontez n'est pas vrai. Peut-être que vous n'avez pas cherché votre fille. Qu'est-ce qui me dit que vous étiez bien seule dans votre voiture, qu'elle n'était pas avec vous ? Comment puis-je en être sûr, Mariam ?

Il répète continuellement mon prénom, maintenant. C'est comme s'il l'utilisait pour me piquer, qu'il me l'envoyait à la figure.

— Elle n'était pas avec moi, dis-je d'une voix chevrotante. Elle n'était pas dans la voiture.

— Il m'est venu une idée, dit Roe. Iben aurait pu se trouver dans le coffre. Elle était dans le coffre, Mariam ?

— Non ! – La paume de ma main s'abat sur la table. – Je ne lui ai pas fait de mal !

Tout à coup, le policier se met à rougir. Il toussote. Puis il ouvre sa serviette en cuir, en sort un objet emballé dans du plastique, une brochure ou un cahier. C'est une bande dessinée. Il la pose sur la table, devant moi. Elle est enfermée dans un sac en plastique à fermeture éclair. Des zombies sexys avec du rouge à lèvres à paillettes.

— C'est bien cette BD qu'Iben aurait voulu que vous lui achetiez, Mariam ?

Il a intérêt à arrêter de m'appeler par mon prénom. Je n'en peux plus. Je fixe la bande dessinée.

— Où… l'avez-vous trouvée ?

— Pas très loin d'ici, à côté de la maternelle. C'est le meilleur raccourci pour revenir du supermarché à pied, pas vrai ?

Je n'ai pas la force d'acquiescer. Les muscles de mon cou se tendent. Ils l'ont trouvée près d'ici. Ce n'est pas possible. Le policier feuillette le bloc-notes et me le tend, ainsi que le stylo.

— Je voudrais que vous m'indiquiez où vous vous êtes rendue. Si vous vous êtes arrêtée quelque part pour acheter à manger ou autre chose, j'aurai besoin des noms des magasins. Vous vous êtes absentée pendant plus de huit heures, alors j'imagine que vous avez dû manger quelque chose ? Il me faudrait aussi l'heure à laquelle vous avez pris le bac pour Halsa. Puisque vous avez pris la route de Trondheim, vous l'avez obligatoirement pris à un moment. À moins que vous n'ayez tourné en rond pendant sept heures.

Je baisse les yeux sur le bloc-notes qu'il me tend. Puis je regarde à nouveau la bande dessinée avec les zombies aux lèvres maquillées. Elle l'a acheté quand même, a couru jusqu'ici, mais n'est jamais arrivée à la maison.

— Veuillez m'excuser si je vous parais un peu rude, dit-il. Bien sûr, nous supposons qu'elle est allée trouver refuge chez quelqu'un. Malgré tout, comme vous le savez, nous ne pouvons exclure aucune possibilité.

Il rougit à nouveau et agite le bloc-notes dans sa main.

— Fast-foods, stations-services, si vous êtes allée dans un restaurant, n'importe quoi d'autre. Tous les endroits où vous vous êtes rendue aujourd'hui.

Je m'empare du stylo. Je repense à ce que j'ai fait. J'ai tenté de faire comme si tout cela était normal, la manière dont je me suis comportée, le fait qu'Iben ait disparu.

— Vous croyez que quelqu'un l'a fait monter dans sa voiture ? je demande d'une voix tremblante.

— Je ne crois rien du tout, répond-il.

— Tor n'a toujours pas compris, dis-je. Il n'a pas eu le temps d'y réfléchir, de comprendre que j'ai voulu… J'ai voulu m'en aller.

Le policier acquiesce. Il soutient mon regard un instant avant de détourner les yeux et de les baisser sur le bloc-notes que je tiens entre mes mains. Puis il attend que je me décide à écrire.

LIV

Ålesund
Lundi 15 mars 2004

J'avais cinq ou peut-être six ans, et j'étais dans mon lit. Patrick regardait la télé dans le salon. Des bruits étranges me parvenaient, on aurait dit qu'il regardait un film. Il m'avait interdit de sortir de ma chambre, mais j'avais une terrible envie de pipi. Le verre de lait que j'avais bu juste avant d'aller me coucher, et que Patrick m'avait dit que je regretterais, cherchait maintenant à sortir. J'imaginais que mon urine dans la cuvette serait blanche. Si j'ouvrais ma porte discrètement, il ne se rendrait sans doute compte de rien, et je pourrais me faufiler jusqu'aux toilettes. Je saisis la poignée et commençai à l'abaisser lentement pour ne pas faire de bruit. Si je me mordais la langue, j'arriverais mieux à me concentrer. Je ne le dérangerais pas, je courrais jusqu'à la salle de bains, puis je retournerais aussitôt me coucher. Les bruits se firent plus distincts lorsque j'ouvris la porte. J'entendis des femmes ricaner. Je passai prudemment la tête dans l'entrebâillement. Patrick était dans le canapé, dos à moi. Il avait la nuque longue. Je levai les yeux vers la télé et tentai de comprendre ce que je voyais. Les visages des deux dames dans un coin de l'écran. Celles qui avaient ricané. Leurs têtes inclinées sur le côté, leurs longues langues, leurs cheveux qui ondulaient. L'une d'elles tenait dans sa main le sexe d'un homme qui remplissait la moitié de l'écran, un orvet, un serpent. Les dames riaient et regardaient dans notre direction en tirant leurs longues langues. Mais que faisaient-elles ?

— Sara, dit Patrick en riant. Qu'est-ce que tu fais debout ?

Je secouai la tête. J'aurais voulu m'enfuir, arrêter de regarder, mais le sexe se mit à grossir jusqu'à devenir long comme un serpent. Il sortit de l'écran. Se dirigea vers moi à travers l'air, un ver de terre. Le rire de Patrick résonnait dans mes oreilles.

Je me redressai brusquement. Les rideaux ondoyaient vers l'intérieur de ma chambre, comme une grande cape. Je me levai et allai fermer la fenêtre. Je retournai à mon lit, où Néron était étendu juste à côté de l'endroit où j'avais été allongée. Lorsque je me recouchai, il étira son long corps, me montrant ses écailles marron, jaunes et noires. Il avait tellement grandi en peu de temps, il était désormais deux fois plus gros que quand on l'avait acheté. Je passai la main sur sa peau luisante. Normalement, les serpents n'aiment pas les câlins, contrairement aux animaux à sang chaud. J'ai souvent pensé que notre relation était spéciale, cependant il était possible que ces caresses lui soient désagréables. C'était parfois l'impression que ça donnait. Comme à ce moment-là. Il réagit en s'étirant et en s'enroulant, anneau après anneau, jusqu'à former une pelote à mes pieds, pour ensuite se laisser glisser sur le sol. Il rampa jusqu'au radiateur électrique situé sous la fenêtre et se cala contre le mur.

Je me levai, le rejoignis en quelques pas et m'agenouillai devant lui. Je tendis une main pour rétablir le contact entre nous. Je le saisis par un de ses anneaux pour tenter de le tirer vers moi, mais il résista. Il leva la tête, prêt à se battre, et siffla dans ma direction. Comme d'habitude, je perçus des ordres enragés au milieu de ses sifflements. Il s'étira vers moi, m'obligeant à reculer.

Un mois s'était écoulé depuis qu'il avait mangé le chaton. Je savais que les pythons pouvaient jeûner pendant bien plus longtemps, je me rendis compte qu'il avait de nouveau faim. J'avais essayé de lui donner du filet de poulet, mais il refusait désormais de toucher à la viande inerte. Néron se jeta sur mon bras en sifflant ses ordres. Nos rapports étaient fortement conditionnés par mon incapacité à lui fournir de la viande.

Il n'avait aucune idée des difficultés que j'avais rencontrées la dernière fois, du risque que cela représentait, ni de ce que je ressentais. Pour lui, il était tout simplement inconcevable que sa proie ne vienne pas quand il en éprouvait le besoin.

Mon corps tremblait lorsque j'enfilai ma robe de chambre pour aller dans la cuisine. Je trouvai le quotidien local par terre, au milieu des papiers à recycler. Je l'ouvris à la page de la rubrique "Offres gratuites". Elle était pleine d'annonces de propriétaires d'animaux.

— Hé, c'est vraiment toi ?

Ingvar se tenait dans l'embrasure de la porte. Il portait un t-shirt avec *Sleep* écrit en grandes lettres vertes et l'image d'une caravane sombre avançant dans le désert, reproduction de celle qui figurait sur la jaquette de l'album *Dopesmoker*. Je refermai le journal et le posai sur la table.

— T'es enfin réveillé ? commentai-je.

Il haussa les épaules.

— Je suis un musicien.

Il ouvrit le placard, en sortit une tasse et la remplit d'eau du robinet.

— On te voit plus beaucoup, dit Ingvar. T'es tout le temps enfermée là-bas.

Il fit un signe de tête en direction de ma chambre.

— J'ai plein de trucs à réviser.

— Même la nuit ?

Je baissai les yeux et fixai mes pieds, qui étaient nus sur le sol en linoléum. Un mouton s'était collé sous mon gros orteil. Je l'ôtai avec mon autre pied.

— T'as mal dormi, peut-être ? fit Ingvar.

— J'ai fait un cauchemar.

Il s'assit à la table, en face de moi, et passa une main dans sa barbe.

— T'as parlé avec Egil dernièrement ? demanda-t-il.

Je secouai la tête.

— Comme tu l'as dit, je passe tout mon temps enfermée dans ma chambre.

— Il a foiré ses exams. Son père a décidé de lui couper les vivres.

— Je savais pas que c'était tendu à ce point-là, dis-je.

— C'est même pire que ça. Son père apprécie pas trop qu'il soit en coloc avec nous. Il est persuadé qu'on a une mauvaise influence sur lui.

Je pouffai de rire.

— Il a peut-être pas tout à fait tort.

— Il a menacé de le déshériter. Egil est carrément furax. Tu seras là à sa fête d'anniversaire, pas vrai ?

Je me mis à gratter l'ongle de mon pouce.

— Oui.

Ingvar baissa le regard et fixa la table.

— Tu sais que… tu peux me parler, enfin… je veux dire… si tu as besoin…

Je ricanai.

— Mais oui, tu es ma meilleure copine, Ingvar.

— Arrête de déconner… – Il me regarda dans les yeux. – Je suis sérieux.

Je serrai très fort les paupières dans une tentative de refouler mes souvenirs. Les claquements rythmiques dans notre chambre quand Patrick croyait que je dormais. Plus tard, ses visites dans mon lit dans l'obscurité.

— T'as arrêté de le voir en ville ?

Ingvar acquiesça.

— Il ne viendra jamais ici ?

Il secoua lentement la tête.

— Je t'en donne ma parole.

Je regardai Ingvar et secouai à mon tour la tête.

— C'est pas une garantie.

— Pour toi, peut-être pas. Pour moi, si.

Les taches que Patrick laissait derrière lui étaient gluantes et avaient une odeur douceâtre. Elles étaient impossibles à enlever et il était rare qu'on change de draps le lendemain. Quand je repensais à cette fille qui s'appelait Sara Scheie, je pouvais sentir cette odeur. Je baissai de nouveau le regard et donnai un coup de pied dans le sol devant moi.

— Qu'est-ce que j'ai raconté ? demandai-je. Le soir où j'avais tellement bu que j'ai commencé à parler de Patrick. Je m'en souviens pas.

— J'ai pas envie de le répéter, répondit-il. En tout cas, il aurait mérité qu'on lui coupe la bite.

— C'est pas le pire, murmurai-je.

Il y avait encore des choses sur lesquelles je n'arrivais pas à mettre des mots. C'était comme si la fille que j'avais été autrefois avait changé. Elle était devenue de plus en plus collante. Elle ne lâchait plus son frère et essayait constamment d'attirer son attention. Elle dansait autour de lui dans la cuisine. Il arrivait même que ce soit elle qui se glisse dans son lit.

— Le pire, c'est que je l'aimais, dis-je à Ingvar. C'est pour ça que j'ai dû partir.

Je le laissai me prendre dans ses bras. La joue barbue et chaude d'Ingvar, ses bras autour des miens. Je lâchai un sanglot sur son épaule.

— C'était pas de l'amour, dit-il. L'amour, c'est pas ça.

— Pour moi, l'amour c'est ça.

RONJA

Kristiansund
Samedi 19 août 2017

Sur le chemin du commissariat, je fais un saut au supermarché pour acheter du paracétamol, des crackers et une boisson énergisante. Le centre commercial de Storkaia est toujours là, inchangé, ce qu'il s'est passé hier n'y a laissé aucune trace. Je règle mes achats à la caisse et ouvre le sachet de crackers une fois franchie la sortie. J'en fourre un dans ma bouche, enfourche mon vélo et fonce jusqu'au commissariat. Je me rends compte que quoi qu'il se soit passé, c'est arrivé quasiment sous le nez de la police, peut-être même que la plupart d'entre nous faisions la fête. Je ne sais même pas si j'ai eu le temps de dessoûler complètement, mais je n'ai pas l'intention d'attendre une minute de plus.

J'espère qu'August n'est pas déjà arrivé. Ce serait agréable de pouvoir faire encore un peu comme s'il ne s'était rien passé hier, mais à peine ai-je franchi la porte de la brigade d'investigation que j'entends sa voix au loin. Et ce n'est pas tout, je suis aussi certaine d'avoir perçu un "Et merde !". Je ne l'ai encore jamais vu énervé. Je suis le son de sa voix étouffée. Elle provient du bureau de Shahid. Il doit parler très fort car la porte est fermée. Je ne distingue pas le reste de ses paroles, mais il hausse encore la voix et le chef lui répond sur un ton qui se veut apaisant. Puis, la porte s'ouvre et August sort en coup de vent. Je dois m'écarter pour éviter qu'il ne me rentre dedans, mais ma boisson énergisante me glisse des mains et tombe par terre. Il me lance un regard incrédule avant de se retourner et de continuer en direction de son bureau.

— Salut, Ronja, me dit le chef.

Je me mets à rougir et me penche pour ramasser ma boisson.

— Je passais juste, balbutié-je.

— C'est super que tu sois venue si tôt, dit Shahid. Tu es une des premières. Écoute, Tor Lind, le père de la fille disparue, arrive dans une demi-heure. On doit l'auditionner à nouveau. Quant à sa femme, on l'entendra plus tard dans la journée. On va avoir besoin de quelqu'un pour assister aux auditions et prendre des notes. Tu pourrais t'en charger ?

— Bien sûr.

— Si l'affaire dure, je te confierai évidemment d'autres missions, mais dans l'immédiat, j'ai besoin que tu t'occupes de ça. Moi aussi j'ai prévu d'assister aux auditions, mais il faut d'abord que je règle quelque chose. Va voir August et mettez-vous d'accord sur la marche à suivre.

Ce n'est pas exactement ce que j'avais imaginé. D'habitude, je fais plutôt équipe avec Birte. D'habitude, je me montre volontiers flexible. Là, ça ne devrait pas non plus me poser de problème. Je serre les dents jusqu'à ce que j'aie rejoint mon bureau. J'ai une demi-heure pour finir de dessoûler, me réveiller pour de bon, me débarrasser de mon mal de tête, retrouver un rythme cardiaque normal et faire disparaître les rougeurs sur mes joues. Je vais y arriver.

Quand j'entre dans le bureau d'August, il me fixe d'un air que j'ai du mal à déchiffrer. À la fois sceptique et plein d'espoir. Notre baiser d'hier soir continue de me brûler les lèvres comme une petite flamme, même si cette sensation a aussi quelque chose d'agréable. Je me sens gênée, je préférerais éviter de le regarder dans les yeux, mais ça ne ferait que rendre la situation encore plus embarrassante.

Je lui annonce :

— Shahid m'a demandé d'assister à l'audition. Il veut que je prenne des notes.

Il semble soulagé. Il croyait sans doute que je voulais qu'on parle de ce qui s'est passé hier. Je fais crisser involontairement la semelle de ma chaussure sur le sol. Il baisse le regard. C'est un expert en interrogatoire, il est habitué à déceler les signes de nervosité de ce genre. Il n'en faut pas plus pour se trahir.

— Parfait, répond-il en faisant semblant de ne pas avoir remarqué que je rougissais. Je vais mener l'interrogatoire seul, tu n'auras qu'à t'installer dans la salle de surveillance. Note tout ce que tu peux. – Il consulte sa montre. – Il ne devrait plus tarder.

Il frotte ses mains sur ses cuisses au moment de se lever. Ainsi, je ne suis pas la seule à montrer des signes de nervosité. Il tend le bras pour m'inviter à le précéder dans le couloir qui mène à la salle de surveillance, tandis que lui continue jusqu'à la salle d'interrogatoire pour s'assurer que tout est en place. On peut travailler en équipe. Je n'ai aucune raison de m'inquiéter simplement parce que je vais le fixer sur un écran pendant peut-être une heure ou à cause de ce que les autres peuvent penser. Qui se soucie de ce genre de choses ? Pas moi. Je suis une professionnelle, je suis parfaitement capable de mettre ma vie privée de côté et de me concentrer sur mon travail.

Au moment où je m'apprête à entrer dans la salle de surveillance, je me dis que je ferais mieux de passer aux toilettes avant de commencer. Ce serait dommage que je rate une partie de l'audition pour une raison aussi stupide. Je fonce jusqu'aux toilettes. J'ai l'impression d'être une adolescente qui s'est pointée au boulot avec la gueule de bois. Je reviens juste à temps pour voir August pénétrer dans la salle d'interrogatoire avec Tor Lind. Il commence par lui dire ses droits.

August se glisse avec une facilité déconcertante dans la peau de l'interrogateur qui inspire confiance. Il demande à Lind s'il comprend son danois, s'il veut un verre d'eau, s'excuse de le recevoir dans un local aussi peu accueillant. Tor Lind se tient droit sur sa chaise à barreaux au milieu de la salle d'interrogatoire exiguë. Il a les mains sur les cuisses et on distingue une petite brioche sous sa chemise bleue et son cardigan gris boutonné jusqu'au col. Il a les cheveux blonds parsemés de gris et le front haut. Des lunettes à monture argentée encadrent ses yeux bleus. Il a une cinquantaine d'années, autrement dit il est un peu plus âgé que sa femme, mais il est bien conservé. Je dirais que Lind est plutôt bel homme. Il a du charisme. Il semble calme et contrôlé, répond de manière claire et concise aux premières questions qui lui sont posées. Comme il l'a expliqué au policier qui l'a interrogé hier, il est rentré chez lui vers 17 heures. Il s'attendait à ce que Mariam et Iben soient à la maison. Comme elles n'étaient pas là, il les a appelées toutes les deux, sans obtenir de réponse. Mariam n'est réapparue que vers 22 h 30. Elle était seule.

— Quelqu'un peut-il confirmer que vous étiez à votre domicile ?

Lind répond sans marquer la moindre hésitation.

— Mon voisin d'en face tondait sa pelouse. Vous ne lui avez pas encore parlé ?

August acquiesce.

— Si, nous l'avons fait. Il dit que vous êtes rentré à 17 heures, mais quelqu'un peut-il confirmer que vous n'êtes pas reparti, que vous êtes resté tout le temps chez vous ?

— Si quelqu'un est en mesure de le confirmer, c'est qu'il m'a vu par la fenêtre. J'étais tout seul à la maison.

Je me concentre sur les doigts d'August. Ils sont fins et incroyablement longs et s'entrecroisent sur la table devant lui. En réalité, tout en lui est trop long et trop fin, comme un personnage de dessin animé. Je me touche les lèvres. Quelle idiote, vraiment quelle idiote.

— Avez-vous utilisé votre ordinateur ? demande August.

— Oui ! oui, bien sûr que je l'ai utilisé. Je suis allé sur internet. Quand je n'essayais pas de joindre Mariam.

— Et qu'êtes-vous allé voir sur internet ?

— Les dernières infos. Pour voir s'il n'y avait pas eu des accidents de la circulation ou autre chose qui aurait pu expliquer pourquoi elles n'étaient pas rentrées. J'ai même appelé les hôpitaux au cas où ma femme et ma fille auraient été admises aux urgences.

— Quand les avez-vous appelés ?

— Il me semble qu'il devait être entre 19 et 20 heures.

Je note les horaires et aussi que nous allons devoir vérifier les informations fournies par Lind et appeler les hôpitaux. J'écris que Tor Lind s'est penché sur la table et qu'il regarde désormais August droit dans les yeux, mais qu'il ne montre toujours aucun signe de nervosité. Qu'il pose des questions sur les recherches et qu'il demande si nous pensons que nous allons retrouver Iben en vie. Il faut une bonne dose d'autodiscipline pour maintenir une telle apparence à moins d'être innocent. Toutefois, nous ne devons pas oublier que Lind est un politicien de métier. Il est habitué à se vendre et à se montrer convaincant.

— Racontez-moi comment vous avez rencontré votre femme, dit August. C'était ici, à Kristiansund ?

— Exact. Elle était serveuse dans le restaurant où j'avais mes habitudes. En fait, c'est elle qui m'a fait la cour.

— En fait ? Pourquoi dites-vous ça ?

— Eh bien, il faut dire qu'elle est plus jeune et plus belle que moi.

Il doit avoir une vingtaine d'années de plus que sa femme. C'est une différence d'âge qui n'est pas si rare, mais qui semble tout de même le préoccuper. Je me demande s'il n'a pas des doutes sur leur relation. Peut-être qu'il craint qu'elle ne soit pas aussi fascinée par lui qu'il le croit.

— Comment sont vos rapports après toutes ces années de mariage ?

— Nous avons nos mauvais jours, je ne peux pas le nier. Comme tous les couples, mais je n'ai jamais cessé de l'aimer.

— Et elle ? Elle vous aime ?

Il hésite, réfléchit.

— Oui, c'est ce que je crois. Évidemment, on ne peut jamais en être certain. Mariam n'est pas toujours facile. Il y a des jours où elle a du mal à nous montrer son amour, mais je sais qu'elle nous aime. Je le lui dis souvent.

J'écris que le suspect semble répondre ouvertement et honnêtement aux questions sur sa relation avec son épouse et ajoute entre parenthèses qu'il donne l'impression d'être un homme bon. Je réfléchis et note qu'on dirait qu'il idéalise quelque peu sa vie familiale. Comme s'il cherchait à enjoliver même les aspects négatifs.

— Votre femme souffre de problèmes psychiques ?

Lind secoue sa tête blonde.

— Voyons, non, pas du tout, elle a juste connu des moments difficiles. Écoutez, il faut que vous sachiez… Iben n'est pas ma fille biologique. Je ne peux pas avoir d'enfants. Iben est le fruit d'un viol.

Le silence s'abat sur la salle d'interrogatoire. Lind croise les mains sur la table devant lui et regarde August d'un air grave. J'écris "Viol" et souligne le mot plusieurs fois. Mariam n'en a pas du tout parlé. Nous étions tous convaincus qu'Iben était la fille de Tor.

— Mariam est forte, reprend Lind. Elle gère. Certains jours, je peux effectivement voir que cet événement continue de la marquer, mais c'est tout. Elle peut aussi se montrer un peu dure avec Iben. Je sais qu'elle en souffre, que ça ne lui plaît pas que sa fille subisse les conséquences de ses propres problèmes. Elle a eu une enfance difficile, ce qui fait qu'elle a sans doute encore plus de mal à assumer son rôle de maman. Elle préférerait ne pas reproduire les erreurs de ses parents.

— Mariam a-t-elle signalé son viol ?

Il secoue la tête avec gravité.

— Elle ne sait pas qui était son violeur. Elle s'est fait agresser, il faisait noir et elle n'a jamais porté plainte. Quand je l'ai rencontrée, son agression remontait déjà à plusieurs mois, sinon je l'aurais poussée à aller voir la police.

— Donc, Iben n'est pas votre enfant biologique. Pourriez-vous, avec vos propres mots, me décrire vos rapports avec elle ?

— C'est ma fille. Je ne l'aimerais pas plus si elle était mon enfant biologique. Et j'ai hâte que cet interrogatoire se termine pour pouvoir me mettre à sa recherche.

LIV

Ålesund
Samedi 20 mars 2004

J'étais couchée sous une couette chaude avec son corps pressé contre moi, tandis que les vibrations des basses de la fête qui battait son plein dans l'appartement se transmettaient à mon matelas par l'intermédiaire des pieds du lit. Mes boucles d'oreilles me piquaient le cou, mon collant me serrait la taille. Nous étions allongés. Néron en partie sous ma robe, son corps sec et rugueux contre mon ventre. Par moments, il se déplaçait en direction de mon décolleté et me chatouillait avec ses écailles à la fois râpeuses et lisses.

Soudain, quelqu'un se mit à tambouriner contre ma porte, à donner des coups de poing vigoureux.

— Liv, qu'est-ce que tu fous ? lança Egil en secouant la poignée de la porte.

Je cachai ma tête sous la couette, serrai le python contre moi et observai ses yeux quasiment sans vie avec leurs pupilles verticales.

— J'ai pas envie d'y aller, lui murmurai-je. Je préfère rester ici avec toi.

Seulement deux heures plus tôt, j'avais été prête à faire la fête. Alors que, appuyée à l'un des accoudoirs du canapé, vêtue de ma nouvelle robe, j'étais en train de mettre mes boucles d'oreilles en me regardant dans le miroir du séjour, Egil était arrivé. Il portait une chemise qui devait coûter la moitié du prix d'une voiture. Je m'étais abstenue de lui demander s'il avait fait chauffer sa carte de crédit. De grandes lettres étaient accrochées aux murs. Elles disaient : "Egil 20 ans." Il avait débité les noms de tous ceux qui devaient venir à la fête et déclaré qu'on allait s'éclater comme jamais ! Tout était parfait, presque comme quand j'avais emménagé ici. J'avais même senti germer en moi une certaine excitation au moment de disposer sur le plat les jello shots verts, jaunes et rouges.

J'*avais été* prête, même si je courais le risque de croiser David ou un autre crétin qui aurait jeté son dévolu sur moi. Je *voulais* être prête pour permettre à Egil d'avoir l'anniversaire qu'il méritait, parce qu'il était en tout point un excellent ami. La seule chose pour laquelle je n'étais pas prête, c'était qu'il recommence à me harceler, avant même l'arrivée des invités.

— C'est le seul cadeau d'anniversaire que je voudrais de toi, Liv. Personne ne comprend pourquoi c'est impossible de le voir. Ils croient que j'ai inventé cette histoire de serpent.

— Je sais pas non plus pourquoi tu leur en as parlé.

— Tout simplement parce que j'ai pas des règles bizarres, contrairement à toi, avait grondé Egil.

— Tu as vraiment besoin de te faire mousser pour attirer l'attention ? avais-je répliqué. Peut-être qu'ils te respectent plus autant maintenant que ton père a coupé le cordon ombilical ?

Egil en était resté bouche bée. Il m'avait lancé un regard qui signifiait qu'il n'arrivait pas à croire que j'avais pu dire cela. Puis il s'était jeté sur moi. Avec ses doigts, il avait cherché à se saisir de la clé accrochée à mon cou et tiré sur ma chaîne. Je lui avais mis un coup de coude dans le ventre. Je m'étais libérée, j'avais tourné les talons et regagné ma chambre à grandes enjambées. Je m'étais réfugiée sous ma couette avec Néron et, depuis, on était restés là. La fête secouait toute la maison autour de nous. Des voix résonnaient contre les murs et les plafonds, des pieds martelaient le parquet et le linoléum élimés et les poings d'Egil tambourinaient contre ma porte. Ils ne pouvaient pas nous atteindre. La couette recouvrait nos têtes et nous respirions le souffle l'un de l'autre dans l'obscurité.

— Il t'est déjà arrivé de te dire, lui chuchotai-je, que la vie n'est qu'un mur que tu voudrais défoncer à coups de poing pour voir ce qu'il y a de l'autre côté ?

En guise de réponse, il tâta l'air avec sa langue fourchue. Les Amérindiens croyaient que les serpents étaient des messagers qui permettaient aux hommes de communiquer avec le monde des esprits. Ils demandaient à ces animaux de transmettre leurs prières aux dieux de la pluie. Quand il se mettait enfin à pleuvoir et que les serpents sortaient de leurs terriers en rampant, les Indiens y voyaient le signe que leurs prières avaient été entendues.

— C'est toi qui es le mieux placé pour savoir ce qu'il y a de l'autre côté, murmurai-je.

Enfin, Egil renonça et les coups contre ma porte cessèrent. De nouveau, il ne resta plus que les vibrations des basses. Cette fois, j'avais vraiment foutu la merde. Il ne me pardonnerait certainement jamais, mais je ne pouvais pas envisager de sortir de ma chambre maintenant. La semaine dernière avait été particulièrement longue et stressante. J'aimais bien aller en cours, mais il y avait beaucoup d'exposés à travailler en groupe avec des filles qui savaient toujours tout mieux que tout le monde. Elles passaient leur temps à parler de garçons, quand elles ne débattaient pas de la meilleure façon de plier les draps ou de pharmacologie. Je ne me reconnaissais absolument pas dans leurs problématiques. Les hommes n'employaient pas les mêmes techniques d'approche avec moi qu'avec elles. Avec moi, il n'était question ni de flirt ni d'invitations à faire des activités ensemble. Ils se comportaient plutôt comme si j'étais un ennemi qu'il leur fallait terrasser.

Depuis toute petite, j'avais toujours eu des problèmes avec les filles. Elles étaient assises au bord du bac à sable dans leurs doudounes roses à brosser les queues de leurs petits poneys aux jolies couleurs pastel. Elles avaient des traits parfaits et des cheveux soyeux qui encadraient doucement leurs joues. Elles regardaient le manteau gris que j'avais hérité de Patrick, mes chaussures de sport usées, mes cheveux blond cendré mal coupés, et certainement aussi sales. Tout cela, elles le voyaient, puis elles me tournaient le dos et pouffaient de rire.

Avec les garçons, en revanche, cela avait toujours été plus facile. Il suffisait tout simplement d'être une fille qui ne se comportait pas comme une fille. Grimper aux arbres, se bagarrer, ce genre de choses. Tout s'était bien passé jusqu'à ce que l'un d'eux essaie de me pousser du haut d'un talus. Après avoir rétabli mon équilibre, j'avais ramassé la première pierre qui m'était tombée sous la main et je la lui avais lancée. Je n'avais pas eu l'intention de le toucher. La pierre avait fendu l'air et il se l'était prise en pleine tête. Heureusement, il s'en était tiré avec juste quelques éraflures, mais sa mère avait fait un scandale. Après ça, tous les garçons avaient eu interdiction de jouer avec moi. Tous sauf Patrick.

J'avais lu quelque part que les serpents ignoraient les liens filiaux. Ce n'étaient pas des animaux sociaux. Quand on les voyait chasser ensemble, on ne pouvait que constater qu'ils ne coopéraient pas, mais qu'ils étaient en concurrence. Les serpents ne s'attachaient à personne, ne se rendaient pas dépendants les uns des autres. Une fois les œufs éclos, la mère abandonnait aussitôt sa progéniture. J'étais persuadée que moi aussi je pourrais vivre de cette façon, sans aucun lien familial ni amical. En ayant des contacts avec mes congénères uniquement quand ceux-ci pouvaient m'être utiles. Dans un sens, je pensais que c'était ça qui nous unissait, lui et moi, le fait que nous soyons aussi indépendants.

— Tout ce que je désire, c'est me rapprocher de toi, Néron, chuchotai-je.

Tout à coup, quelqu'un se mit à taper aux carreaux de ma fenêtre, de manière vive et insistante, toc, toc, toc. Je jetai un regard et vis un visage qui m'observait. Mes rideaux étaient toujours écartés dans la journée pour que Néron puisse profiter au maximum de la lumière du soleil. Je ne le mettais quasiment plus dans son terrarium, je préférais le laisser se déplacer librement. Ce soir-là, j'avais oublié de les fermer. Je sortis à contrecœur Néron de sous ma robe et allai à la fenêtre.

C'était David, avec une cigarette entre les lèvres. Avec son crâne pratiquement rasé et ses yeux semblables à des trous noirs. Il portait un sweat-shirt à capuche encore plus large que la dernière fois. J'entrouvris la fenêtre. Son visage était tendu, son regard dur.

— Qu'est-ce que tu veux ? lui demandai-je.

David tira sur sa cigarette. Son visage avait toujours cette expression sévère lorsqu'il souffla la fumée juste devant lui, à l'intérieur de ma chambre. Il soutint mon regard, comme pour me défier, comme pour reprendre le contrôle de la situation après l'humiliation que je lui avais infligée lors de notre dernière rencontre. Il voulait me faire passer le message qu'il n'était pas du genre à renoncer sans se battre.

— Tu veux une clope ?

C'était la seule chose qui pouvait me convaincre d'ouvrir ma fenêtre à ce moment-là. Je m'assis sur le rebord, tendis la main vers le paquet de cigarettes, mais il l'éloigna. Il me fit signe de me décaler pour lui faire de la place. Je m'exécutai, il se hissa sur le rebord de la fenêtre et s'assit à côté de moi. Nous nous retrouvâmes épaule contre épaule.

Il m'alluma une cigarette et j'avalai goulûment la fumée, à pleins poumons. C'était Patrick qui m'avait appris à fumer. Il m'avait montré comment inhaler correctement la fumée et s'était moqué de moi quand je m'étais mise à tousser.

David ne dit rien. Il resta simplement assis à côté de moi à souffler des nuages d'un bleu grisâtre dans la nuit. Il termina sa cigarette avant moi. Il écrasa le mégot contre le mur de la maison et le jeta dans le jardin plongé dans l'obscurité. Il tourna la tête, regarda dans la chambre et sursauta. Je partis alors d'un grand rire.

— Ah, c'est Néron, dit-il en riant.

Avec beaucoup de peine, il parvint à poser un pied sur le rebord de la fenêtre, puis sauta dans ma chambre. Néron venait de grimper sur la plante qui se trouvait juste à côté de la fenêtre. David le prit avec précaution et le leva devant lui.

— Hé, salut, Néron, dit-il.

L'espace d'un instant, je me demandai comment il pouvait connaître le nom de mon serpent, puis je me dis qu'il l'avait évidemment entendu de la bouche d'Egil. Je m'empressai de finir ma cigarette et le rejoignis à l'intérieur.

— Il fait chaud, ici, commenta David. On dirait qu'il fait au moins trente degrés.

— Les serpents ont besoin de chaleur, lui expliquai-je.

Je m'étais habituée à ce qu'il fasse chaud dans ma chambre. Tout comme je m'étais habituée à ce que le sol soit couvert de papier journal pour que mon Python puisse se promener à son gré, même après avoir mangé.

Néron tâta l'air avec les pointes de sa langue. La tête levée, il semblait examiner le nouveau venu. Ses yeux luisants remuaient légèrement, comme s'il cherchait à évaluer la situation. Puis il ouvrit la gueule et émit un faible sifflement. Il se sentait menacé. David, au contraire, avait l'air détendu. Il plaça tranquillement le serpent sur son épaule. Il fit quelques pas de danse ridicules et s'arrêta devant moi.

Dans une certaine mesure, ce fut un soulagement. Sa bouche avait un goût de bière et de tabac. Nos langues s'entremêlèrent. Néron continua de grimper sur le cou de David et se suspendit à son épaule, de l'autre côté. Je saisis son t-shirt blanc et essayai de le remonter. Il voulut enlever Néron de son épaule, mais je l'en empêchai. Je soulevai le serpent de manière à ce qu'il puisse ôter son t-shirt, puis je le reposai sur ses épaules.

Je n'aimais pas le sexe, quel que soit mon partenaire. Si je le faisais, c'était parce qu'ils le voulaient, et aussi pour faire passer le temps. Peu importe avec qui je le faisais, que ce soit un homme ou une femme, pour moi ce n'était rien d'autre qu'un passe-temps. J'éprouvais un sentiment de supériorité à l'idée que je leur plaisais plus qu'eux ne me plaisaient, et peut-être que ça me procurait une certaine satisfaction. David me laissa l'immobiliser tandis que je le chevauchais et que le python grimpait sur sa poitrine. Il rit nerveusement lorsque je me mis à l'écraser de tout mon poids, juste pour le sentir s'enfoncer dans le matelas.

Je fermai les yeux et essayai de me concentrer sur la minuscule trace de plaisir qui me titillait le diaphragme, mais ne voulait pas exprimer tout son potentiel. Je posai une main sur sa gorge pour le maintenir sous moi. Je la refermai sur son larynx. Je repensai à la première nuit où j'avais été réveillée par Néron qui cherchait à communiquer avec moi, d'établir ce contact pur. Aux mots que je croyais être parvenue à distinguer au milieu de ce flot de sifflements : “Chère”, “Liv”. À tout ce qu'il m'avait raconté depuis, sans que le recours à des paroles fût nécessaire. Je savais qu'il en voulait plus, qu'il désirait quelque chose de plus grand. Il voulait me remercier pour les proies vivantes que je lui avais offertes. Il espérait pouvoir en obtenir d'autres et souhaitait que je sois sa camarade de chasse. Avais-je simplement rêvé tout ça ? Ne l'avais-je pas plutôt entendu me le dire au cours de toutes ces nuits ?

David se mit à tousser. Il me saisit le poignet et écarta ma main. Je ne pus m'empêcher d'éclater de rire.

Il toussa à nouveau.

— Putain, Liv, t'es décidément cinglée !

ROE

Kristiansund
Dimanche 20 août 2017

— Salut, Roe.

Quelqu'un me secoue l'épaule pour me réveiller. La lumière qui filtre à travers les stores m'éblouit. Je tourne la tête et vois Ronja, qui se tient à côté de moi, un sourire amical aux lèvres. Ses cheveux bruns sont attachés et son visage a une forme de cœur. Un cœur ambulant, voilà ce qu'elle est, je pense. Aussitôt, j'ai honte d'avoir eu une pensée aussi ridicule : un cœur ambulant.

— C'est la réunion matinale, m'annonce-t-elle.

Il semblerait que je me sois endormi en salle de pause, cette nuit. La dernière chose dont je me souvienne, c'est de m'être servi une tasse de café et de m'être assis pour me reposer cinq minutes. J'ai alors été pris d'une somnolence irrésistible et j'ai dû m'allonger en me disant que j'allais fermer les yeux quelques secondes, pas dormir, juste me reposer un peu. L'instant d'après, on était déjà dimanche matin. Je me redresse. J'ai mal dans le cou pour avoir dormi avec la tête sur l'accoudoir.

— Je te remercie de m'avoir réveillé, Ronja. Je ne me suis même pas préparé pour la réunion.

Je vide mon café froid d'hier dans l'évier et remets de l'eau dans la cafetière. Ronja s'appuie au plan de travail, tandis que je prépare le café.

— Tu es là depuis vendredi ? me demande-t-elle.

C'est typique des jeunes femmes de se donner ce rôle d'adulte responsable dans leurs rapports avec leurs collègues masculins plus anciens. Elle se comporte certainement de la même manière avec son père. Ces rôles évoluent au cours d'une vie. On prend soin de son enfant pendant les premières années, puis, peu à peu, c'est lui qui se met à prendre soin de nous. Du moins si l'on ne nous l'enlève pas entre-temps.

— Exact. Je me suis impliqué à fond dans cette affaire.

Ronja acquiesce.

— Pareil pour moi. J'ai l'impression que les choses n'avancent pas assez rapidement. Cette nuit, j'ai rêvé d'Iben et je me suis réveillée plusieurs fois.

Elle sourit en disant cela. Même si elle est plutôt ouverte sur ses sentiments, elle cherche à les dissimuler en partie avec un sourire, un mécanisme de défense très courant. Cette fille est la seule personne dans ce commissariat qui ne me tape pas sur les nerfs. Elle n'en fait jamais trop, se contente d'être elle-même. Je sais parfaitement pourquoi je garde constamment un œil sur elle, je suis prêt à la suivre et je souhaite qu'elle soit heureuse. Bien entendu, c'est parce qu'elle me rappelle la Petite, mais ce n'est pas ma fille et je ne peux pas la protéger contre le monde entier.

— C'est difficile de couper avec son travail quand on est sur une affaire comme celle-ci, admets-je. J'espère qu'on aura bientôt du nouveau.

Je me tourne pour éviter qu'elle ne croise mon regard. Je m'empare de la carafe et pose ma tasse à la place dans la cafetière afin de récupérer les dernières gouttes de café. Ronja sort un mug bigarré du placard.

— Je vais faire tout mon possible pour qu'on résolve cette affaire au plus vite, déclare-t-elle.

C'est une battante. Moi aussi, il y a eu une époque où je brûlais d'un désir ardent de passer à l'action. Aujourd'hui, ce n'est plus la vocation pour ce métier qui m'anime. Ce train est passé. Désormais, ce qui me fait avancer, c'est la rage, une pure rage. Mais ça, je ne peux pas le dire à Ronja. Au lieu de ça, je cogne ma tasse contre la sienne pour trinquer.

Ronja consulte son téléphone.

— On a cinq minutes de retard, dit-elle, étonnée.

Sur ce, elle tourne les talons et me précède dans le couloir en direction de l'escalier. Je la suis de près, espérant que ma présentation sera bonne. J'ai passé presque tout mon samedi à réexaminer les vidéos des caméras de surveillance de Storkaia, chaque seconde filmée par chacune des caméras dans le créneau horaire concerné, et j'ai sélectionné tous les passages où l'on voit la mère et la fille disparaître dans des directions différentes à des heures différentes. Un travail tout ce qu'il y a de plus basique, mais extrêmement important.

Ronja ouvre prudemment la porte de la salle de réunion. Shahid est en train de gesticuler devant le tableau blanc. Il nous salue d'un signe de tête lorsque nous entrons. Puis, nous allons nous placer près de la fenêtre. Derrière lui, sur le tableau, on peut voir tous les points que nous avons évoqués lors de la réunion matinale d'hier, les hypothèses plus ou moins vraisemblables pouvant expliquer ce qui est arrivé à Iben Lind. Notre chef nous les présente brièvement afin que tout le monde les ait bien en tête : fugue, accident, maladie foudroyante, suicide, enlèvement, homicide. Sous l'emplacement "suicide" sont énumérées toutes les raisons pour lesquelles un enfant peut mettre fin à ses jours. Ce n'est pas courant, mais cela n'en demeure pas moins possible. Sous "enlèvement" et "homicide", il a dressé une liste de motivations envisageables : profit, pédophilie, vengeance, conflits familiaux, conflits au sein du cercle d'amis. Les homicides entre amis sont également rares chez les enfants, mais ce n'est pas non plus impossible.

— Même si notre souhait à tous est que les recherches aboutissent, dit Shahid, et qu'elle soit retrouvée vivante, il est important, pour la suite de l'enquête, de bien garder à l'esprit que le pire est peut-être arrivé. Ça nous aidera à trouver des réponses et à mieux l'encaisser si jamais ces réponses ne sont pas celles que nous espérons.

Il est parfaitement à l'aise, là, face à nous tous. Je le vois à la manière dont il bombe le torse ainsi qu'à son ton à la fois autoritaire et pédagogique. Bien qu'il ne soit pas particulièrement grand ou imposant, il dégage une autorité naturelle.

— Avant de parler du programme d'aujourd'hui, je voudrais que le chef de chaque groupe nous donne un compte rendu de ce qui a été accompli hier, dit-il. On peut commencer par le groupe chargé des auditions de la famille proche.

Le Danois se lève et rejoint Shahid. Avec sa haute taille, il domine largement son supérieur, lequel va s'asseoir sur une des chaises du premier rang.

— Mon équipe a entendu la famille proche d'Iben Lind, commence le Danois. C'est-à-dire sa mère, son père, ses grands-parents et sa tante paternels. Ils nous ont informés que les grands-parents maternels étaient décédés et que Mariam Lind n'avait plus aucun contact avec sa famille depuis de nombreuses années. Mariam a été interrogée plusieurs fois, d'abord vendredi soir, puis samedi matin.

Il me lance un regard. Il m'en veut toujours de m'être un peu emporté quand j'ai interrogé Mariam Lind, vendredi.

Tandis qu'August expose, dans les grandes lignes, le contenu de la déposition de Mariam Lind sur les événements survenus vendredi dans le supermarché, j'observe mes collègues. La plupart d'entre eux ont parcouru la ville, ratissé les rues, les parcs et les parkings, sonné aux portes. Et moi, qu'est-ce que j'ai fait ? Je suis resté assis à fixer un écran et essayer de cacher à quel point mon travail est mauvais. Ils savent tous que je n'ai rien à voir avec l'équipe informatique, que je ne possède aucune des compétences qu'ont les autres membres du groupe. Il fallait juste qu'ils me placent quelque part. Devant moi, un de mes collègues consulte le *Tidens Krav* sur son téléphone. En première page, il y a une photo de Mariam et Iben, souriantes, vêtues de pulls identiques, la dernière photo d'Iben avant sa disparition. Des boucles blondes encadrent les visages de la mère et de la fille. "Les recherches se poursuivent." Qui peut diffuser une telle photo quand on recherche sa fille ? On dirait que c'est un choix calculé, comme si elle profitait de l'occasion pour se montrer. Peut-être que ça permettra à sa société de gagner plus. Les gens sont étranges. *Mais ce ne serait pas la société de la femme dont la fille a disparu ? Quelle tragédie !* Je n'ai aucun mal à imaginer qu'elle puisse être aussi cynique.

— Au cours de nos interrogatoires, nous nous sommes notamment concentrés sur d'éventuels changements dans le comportement d'Iben, ces derniers temps, poursuit August. Sur des signes indiquant que quelque chose, ou quelqu'un, la préoccupait, ou des indices susceptibles de nous aider à comprendre ce qu'il s'est passé. Aucun des adultes n'a rien remarqué de particulier. Une de ses camarades de classe nous a rapporté que, au début de l'été, Iben lui aurait dit qu'on ne pouvait pas faire confiance aux adultes. Pas même à ceux que l'on connaît le mieux, aurait-elle précisé. Quand elle lui a demandé des explications, Iben a refusé de lui répondre. Mais elle l'aurait trouvée bizarre. Toutefois, ce n'est pas parce que son comportement a paru étrange à cette amie qu'il s'agit nécessairement d'un élément important pour notre enquête.

Shahid acquiesce patiemment pendant la longue présentation du Danois.

— Merci, August, finit-il par dire. Est-ce que tu pourrais aussi nous indiquer ce que vous avez prévu pour la suite ?

— Tor et Mariam Lind nous ont tous les deux déclaré au cours de leurs auditions qu'Iben est le fruit d'un viol qui a eu lieu ici, à Kristiansund, en 2005, explique le Danois. Nous allons contrôler les alibis des délinquants sexuels et les interroger. Il est essentiel de déterminer lesquels étaient en liberté et se trouvaient à Kristiansund à l'époque où Mariam Lind déclare avoir été violée.

Après le Danois, c'est au tour de Birte d'exposer les principaux résultats de l'enquête de voisinage. Elle se tient droite, comme si elle était sur une scène.

— Nous avons procédé à des enquêtes de voisinage à Storkaia et dans le quartier où habite Iben. Nous avons également reçu des signalements par téléphone. – Elle rejette sa tête en arrière, faisant onduler sa longue tresse rousse sur son épaule. – Nous avons recueilli de nombreux témoignages au centre commercial. Nous avons aussi parlé à des témoins qui pensent avoir vu Iben après sa disparition. Nos témoins les plus crédibles sont deux personnes qui l'ont vue dans Hagbart Brinchmanns vei. L'un d'eux affirme qu'elle s'est arrêtée devant le fleuriste Myra Blomst.

Shahid montre sur son écran le plan de Kristiansund où figurent quelques éléments, ainsi que l'itinéraire qu'Iben a probablement emprunté entre Storkaia et chez elle.

— Les déclarations ne sont pas toujours fiables, dit Birte. Certaines proviennent de gens qui ne la connaissent pas et qui ont pu penser se souvenir de quelque chose quand ils ont vu Iben à la télé. Nous avons aussi toute une série de témoins qui affirment l'avoir vue à Kirklandet et à Gomalandet, mais ceux en provenance de Hagbart Brinchmanns vei nous semblent plus crédibles. Ils sont plus proches du lieu et de l'heure où elle a été vue pour la dernière fois et sont également corroborés par d'autres indices. Tout cela porte à croire qu'il est arrivé quelque chose sur le chemin de son domicile. D'autant plus qu'aucun voisin n'a vu Iben aux alentours de l'heure de sa disparition. Quelqu'un l'aurait sans doute remarquée si elle était rentrée chez elle. Deux voisins étaient dehors dans leur jardin à ce moment de la journée et confirment avoir vu Tor rentrer, mais ils n'ont pas vu Iben. Le fait que la bande dessinée ait été retrouvée à proximité de son domicile renforce l'hypothèse selon laquelle il lui serait arrivé quelque chose à cet endroit.

Shahid remercie Birte pour ses informations.

— Le moment est maintenant venu de donner la parole à l'équipe informatique, déclare-t-il.

Je me lève. J'ai les jambes comme de la gélatine et mon cœur bat à tout rompre. Cette fois, ça ne se voit pas de l'extérieur, je parviens à contenir les signes de ma nervosité. Si quelqu'un le perçoit dans ma voix, il croira que j'ai tout simplement le trac de parler devant toute cette assemblée. Je reprends l'ordinateur de Shahid et lance la vidéo où l'on voit Iben sortir en courant du supermarché de Storkaia.

— La vidéosurveillance du centre commercial nous montre qu'Iben a quitté le supermarché à 15 h 47 vendredi, dis-je. Comme vous pouvez le voir, elle porte un jean bleu, un sweat-shirt rose à capuche et des chaussures de sport, roses également. Elle a toujours sa bande dessinée à la main lorsqu'elle s'en va. Après avoir quitté le supermarché, elle sort du centre commercial par la porte la plus proche et prend à gauche. Ce qui est logique si elle avait l'intention de rentrer chez elle à pied. À 16 h 02, on voit Mariam Lind sortir à son tour du supermarché avec son caddie plein de courses. Elle regarde autour d'elle pour tenter de repérer sa fille, puis sort rapidement par la même porte qu'Iben. Une fois dehors, en revanche, au lieu d'aller à gauche, elle prend à droite, en direction du parking. À proximité de sa voiture, elle est de nouveau filmée par la vidéosurveillance. Il apparaît qu'elle est passablement énervée. Elle jette ses courses dans le coffre avant de propulser le caddie contre le mur, dans un geste de colère. Ensuite, elle prend le volant et s'en va. Sa voiture quitte Storkaia à 16 h 16.

Shahid remet le plan de la ville et montre par où Iben est sortie du centre commercial, puis indique l'endroit où la webcam de la Sparebank 1 de Langveien l'a filmée. Après quoi, je demande à Shahid de passer à la carte qui montre les déplacements de Mariam Lind et les endroits où l'on sait avec certitude, notamment grâce aux achats qu'elle a effectués avec sa carte bancaire, qu'elle s'est rendue après avoir quitté le centre commercial : un fast-food et deux stations-services, ainsi que le bac de Halsa, où elle a également été filmée par les caméras de surveillance.

— Lors de son audition, elle a déclaré qu'elle allait à Trondheim. Elle est partie sur un coup de tête dans l'intention de quitter sa famille. Puis, en cours de route, elle a changé d'avis et a fait demi-tour. Je pense que nous devrions chercher ici. – Je tends la main vers la carte et décris un cercle autour de la route qu'a suivie Mariam. – Comme je l'ai déjà dit, nous ne pouvons pas exclure qu'Iben ait été dans la voiture. Même si elles ont quitté Storkaia à des moments différents, il n'est pas impossible que Mariam ait retrouvé sa fille et qu'elle l'ait emmenée. Et qu'il se soit ensuite passé quelque chose. La dispute qui a éclaté entre la mère et la fille avant la disparition de celle-ci constitue un élément fondamental dans cette affaire.

Je me tourne vers Shahid, qui prend son expression rigide de chef.

— Comment veux-tu qu'on ratisse les abords de cette route, Roe ? C'est une zone immense.

— D'après moi, on devrait appliquer la même méthode que celle qu'on a employée ici, à Kristiansund. Cartographier les endroits où Mariam pourrait s'être arrêtée au cours de son trajet et ceux où l'on sait qu'elle l'a fait. Faire des battues dans les bois, sonder les cours d'eau et les étangs.

Je me mets à bégayer. Je me rends compte que c'est une idée difficile à défendre. Shahid soutient mon regard, puis m'adresse un sourire encourageant.

— Les déplacements de la mère sont une piste probable, Roe, et peut-être même importante. Mais comme tu le sais, des pistes, on en a beaucoup. Et aucun témoin n'a vu Iben en dehors de la ville. Nous avons parlé aux employés du fast-food et des stations-services où Mariam Lind s'est arrêtée. Aucun d'eux ne se rappelle avoir vu un enfant. De plus, Mariam Lind n'a jamais eu affaire à la justice et il n'y a absolument rien de préoccupant dans les descriptions que les témoins nous ont faites d'elle. Et même en admettant qu'elle ait tué sa fille, elle aurait tout aussi bien pu se débarrasser du cadavre ici, à Kristiansund. C'est déjà une grosse opération d'entreprendre des recherches ici avec des plongeurs et des hélicoptères, alors si on doit faire la même chose entre Kristiansund et Halsa, tu imagines ? Je ne dis pas qu'on ne le fera jamais, juste que c'est un peu prématuré. En plus, les chiens renifleurs de cadavres ont contrôlé le coffre de la voiture de Mariam.

J'interprète cette dernière remarque comme une référence directe à mon audition de Mariam Lind. Shahid se racle la gorge.

— Pour l'instant, notre priorité doit être de suivre les pistes fournies par nos témoins plutôt que de nous lancer dans des recherches hasardeuses. En revanche, la cartographie que tu as évoquée pourrait nous être d'une grande utilité au cas où nous devrions passer à la phase suivante. Ce qu'aucun de nous ne souhaite, bien évidemment.

La phase suivante. Autrement dit, si cette affaire de disparition se transformait en un homicide.

— Tu peux te charger de cette cartographie, Roe ? Si tu estimes en avoir les capacités, dit Shahid. Vous avez trouvé quelque chose dans l'ordinateur de Tor Lind ?

Je rougis. Bien sûr, j'aurais dû me baser sur de vrais arguments. J'étais parti du principe que la mère était une suspecte évidente. Je m'éclaircis la voix.

— Les données relevées corroborent sa déclaration. Il a passé beaucoup de temps sur des sites de quotidiens en ligne et sur divers moteurs de recherche entre 17 heures et 22 h 30, vendredi. Nous avons aussi eu la confirmation qu'il avait appelé l'hôpital à 19 h 25 et demandé si Mariam et Iben avaient été admises aux urgences.

— Et vous avez réussi à tirer quelque chose du téléphone d'Iben ?

— On n'a fait aucune trouvaille digne d'intérêt. Elle ne l'a pratiquement utilisé que pour joindre ses parents. Elle était connectée à son compte Facebook, si bien qu'on a pu voir les messages qu'elle a postés au cours de ces dernières semaines, mais on n'a rien noté de particulier. L'examen de son iPad n'a rien donné d'intéressant non plus.

— Bien, dit Shahid. Dans ce cas, on ne va pas perdre davantage de temps là-dessus. Merci, Roe.

Je baisse les yeux et le remercie à mon tour. Le sang me monte à la tête. J'entends mon chef demander au technicien de la scientifique de venir exposer ses résultats. Aucune empreinte digitale n'a été relevée sur la bande dessinée détrempée par la pluie, qui a été envoyée au labo de la criminelle pour des examens plus poussés. Toute cette enquête n'est qu'une longue suite d'investigations qui ne font que confirmer l'absence d'indices. Je n'en peux plus. Il faut que je sorte d'ici.

Je referme la porte de la salle de réunion derrière moi. Je me demande combien de temps ils mettront à découvrir que moi aussi j'apparais sur les images de vidéosurveillance du Storkaia. Je me demande s'il existe une échappatoire. Sauter dans un avion, fuir dans un pays lointain et laisser toute cette folie derrière moi. Ça ne servirait à rien. Où que j'aille, ils me retrouveraient. C'est juste une question de temps.

MÉMOIRES D'UN REPTILE

J'avais la tête posée sur le ventre. Dans cette partie de mon espace, il faisait plus chaud que dans l'autre. Si je voulais me rafraîchir, je n'avais qu'à changer d'endroit, mais la plupart du temps je restais ici. Je me tenais tout près de la barrière invisible, à essayer de la comprendre et de la traverser, mais en vain. Les journées se succédaient à ce rythme. Audelà de la fenêtre, le soleil se levait et se couchait. Je pouvais ramper jusqu'à l'autre bout et revenir. Je pouvais étrécir mes pupilles afin qu'il fasse sombre, dormir un peu et les dilater à nouveau. J'observais ce qu'il se passait dehors. Mes frères et mes sœurs dans leurs propres enclos de verre où ils étaient immobiles comme moi. Je percevais les grattements, les battements d'ailes et les autres bruits qu'émettaient des animaux en se déplaçant derrière les barreaux et les portes. Des animaux dont je connaissais l'odeur pour l'avoir sentie les fois où on m'avait sorti de ma prison de verre. Ici, il n'y avait pas d'autre odeur que celle de mes excréments.

La faim tourmentait mon corps, me rendait irritable. Quand cela faisait longtemps qu'ils ne m'avaient pas donné à manger, j'observais les autres animaux avec encore plus d'attention. Des animaux à plume, à poil ou à écaille, des animaux qui volaient, couraient, sautaient avec leurs queues ondoyantes. J'aurais pu tous les dévorer. J'avais l'impression de sentir leur sang frais dans ma bouche, même si je n'y avais jamais goûté.

Je bâillai, changeai lentement de position et posai ma tête plus bas sur mon corps. J'étrécis mes pupilles et m'endormis. Je fis le même rêve que d'habitude. Celui d'un monde que je n'avais jamais vraiment vu, un souvenir probablement hérité des générations précédentes et conservé dans mes cellules. Je me reposais sous un fourré, à l'abri du soleil. Les insectes grouillaient autour de moi et l'air avait un goût de buissons, d'arbres et de créatures vivantes. Il y avait aussi de l'eau à proximité, je pouvais voir les rayons du soleil scintiller sur sa surface miroitante.

Tout à coup, un mouvement apparut dans mon champ de vision. Un petit lézard, sur ses pattes minuscules et fines, avança de sa démarche maladroite sur le gravier et grimpa sur des cailloux. Immédiatement, je sus ce que je devais faire. Ce qu'il y avait de bien avec l'instinct, c'était qu'il savait toujours. Je m'élançai à la poursuite de ma proie en glissant sur la terre, sur des bosses et sous des racines, et parvins à l'intercepter juste avant qu'elle ne disparaisse en escaladant un tronc d'arbre. Au moment même où j'allais enfoncer mes crocs dans le petit corps, mettre en pratique tout ce que j'avais appris, faire usage de ma force, je me réveillai. C'est ainsi que mes journées s'écoulaient. Toujours ce rêve, toujours se réveiller dans cet espace terrifiant et inerte.

Un jour, la femme froide réapparut derrière la barrière invisible. Une créature qui dominait tout et gouvernait le monde. Je l'appelais ainsi parce qu'elle était plus froide que les autres animaux vivants que j'avais vus jusque-là et parce qu'elle me servait de la viande froide. La femme froide était dure. C'était elle qui m'avait placé ici. C'était elle qui me retenait captif et qui me sortait de cette prison dépourvue d'odeurs uniquement quand elle recevait la visite de clients. C'était elle qui me narguait avec tout ce vacarme vivant que je ne pouvais avoir et qui cognait contre la vitre avec ses membres effrayants. Avant de la connaître, je croyais que la vie était belle. Je pensais que le monde avait quelque chose à offrir à un chasseur tel que moi. Désormais, tout ce que je savais, c'était que j'étais moi-même une proie. Pas pour assouvir la voracité d'un chasseur affamé, mais pour le simple besoin des humains d'enfermer et d'observer d'autres créatures vivantes.

La femme froide ouvrit le couvercle au-dessus de mon dos. Je tâtai l'air et sentis qu'elle m'avait apporté une charogne. Elle empestait la mort et le froid, comme d'habitude. Cela faisait longtemps que je n'avais pas eu un repas. Mon corps criait famine. Pourtant, je n'avais pas envie de manger. Cette charogne froide était une insulte. Je voulais lui montrer que ce n'était pas de la nourriture pour quelqu'un comme moi, que je méritais mieux, mais en vain. Tout ce qu'elle eut à faire, ce fut de secouer légèrement la charogne pour que je perçoive le mouvement et que cela active quelque chose en moi, un réflexe intérieur. Malgré le manque d'appétit, malgré le fort sentiment que je ne pouvais jamais obtenir ce que je désirais vraiment. Je ne luttais jamais contre mes réflexes. Je me jetai sur le morceau de viande et l'attrapai.

Ce genre de viande me rassasiait mais ne me procurait aucun plaisir. Je mangeai uniquement parce que mon corps avait besoin de nourriture. C'était la même chose avec la lampe. Elle irradiait et me fournissait la chaleur dont dépendait ma survie, mais aucune joie de vivre. Je n'avais pas d'autre choix que de l'accepter. L'acceptation était l'unique vérité que ma mère m'avait enseignée, la vertu suprême pour les créatures comme nous. Il y avait des limites, on ne pouvait rien y faire. Les combattre, douter et s'y attarder, c'était du gaspillage d'énergie. Les accepter, au contraire, ne coûtait rien.

Les jours passaient. Dehors, le soleil se levait et se couchait. Il m'était arrivé de regarder par la fenêtre. J'avais vu qu'il existait une végétation luxuriante, qu'il existait une chaleur. Cela me démoralisait de devoir rester ici, sous cette lumière artificielle. Cela faisait une éternité qu'elle ne m'avait pas apporté de nourriture. Et les jours continuaient de défiler. La faim me tiraillait.

Ma lampe ne fonctionnait plus depuis quelque temps, elle clignotait à un rythme terrifiant. Privé de chaleur, je me sentais mou et vide et restais planté dans mon coin en attendant la mort. Puis je décidai de mettre fin à tout cela. De ne plus du tout boire l'eau du bol dégoûtant. Si on m'avait apporté de nouvelles charognes, je ne les aurais pas mangées. Je serais resté couché là pendant que la vie quittait lentement mon corps. La femme froide n'aurait probablement rien remarqué avant qu'il soit trop tard. J'étais fatigué, cela me coûtait de l'énergie de me rebeller. C'est ainsi que je m'endormis.

À mon réveil, il y avait une foule de gens derrière la barrière. C'étaient des acheteurs. Cela signifiait qu'ils allaient me manipuler et faire tout un raffut. Je tâtai l'air, mais ne perçus aucune odeur de mon côté de la vitre. Je me souvins que l'acceptation était une vertu. Elle abrégerait mes souffrances. Voilà ce qu'était ma vie, une suite de souffrances dont j'attendais la fin. Alors, quand la femme froide me saisit par un de mes anneaux et le sortit dans le monde extérieur, je restai tranquille. Je tâtai l'air et fis connaissance avec le groupe qui m'entourait. Les humains portaient bien d'autres odeurs que la leur, des odeurs de fleurs, de plantes mortes et d'animaux inconnus. On aurait dit qu'ils se paraient des odeurs d'autres animaux pour camoufler la leur. Mais avec moi, cela ne marchait pas. Je tâtai l'air à nouveau et perçus l'acidité, le salé et l'amertume qu'émettaient leurs corps. De minuscules gouttes de sueur sur leur peau. Un vague goût de sucs gastriques dans leur haleine. D'autres fluides en provenance de leurs parties génitales.

Puis, on me plaça sur le bras d'une humaine. Il était facile de voir que c'était une femelle, c'était quelque chose que les humains affichaient très clairement. Elle avait de longs cheveux bruns qui dansaient dans l'air et avaient un parfum de plantes acidulées. Elle brillait avec plus d'intensité que les autres. Je tâtai l'air et sentis que le goût doux amer de son sexe était aussi plus fort, plus proche. Elle éprouvait du désir.

Elle me prit dans ses mains, me porta jusqu'à la fenêtre et, pour la première fois depuis des mois, je pus profiter des rayons lumineux du soleil. Tout à coup, je sentis que mon corps retrouvait de sa vigueur. Et, tandis que je savourais cette renaissance, elle me toucha le dos avec ses doigts de singe et chuchota quelque chose dans sa langue étrange. Je ne compris pas la signification de ces sons, mais il ne m'échappa pas qu'ils étaient prononcés avec affection. Ces caresses ne me plaisaient pas, mais j'avais vu des perroquets frotter leurs têtes l'une contre l'autre et se nettoyer mutuellement les plumes. Des chats qui se léchaient la peau entre eux. Ils bougeaient leurs corps d'une manière qui montrait qu'ils y prenaient plaisir. En ce qui me concernait, tout ce qui me procurait du plaisir, c'étaient la bonne nourriture et la chaleur. Les caresses étaient bonnes pour les animaux grégaires, pour ceux qui étaient incapables de se débrouiller seuls. Ils donnaient et recevaient des gestes d'affection comme une forme de soumission pour pouvoir ensuite s'utiliser mutuellement. Je le comprenais, maintenant que les rayons de soleil en provenance de la fenêtre ramenaient mon corps à la vie. Que c'était sa soumission qui m'avait procuré cela et qu'elle pourrait me donner encore plus.

LIV

Ålesund
Samedi 10 avril 2004

J'avais fini mon shampooing. Je débouchai et reniflai les nombreux flacons parfumés d'Egil, contenant des gels douche et des produits pour les cheveux, en quête de quelque chose de plus neutre, en vain. Je n'avais plus qu'à accepter l'idée que, ce soir, j'allais sentir l'homme. Au moins, peut-être que ça me permettrait de tenir les dragueurs les plus acharnés à distance. La mousse s'accumula autour de la bonde de la douche, se levant et s'abaissant. Je me demandai ce que faisaient les autres filles de mon cours en ce moment, si elles se retrouvaient à l'avance pour prendre un verre ensemble. Ces sorties organisées contribuaient à créer une meilleure ambiance uniquement parmi ceux qui se connaissaient déjà, mais c'était toujours mieux que de rester ici.

Quelqu'un frappa à ma porte.

— Hé, y a quelqu'un ?

C'était une voix de fille.

— Je prends ma douche !

Je laissai l'eau ruisseler sur mon visage, pénétrer dans mes oreilles et s'écouler le long de mon cou.

— Hé ! Je dois faire pipi. Je suis toute seule.

Je coupai le robinet de la douche. Je soupirai, m'enroulai dans une serviette et allai ouvrir la porte en marchant sur la petite portion de sol qui n'était pas couverte de serviettes mouillées et de vêtements sales. Une fille entra. Elle avait de longs cheveux blonds décolorés et un anneau dans le nez. C'était typiquement le genre de fille pour qui Egil avait l'habitude de craquer, si ce n'est qu'elle était un peu plus âgée que les autres.

— Fais vite, lui dis-je.

— Merci beaucoup ! Merci beaucoup !

La fille rejoignit les WC à longues enjambées.

— Désolée, je ne t'aurais pas dérangée si ça n'avait pas été urgent. Puis je me suis dit que, vu qu'on était des filles toutes les deux…

Je me sèche pendant qu'elle urine. Je n'avais jamais aimé qu'on me voie nue. J'avais déjà du mal à le supporter quand j'étais seule. Pour moi, cela avait quelque chose de triste, de terne, comme une couette sans housse. Je m'attendais à ce que la fille dise quelque chose, qu'elle me donne un conseil pour m'épiler ou qu'elle fasse un commentaire sur mon corps. Au lieu de cela, elle tira la chasse d'eau et alla au lavabo.

— Ça te dérange si j'en profite pour me maquiller ? Tant que je suis là…

Je haussai les épaules. Puis, je penchai la tête en avant et me séchai les cheveux avec ma serviette. Elle prit une trousse qui était posée sur la machine à laver et en sortit un crayon avec lequel elle commença à se maquiller les contours des yeux.

— T'étais pas là, hier, dit-elle.

Je secouai la tête, si bien que mes cheveux en bataille voltigèrent autour de mon visage.

— J'avais autre chose à faire. T'as une brosse à cheveux ? La mienne est dans ma chambre.

Elle me tendit une brosse blanche et continua de se maquiller patiemment les yeux. Elle commençait, lentement mais sûrement, à ressembler à un chat.

— Egil m'a dit que tu passais plus beaucoup de temps avec eux.

— Je sais.

J'essayai d'éliminer les pires nœuds en donnant des coups vigoureux.

— C'est vrai que t'as un python dans ta chambre ?

— La plupart des choses qui se disent sont vraies, répondis-je en insistant avec la brosse. Des cheveux noirs restèrent coincés entre les picots blancs. Ils contrastaient avec les cheveux blonds qui y étaient déjà.

— T'as jamais de la morve qui coule dans ton anneau ? demandai-je.

Elle rit. Une de ses incisives était implantée un peu en avant des autres.

— Ça m'arrive tout le temps.

— Je dois reconnaître que c'est toujours plus original que le tatouage dans le bas du dos.

— J'en ai aussi un. – Elle releva son pull. – Regarde. J'adore les clichés, je trouve ça trop marrant. T'as rien de ce genre, toi ?

Je regardai le tatouage dans le bas de son dos, son anneau dans le nez et ses incisives non alignées. Elle n'était pas comme les autres filles qui traînaient ici habituellement. Elle semblait beaucoup plus cool, différente.

— J'envisage de me faire tatouer un serpent sur le cul, dis-je. Vu qu'Egil n'arrête pas de dire à tout le monde que j'ai un python dans ma chambre.

Elle porta une main à sa bouche.

— Tu plaisantes ? Tu veux dire qu'il a tout inventé ? – Elle éclata de rire, une main sur la poitrine. – Excellent. Liv, c'est bien ça ton prénom ? – Elle me serra la main. – Anita. Tu fais quoi, ce soir ?

— Je vais à un dîner avec mes camarades de l'école d'infirmière.

Elle rit.

— Tu vas t'éclater.

Je secouai la tête. Elle se pencha devant le miroir et essuya le mascara qui avait bavé.

— Moi aussi, je dois sortir avec mes camarades des Beaux-Arts. Je crois qu'on va aller au Lille.

Elle se mit du fard sur les joues en quelques gestes rapides. Il m'était arrivé de faire un tour au Lille Løvenvold, le vendredi, pour boire du vin bon marché. Ce n'était pas comme le pub Smutthullet, où j'avais l'habitude de sortir avec Ingvar et Egil. Le Lille Løvenvold était un endroit plus chic, plus propre. Là-bas aussi, les gens finissaient par être bourrés à partir d'une certaine heure. Passé minuit, tous les endroits d'Ålesund étaient pareils. Pourtant, le Lille Løvenvold avait quelque chose de différent. Les gens y étaient différents.

— T'es une artiste ? Tu peins ?

Elle acquiesça.

— Je peins surtout, oui. Pas seulement sur mon visage. – Elle rit et croisa mon regard dans le miroir. – Le corps est une œuvre d'art, après tout, mais je peins surtout sur toile.

Je fus frappée par son autodérision. Peut-être qu'elle s'en rendit compte aussi car son rire s'interrompit brutalement. Elle me regarda à travers le miroir.

— Au fait. Je sais pas si je peux te dire ça, mais tu as des yeux intéressants. Tu ferais un excellent modèle pour un tableau.

Je baissai le regard sur le chaos de serviettes et le bazar qui jonchaient le sol. Je sentis mes joues s'embraser.

— J'espère que c'était pas trop osé de ma part, dit-elle.

Des yeux intéressants. Qu'avait-elle voulu dire par là ? Étrangement, j'avais trouvé sa remarque plus intime que si elle avait fait un commentaire sur mon corps.

— Non, pas du tout, finis-je par répondre. C'est juste bizarre.

— Bon, allez, je te laisse tranquille, fit-elle en remettant tout le maquillage dans la trousse, avant d'enjamber le linge sale et d'ouvrir la porte. Tu n'as qu'à passer au Lille si les infirmières t'ennuient. Puis elle sortit dans le couloir.

Je me dépêchai de m'habiller, surprise de me sentir toute chaude, comme si j'étais légèrement fiévreuse.

De la cuisine me parvint la voix excitée d'Egil. Je m'approchai et le vis faire les cent pas dans la pièce minuscule, un téléphone contre l'oreille. La voix à l'autre bout de la ligne était froide et impavide.

— Tu sais ce que t'es ? lança Egil. T'es un concombre de mer ! T'éprouves aucun sentiment pour les autres, t'es qu'un *blobfish* !

Son interlocuteur continua de parler de sa voix glaciale, à la manière d'un directeur de collège sévère.

— Personne t'aime. C'est pas étonnant que maman t'ait quitté.

Il se retourna à l'improviste et remarqua ma présence. Le regard qu'il m'adressa était tellement dur que je déguerpis aussitôt, le cœur battant. Une fois dans le couloir, je me dirigeai vers la chambre d'Ingvar et passai la tête par sa porte entrouverte.

— Tiens, te voilà ! dit-il.

Je perçus une certaine tension dans sa voix.

J'entrai dans la pièce, où les stores étaient baissés, si bien que seuls filtraient à travers quelques rais de lumière. Ingvar était couché sur son lit avec un livre. Je m'assis au pied du lit.

— J'étais justement en train de lire quelque chose sur toi, dit-il en ricanant.

Sur la première de couverture, il y avait le portrait d'un homme au nez long et au menton proéminent, coiffé d'une couronne de feuilles vertes. Dante Alighieri, *La Divine Comédie.*

— T'es décidément un intello, Ingvar.

— Écoute ça.

Il commença à me lire un passage du livre. C'étaient des vers qui parlaient de deux êtres, un homme et un serpent, qui se métamorphosaient l'un en l'autre. Le poème décrivait l'intégralité du processus. Les jambes de l'homme se fondaient ensemble et sa langue se séparait en deux, tandis que le serpent subissait le sort inverse. Le reptile se couvrait de poils et de cheveux et des oreilles lui poussaient, tandis que la peau de l'homme se mettait à durcir. Pour finir, l'homme, devenu serpent, s'éloigna en sifflant et en rampant sur le sol, alors que le serpent, devenu homme, restait sur place, debout sur ses jambes.

— C'est la même chose qui t'est arrivée, rit Ingvar. Tu es en train de te métamorphoser en ce serpent. J'ai déjà l'impression que c'est toi qui es enfermée là-bas et que c'est Néron qui se promène parmi nous.

Je secouai la tête et me dirigeai vers la porte.

— Tu te barres ?

— On se reverra dans notre prochaine vie, répliquai-je en sortant de sa chambre.

MARIAM

Kristiansund
Lundi 21 août 2017

La lumière s'infiltre par les espaces à la périphérie des rideaux. Un faible rayonnement perfide qui dévoile tout ce à quoi je n'ai pas envie de penser – que le jour s'est levé, que le monde existe et que j'en fais moi-même partie. Il est vain de tirer la couette au-dessus de sa tête pour tenter d'ignorer la réalité. La tête sait qu'il fait jour. La tête sait que c'est la fin de l'été, que c'est le jour de la rentrée. La tête n'oublie pas sa respiration courte et saccadée de bébé, sa voix lorsqu'elle a dit "maman" pour la première fois. Ni la sensation que j'éprouvais quand nous nous regardions toutes les deux dans le miroir. La tête s'obstine à se rappeler ce que ça faisait d'embrasser ses petits petons, de toucher chacun de ses orteils et de les chatouiller. Ses lèvres qui faisaient la moue quand elle dormait, son front qui se plissait sous l'effet de rêves inconnus. La tête sait qu'elle a une part de responsabilité dans ce désastre.

On frappa à la porte. Tor entre dans la chambre, une expression tendue sur le visage. Il porte une de ses plus belles chemises bleues, celle avec des fils argentés. Son col n'est pas boutonné. Cette chemise est parfaitement assortie à ses yeux et à ses cheveux blonds parsemés de gris. Il a dans les mains un plateau et un verre de lait.

— Tu as mangé ?

Il pose le plateau et le verre sur la table de nuit et fronce les sourcils lorsque je secoue la tête.

— Plus de deux cents personnes se sont portées volontaires pour participer aux recherches, aujourd'hui. Il y aura toute l'école Allanengen. Il n'y aura pas de rentrée sans elle.

Il me parle sans me regarder. Il est comme absent et fixe les photos de famille accrochées au mur. Il ne me demandera pas de me joindre à eux, et je ne lui dirai rien non plus. Le seul fait d'être ici, dans la même pièce que moi, à me parler, après ce que j'ai fait, ça doit lui coûter beaucoup. Pourtant, il est aussi patient et attentionné que d'habitude. J'ai toujours l'impression que sa sollicitude est destinée à me faire comprendre comment je devrais moi-même me comporter envers lui. Que, dans un sens, il essaie de m'apprendre quelque chose, en vain. Je me redresse, prends le verre et bois quelques petites gorgées de lait, par pure reconnaissance. Avec ma main, je caresse les draps à motif de fleurs printanières. Puis il s'en va.

Je ferme les yeux et serre les paupières pour tenter de faire comme si je n'existais pas. Des bribes de souvenirs contenant des rires d'enfant résonnent dans mes oreilles. Je la vois toujours au cours des minutes qui ont précédé sa disparition, avec sa tête baissée et sa stupide bande dessinée, tandis qu'elle s'éloigne de moi. Le livre, ils l'ont retrouvé. Elle, ils la cherchent encore. Comme si une gamine de onze ans pouvait se perdre dans les rues du centre-ville ou dans le bois d'une centaine de mètres de large qui s'étend devant chez nous. Elle est intelligente. Elle sait très bien où elle habite. Si elle avait eu un problème, elle aurait demandé de l'aide à un adulte ou serait rentrée directement à la maison. Ça va bientôt faire deux jours. Quelqu'un l'a enlevée. C'est la seule explication sensée. S'ils ne la retrouvent pas aujourd'hui, quelque part où ils n'ont pas encore cherché, alors c'est qu'elle est morte.

Un souvenir de ce printemps me revient en mémoire. J'étais assise dans le fauteuil du salon, je venais de rentrer du travail. J'attendais que Tor et Iben rentrent à leur tour. En fait, non, c'est faux. Je ne les attendais pas. J'étais en train de rassembler tout mon courage. Je me préparais mentalement au retour de ma famille. J'ai entendu au bruit qu'a fait la porte en s'ouvrant qu'Iben était rentrée la première. Cette créature délicate envoyait à travers la maison des ondes sonores qui faisaient penser à un moineau effrayé. Elle s'est dirigée vers le séjour, sans doute pour regarder la télé, mais s'est arrêtée au moment de franchir la porte, en me voyant.

J'ai remarqué qu'elle avait un air coupable, qu'elle cherchait à éviter mon regard. Un sentiment d'agacement, complètement irrationnel, m'a soudain envahie. Une envie de méchanceté. Mon corps entier voulait être injuste, il le réclamait.

— Comment s'est passée ton interro d'anglais, Iben ?

Je l'ai fixée du regard. J'ai attendu.

— Bien, a-t-elle marmonné.

Je savais qu'elle mentait, alors j'ai insisté.

— Donc, tu avais suffisamment révisé ? Tu te rappelles ce que tu m'as dit, hier ? Que tu avais assez révisé pour pouvoir jouer ?

— Oui, j'avais assez révisé.

Tout en elle indiquait qu'elle mentait, et moi… Je me suis moquée d'elle en disant :

— Génial ! Je suis impatiente de voir ta note, alors !

Mais je ne me suis pas arrêtée là, non. Plus tard, alors que nous étions en train de dîner, tous les trois, j'ai dit à Tor :

— Iben m'a dit que son interro d'anglais s'était très bien passée.

Tor ne comprend jamais quand je suis sarcastique, alors il lui a souri d'un air fier et a déclaré :

— Bravo, Iben ! Tu vois, les efforts sont toujours récompensés, pas vrai ?

Et à ce moment-là, j'ai su que j'avais touché Iben au plus profond de sa conscience. Par l'intermédiaire de la fierté que Tor éprouvait pour elle. Mais même là, je ne me suis pas arrêtée. Plus tard dans la soirée, alors qu'Iben venait de se coucher, je suis allée la voir et je lui ai dit :

— Je suis fière de toi, Iben. Tu te donnes tant de mal au collège. Papa est tellement gonflé de fierté qu'on dirait qu'il va éclater.

Sur ce, je l'ai embrassée et lui ai souhaité une bonne nuit.

Quand j'y repense, maintenant, j'en ai mal au ventre. Pourtant, ce n'était pas fini. Le lendemain matin, alors que je prenais mon petit-déjeuner avec elle, je lui ai parlé en anglais. Je lui ai demandé si elle voulait, du pain, du beurre, du fromage. Puis je lui ai posé encore d'autres questions, en utilisant volontairement du vocabulaire qu'elle ne pouvait pas connaître. Et Iben, la tête baissée, s'est contentée de répondre "oui" à tout.

Combien de fois me suis-je comportée de la sorte avec elle ? En réalité, ce n'est pas elle que je tourmente. C'est l'idée d'un enfant. De ce que j'ai peur qu'elle devienne. Je me déchaîne contre l'obscurité d'où elle provient et dont elle n'est aucunement responsable. Peut-être qu'elle a quand même fugué, finalement.

Je rouvre les yeux. Je chasse cette idée de ma tête et me lève. Le sol est froid sous mes pieds, c'est ce que je mérite. Mes jambes sont lourdes, mon corps raide. Cette fois, la maison est vraiment vide. Tor est sorti. Il est parti à la recherche d'Iben. Qui n'est peut-être plus qu'un corps froid qui gît quelque part. Des images que je n'ai pas envie de voir m'assaillent continuellement, sa peau grise, froide et meurtrie, ses cheveux noirs de sang. Je ne veux pas y penser.

L'armoire est ouverte, si bien que je peux voir toutes mes belles tenues soigneusement accrochées les unes contre les autres. La plupart sont bleues, noires et grises. Ça procure une certaine sérénité de m'acheter de beaux habits, quelque chose que je peux me mettre pour montrer au monde que je suis une femme de style. Les vêtements et les chaussures me font automatiquement redresser le dos, lever la tête. Ils me donnent de l'assurance quand il me faut mener des négociations. Les vêtements sont beaucoup plus que de simples vêtements. Ils sont le contrôle. Du moins, c'est ce que sont ceux-ci. Je referme la porte et je me vois dans le miroir, pieds nus, dans un pyjama usé, avec mes cheveux blonds en désordre après avoir passé la nuit à m'agiter dans mon lit. Je me retourne et sors de la chambre.

Je m'arrête un instant devant l'écriteau sur la porte d'Iben : "Frapper avant d'entrer !" Ça fait plusieurs années qu'elle a rédigé ce message, et il est toujours accroché là, à la fois comme un souvenir et comme un avertissement. La règle avait déjà été violée par les techniciens de l'identité judiciaire vêtus de plastique blanc, avec des plumeaux et des cotons-tiges dans les mains. Je plaque ma main contre la feuille et pousse la porte, qui s'ouvre sur la petite chambre jaune. Une commode fleurie. Des murs tapissés de posters de chevaux. Une parure de lit rose. Dans quelques années, elle aurait eu un aspect complètement différent. Une chambre dépouillée, d'adolescente, avec des posters de garçons sur les murs. J'étais impatiente de la voir devenir adulte.

Son bureau est recouvert de papiers, de matériel de dessin et de jouets. Chaque fois que je lui demande de ranger, elle se contente de ramasser ce qui traîne par terre. Je soulève les papiers, les feuillette. Soudain, j'ai peur de découvrir un de ces dessins dont tout le monde a entendu parler, représentant quelque chose d'adulte qui l'a effrayée. Puis je me souviens que la police a déjà fouillé la chambre, et que s'il y avait eu quelque chose de ce genre, ils l'auraient emporté. Les dessins sur le bureau représentent des motifs rassurants : des princesses, des chevaux et des chiens.

Un autre dessin est accroché au mur, réalisé par un artiste de fête foraine. Je me rappelle parfaitement ce jour. On était allés sur les montagnes russes avec Iben pour la première fois. Tor avait gagné au tir à la carabine et lui avait choisi la plus grosse peluche du stand. Cela avait peut-être été notre plus belle journée en famille. À la fin, nous avions laissé cet artiste nous dessiner tous ensemble. Une famille unie, assise sur des trônes, dans un château. Un roi et une reine avec une petite princesse sur les genoux de son papa. Des costumes magnifiques avec des épaules larges et des tailles fines, des visages beaux et purs. Des sourires. Une famille heureuse.

Je grimpe sur son lit, j'étale sa couette sur moi et hume son odeur. Une fois encore ressurgissent les souvenirs d'une petite fille, à sa naissance, à deux mois, à un an, la première dent de lait, les tours de tricycle dans la cour située à l'arrière de la maison où nous habitions à l'époque, les caresses au chat du voisin, les sorties à la plage avec la crème solaire et les brassards gonflables. Faire du patin, sauter sur le trampoline, manger du citron pour la première fois, se promener sur les épaules de papa pour traverser la foule et dominer tout le monde. Le premier jour d'école à courir dans la cour avec ses amis, apprendre à faire du vélo, à nager. Ma fille.

Je sors mon téléphone et me mets à chercher de vieilles photos : Iben qui avance fébrilement sur son vélo avec les petites roues. Une vidéo d'un spectacle scolaire où elle danse timidement en fixant le sol. Je la visionne plusieurs fois. Je tombe sur une photo où elle a deux ans et dévore avidement sa bouillie. Elle était tellement joyeuse à cette époque. Elle criait tout le temps "Coucou ! Coucou ! Coucou !" en riant de son rire communicatif. La police a le téléphone d'Iben, et aussi l'iPad. Peut-être qu'ils trouveront sur Facebook la trace de discussions avec un adulte qu'elle ne connaît pas.

Ils sont là, dehors, en train de la chercher. À cette pensée, je sens comme un grouillement dans mes veines. Lorsque je ferme les yeux, j'essaie de tout voir en noir, juste tout ce qui est complètement noir, et d'y disparaître. Mais ma tête s'obstine à se souvenir. Une fillette qui enfonce ses petites mains dodues dans le sable. Une petite fille de six ans avec des chaussures et un sac neufs pour sa première rentrée.

J'ouvre les yeux. Je vois la chaise vide où Iben a passé tant de temps penchée sur ses devoirs. Ses cheveux blonds attachés en une tresse sur sa nuque. Ils sont tellement fins quand on les fait glisser entre nos doigts qu'on dirait qu'ils ne pèsent rien. Je pourrais essayer de tout oublier, mais ma tête sait qu'ils sont là, dehors, et qu'ils la cherchent. Ma tête sait que ses cheveux sont quelque part.

Je me lève, m'approche de sa bibliothèque, pleine de livres pour jeunes filles. Je caresse leurs dos pastel. Une étagère complète remplie de contenants divers : un coffret à bijoux, une vieille boîte à cigares, un bol plein de perles. Je commence à ouvrir les boîtes les unes après les autres. Je regarde les petits bijoux en or qu'elle a reçus à son baptême et les boucles d'oreilles à clips qu'elle a utilisées pour le carnaval de son école. Sur le plus gros coffret à bijoux, il est écrit : "Mes secrets." Ce qui ne passe pas inaperçu. Les jeunes filles doivent avoir le droit d'avoir des secrets, il me semble l'avoir lu dans la rubrique de conseils d'un magazine, mais je ne peux résister à la tentation de l'ouvrir.

À l'intérieur, il y a un billet de cent couronnes, un petit cheval en plastique et une chaînette dorée avec quelque chose d'accroché au bout. Je la sors de la boîte pour l'observer à la lumière. C'est une clé qui est accrochée au bout de la chaîne. Une clé toute simple qui pourrait correspondre à n'importe quelle porte dans n'importe quelle maison. La seule chose qui distingue cette clé, c'est que, comme la chaîne, elle est couverte d'une couleur qui fait penser à de l'or.

LIV

Ålesund
Samedi 10 avril 2004

Le Lille Løvenvold était déjà bondé, mais il en fallait peu pour qu'il le soit. Le local du rez-de-chaussée était juste assez grand pour accueillir un bar et les clients qui y faisaient la queue. Je me dressai sur la pointe des pieds pour tenter de repérer parmi toutes ces têtes une blonde avec un anneau dans le nez. Je me frayai un chemin à travers la queue jusqu'à l'escalier en colimaçon noir menant à l'étage.

Des lumières disco dansaient sur les murs peints en noir. Autour des tables, des personnes étaient assises et tentaient de discuter malgré la musique techno assourdissante. Il était encore un peu trop tôt pour danser. Un brouhaha strident de cordes vocales qui hurlaient sous des colliers scintillants et des cols de chemises. Je ne savais pas comment elle était habillée. Je ne pouvais même pas savoir si elle était venue, finalement.

Après le dîner, les autres étaient partis chacun de leur côté en me laissant seule devant le restaurant. J'avais bu beaucoup trop et beaucoup trop vite, parlé trop fort et m'étais donnée en spectacle avec mes clowneries habituelles. Les autres avaient écouté, ri et manifesté de l'intérêt, mais pas de la bonne manière. Ils m'avaient montré de l'intérêt comme des enfants quand ils arrachent les pattes d'une araignée. Aussi, après qu'ils m'avaient plantée devant le restaurant, la seule chose que j'avais eue en tête, c'étaient les paroles de cette fille, avec l'anneau dans le nez et les incisives qui se chevauchaient légèrement. Anita. Pas parce qu'elle m'avait dit que j'avais des yeux intéressants, même si, au cours de la soirée, j'y avais beaucoup pensé, mais parce qu'elle m'avait invitée à passer au Lille Løvenvold. Pourquoi pas ? C'est ce que je m'étais demandé. C'était toujours mieux que de rentrer et de m'enfermer dans ma chambre. Pourtant, maintenant que j'étais sur place, je n'en étais plus aussi sûre. Peut-être avait-elle juste dit ça comme ça ? Ça ne signifiait pas forcément qu'elle avait envie de me voir. Après tout, elle était avec ses amis artistes. Peut-être qu'elle se serait révélée être comme tous les autres, en fin de compte, avec ce rire un brin méprisant, avec des manières amicales mais fausses.

Je restai là, à l'étage, à scruter vainement la foule. Il n'y avait aucune fille qui ressemblât à Anita. Lorsque quelqu'un me bouscula, en haut de l'escalier, je décidai de redescendre. Il y avait encore une dernière possibilité : la cour, à peu près aussi grande que le bar lui-même et avec beaucoup plus de monde qu'à l'étage. Je me frayai un passage parmi les gens qui fumaient dans l'air de la nuit printanière. J'essayai d'ignorer le brouhaha des voix pour me concentrer sur la tête blonde que je cherchais. J'étais épuisée. L'effet de l'alcool commençait à s'estomper, laissant la place aux tremblements. Il valait mieux laisser tomber.

Une fois de plus, je me faufilai à travers les clients qui faisaient la queue au bar et sortis. Quelle idée ridicule j'avais eue. Pendant un moment, je restai là, immobile et frigorifiée, dans la rue, entourée de tous ces bâtiments de style Art nouveau, exactement comme je l'avais fait, un peu plus tôt, devant le restaurant, jusqu'à ce que je comprenne que je n'avais plus qu'à rentrer. À l'instant même où j'allais entamer ma longue marche, j'entendis une voix masculine crier mon nom en faisant traîner le *i* : "Liiiv !" Comme un long hurlement. Je scrutai la rue, mais personne ne semblait se diriger vers moi. Puis il m'appela à nouveau : "Liiiv !" Et alors, je me rendis compte que le cri venait d'en haut. Là, à une fenêtre, au-dessus de chez le fleuriste, je vis la tête d'un homme. David. Il me fit signe. Je traversai la rue et allai me placer juste sous la fenêtre, d'où s'échappaient également de la musique rap et des voix. David tendit la main dans laquelle il tenait une cigarette, tira légèrement la langue et fit tomber la cendre. On aurait dit qu'il essayait de me viser.

— Hé ! Qu'est-ce que tu fous ? répliquai-je en riant.

— J'attends que tu montes. Alors, tu te ramènes ?

J'ôtai mes bottes et les posai contre le mur, où il y avait déjà une dizaine d'autres paires de chaussures. Je pris la bière que David me tendit et le suivis en direction de la pièce d'où provenaient la musique rap, les cris et les rires, en arpentant un couloir où le temps semblait s'être figé dans les années 1970 : la moquette à motifs jaunes et rouges, la tapisserie rayée jaune et marron. Il y avait même une vieille table de téléphone en bois clair avec un siège intégré. Je sentis l'inquiétude monter en moi lorsque je vis les motifs à spirale du coussin.

Nous entrâmes dans le séjour et je découvris ce qui avait provoqué les clameurs que j'avais entendues depuis la rue : sur la table basse, devant un canapé à rayures marron, un homme était allongé sur le ventre. Il avait les jambes et les bras liés ensemble derrière le dos avec du gros scotch. Il pivota la tête et quelqu'un lui fit boire une gorgée de boisson alcoolisée avec une paille. Un autre enfonça une cigarette entre ses lèvres. Des amas d'adhésif froissé jonchaient le sol. Je me tournai vers David, qui était retourné se placer près de la fenêtre.

— Il a perdu au poker, dit-il.

C'était un de ces appartements quasiment sans vis-à-vis. Avec vue sur la rue, mais trop haut et trop loin des autres bâtiments pour que quelqu'un puisse voir à l'intérieur. Je ne sais pas pourquoi j'y prêtai attention, ni pourquoi cela me préoccupa. Enfin, si. Bien sûr, que je le savais. Il y avait quelque chose chez ces gens et dans l'ambiance qui régnait dans cet appartement. Ces visages marqués, les voix de certains d'entre eux. Ce n'était pas une fête. C'était un repaire de drogués.

David s'assit sur un pouf et le tira vers la chaise où j'avais pris place. Il s'était allumé une nouvelle cigarette et souffla lentement la fumée vers le plafond. Il avait l'air ivre ou défoncé, ou les deux à la fois. Je pris une cigarette dans le paquet qu'il me tendit.

— Bienvenue dans mon humble demeure. Qu'est-ce que tu en penses ?

Je pouffai de rire.

— On dirait l'appart d'un vieux monsieur.

Il regarda autour de lui. Les meubles, les rideaux. Seuls la télé et les haut-parleurs étaient récents, tout le reste semblait plus vieux que moi. David fit tinter sa canette contre la mienne.

— Je crois que le moment est venu que tu me racontes quelque chose sur toi.

Je ris.

— Ah bon ? Et quoi ?

— Quelque chose d'intéressant. Un traumatisme de ton enfance, un truc de ce genre.

Je me maudis moi-même. Se pouvait-il qu'Ingvar ou Egil lui ait dit quelque chose ? Non, j'avais confiance en eux.

— Tu es la dernière personne à qui j'ai envie de raconter quelque chose d'"intéressant", David.

— Pourquoi ?

— Je fais pas confiance aux canailles.

David éclata de rire et pointa son index sur moi.

— Hé, meuf, t'as rien compris. C'est justement aux canailles comme moi que tu peux faire confiance. On n'est pas des balances, on a nous-mêmes trop de cadavres dans nos placards.

Il était trop près de moi. Cela ne me plaisait pas. Il cherchait manifestement à savoir s'il pouvait encore avoir ce qu'il avait obtenu la dernière fois. Et moi, je devais lui montrer que non. C'était cela qui était si difficile avec lui. Il fallait constamment que je me tienne sur mes gardes. Mais je refusais de céder à ce sentiment, je refusais de tourner en rond, en état d'alerte.

— J'ai bien une chose importante à te dire sur moi, répliquai-je en le pointant à mon tour du doigt. Je ne suis pas ta meuf.

Il sourit. Il se pencha légèrement en avant et se passa la main sur son crâne rasé. Un frisson parcourut mon corps lorsqu'il s'approcha. Le souvenir de notre dernière rencontre. Les souvenirs de ce genre me déplaisent toujours, c'est comme si quelque chose me déchirait le bas-ventre et remontait vers ma gorge. Puis, il ferma les yeux et prit une profonde inspiration par le nez.

— Tu sens bon, dit-il.

— C'est un parfum masculin. Je demanderai à Egil de te donner la marque.

Il rit.

— Je parie que tu l'as sur le bout de la langue.

— Et où, autrement ?

— Oh. Il y a un ou deux autres endroits où je peux imaginer que tu l'aies.

— Va lécher un clito ! lançai-je.

Je me levai et m'éloignai en vacillant en direction du couloir, tandis que David riait dans mon dos. Je trouvai la salle de bains et y entrai. Je m'assis sur les WC et comptai lentement jusqu'à cent. Puis j'allai au lavabo et m'aspergeai le visage d'eau froide. Je ne savais pas pourquoi je me sentais aussi mal. Enfin, si, je le savais. Pour une raison que j'ignorais, elle s'était accrochée à moi. Et désormais, je ne la reverrais plus.

Je relevai mon pull jusqu'à mon visage pour m'essuyer avec. Tout à coup, je m'aperçus que quelque chose clochait. Qu'il manquait quelque chose. Je me regardai dans le miroir. Je tâtai mon cou à la recherche de ma chaîne lisse, mais mes doigts ne rencontrèrent que ma peau. Ma clé. Elle avait disparu. Je l'avais enlevée quand j'avais pris ma douche, puis j'avais oublié de la remettre. Je repensai à Egil et à la façon dont il avait tenté de s'emparer de ma chaîne et de ma clé dorée, le jour de son anniversaire. S'il tombait dessus ce soir, il n'hésiterait certainement pas à l'utiliser. Il fallait que je rentre immédiatement.

MARIAM

Kristiansund
Lundi 21 août 2017

La pluie martèle la fenêtre et dégouline le long de la vitre en dessinant de minuscules torrents. À intervalles réguliers, les essuie-glaces émettent des cris plaintifs. Ils sont en deuxième vitesse, ce qui est un peu trop rapide pour la quantité de pluie qui tombe, mais la première est insuffisante. Je suis souvent confrontée à cette situation. J'écrase la pédale de l'accélérateur dans les virages serrés, le bois se transforme en une masse verte et floue. Les factures sur le tableau de bord glissent d'un côté à l'autre dans chaque virage.

Je prends le risque de doubler une vieille bagnole, même si nous sommes sur le point d'aborder une nouvelle courbe, et accélère suffisamment pour la dépasser en un instant. La route est quasiment déserte, comme souvent le lundi après-midi. Je croise juste un camion ou un tracteur par-ci, par-là. Je franchis le rond-point, puis m'engage sur le pont, baisse ma vitre pour sentir la fraîcheur de l'air estival sur mon visage. Je dois continuer à rouler, je dois m'en aller. Je n'en peux plus de rester là à ne rien faire, avec mes pensées, ce salmigondis remuant de souvenirs : devenir mère pour la première fois, premier sourire, premiers pas, première dent. Je préfère suivre cette route, la laisser me défier, jeter mon corps dans le prochain virage, voir la pluie changer de direction et la pile de factures voler sur le tableau de bord une fois de plus. Si seulement je pouvais rouler encore plus vite, couper encore plus les virages, si seulement ma voiture était une arme avec laquelle je pourrais fendre le temps en deux. D'un côté, ma fille a disparu. De l'autre, peut-être qu'il y a autre chose.

On ne quitte pas la ville quand sa fille a disparu. On ne laisse pas à son mari un mot dans lequel on lui demande de ne rien dire à la police, d'attendre, d'avoir confiance, pour tout abandonner derrière soi. Bien sûr que je le comprends. Malgré tout, c'est exactement ce que j'ai fait. Le téléphone avec toutes les photos de ma fille, avec la vidéo de son spectacle de danse. Je l'ai laissé sur le plan de travail de la cuisine, avec le mot. Ça ne va pas plaire à Tor. Peut-être qu'il appellera immédiatement la police. S'ils prennent la peine de se lancer à ma recherche, ils me retrouveront. Qu'ils le fassent. L'unique chose que je désire, c'est m'éloigner, avaler les virages, sentir la puissance de ma voiture jusque dans mon corps, avoir la sensation qu'à tout instant je pourrais trop accélérer, rater mon virage, commettre une nouvelle erreur.

C'est ça que je veux. Je veux juste continuer à commettre des erreurs jusqu'à ce que tout s'arrête. Puisque je ne sais pas comment me débarrasser des nœuds dans mon corps, puisque ces nœuds se resserrent un peu plus chaque fois que je tente de les défaire, je préfère les détruire. Je vais les rompre et les déchirer en morceaux. Tourner encore et encore dans les virages, planer quasiment au-dessus d'un pont et m'engouffrer dans un tunnel qui n'est qu'un long virage sombre menant droit en enfer, puis ressurgir de l'autre côté. Les moutons dans les pâturages sont comme des petits nuages qui se dissipent en un éclair. Je suis en mouvement. Des petits ports de plaisance, des hangars à bateaux, une maison branlante au sommet d'une colline. Noire à l'intérieur, exactement comme moi.

Le ciel commence à s'éclaircir, mais ma tête est toujours dans le brouillard. Je ralentis quelques kilomètres avant d'arriver au quai d'embarquement du bac de Molde. Je mets mon clignotant et m'arrête derrière la file de véhicules en attente, moteur tournant. Sur la plage arrière de la voiture qui me précède repose un ours en peluche jaune, et juste derrière l'ours, un enfant en bas âge est attaché dans un siège. C'est une femme qui est au volant. Son coude dépasse par sa vitre baissée et ses cheveux bruns ondulent dans le vent. Il y a aussi quelqu'un d'assis côté passager. Je suppose que c'est le père. J'étais tellement en colère contre Iben quand elle était petite. Je ne ressentais pas cette idylle familiale que, selon moi, tous les autres vivaient. J'étais persuadée qu'elle avait gâché ma vie. En réalité, j'y étais très bien arrivée sans elle.

Je ne crois pas que Tor ait déjà prévenu la police. Je lui ai demandé de me faire confiance, alors c'est ce qu'il s'efforcera de faire. Il va attendre que je l'appelle. Peut-être qu'il se fixera une limite. Il est tellement gentil, il fait toujours preuve de tant de patience avec moi. Est-ce que je suis en train de faire une erreur ? Est-ce que je ne préférerais pas qu'il ne me fasse pas confiance, cette fois, et qu'il appelle la police afin qu'ils puissent m'arrêter ? Il n'existe pas qu'une seule réponse, ni qu'une seule question.

Nous commençons à embarquer. Nous avançons lentement sur le bitume, au-delà de la barrière métallique, dans la gueule béante du bac. Un homme m'indique une place disponible. Tandis que le navire s'éloigne de la berge, il me vient à l'esprit que ça fait presque douze ans que je n'ai pas été de l'autre côté de ce fjord. Je reste assise dans ma voiture. Je suis tellement dans les vapes au moment de payer que j'en oublie de prendre mon reçu. Je reste assise là, à fixer le métal dur, tandis que le bac m'emporte. Encore une heure de conduite, de route à travers la montagne et de virages, et je serai de nouveau à la maison.

Je mets mon clignotant à droite et ralentis. Une sensation de chaleur envahit mon diaphragme au moment où je remonte la rue et passe devant les autres maisons avec leurs balançoires et leurs cordes à linge. Ce n'est pas très différent de mon propre quartier, juste un peu plus rural. Les jardins sont plus grands et plus près de la mer, offrant une belle vue. Dans la montée, la pile de factures tombe enfin par terre. C'est un vrai soulagement.

Je m'arrête au bord du trottoir. Il n'y a qu'autour de cette maison que l'herbe est haute et que la voiture qui est garée dehors n'a ni pneus, ni pare-brise. La cour est encombrée d'un bric-à-brac en tout genre, une pelle sans manche, une toile dégoûtante ressemblant à une vieille tente. Je décide de laisser mon sac en cuir dans la voiture avec le reste de ma jolie petite vie de famille, descends et me dirige vers la porte. Je frappe. Celui qui frappe ne veut pas la même chose que celui qui utilise la sonnette. C'était le cas il y a douze ans et ça l'est certainement encore aujourd'hui.

À l'intérieur, des chiens se mettent à aboyer et à courir dans tous les sens. Carol leur crie dessus, tandis qu'elle s'approche. Je reconnais clairement sa voix. Elle jette un coup d'œil par le judas. Elle ouvre trois verrous et passe sa tête ridée dans l'entrebâillement. Ses cheveux sont plus longs que la dernière fois, et aussi un peu gris sur le front. Elle réprimande le gros braque de Weimar qui essaie de se libérer alors qu'elle le tient par le collier. Le chien gronde et montre les dents. Un large sourire se dessine sur le visage de Carol lorsqu'elle me voit.

— Il faut que je le voie, lui dis-je.

Elle part d'un grand rire retentissant.

— Pas même un "bonjour" à une vieille amie. Je vois que tu n'as pas perdu ton insolence, répliqua-t-elle en ricanant et en roulant les *r* avec son accent américain.

Nous suivons l'étroit couloir aux murs couverts de vieilles photos de famille, tandis que les chiens courent autour de nous. Les photos d'enfance de son fils sont suspendues là depuis des années, ce sont toujours les mêmes. Son mari est décédé et ça doit déjà faire des lustres que son fils est adulte. Arrivée devant la porte du fond, Carol tire un trousseau de clés et ouvre. Elle éloigne les chiens et me fait entrer. La pièce est remplie de cages. Des animaux chantent, d'autres courent et se jettent contre les grilles. Un perroquet se met à voler à l'intérieur de sa cage et à crier des obscénités.

— Du calme, du calme, Bella, dit Carol en s'approchant du perroquet.

L'oiseau se tranquillise aussitôt au son de sa voix. Carol se tourne vers moi.

— J'ai failli le vendre, une fois. J'avais reçu une belle offre, il y a quelques années. Mais je n'aurais pas pu te faire ça. J'ai toujours su que tu finirais par revenir.

Carol se dirige vers la porte au milieu des cages. Elle sort de nouvelles clés de la poche de son pantalon large, le trousseau tinte entre ses ongles courts. Elle déverrouille la porte.

— Je te laisse tranquille, mais après, tu devras boire un verre de vin avec moi.

D'un hochement de tête, elle m'indique la porte et s'en va. Je pose une main tremblante sur la poignée. Je respire à fond.

Il est couché sur le lit. Son corps forme un arc de cercle qui s'étend de la tête jusqu'au pied. La partie supérieure repose sur la table de nuit. Il a remarqué ma présence. Il vient à ma rencontre. Son corps glisse, les motifs ondoient à la surface de sa peau marron, ils ondoient sur toute la longueur de sa queue jusqu'à sa tête. On dirait un prisme de couleurs marron foncé, noir et jaune. Je m'assieds sur le lit, à côté de lui. J'attends qu'il s'enroule autour de moi. Qu'il vienne chercher ma chaleur et qu'il m'enlace comme autrefois.

LIV

Ålesund
Samedi 10 avril 2004

Dès que le taxi s'arrêta devant la maison, je remarquai la musique assourdissante en provenance du rez-de-chaussée. Le niveau sonore était tel que même notre vieille propriétaire devait en être incommodée, bien qu'elle fût sourde comme un pot. Il y avait de la lumière à l'une de ses fenêtres, au premier, ce qui indiquait qu'elle était encore debout, comme d'habitude. Cela faisait belle lurette qu'elle avait renoncé à nous demander de faire moins de bruit.

— Attendez ici, dis-je au chauffeur. Je vais chercher de l'argent, j'en ai pour un instant.

Avant qu'il ait eu le temps de protester, j'avais déjà plongé hors de la voiture, descendu les marches au pas de course et ouvert la porte. L'entrée était pleine de chaussures et de voix masculines. Il y avait la queue devant la salle de bains et elle ne serait pas libre avant une éternité. Je n'avais pas l'intention d'attendre mon tour pour vérifier si la clé était toujours à l'intérieur. Du séjour me parvenaient des hurlements et des rires. J'ôtai mes bottes et me précipitai vers la porte de ma chambre. La peur m'assaillit au moment où je posai la main sur la poignée. La porte s'ouvrit. J'entrai. J'étais certaine d'avoir remis Néron dans le terrarium avant de sortir. Pourtant, il était vide. Le serpent n'était pas sous la couette, ni sous le lit, il n'était pas non plus sous la commode. Il n'était pas accroché à la barre des rideaux, n'avait pas rampé sur la plante ou sur la lampe qu'il utilisait pour y grimper. Il n'était pas dans la pièce. Je vérifiai si la clé était dans la serrure, mais elle n'y était pas.

Toute tremblante, je me frayai un passage parmi les gens massés dans le couloir. En direction des rires, des voix et des cris aigus qui provenaient du séjour. Le plus calmement possible, j'enjambai une fille qui avait décidé de s'asseoir en travers du couloir pour parler au téléphone. Je me faufilai devant un groupe qui se tenait dans l'entrée du séjour. Soudain, je me figeai. La pièce était pleine à craquer. Dans le canapé étaient installées un groupe de filles bien coiffées, avec des jupes courtes et les joues roses. C'étaient elles qui hurlaient. Et elles n'avaient visiblement pas l'intention d'arrêter. C'était un roulement perpétuel, dès que l'une cessait de crier, une autre prenait aussitôt la relève.

Sur la table vers laquelle tous les regards étaient tournés, je vis Egil. Il me tournait le dos. Il tenait Néron dans sa main droite. Le serpent pendait et, manifestement stressé, sifflait en direction des filles assises dans le canapé. J'avais l'impression de sentir sa rage brûler dans mes veines. Egil tituba. Le bras tendu, et sans prévenir, il se jeta en avant, comme s'il voulait lancer le python. Les filles poussèrent à nouveau leurs cris stridents. Si incroyable que cela puisse paraître, aucune vitre ne vola en éclats. Egil tituba encore. Il devait être passablement ivre. Puis il se jeta de nouveau en avant, cette fois vers une fille qui était assise sur une chaise. Elle hurla de terreur et renversa de la bière partout sur elle. Egil recula d'un pas. Il s'immobilisa un instant pour reprendre son souffle. Puis il tourna sur lui-même et jeta Néron, qui vola dans les airs et atterrit sur le visage d'un type. Celui-ci recula, faisant tomber le serpent sur la moquette. Aussitôt, je me précipitai. J'attrapai Néron, qui siffla furieusement et bondit sur moi. Je le saisis à la gorge au moment où il allait me mordre l'épaule.

— Putain, mais qu'est-ce que tu fous, Egil ?

Il me regarda, toujours aussi hilare.

— Je te préviens que si tu recommences, je te balance mon pied dans les couilles, le menaçai-je.

Néron sifflait et essayait de me mordre au visage, mais je le tenais fermement. Il fallait absolument que je le ramène dans ma chambre.

— Rends-moi ma clé, Egil.

Egil prit une expression grave et s'assit au bord de la table basse. C'est seulement à ce moment-là que je remarquai que plusieurs cendriers avaient été renversés par terre et que leur contenu s'était répandu sur la moquette. Egil avait le visage tout rouge. Il vacilla un instant avant de se ressaisir.

— J'l'ai pas, ta clé. La porte était ouverte.

— Tu mens.

— J'ai pris aucune clé, balbutia Egil en perdant une fois de plus son équilibre.

Il tenta de prendre appui dans le vide et s'écroula sur le sol. Je fis volte-face et retournai dans le couloir. Des gens commencèrent à se rassembler autour de moi.

Tout à coup, j'entendis une voix. Je l'entendis malgré la musique assourdissante, malgré le stress dû au fait de devoir tenir Néron et éviter ses morsures, malgré les paroles haineuses que je percevais dans ses sifflements. Cette voix, je l'aurais reconnue dans n'importe quelles circonstances. Elle provenait de la chambre d'Ingvar. Je me dirigeai à longues enjambées vers la voix. Tous ceux qui se trouvaient sur mon chemin s'écartèrent. C'était bien de là qu'elle provenait. Il était en train de parler avec Ingvar. Je m'arrêtai sur le pas de la porte. Ses yeux d'un bleu glacial croisèrent les miens et, soudain, j'eus l'impression que mes veines charriaient des éclats de verre.

Le front en sueur et le visage couvert de ces boutons qu'il avait l'habitude de faire éclater entre ses doigts. Ce sourire figé qui me donnait tout le temps la nausée parce qu'il réveillait en moi tant de souvenirs.

— Hé, qui voilà ? dit Patrick.

Je n'eus pas besoin que son odeur parvienne jusqu'à moi, je savais trop bien ce qu'il sentait. Je dévisageai Ingvar, qui baissa immédiatement le regard.

— Je te faisais confiance, murmurai-je.

ROE

Kristiansund
Lundi 21 août 2017

La soirée est déjà bien avancée lorsque je quitte le commissariat. Je tiens le gros sac sous mon bras, serré contre mon corps, et m'éloigne à pas rapides. Je ne suis pas très loin de chez moi, la nuit estivale est claire, mais au fond de moi brûle une flamme sombre. Je freine de façon volontaire et délibérée toute l'enquête. Je sais que c'est ce que je fais. Je m'introduis partout, furtivement, comme un voleur.

Heureusement, tout est calme dans le couloir au moment où j'entre dans mon appartement. Je n'aime pas croiser mes voisins, je n'aime pas qu'ils voient mon visage et qu'ils me reconnaissent, qu'ils me saluent. Un des premiers jours qui ont suivi mon installation ici, quelqu'un est venu sonner à ma porte. C'était la voisine, qui avait entendu que quelqu'un avait emménagé et qui voulait se présenter. Elle avait la cinquantaine, portait une robe légère avec des poches sur l'avant, légèrement bouffante au niveau de la poitrine. Quand je lui ai dit que j'étais policier, elle a commencé à me raconter que son neveu avait été victime d'une arnaque sur internet et qu'on lui avait volé de l'argent, mais que la police avait classé l'affaire. C'est comme ça que réagissent les gens quand ils me rencontrent pour la première fois, ils voient la possibilité d'être aidés de l'intérieur du système. À partir du moment où ils savent quel est mon métier, ils changent de peau et se transforment en vautours. J'ai marmonné quelque chose à propos du manque d'effectifs, puis lui ai menti en prétendant que j'étais en train de manger et que je devais la laisser. Depuis, chaque fois que je la croise, je détourne les yeux et accélère le pas.

À une époque, j'ai nourri le rêve ridicule de reconstruire une famille à Kristiansund, de tout recommencer. Oui, c'était vraiment un rêve ridicule. N'importe quelle femme pourvue de la plus petite once d'intelligence sociale peut voir que quelque chose cloche à des kilomètres de distance. Et si ce n'est pas le cas, je m'arrange toujours pour les effrayer, tôt ou tard.

Mon appartement est plongé dans le noir. Mes fenêtres sont au niveau du sol et ça ne me plaît pas que les inconnus puissent regarder à l'intérieur, c'est pourquoi mes rideaux sont tirés en permanence. J'ôte ma veste et l'accroche. Il n'y en a qu'une sur le portemanteau, tout comme il n'y a qu'une seule paire de chaussures par terre. C'est de plus en plus simple d'être moi-même, et en même temps de plus en plus compliqué. Je mets mes pantoufles. J'essaie de penser que j'ai fini de travailler, que mon corps peut maintenant évacuer le stress de la journée, mais je n'arrive même plus à me souvenir de ce que ça fait d'être détendu.

J'entre dans le séjour, qui est aménagé simplement, avec une télé, une table de salon et un canapé que j'ai acheté d'occasion pour cent couronnes, et qui pue comme si quelqu'un était mort dedans. J'emporte les tasses et les assiettes sales dans la cuisine et en reviens avec un chiffon. Une fois la table nettoyée, je vais chercher un rouleau de film plastique. Je me mets à découper de longues bandes que je dispose sur la table. Bientôt, elle en est recouverte. Puis je vais me prendre une bière légère dans le réfrigérateur.

Sur la table, devant moi, sont posés deux sacs plastique munis de fermetures à glissière. Dans le premier se trouvent un stylo à paillettes et un bloc-notes, dans le deuxième un morceau de papier cartonné découpé dans la couverture d'un album photo. J'ai déjà tiré tout ce que je pouvais de cet album. Les photos des empreintes digitales sont dans une pochette plastique à part avec d'autres papiers. Personne au commissariat n'est au courant de ce projet, et je n'ai pas non plus l'intention de le révéler à quiconque. Pour tout ce qui concerne Mariam Lind, il y a longtemps que j'ai franchi les limites normales de l'éthique professionnelle.

J'ouvre le gros sac et en tire le pochon avec le matériel que j'ai emprunté au labo. Les techniciens de la scientifique n'ont certainement pas cessé de travailler du week-end. Ils sont restés dans leur laboratoire, penchés sur leurs différentes analyses, jusque tard dans la soirée, si bien que j'ai dû attendre pour me procurer tout ce dont j'avais besoin. Un de ces sets de relevé d'empreintes digitales qu'on utilise sur les scènes de crimes, composé d'un pinceau en poils de lapin, de poudre révélatrice blanche et noire, de poudre magnétique et de ruban adhésif. J'ai également pris une loupe et une lampe torche de qualité. Je bois une bonne gorgée de bière avant d'enfiler mes gants en latex. Je dispose soigneusement le matériel sur la table. Je vais commencer par le stylo, qu'elle a bien serré entre son pouce et son index.

Je choisis la poudre blanche. Je me penche sur la table et plonge le pinceau dans le pot, puis le secoue afin de me débarrasser de la poudre superflue. Celle-ci est légèrement brillante, comme du sable blanc. Je place la loupe sur le stylo et passe un coup de pinceau, avec douceur et précaution. Je retourne le stylo et recommence. Je répète l'opération jusqu'à ce que j'aie l'impression de voir des lignes prendre forme. Près de la pointe, on dirait qu'une trace de doigt apparaît. Il se pourrait que ce soit la mienne. Je repasse le pinceau avec application, plusieurs fois. Il me semble entendre la voix tremblante de Mariam Lind quand je lui ai demandé où elle était allée après la disparition d'Iben. Même la voix du diable peut trembler. Je sais ce que je vais découvrir. Je veux juste en être certain. Je passe encore quelques coups de pinceau sur l'empreinte digitale, qui ressort de plus en plus. Puis je prends un morceau de bande adhésive et le découpe à la taille voulue. J'applique le côté collant sur l'empreinte, en appuyant de manière uniforme, avant de le retirer et de le plaquer contre le support.

Me voilà avec une petite empreinte digitale. On dirait la deuxième phalange d'un doigt. Il se peut qu'elle soit insuffisante pour permettre à elle seule une identification, mais si j'en trouve une autre sur le bloc-notes, ce sera plus simple. Je repose le pinceau et la poudre blanche. Je sors le bloc, la boîte de poudre noire et l'autre pinceau. Lorsque j'ouvre la boîte, de la poudre se soulève et se dépose sur mes doigts. À l'instar de la blanche, elle est plus légère que la cendre et difficile à manipuler. Je trempe mon pinceau dans la boîte et répète la procédure en étalant précautionneusement la poudre sur le papier. Celui-ci est de bonne qualité et révéler des empreintes est bien plus facile que s'il s'était agi d'une feuille de papier ordinaire. J'en trouve beaucoup, même si je sais qu'à l'analyse plusieurs d'entre elles se révéleront être les miennes, mais j'ai tout mon temps. La poudre noire est plus simple à voir à l'œil nu.

Je sors ensuite les clichés des empreintes digitales relevées sur l'album photo. Je les examine à l'aide de la loupe et à la lumière de la lampe torche pour les comparer. Je bois une gorgée de bière. Ce ne sont que des empreintes partielles. La méthode est blâmable. Mais, au moins, ça ne fait plus le moindre doute. Ces empreintes sont identiques. C'est elle.

Tout de suite après m'être remis de ma découverte, je me lève et vais dans le couloir. Je pense à Iben, à cette belle fillette blonde, à son image quand elle s'est enfuie du centre commercial. J'ouvre la porte de ma chambre, allume la lumière dans cette pièce sombre et lugubre. Les stores sont tout le temps baissés, je me rappelle à peine quelle vue on a depuis la fenêtre. Je n'arrive plus à dormir ici, l'obscurité est trop pesante, et je ne peux pas me permettre de laisser entrer la moindre lumière, de crainte que quelqu'un voie les photos qui remplissent la pièce. Des centaines de clichés, rassemblés au cours des derniers mois, tapissent les murs du sol au plafond. De vieilles et de nouvelles photos, des jeunes qui boivent et font la fête, dansent, fument. Les yeux rouges à cause du flash quand ils regardent l'appareil. Une jeune fille aux cheveux bruns qui tient un serpent et sourit à celui qui la photographie. Sur les photos récentes, elle est plus vieille. Ses cheveux sont blonds et plus courts. Dans l'article du *Tidens Krav*, elle sourit dans son chemisier élégant et porte des boucles d'oreilles en perles. On dirait que ce n'est pas la même personne. Sur les autres photos, elle regarde généralement ailleurs. Elles sont prises de loin, de derrière un buisson ou de l'angle d'un bâtiment. Elle parle au téléphone ou marche dans la rue, d'un pas pressé. C'est moi qui ai pris ces photos avec mon portable et qui les ai imprimées. Les temps ont changé. Cette pièce en est aussi la démonstration.

J'ai eu l'occasion de parler à Iben, un matin, c'était en juillet. J'avais tourné dans leur quartier, au volant de ma voiture, pour voir si je pouvais trouver quelqu'un de cette famille. Et je l'ai vue arriver, à pied, seule. J'ai baissé ma vitre et lui ai demandé si elle était la fille de Mariam Lind. Je lui ai dit que j'étais un ami de sa mère. Après ce jour-là, je ne l'ai pas revue. Jusqu'à vendredi dernier, alors que j'étais à Storkaia pour m'acheter une chemise pour cette foutue fête d'anniversaire.

Je frissonne, comme toujours quand je suis dans cette pièce. C'est comme regarder droit dans un trou noir temporel. J'ouvre la porte de l'armoire. Le couteau est à sa place dans le tiroir à cravates. Je n'ai pas possédé de cravate depuis les années 1990, alors le tiroir me sert à ranger mon couteau. Je le sors, passe l'ongle sur la lame. Elle est parfaitement aiguisée, au point qu'elle ne pourrait pas être plus tranchante.

Je remets le couteau dans le tiroir et referme l'armoire. Je fixe le miroir de la porte, ouvre grands les yeux de manière à bien me voir. Voir à quel point je suis cinglé. Roe, l'enragé. Puis j'ouvre l'autre armoire.

— Coucou, Iben, dis-je.

Elle ne répond pas. Elle ne bouge pas d'un poil. Mais elle me regarde dans les yeux, en silence.

MÉMOIRES D'UN REPTILE

Mes premiers mouvements sur le sol de ma nouvelle maison furent pleins d'ardeur. Je compris rapidement que je me trouvais dans un endroit "à l'intérieur" et me mis aussitôt en quête d'une issue. Je serpentai le long des murs et sous les meubles en tâtant l'air pour tenter de percevoir un parfum de pluie ou de feuilles. Mais je ne trouvai que du bois mort et de la poussière, des matières artificielles. La seule chose vivante dans cette pièce, hormis moi et la femme chaude, c'était une plante, et même elle était emprisonnée.

J'avais à peine eu le temps de constater que j'avais simplement été transféré dans une plus grande prison qu'elle se jeta sur moi. Elle me souleva dans les airs, passa de la position verticale à l'horizontale, se coucha à côté de moi, si bien que toutes les parties de son corps se retrouvèrent à la même hauteur, comme chez moi. Elle était étendue ainsi, elle paraissait beaucoup plus petite. Je me demandai si la taille de ces animaux n'était pas simplement une forme de camouflage. Ils se protégeaient en se faisant passer pour plus grands qu'ils ne l'étaient réellement.

Elle me gratta partout avec ses mains de singe, voulut me serrer contre elle. Que nous restions là, étendus l'un contre l'autre, comme si nous avions tous deux été de la même espèce. J'essayai de la mordre, mais ses mains nues de singe me maintenaient la tête. Même mes sifflements ne semblaient pas effrayer cet être humain.

Au bout d'un moment, elle finit par me libérer et se concentra sur elle-même. Pour la première fois, je vis un animal toucher ses propres parties génitales. Je la regardai diriger ses longs membres, tandis qu'elle déplaçait gracieusement ses doigts sur son corps. J'essayai de m'imaginer comment ça pouvait être d'avoir un corps comme ça. Un corps qui pouvait choisir entre la position horizontale et la position verticale, se plier quasiment à angle droit, avec la tête posée sur les bras, et les bras sur les jambes. Et qui possédait des mains capables de remplir n'importe quelle fonction. Comme se toucher. J'avoue que j'ai été fasciné, la première fois. Mais ça n'a pas duré longtemps. J'ai bientôt commencé à haïr cette femme autant que j'avais haï la précédente.

La nuit, elle se couchait contre moi sous sa couette, si près que je pouvais sentir le goût salé et douceâtre de sa sueur avec ma langue. Elle touchait ses parties génitales pour le plaisir, une activité que je n'avais vue que chez elle. Les odeurs qu'elle émettait se faisaient plus intenses dans ces moments-là, je percevais plus distinctement sa sueur et ses saveurs. Tandis que j'étais étendu, là, dans l'obscurité, je sentais monter la tension dans mes dents et venir la faim.

Elle avait besoin de moi. Ça ne semblait pas fonctionner entre elle et les autres humains, c'était probablement pour cette raison qu'elle faisait des choses avec moi et pas avec eux. Si quelqu'un pouvait me procurer tout ce dont j'avais faim et tout ce que je désirais, c'était elle. Elle était mon unique espoir. C'est pour ça que je restai là, pour ça que je commençai à murmurer faiblement des prières dans la nuit.

II

LIV

Ålesund
Mardi 8 juin 2004

Le lapin était assis sur le lit. Cette créature grasse et sans défense mobilisait tous les sens qu'elle possédait pour tenter de déterminer si la pièce était sûre. Ses longues oreilles bougeaient à la recherche de sons. Son nez se levait et s'abaissait. Ses yeux noirs et brillants me fixaient d'un air plus ou moins accusateur. Je me penchai et lui donnai une petite tape sur la tête. Le lapin se ratatina à mon contact et sa respiration accéléra.

Néron arriva par-derrière, en rampant sur ma jambe. Il se déplaçait rapidement, maintenant qu'il avait flairé sa proie. Le lapin était trop gras et trop lourd pour échapper à ses anneaux agiles. Néron s'enroula facilement autour de lui, planta ses crocs dans son cou et le pressa contre le matelas. Puis, débuta le lent processus d'engloutissement de l'animal.

Lorsque je jouis, au plaisir se mêla un sentiment de dégoût qui me saisit aux tripes et emplit ma bouche d'un goût acide. Je tirai la couette au-dessus de ma tête pour ne plus voir la scène et calmer la nausée qui croissait à chaque nouvel animal que je le voyais dévorer et aussi pour étouffer le bruit des murmures de remerciement que m'adressait Néron, mais en vain.

Par la fenêtre me parvenait la rumeur constante des voitures qui passaient dans la rue, ainsi que l'odeur du restaurant, au rez-de-chaussée. Je posai les pieds sur le sol de ce studio minuscule où il y avait juste assez de place pour mon lit et pour un plan de travail avec plaque chauffante et micro-ondes.

Mes vêtements étaient entassés par terre, mes livres scolaires empilés près de la porte. Le loyer était aussi trop cher pour moi, bien trop cher, mais c'était ce que j'avais pu trouver de mieux, étant donné que tout s'était fait dans la hâte et que je n'avais pas eu à verser trois mois de caution. Dès le lendemain matin des événements, j'avais rassemblé mes affaires essentielles et emménagé ici. À présent, je n'avais plus envie de rester enfermée dans ce studio, mais je n'avais nulle part où aller, sinon à l'école. On était samedi. Depuis cette soirée où Ingvar m'avait trahie, je n'avais plus parlé ni à lui, ni à Egil. Et je n'avais personne d'autre qu'eux dans ma vie.

Néron était toujours occupé à avaler sa proie. Depuis longtemps, ça avait fini par devenir un jeu. S'il n'obtenait pas ce qu'il voulait, ses chuchotements pouvaient me tenir éveillée toute la nuit. Ils m'épuisaient jusqu'à ce que mon corps prenne les commandes, se transforme en un serviteur docile qui allait faire la queue à l'animalerie pour apaiser l'animal insatiable. Il avait beaucoup grandi depuis qu'on l'avait acheté. J'avais lu sur internet que les pythons molures adultes avaient besoin de grosses proies, telles que des agneaux ou des porcelets. Où allais-je me procurer un agneau ?

Je ne pouvais pas rester enfermée ici, il fallait absolument que je sorte de cette boîte hermétique, que j'aie ou non un endroit où aller. J'enfilai un jean et un sweat à capuche. J'étais décidée à prendre l'air, à aller n'importe où, ça n'avait pas d'importance du moment que je sortais d'ici.

Dehors, le vent soufflait tellement fort que ma capuche n'arrêtait pas de tomber. Je descendis sur les quais et restai là, à observer l'eau sombre et écumeuse en contrebas, les bateaux qui tanguaient. Je sortis mon téléphone de ma poche. J'avais reçu une dizaine d'appels en absence, la plupart d'Ingvar et Egil, un d'un numéro inconnu, les autres de celle qui se considérait comme ma mère. Celle qui pouvait me demander pardon, et en même temps regarder son propre fils dans les yeux et gober sa version. Qui m'appelait et me forçait à me souvenir. Ils me donnaient envie de vomir, tous autant les uns que les autres. J'envisageai de laisser tomber mon téléphone, de le regarder disparaître dans l'eau sombre, mais me ravisai et le rangeai dans ma poche.

Une fois de plus, une rafale fit tomber ma capuche et voler mes cheveux dans toutes les directions. Je la remis sur ma tête et tournai le dos au vent. Je longeai l'eau jusqu'au bout du quai et levai les yeux vers le phare. J'étais tout près du centre commercial de Kremmergaarden. J'aurais pu y entrer, ou aller à la bibliothèque, mais je n'avais pas envie de croiser des gens. J'avais déjà trop erré. Or, Ålesund n'était pas le genre de villes où l'on pouvait errer trop longtemps, sous peine d'attirer l'attention sur soi et de finir catalogué en tant que curiosité locale. Pourtant, je devais continuer à marcher, car la seule autre possibilité était de rester enfermée dans une pièce en compagnie de mes propres ténèbres. Aussi décidai-je de prendre à droite et de continuer à suivre le quai. Je me dis que je pourrais peut-être me rendre à la gare routière et voir s'il n'y avait pas un bus dans lequel je pourrais monter pour m'en aller. Tout recommencer à zéro, ailleurs. Curieusement, cela ne me sembla pas être une opportunité. C'était comme si je ne croyais pas que ce fût possible. Ce corps qui se dévorait de l'intérieur me suivrait où que j'aille.

Au lieu de cela, je traversai le pont Hellebroa, pris à droite en direction d'Apotekergata, passant devant les vieux bâtiments, deux hôtels, et continuai jusqu'à ce que je me retrouve de nouveau au bord de l'eau. Là, j'empruntai un passage souterrain et arrivai dans la rue où l'on peut encore voir des maisons en bois ayant survécu à l'incendie de la ville. Je poursuivis mon interminable vagabondage au-delà de l'ancienne estacade. J'étais décidée à marcher jusqu'à ce que je sois à bout de souffle. C'est alors que je vis une affiche sur le mur de l'ancienne fabrique. “Exposition de fin d'études – École des Beaux-Arts d'Ålesund.” L'inauguration devait avoir lieu dans deux jours.

Je m'arrêtai. Je fixai la peinture qui illustrait l'affiche : une fille aux cheveux bruns qui avait quelque chose dans le regard. Elle m'avait bien captée.

RONJA

Kristiansund
Mardi 22 août 2017

— Pas la peine de te faire belle, Ronja. Tu vas pas à un rendez-vous galant.

Birte se moque gentiment de moi et met son clignotant à droite pour quitter la nationale. Birte me taquine souvent. Et quand elle le fait, elle émet généralement de petits grognements nasaux. Je referme brutalement le pare-soleil. Je rougis, tandis que j'attache ma dernière mèche de cheveux avec une pince.

— J'étais pas en train de me faire belle. C'est juste que ça me perturbe d'avoir des mèches qui se promènent.

Birte lâche de nouveau un de ses grognements.

— Pourtant, ça te va bien, les cheveux détachés. Et tu le sais parfaitement.

Elle, en revanche, laisse pendre ses mèches rousses sur son visage couvert de taches de rousseur sans que cela semble la gêner. Comme à son habitude, elle se tient droite, avec les coudes écartés du corps, comme pour se donner une allure plus imposante, mais je ne pense pas que ce soit intentionnel. C'est plutôt quelque chose qui fait partie d'elle, une attitude instinctive pour s'affirmer.

— Je cherche simplement à te provoquer un peu, dit-elle. Jusqu'à maintenant, tu t'es comportée en spectatrice silencieuse et attentive au cours des auditions. C'est une excellente tactique, vraiment. L'une de nous mène la discussion pendant que l'autre écoute et prend des notes. Mais tu as besoin de te faire la main. Alors aujourd'hui je pense que c'est toi qui devrais mener les auditions.

J'ai déjà pas mal de pratique. On s'est exercés entre nous à l'école de police, en utilisant toutes les méthodes d'interrogatoire qu'on nous avait apprises. On formait un bon groupe. On déployait tous nos talents de comédiens et on riait beaucoup. Les interrogatoires étaient un jeu. Ce n'est pas la même chose d'être confronté à une vraie affaire, sans réponses justes, ni formateurs, ni notes. Il s'agit de la vie réelle de quelqu'un. Ce n'est pas que je n'aie jamais mené d'interrogatoires quand j'étais en formation, au contraire. Pourtant, j'ai souvent choisi de me tenir en retrait. C'est machinal.

— Je le sais, je réponds. C'est juste que tu es tellement douée. Tu sais toujours quoi demander immédiatement. Moi, je le sais seulement après t'avoir entendue poser la question. Ce serait dommage que je passe à côté de quelque chose d'important, tu crois pas ?

Birte regarde dans le rétroviseur et tourne dans le parking du service de psychiatrie de la polyclinique.

— Tu as aussi lu les manuels, Ronja, tu sais comment procéder. Pose des questions les plus ouvertes possible et laisse-les parler. Évite de les interrompre. Avec lui, ça va pas être simple, mais il a demandé à ce qu'une infirmière soit présente, ce qui devrait nous aider à gérer la situation. Je pense que tu vas très bien t'en sortir.

Birte repère une place libre et se gare en manœuvrant avec la plus grande facilité. Elle coupe le contact.

— On va faire comme ça : tu parles, je me tais. Si j'ai l'impression que tu es en train de tout foirer – ce qui, à mon avis, n'arrivera pas –, alors j'interviens. C'est d'accord ?

Ça, c'est du Birte tout craché. Je l'aime bien. Elle n'utilise pas ces expressions que certains hommes affectionnent. Comme "Une fille sympa", par exemple. Comme si c'était un défaut d'être sympa. Elle s'est abstenue de commenter le fait que tout le monde m'ait vue danser avec August, vendredi soir, ce que d'autres n'ont pas manqué de faire. Avec Birte, c'est moi qui ai dû aborder le sujet, et c'était très agréable de pouvoir en parler à quelqu'un. En sachant que notre conversation resterait confidentielle et que ce qu'on s'est dit ne serait pas répété plus tard en salle de pause. Birte est vraiment géniale. Elle fait du théâtre sur son temps libre. Elle a essayé de me convaincre d'en faire avec elle, mais je ne suis pas très bonne actrice. Les fois où je l'ai vue sur scène, j'ai eu l'impression que c'était une autre personne. Elle est capable de faire rire et pleurer les gens.

À la réception, je nous présente, Birte et moi, et j'explique que nous sommes venues parler à Robert Kirkeby.

— Nous avons rendez-vous, dis-je en sentant le regard de Birte sur ma nuque.

Quelques minutes plus tard, une femme aux cheveux courts et gris arrive. Elle nous salue d'une vigoureuse poignée de main et nous annonce être l'infirmière psychiatrique que Kirkeby a choisie pour assister à l'entrevue. Elle nous invite à entrer dans une salle de réunion avec une longue table et des chaises. La lumière au néon du plafonnier baigne la pièce blanche d'une lumière froide. L'infirmière demeure debout, tandis que Birte et moi nous asseyons.

— Robert m'a priée de vous informer de sa pathologie, dit-elle. Il est atteint de psychose paranoïaque. En clair, il souffre de troubles liés à un délire de persécution et éprouve des difficultés récurrentes pour s'exprimer de manière compréhensible car il mélange réalité et hallucinations. Ces derniers temps, il a lu de nombreux articles dans les journaux à propos du projet de grand hôpital régional et des conséquences de cette décision pour notre structure, ici, à Kristiansund. Il a développé toute une théorie fantaisiste sur cette affaire, et ces idées ont souvent tendance à ressortir quand on essaie de parler d'autre chose. Il est important que vous gardiez bien à l'esprit qu'il ne ment pas et qu'il ne voit pas non plus des gens qui ne sont pas là, mais ça peut effectivement être très difficile de communiquer avec lui. Il se pourrait aussi qu'il ait une réaction agressive, même si ça ne s'est jamais produit à notre connaissance.

Mon cœur bat la chamade, tandis qu'elle parle. Je repense à une des mises en situation qu'on avait réalisées à l'école de police. Je devais gérer un homme violent qui me balançait les insultes les plus immondes et qui me menaçait même de mort. J'essaie de me souvenir de ce que j'avais ressenti, de me préparer mentalement.

— Il est probable qu'il se trouvait à Nordlandet le jour où Iben a disparu, dit l'infirmière. Il habite dans ce quartier et n'avait rendez-vous ici qu'en fin d'après-midi. Il a été jugé apte à rester chez lui et à suivre une thérapie à l'hôpital de jour. On sait qu'il a l'habitude de se promener en centre-ville quand il n'est pas chez nous.

Les gens paranoïaques ont tendance à mal accepter les contrariétés. C'est ce que m'avait dit mon formateur, un jour. Le meilleur de tous les formateurs que j'aie jamais eus. Le plus expérimenté et enthousiaste de tous.

— Est-ce qu'il a été prévenu que notre conversation serait enregistrée ? je demande.

L'infirmière acquiesce.

— On lui a expliqué que c'était nécessaire, que ça vous permettrait d'utiliser dans votre enquête les informations qu'il vous fournira. Il avait peur que vous le suspectiez, mais il s'est apaisé quand il a su qu'il allait seulement être entendu en tant que témoin potentiel.

L'infirmière se passe la main dans les cheveux et ébouriffe légèrement sa frange grise.

— Merci beaucoup, dis-je.

Tandis qu'elle va chercher Robert Kirkeby, je croise le regard de Birte, dans lequel je perçois une pointe de malice. Elle a remarqué que j'étais nerveuse.

— Tu vas assurer, Ronja. T'es super douée. Allez, tope là, dit-elle en levant la main.

Je trouve ça assez gênant, mais je m'exécute quand même. Tout à coup, la porte s'ouvre sur un homme plutôt jeune, qui doit avoir à peu près mon âge. Il a les cheveux bruns, un peu longs, un air fatigué, les épaules hautes et le regard fuyant. Il fixe la table. L'infirmière vient s'asseoir à côté de lui.

— Je te présente Ronja Solskinn et Birte Lie, dit-elle. On en a parlé, tu te souviens ? Elles souhaiteraient te poser quelques questions. Tu es d'accord ?

Robert Kirkeby nous lance un regard furtif, puis se remet à fixer la table et hoche la tête. Il marmonne quelque chose, à voix tellement basse qu'aucune de nous ne l'entend.

— Qu'est-ce que tu as dit, Robert ? lui demande l'infirmière.

Il continue de marmonner. Il me semble capter quelques mots. Je me demande s'il n'a pas dit "Tom Cruise", mais je n'en suis pas sûre. Il paraît particulièrement confus et inquiet. Difficile d'imaginer qu'il puisse être dangereux, mais je suppose qu'il n'est pas comme ça tous les jours.

Je m'éclaircis la voix et me lance.

— Bonjour, Robert. Je m'appelle Ronja. Je tiens à ce que vous sachiez que cet entretien sera enregistré. Vous allez être entendu en tant que témoin dans l'affaire Iben Lind. Vous pourriez nous répéter ce que vous avez raconté au téléphone ?

Il lève les yeux sur moi. Subitement, son regard se fait pénétrant.

— Et vous, qu'est-ce que vous y gagnez ? Hein, qu'est-ce que vous y gagnez ? La fille de Tor Lind, c'est du lourd. Comment vous pouvez savoir ce qui est vrai, ce qui est faux ? Le conseil municipal a tout organisé, contre l'hôpital de Kristiansund, contre la ville, tout le monde pourrira dans sa tombe avant que l'ambulance arrive, c'est la faute du conseil municipal.

Cette fois, il s'exprime à voix haute et stridente, comme s'il était au bord des larmes. Son regard est plein de colère et de douleur.

Je prends une profonde inspiration, je sens que je me force pour empêcher ma voix de trembler.

— Pouvez-vous me dire ce que vous savez à propos de la fille de Tor Lind ? Vous l'avez vue ?

— Petite, blonde. Tous les journaux et à la télé, ils montrent tous des photos de la fille qui a disparu, personne s'intéresse à l'homme avec qui elle a parlé, personne montre de photo de lui, ah ça non, personne. – Sa respiration est courte et saccadée et il remonte ses épaules étroites jusqu'à ses oreilles. – Petite blonde dans les journaux, mais pas de grand homme, ah ça non, personne n'écrit sur lui, tous les journaux baissent les yeux, personne se préoccupe du conseil municipal qui veut abattre tous les murs autour de nous. Ils te le balancent au visage, mais toi, tu refuses de le voir, tu tournes la tête de l'autre côté, et tous ceux qui sont morts, hein ? Et tous ceux qui sont morts ? Tom Cruise, c'est lui qu'ils paient. Tom Cruise récolte l'argent, accroché à la paroi de la montagne, nous on doit regarder les murs s'écrouler autour de nous, on doit quitter l'hôpital, mais c'est Tom Cruise qu'on veut.

Il se racle la gorge et crache un gros graillon sur la table, devant lui. Puis il abat ses poings sur le crachat avec une telle force que l'enregistreur fait un bond.

— Vous avez mentionné un homme, dis-je. À qui Iben Lind aurait parlé. Vous l'avez vue parler avec cet homme ?

Il tourne la tête d'un mouvement vif et plante son regard sur moi.

— C'est justement ce que je dis ! Vous m'écoutez pas. L'homme lui a parlé et elle a disparu. Tout le monde s'en moque. Les journaux montrent juste les photos d'une jolie fille et tout le monde s'en moque. C'est comme avec…

— Où avez-vous vu cet homme ?

Je sais que je ne suis pas censée interrompre le témoin, mais avec lui, il faut bien que je fasse quelque chose pour l'empêcher de divaguer constamment. Et ça fonctionne, son flot de paroles s'arrête net.

— Écoutez bien ! Tor Lind était dans le coup, le conseil municipal et l'hôpital, il était dans le coup, et maintenant sa fille, une gentille fille. Personne va chercher un homme avec une chemise grise et une mâchoire carrée quand c'est Tor Lind, Tor Lind et sa fille. L'homme pourra continuer à tuer des filles, les contrôler et les tuer, il est mauvais, mauvais. Avec son gros nez crochu, comme une sorcière. Dans Storgata, à Storkaia. Chemise grise et sac dans la main, de chez Cubus. J'aurais dû le tuer tout de suite.

— Vous étiez à quelle distance ? je demande. Vous pouviez entendre ce qu'ils disaient ?

Il secoue vigoureusement la tête.

— Ils parlaient bas, ils parlaient bas, ils planifiaient comment ils allaient tous nous exterminer. C'est comme avec tous les morts, ceux qui ne peuvent plus parler. Je sais qu'ils nous entendent, qu'ils veulent nous emporter avec eux. Elle est partie. Il était furieux, il lui voulait quelque chose, mais elle est partie.

Mon rythme cardiaque s'accélère. Est-ce qu'on ne tiendrait pas là une vraie piste ?

— Où Iben est-elle allée ?

— Elle a remonté la rue, en direction de Langveien. L'homme l'a suivie du regard. Il planifiait sûrement comment faire arriver l'argent à Tom Cruise, ça sert à rien de croire qu'on peut les changer, ils nous détestent, ils veulent détruire notre ville, ils nous appellent tous vers la terre. – Une fois de plus, ses deux poings s'abattirent sur la table avec fracas. – Vous pensez que c'est un de ces fous, bien sûr que c'est ce que vous pensez, vous ne pensez jamais que ça puisse être la faute du pouvoir, au contraire, le coupable, c'est toujours le pouvoir. Il a tué cette adorable petite fille, et vous, vous êtes complices, vous êtes complices.

Il se jette en avant, se prend la tête, enfouit son visage dans ses mains et se met à sangloter.

— Je crois qu'on va s'arrêter là, dit l'infirmière en prenant la main de Robert Kirkeby. Tu n'es pas d'accord, Robert ? On ferait mieux de s'arrêter là ?

Il acquiesce et se lève. Il a les joues mouillées par les larmes qu'il a versées, mais il semble respirer plus calmement et son regard est plus limpide.

— Je sais qui c'est, dit-il doucement. Vous ne réussirez pas à me le faire oublier, même si c'est ce que vous voudriez. Vous devrez d'abord me tuer.

Puis il se laisse emmener hors de la pièce.

— Qu'est-ce que tu en as pensé ?

Birte s'installe au volant.

Mon corps tremble encore. Je sors une boîte de pastilles de mon sac et en glisse deux dans ma bouche. J'ai besoin de mastiquer pour ne pas rester immobile.

— Ça n'a pas vraiment été facile.

— Tu t'en es très bien sortie. Tu es très douée pour une novice. Je suis sincère.

Pour une novice. Il fallait qu'elle le formule de cette façon.

— Il a rejeté la faute sur nous.

Birte rit en soufflant par le nez et mit le moteur en route.

— Il a aussi dit que Tom Cruise était impliqué, pourtant je suis certaine qu'il était occupé ailleurs.

— Tu crois qu'il y a quelque chose d'exploitable dans ce qu'il nous a déclaré ? Sa description de l'homme, par exemple, on pourra l'utiliser ?

— Ce sera difficile. On va faire notre rapport, le problème c'est qu'il est…

Birte se met à siffler et pointe son index sur sa tempe pour faire signe qu'il est cinglé, un geste que je trouve totalement inapproprié. La vie de ce type est si triste. L'idée que quelqu'un puisse porter en lui une telle souffrance… Qu'il puisse se promener en ville en ayant peur de tout et de tout le monde, des politiciens aux simples particuliers…

— On a un signalement, dis-je. Peut-être que quelqu'un d'autre a vu le même homme ?

Birte opine du chef.

— On devrait le diffuser dans les médias et demander à ce monsieur de nous contacter. Mais ça, ce sera à Shahid d'en décider.

Elle roule en direction de Gomaland, où vit le prochain témoin sur notre liste. Un homme qui est convaincu d'avoir vu Iben là-bas samedi matin, ce qui me paraît très peu probable.

— En tout cas, il n'a pas tort en ce qui concerne cette histoire d'hôpital, je reprends. Les gens en veulent beaucoup aux politiciens de l'avoir sacrifié. Quelqu'un ne pourrait pas avoir été en colère au point de s'en prendre à Tor Lind ?

Birte hausse les épaules.

— Lind a déjà reçu des lettres de menace et il n'a jamais été fait mention d'Iben dans aucune d'elles. Mais qui sait ? Certaines personnes sont capables des choses les plus folles.

— Cette famille me fait de la peine. Apparemment, il n'a pas été possible de parler à Mariam Lind, ces derniers jours, juste à son mari. Il faut vraiment qu'elle soit mal pour rester enfermée comme ça chez elle au lieu de participer aux recherches de sa fille. Je me demande ce qui peut pousser à enlever une fillette, ce qui peut les faire penser qu'ils en ont le droit.

Birte s'arrête au feu rouge. Elle fronce les sourcils.

— C'est pas mon boulot d'essayer de comprendre pourquoi les gens agissent comme ils le font, quels sont les sentiments qui les animent, dit-elle. Tout ce que je veux, c'est choper ce salaud.

Je ne suis pas d'accord. Pour choper ce salaud, il faut justement s'efforcer de comprendre pour quelle raison il a agi ainsi. Comment découvrir qui a fait quoi si on n'est pas en mesure de faire le lien entre les actes et les sentiments qui les motivent ?

— Je suis encore toute tremblante, dis-je en riant. Tu aurais assuré beaucoup mieux que moi.

— Arrête un peu. Tu as assuré ! À propos, si tu penses que tu as encore des choses à apprendre, tu pourrais peut-être visionner les vidéos de certains interrogatoires. C'est souvent très instructif. Tiens, prends Roe Olsvik, par exemple, c'est un expert. Pourquoi tu regarderais pas un de ses interrogatoires ?

— Roe semble tellement... J'ai l'impression qu'il a un gros poids sur la conscience.

Je ne sais pas pourquoi j'ai dit ça.

— Eh bien... En tout cas, il est extrêmement compétent. Il donne l'impression de prendre à cœur tout ce qu'il fait. Comme ces flics solitaires qu'on voit dans les séries criminelles à la télé. Je serais pas étonnée qu'il mène secrètement une enquête de son côté.

Birte me fait un clin d'œil.

Je frissonne.

— Et qui serait la policière à l'expression imperturbable qui fait toujours tout bien ?

— Personne que je connaisse, répond Birte en riant.

Soudain, je me dis que j'aurais plutôt pu lui demander qui aurait été la jeune policière qui couche avec un collègue plus âgé. Ça aurait été moi, certainement. Non pas qu'il soit vieux, et ce n'est pas non plus mon supérieur. De toute façon, je n'ai couché avec aucun collègue. On a juste échangé de la salive. Merde...

— Le petit discours de Roe, à la réunion matinale, hier. Qu'est-ce que c'était mauvais. Je comprends pas comment un policier avec autant d'années d'expérience…

— C'est vrai, Ronja, mais même les meilleurs commettent des erreurs. Fais comme tu veux, tu peux aussi écouter mes interrogatoires si tu penses que je suis si forte. – Birte tourne à gauche. – Tu viens boire une bière avec nous, ce soir ? On fête notre première représentation.

Je suis déjà sortie quelques fois avec Birte et ses amis. Ils débordent tous d'énergie et d'assurance. Ils jouent les scènes de leurs rêves au bar du Grand Hôtel, rient un peu trop fort à leurs propres blagues et s'amusent à bâiller bruyamment et de manière théâtrale quand je leur dis qu'il est temps de rentrer. Je les aime bien, ce n'est pas ça. C'est juste qu'ils sont trop cools pour moi. Une des choses que j'ai le plus appréciées quand j'étais à l'école de police, c'était qu'on était tous liés par le sentiment d'appartenir aux forces de police, et ça ne posait de problème à personne si le reste nous importait peu. On parlait tous le même langage. C'est quelque chose qui me manque, aujourd'hui.

— J'ai besoin de continuer à m'entraîner, dis-je. Et après ça, je pense que ma priorité sera de récupérer un maximum de sommeil. Demain, je vais tout donner au travail.

Birte rit à nouveau de moi, tandis qu'elle se gare en marche arrière entre deux voitures.

— T'es une vraie accro au boulot.

LIV

Ålesund
Jeudi 10 juin 2004

Je pris un verre de mousseux à la table où l'on servait les boissons de bienvenue. Je jetai un regard dans le local de l'usine désaffectée, avec ses piliers et ses murs peints en blanc. Difficile de trouver un endroit où se cacher. Une vingtaine de personnes, des listes des pièces exposées à la main, déambulaient déjà au milieu des œuvres d'art. Une installation vidéo constituée de cartes géographiques déchirées disposées sur une table. Une sculpture à base de palettes Europe, un collage de pages couvertes de textes en écriture cursive et de morceaux de partitions. De l'autre côté du local, je vis les contours de mon propre visage. Je fis de mon mieux pour progresser discrètement, en rasant les murs, jusqu'à ce que j'arrive devant le tableau.

Elle m'avait représentée avec les épaules nues, les cheveux mouillés et légèrement ébouriffés. Des coups de pinceau longs et délicats, comme s'ils avaient été donnés avec affection. Sans trop savoir pourquoi, je me dis que la personne qui avait peint ce tableau avait voulu faire quelque chose de bien. En le regardant à nouveau, je me rendis compte que tout dans ce portrait ne me ressemblait pas. Elle n'avait pas tout à fait respecté la forme du visage, les lèvres étaient légèrement trop grosses et le nez trop étroit. On aurait dit qu'elle s'était basée sur un souvenir flou. Malgré tout, elle avait fait du très beau travail si l'on considérait qu'elle m'avait seulement vue quelques minutes.

Le plus frappant, dans ce portrait, c'étaient les yeux. La femme avait des yeux tellement sombres qu'on aurait dit des gouffres profonds, ou des pierres noires. Ils semblaient également avoir été percés par quelque chose d'effilé. En même temps, il y avait de la vie en eux, quelque chose qui insistait sur son existence. Ce regard m'effraya. Je n'aurais pas pu dire qu'il était réaliste car il était trop brutal. Mais je connaissais si bien ce regard que ça me fit mal de le voir.

Tout à coup, j'entendis quelqu'un prononcer le nom d'Anita. Je me retournai et la vis entrer, souriante, dans une robe d'été bleu ciel et légèrement ample qui lui arrivait au-dessus des genoux. Ses cheveux blonds étaient attachés et elle portait de grandes boucles d'oreilles. Elle serra des mains de tous les côtés et reçut un bouquet de fleurs jaunes, rouges et blanches qui se mariaient magnifiquement avec sa robe bleue. À côté d'elle se tenait un homme de l'âge d'Ingvar, mais aux cheveux plus courts et à la barbe brune mieux taillée. Il semblait connaître les mêmes gens qu'elle.

Je regrettai aussitôt d'être venue. Je me sentais bizarre, pas à ma place, et emprisonnée à l'intérieur de ce local dont je ne savais pas comment j'allais pouvoir sortir sans qu'elle me voie. Je me tournai à nouveau vers le tableau. Soudain, la fille du portrait me parut tellement naïve, puérile, même, elle avait quelque chose de répugnant. Quelque chose de sale.

— Liv !

Anita s'approcha à longues enjambées et se jeta à mon cou. Ses mèches blondes se refermèrent sur moi et son bouquet de fleurs crissa derrière mon dos.

— Ça me fait tellement plaisir !

— En fait, j'étais sur le point de partir, murmurai-je, mais je me ravisai aussitôt en voyant son visage changer d'expression. Très beau tableau.

— Je te raccompagne, dit-elle. Maman, tu peux me les tenir ?

Elle confia les fleurs à une dame blonde qui lui ressemblait beaucoup, mais en plus vieille. Nous sortîmes dans la fraîcheur du vent vespéral et nous assîmes sur les marches d'un escalier.

— J'ai essayé de t'appeler, m'annonça-t-elle. J'ai eu ton numéro par Egil. Il m'a dit que tu avais déménagé, que tu t'étais embrouillée avec eux. Il a refusé de me dire à quel sujet.

— C'est une longue histoire, répondis-je, le regard rivé sur mes mains.

— J'aurais voulu te parler du tableau avant l'expo, mais j'ai pas réussi à te joindre. J'espère que ça te pose pas de problème. Tu trouves que c'était culotté de ma part ? Après tout, je te connais même pas.

Je secouai la tête.

— Au contraire, ça me plaît. Je suis vraiment impressionnée que tu sois parvenue à me peindre comme ça après m'avoir aussi peu vue.

— Tu sais quoi ? J'ai un peu triché. J'aurais voulu te demander de poser pour moi, mais comme j'arrivais pas à te joindre, j'ai emprunté une photo à Egil.

Anita rajuste sa robe autour de ses cuisses. Tout à coup, j'eus l'impression que son ventre s'était quelque peu arrondi depuis la dernière fois.

— Ça, c'est vraiment abusé ! répliquai-je en riant.

— Il faut que j'y retourne, dit-elle. Mais je suis sincère, ça me fait vraiment plaisir que tu sois venue. – Elle rabattit une mèche de cheveux derrière son oreille. – Écoute… Birk reprend la mer, la semaine prochaine, il travaille quatre semaines, puis a quatre semaines de repos.

— Birk ?

Elle évacua la question d'un geste de la main.

— Quand il part, j'ai ma maison pour moi toute seule. Ça te dirait de me servir de modèle pour un nouveau tableau ? Comme ça, il sera peut-être plus réussi, cette fois ?

Je repensai au tableau que j'avais vu à l'intérieur, à ces yeux sombres qui paraissaient transpercés. Avait-elle utilisé une pointe de rouge ? Ou de blanc ? Comment pouvaient-ils avoir l'air vivants et morts en même temps ?

— Je ne sais pas si j'oserai, dis-je.

MARIAM

Ålesund
Mardi 22 août 2017

J'enfonce la pelle dans le sable au moment précis où l'eau reflue, la remplis de sable mouillé que je renverse dans un seau jaune. Les vagues enveloppent mes jambes. L'eau n'est ni chaude, ni froide. Avec le dos de la pelle, je tape sur le sommet du seau afin que le sable soit le plus compact possible. Je retourne le seau de manière à créer une tour par-dessus les quatre qui sont déjà là. Iben est à genoux et s'active à creuser des douves. Elle a un bob blanc sur la tête, son visage est tourné vers le sable, elle est concentrée et s'obstine à creuser, bien que l'eau revienne et détruise tout à chaque nouvelle vague. Soudain elle s'interrompt. Elle plonge la main dans le fond du trou et en sort une pierre.

— Regarde, maman !

Elle me la tend. La pierre est blanche et lisse sous mon pouce.

— Elle est très jolie, dis-je. On va la mettre tout en haut.

Je lui rends la pierre. Elle la prend et s'étire pour la placer au sommet du château. Elle a quatre ans. Elle est pleine d'énergie. Je suis fatiguée, très, très fatiguée, mais aussi extrêmement heureuse de l'avoir, à ce moment précis.

Un bruit perçant retentit et, autour de moi, le monde change de couleur. À travers un voile de mer et de cheveux blonds, je distingue un mur couvert de papier peint à motif floral. Je me redresse dans mon lit et la réalité me submerge. Elle a disparu. Quelqu'un me l'a ôtée. Dehors, j'entends Carol essayer de calmer son perroquet qui bat des ailes et crie "La ferme, maudit perroquet !", d'une voix sombre que je suppose être celle du défunt mari de Carol.

J'ai la tête lourde après avoir bu du vin avec Carol hier soir. Je me retourne et vois Néron étirer son corps. Désormais, il est aussi gros que ma cuisse et tellement long et lourd que si je voulais le soulever, je devrais m'y reprendre à plusieurs fois. Sa queue pend au-dessus du sol, hors de mon champ de vision. Lorsque je lui caresse le dos, un frisson traverse tout mon corps. Je n'aurais pas cru que je pourrais me sentir plus proche de lui que je l'étais autrefois. Ce sentiment est devenu tellement fort que cela m'effraie. Je me glisse sous son ventre. Je perçois alors la force de ses muscles et j'ai l'impression que je vais imploser.

Carol habite une maison avec une multitude de pièces. Les portes sont alignées comme dans une résidence pour étudiants. Elle a beaucoup à faire avec ses animaux de toutes sortes entrés dans le pays parfois légalement, parfois illégalement. Il y a des serpents, des sauriens et des chiens de combat. Elle me fait signe de la rejoindre, alors que je passe devant une pièce dans laquelle elle est en train de donner à manger à des poissons dans un aquarium. Ses cheveux sont attachés en un gros chignon sur le sommet de son crâne et elle porte une paire de longs gants noirs. Je vais dans la salle de bains. Le rideau de douche est tiré sur le côté et la baignoire remplie d'eau. Une dizaine de tortues de mer y nagent, tendant leur tête au-dessus de la surface pour respirer et voir ce qu'il se passe autour d'elles.

Hier, Carol m'a raconté que plusieurs personnes lui avaient demandé si c'était elle qui avait les pingouins qui, peu de temps auparavant, avaient disparu de l'aquarium d'Ålesund. Carol a éclaté de son habituel rire fracassant en me disant cela. Je prends le dentifrice dans le placard au-dessus du lavabo et me regarde dans le miroir. Je fais dix ans de plus qu'il y a encore quelques jours.

Dans la cuisine, la radio diffuse une musique pop acidulée. Carol se tient près d'un des deux fours que contient la pièce surchargée et se dandine en rythme avec la musique, tandis qu'elle fait chauffer du lait dans une casserole. Elle se touche le visage avec les mains, ses petits doigts courts, ses ongles taillés court. Elle ne se maquille toujours pas, ne s'habille toujours pas de manière élégante, ne porte toujours pas de soutien-gorge et laisse ses seins pendre sous un pull gris trop large pour elle. Malgré tout, elle est belle avec ses cheveux bouclés et grisonnants. Quand elle était jeune, elle portait toujours des tenues aux couleurs pétantes et se maquillait plus que généreusement. Carol Halloway, l'actrice américano-norvégienne qui avait joué dans des films de série B dans les années 1980, avant d'avoir un enfant avec un Norvégien et de le suivre dans son pays. Elle m'a montré des photos d'elle datant de l'époque où elle s'était installée en Norvège, avec son bébé dans les bras et son visage comme un pot de peinture, la tête toujours pleine de ses rêves de carrière cinématographique. Quand ces rêves avaient volé en éclats et cédé la place à des entreprises commerciales, le besoin de se faire constamment belle avait également disparu. Désormais, elle semblait accueillir la vieillesse et les kilos superflus avec satisfaction.

— Tu as l'air en forme, Carol.

Elle ricane.

— C'est la chose la plus idiote que j'aie jamais entendue.

Elle s'empare du pichet de la cafetière et verse du café chaud dans deux tasses et y ajoute le lait qu'elle a réchauffé dans sa petite casserole. J'ai toujours été étonnée qu'il y ait deux fours dans cette pièce. Celui qui est au fond, dans l'angle, est plus vieux et n'a peut-être jamais servi. Carol aime les vieilleries. Ses murs sont décorés avec de vieux ustensiles de cuisine et de porcelaine à motifs traditionnels. C'est comme un musée miniature.

Je lève la tasse de café qu'elle m'a donnée, celle qui porte l'inscription "MAMAN" en caractères stylisés de type floral. La musique est interrompue par le journal d'information. La disparition d'Iben constitue toujours le sujet principal.

Un témoin l'aurait vue parler avec un homme avant de disparaître. La police demande à cet individu de se manifester.

Cette idée me refroidit. Un homme. Ils ne donnent aucune description, ne disent même pas s'il est vieux ou jeune, grand ou petit. Un homme, et toujours aucune trace d'Iben. Puis, le présentateur change de sujet. Rien sur la disparition de la mère d'Iben, Mariam Lind. J'ignore si c'est parce qu'ils savent où me trouver ou si c'est parce que Tor a choisi de ne rien dire. Dans ce cas, combien de temps leur faudra-t-il pour s'en apercevoir d'eux-mêmes ?

— Je dois l'emporter avec moi, Carol.

Enfin, les larmes se mettent à couler. Ce n'est pas la première fois que je pleure dans cette maison, mais ça me surprend toujours autant chaque fois. C'est comme si quelque chose, ici, avait le pouvoir de libérer ce qui était enfermé en moi.

Carol s'approcha et passa un bras autour de mon cou.

— Du calme, du calme.

Puis elle se tait. C'est moi qui parle. Les paroles sortent par petits jets, comme si quelque chose les entravait. J'essaie de mettre des mots sur toutes mes émotions de ces derniers jours, de leur donner un nom. Carol me caresse le dos avec la paume de sa main, tandis que je me confie à elle. Mes larmes forment des taches sur son pull gris. Elle sent la fumée de cigarette, mais aussi autre chose, une odeur douceâtre.

— Le pire, Carol, dis-je, c'est que je croyais vraiment que je l'aimais. Je croyais que c'était juste un jeu. Que je faisais semblant.

— *Love is not a constant, dear*, réplique Carol. On ne ressent pas que de l'amour. Tu le sais, non ?

— *I am a pendulum.*

Je suis un pendule qui oscille entre l'amour et la destruction. Je bâtis et je détruis. Je conserve, je protège pour tout réduire en pièces au dernier moment. Quand tu me regardes, tu me vois telle que je suis, une épouse aimante et attentionnée qui aime son mari, et une mère qui aime son enfant. Ce n'est pas un jeu, cette femme n'est pas moins moi que l'autre. Celle qui enverrait volontiers tout promener, qui prend du plaisir quand sa famille est au bord de l'implosion. Celle que tu vois quand tu me regardes est aussi l'opposé de ce que je suis. Ce qui est réel est aussi un jeu. Une contradiction, mais pas une impossibilité.

— Je peux t'aider ? demande Carol. *So tell me.*

Elle expire un nouveau nuage de fumée vers le plafond.

— Il faut que j'emporte Néron. Je vais avoir besoin de lui si je veux traverser cette épreuve.

— Mais je t'ai dit que j'avais reçu une proposition pour lui. Ils voulaient sa peau pour en faire un manteau ou quelque chose de ce genre. Un excellent prix, mais j'aurais jamais pu te faire ça.

— C'est très important, Carol. Je te le rachète, évidemment. Dis-moi juste combien tu en veux.

Carol agite la main avec laquelle elle tient sa cigarette.

— Je vais te faire un bon prix, *dear*. Un très bon prix. Et la prochaine fois, j'espère que je n'aurai pas à attendre aussi longtemps avant de te revoir.

LIV

Ålesund
Mercredi 16 juin 2004

J'étais sur le point de partir lorsqu'elle arriva enfin. Elle ouvrit la porte, sourit, avec ses incisives qui se chevauchaient légèrement, ses cheveux blonds étaient ébouriffés et son visage dépourvu de maquillage. Elle portait un haut blanc maculé de peinture qui la serrait à la taille, et elle tenait son ventre d'une façon qui ne laissait aucun doute sur le fait qu'elle était enceinte.

— Je suis contente que tu sois venue, dit-elle. J'étais justement en train de terminer un tableau. Tu montes ?

Son haut était un peu trop court, si bien que le tatouage qu'elle avait sur le dos apparut quand elle se tourna. Je la suivis dans l'escalier en colimaçon jusqu'à l'étage, dans une pièce aménagée en atelier. Il y avait un chevalet près de l'unique fenêtre. Des tubes de peinture et des pinceaux étaient éparpillés sur une table. Aux murs étaient accrochées des toiles représentant des sujets variés. Des forêts, des animaux, elle-même et d'autres personnes. Je me penchai sur le tableau d'un homme à la barbe courte, noire, aux cheveux noirs et aux sourcils également noirs. Les manches de sa chemise étaient retroussées et il avait les mains sur les hanches. Ses bras étaient puissants, musclés et poilus. C'était l'homme que j'avais vu avec elle à l'exposition.

— Birk déteste faire le modèle, dit-elle en riant. C'est une des rares fois où j'ai réussi à le convaincre de poser pour moi.

Son regard avait quelque chose de dur, comme s'il s'efforçait de dissimuler une facette de sa personnalité qu'il valait mieux ne pas connaître. Je me demandai si ce tableau ne révélait pas quelque chose sur leur relation.

— Tu es très douée, commentai-je.

Elle secoua la tête.

— Il fait plus vieux sur le tableau qu'il ne l'est en réalité. Ça l'a beaucoup contrarié. Il a dit que j'avais peint un mélange de lui et de mon père.

Elle rit de nouveau. Cette fois, je perçus comme une blessure dans son rire.

Je me tournai vers le tableau suivant, qui la représentait elle, à demi nue, et avec un regard nu.

— C'est beau, dis-je.

Je tendis une main et caressai la version peinte de sa clavicule. Tout à coup, mes joues s'embrasèrent et je retirai ma main. Anita rougit aussi et se tourna vers le tableau sur lequel elle était en train de travailler. Une femme accrochée par un bras à une croix, la tête orientée vers la mer. Derrière elle, le ciel était sombre, les nuages semblaient chargés de pluie, et un vent violent faisait voler ses cheveux devant son visage.

— C'est puissant, ajoutai-je.

Elle sourit.

— Je me suis inspirée des histoires des femmes qui attendaient leurs maris quand ils étaient tous partis en mer. Elles ne savaient jamais s'ils allaient revenir.

Avec son pinceau, elle mélangea deux couleurs sur sa palette et passa quelques coups sur la gorge de la femme. Anita paraissait plus âgée dans cet environnement. Pas seulement en raison de son petit ventre, mais aussi à cause de sa maison. Une vieille maison aux murs, au plafond et au parquet en bois sombre. Je me demandai quelle Anita était la plus authentique : la jeune fille que j'avais rencontrée dans la salle de bains quand j'étais en colocation ou la femme adulte qui se tenait en ce moment même devant son chevalet. Les deux versions me plaisaient.

La lumière du jour qui filtrait par la lucarne baignait la pièce d'une atmosphère étrange. Tandis qu'Anita peignait, je me déplaçai le long des murs et des tables, observant tout ce qui m'entourait. Des piles de papiers et d'esquisses, des boîtes de fusains, des tubes de peinture et des écrins.

— Qu'est-ce que c'est ? demandai-je en levant un objet en verre massif constitué de deux boules superposées, comme un bonhomme de neige.

Il était beaucoup plus léger qu'il n'en avait l'air et il scintillait à la lumière.

— C'est un mortier, répondit-elle. Il sert à piler des pigments pour fabriquer sa propre peinture. Je l'utilise rarement, je préfère acheter des tubes de peinture à l'huile, mais il est parfait comme presse-papier.

Je le reposai. J'allai m'asseoir dans un fauteuil situé dans un angle et observai Anita, qui semblait ne faire qu'un avec la peinture sur laquelle elle travaillait. Je me sentais bien en sa compagnie. Il y avait une forme de simplicité qui me plaisait. Si nous devions devenir amies, c'était ainsi que je voulais que les choses soient : simples. En même temps, quelque chose me tourmentait, quelque chose qui n'était pas clair.

Tout à coup, elle se mit à rire et se tint le ventre.

— Le bébé donne des coups de pied, dit-elle. Ça fait seulement quelques jours que je la sens. Ça chatouille.

— C'est une fille ?

— Oui, elle s'appellera Aurora.

— C'est très joli. J'adore les aurores boréales.

Elle baissa les yeux sur son ventre et commença à le caresser.

— Ça fait combien de temps que vous êtes ensemble ? demandai-je en indiquant l'homme sur le tableau.

Elle fit un signe de tête vers une pile de cartons dans un coin de la pièce.

— J'ai emménagé ici au début du mois.

— La première fois où on s'est vues, je croyais que tu sortais avec Egil.

Elle rit, et cette fois encore je perçus comme une blessure dans son rire. Elle fit un pas en arrière pour s'éloigner du tableau, tendit la main et ajouta une légère touche de blanc sur le cou de la femme, puis baissa son pinceau.

— Voilà.

Nous restâmes un moment à contempler le tableau, le visage de la femme à demi tourné afin que personne ne puisse voir quels sentiments elle cachait. Les nuages orageux révélaient peut-être ce qu'il se passait en elle, mais c'était ambigu.

— À ton tour, maintenant, dit Anita. Tu te déshabilles.

Je me mis à rougir.

— Euh, tu veux que je me mette nue ?

— Si ça te pose pas de problème.

Je lui tournai le dos et commençai à me dévêtir. Elle m'avait déjà vue nue, mais cette fois c'était différent. Le but était qu'elle me voie. Je posai mes vêtements en tas sur le sol et m'assis dans le fauteuil dans l'angle.

— Ça va, comme ça ?

Elle acquiesça. Je vis qu'elle rougissait, elle aussi. Elle s'empara d'un pinceau et tourna le chevalet de façon à pouvoir regarder aussi dans ma direction.

— N'hésite pas à me dire si tu as froid.

Le silence s'abattit sur la pièce. On n'entendait plus que le bruit faible des coups de pinceau délicats d'Anita. Je me demandai ce que deviendrait ce tableau. Qui serait amené à le voir. Je n'étais pas habituée à montrer ainsi mon corps aux autres. Mais peu à peu, à mesure qu'elle me peignait, je commençai à me faire à cette idée.

— Je dois avouer que je suis curieuse, dis-je. Tu es sortie avec Egil ?

Elle haussa les épaules.

— J'ai fait plein de trucs bizarres.

— Moi aussi, mais ce n'était pas ma question.

— Je sais que ça peut sembler étrange, répliqua-t-elle.

Son sourire s'effaça. Pendant quelques secondes, elle peignit en silence. Ses cheveux paraissaient blancs dans la lumière qui pénétrait par la lucarne.

— Ça va très bien comme ça, finit-elle par lâcher en faisant un geste en direction du tableau de Birk. On a trouvé un compromis qui convient parfaitement à l'un comme à l'autre. Il s'absente pendant quelques semaines d'affilée, et moi, je peux rester ici à peindre comme j'en ai envie.

Elle me lança un regard et sembla me comparer avec quelque chose sur la toile.

— Quand je me suis rendu compte que j'étais enceinte, il était déjà trop tard pour avorter. On a décidé qu'on donnerait une chance à notre relation, pour le bien du bébé. Alors, je me suis installée chez Birk.

Elle prit une grande inspiration, puis expira longuement.

— Je parie que tu n'aurais pas fait la même chose, dit-elle. Tu as l'air d'être tellement libre. J'ai eu l'impression que j'avais pas le choix. Si j'avais eu ce bébé toute seule, j'aurais sans doute dû renoncer à mon art.

Sa voix se brisa. Comme par instinct, je me levai de mon fauteuil et allai la prendre dans mes bras. Ses cheveux m'inondèrent le visage comme de l'eau tiède. C'était comme si je m'enlaçais moi-même.

— Ne pleure pas, chuchotai-je.

Avec la pointe de ma langue, je léchai les larmes salées sur sa joue. Elle ricana. Je glissai une main dans ses cheveux humides et caressai sa gorge du bout des doigts.

C'était plus intime que d'habitude. Différent des passe-temps laborieux et indolents auxquels je m'étais livrée jusque-là, généralement en état d'ivresse. Cette fois, c'était plus sincère, dans un sens, nous rougissions, nous ricanions, c'était plus à visages découverts. Je caressai son corps d'une main tremblante, sa peau était chaude et avait goût de caramel.

J'avais la tête sous la couette et la bouche enfouie dans le vagin moelleux d'Anita. Elle se tortillait et émettait de petits gémissements auxquels j'avais l'impression que quelqu'un répondait. Des bruits similaires provenant d'un autre endroit dans la pièce. Loin de diminuer, ils gagnaient à la fois en intensité et en volume. Je me demandai si ce n'étaient pas mes oreilles qui me jouaient des tours. Ce n'est que plus tard, alors que ma tête reposait auprès de la sienne sur l'oreiller, que je compris d'où ils provenaient. Là, dans un coin, derrière une armoire, il y avait un panier. À l'intérieur, je distinguai la version miniature d'un caniche noir avec une portée de chiots tachetés.

— Ils sont pas mignons ? fit Anita avec un rire en se levant.

Elle s'enroula dans une des deux couettes et s'approcha du panier. Elle saisit un des chiots et me l'apporta. Il atterrit sur ma poitrine et commença aussitôt à se glisser sous la couette. Ses oreilles étaient comme deux minuscules rabats couverts de poils frisés, pendant de chaque côté de sa tête noir et marron.

— Darling est sortie et est allée à un rencard avec le king-charles du voisin. Si tu connais quelqu'un qui pourrait avoir envie d'un petit bâtard, tu peux passer le message.

Je retins mon souffle un instant. Mon rythme cardiaque accéléra lorsque je baissai le regard sur cette petite créature frisée. J'ouvris la bouche comme par réflexe. Je ne voulais rien dire, mais c'était comme si mes lèvres et mes cordes vocales vivaient leur propre vie.

— Justement, dis-je avant de déglutir. Ma grand-mère vient de perdre son chien. Je pense qu'elle aimerait beaucoup en avoir un autre.

J'enfonçai mon visage dans le pelage du chiot comme pour essuyer mes lèvres après avoir prononcé ces paroles misérables.

— Mais c'est génial, ça ! s'exclama Anita. Je lui donnerai mon préféré.

MARIAM

Ålesund
Mardi 22 août 2017

Néron siffle, tandis que je le force à entrer dans la grosse valise que j'ai achetée à Carol et percée un peu partout avec un poinçon afin qu'il puisse respirer. Sa gueule est plus grande que mon visage, un palais rose clair avec deux rangées de petites dents transparentes. Sans celles-ci, on pourrait croire que sa gueule est un tunnel rose menant au paradis. Quelle idée débile !

Je referme la valise sur lui. Il ne m'a pas du tout parlé depuis mon retour. Peut-être que ce sera différent, cette fois, une amitié, réciproque.

Je démarre le moteur et prends la direction de la ville. C'est une journée lumineuse, et les rues sont désertes. J'accélère et vois les petites maisons défiler de part et d'autre. Sur la bretelle de sortie qui mène au centre-ville, je suis submergée par un sentiment de nostalgie. Combien de fois ai-je parcouru ces rues et emprunté ce tunnel ? Combien de fois suis-je passée devant le musée du Sunnmøre, où des bateaux sont amarrés et se balancent sur les eaux du fjord ? Je traverse le tunnel suivant et, bientôt, les abords du centre-ville d'Ålesund apparaissent devant moi. Je me sens légère, comme si je m'apprêtais à vivre une expérience exaltante. Tout à coup, j'ai envie de musique. J'allume la radio, mais c'est l'heure des infos. Ils parlent de la disparition et des recherches de la police à Kristiansund. J'éteins. Je sais qu'Iben a disparu, mais je n'ai pas envie d'y penser.

Je fais plusieurs fois le tour du centre-ville, histoire de voir ce qui a changé. La façade de la mairie a été refaite, le McDonald's a été remplacé par un H&M. À part ça, le quartier est toujours le même, les rues, les bâtiments. J'ai l'impression d'être revenue dans le passé. Je m'attends presque à voir une jeune femme de douze ans plus jeune en me regardant dans le rétroviseur, à voir mes deux camarades avec moi dans la voiture en me retournant. Je continue et passe devant l'ancien cinéma, remonte Løvenvoldgata, prends à gauche au carrefour, où j'ai l'impression que les feux de circulation n'ont jamais fonctionné et clignotent à l'orange depuis douze ans. Au carrefour suivant, je tourne à droite et passe devant la vieille gare d'autobus, où nous avons passé tant de soirées à fumer sur les bancs en bois inconfortables avec vue sur le bitume et sur le fjord. Du bitume et un fjord, voilà à quoi se résume Ålesund.

La nostalgie commence à s'estomper et cède la place à la vieille sensation d'ennui qui me tourmentait tant à l'époque où j'habitais ici. Je franchis le pont Hellebroa, au-delà duquel les ronds-points ont été remplacés par des feux, bifurque à gauche en direction de Steinvågen. Je traverse encore un pont et arrive à Skarbøvika, où je passe devant de petites embarcations, l'école, des maisons mitoyennes et quelques pavillons. Enfin, me voilà dans un quartier que je connais bien. Je sais exactement où je dois me garer.

Je sors la clé dorée de ma veste, celle que j'ai retrouvée parmi les bijoux d'Iben, je la frotte entre mes doigts. La clé de ma chambre. Elle signifie quelque chose. Je ne comprends pas comment elle a pu finir dans les affaires d'Iben, mais c'est la preuve que sa disparition a un rapport avec moi. Ce n'est pas juste une clé, c'est un message.

La première chose à faire est d'aller voir ma chambre. Jamais je n'aurais cru que je remettrais les pieds ici un jour, cet endroit appartient à mes pires cauchemars. Mais je ne pouvais pas faire autrement.

Je passe à l'arrière de la voiture. Je me glisse à côté de la valise et commence à ouvrir la fermeture à glissière. Le serpent rampe sur mes cuisses, ses anneaux débordent. Il cherche à gagner la fenêtre, la maison.

— Tu reconnais ? je murmure.

Il ne dit rien, mais il ne fait aucun doute que sa réponse est “oui”. Il tâte l’air avec sa langue qui s’est allongée, elle aussi. Puis, le silence est rompu par un chuchotement, comme le souffle d’une brise légère dans mes oreilles. Il n’en faut pas plus pour que je comprenne que rien n’a changé. Il n’est pas content d’être avec moi, d’avoir été retenu prisonnier pendant toutes ces années, et d’avoir été enfermé dans cette valise. Il n’en a rien à faire de revoir la maison dans laquelle nous vivions ensemble. Je déglutis.

— Je vais devoir t’enfermer à nouveau, je lui murmure, mais ce ne sera pas long. Tu auras ta récompense plus tard, je te le promets.

Avec bien du mal, je parviens à le remettre dans la valise et à la refermer.

Il bruine lorsque je descends de voiture. Je repense au dicton selon lequel un mariage pluvieux serait un mariage heureux et au fait qu’il ne pleuvait pas quand je me suis mariée. Il n’y avait pas un nuage dans le ciel, ce jour-là. C’était une de ces rares journées estivales où il faisait vraiment chaud en Norvège, et je transpirais au moindre mouvement. Je portais une robe moulante et le tissu collait à ma peau humide de sueur. Je me rappelle m’être regardée dans le miroir et m’être dit que ce n’était pas moi, que je ressemblais plutôt à un animal blanc sur le chemin de l’abattoir. Avec le temps, je suis devenue meilleure dans mon rôle de Mariam. À présent, c’est à elle de se sentir comme une étrangère.

Je constate en lisant le nom sur la boîte aux lettres que la vieille propriétaire habite toujours ici. On ne l’a toujours pas envoyée en maison de retraite. Cette femme est vraiment une coriace. Je descends l’escalier qui mène à l’entrée du sous-sol. La lumière est allumée et une musique *heavy* me parvient. Je m’approche de la fenêtre de la cuisine, qui est entrouverte, et jette un coup d’œil à l’intérieur. Un homme est penché sur le plan de travail, vêtu d’un boxer et d’un t-shirt noir. Sa barbe est plus courte, ses cheveux plus longs, et aussi plus clairs, on dirait un peu Jésus. Il met un certain temps à me repérer, mais dès qu’il me voit, il sursaute et se précipite vers la fenêtre, si près que je me rends compte qu'il a vieilli. Je reste là, à le regarder, j'attends. Soudain, il me reconnaît.

— Merde, Liv ! s'exclame-t-il.

Lorsque je me mets à rire, j'ai l'impression que ma voix est réellement celle de Liv. Peu à peu, je prends conscience que c'est comme ça que j'étais, à l'époque, une jeune fille gaie et joueuse. Mais c'est terminé. Ces dernières années, ma vie a principalement consisté à me comporter comme quelqu'un de bien. Élever correctement ma fille, préparer des repas équilibrés, nettoyer les fenêtres, préserver la normalité. Pour Liv, cette normalité était quelque chose qui existait ailleurs, jamais où elle se trouvait.

Ingvar disparaît dans l'appartement et resurgit bientôt à la porte du sous-sol. Il la tient ouverte pour moi. Entretemps, il a enfilé un pantalon de jogging. Il porte un t-shirt de Slayer. Au regard qu'il me lance, je devine qu'il me trouve terriblement conventionnelle, mais il me sourit et me serre dans ses bras. Je le suis dans le long couloir, jusqu'au séjour. La musique est toujours allumée, mais il a baissé le volume. Ingvar commence à se rouler une cigarette.

— Je croyais que t'étais morte depuis un bail, dit-il.

Il place la cigarette entre ses lèvres et me tend le paquet de tabac.

— J'ai arrêté.

Il secoue la tête. Il allume sa cigarette et se lève aussitôt pour ouvrir la porte de la terrasse pour faire entrer la lumière du soleil et de l'air dans l'appartement. Je regarde autour de moi dans la pièce. La moquette a été remplacée par du linoléum, la télé par un modèle plus grand, tout comme les hautparleurs, les rideaux sont neufs et il y a même de nouvelles étagères. La commode rouge, dans l'angle, n'a pas changé. Ingvar a mis des posters partout sur les murs et sa guitare est à côté du canapé.

— Alors, comment ça va ? s'enquiert-il.

— J'ai changé.

— Ça, je m'en étais rendu compte.

— J'ai un mari et une fille.

Il hausse les sourcils.

— Mais c'est super, ça, Liv ! Il y en a au moins un sur nous trois qui s'en est bien sorti, ça fait plaisir.

— Egil ?

— Il est en taule. Il était bourré et a planté un type.

Ingvar sort du tabac de sa bouche et se frotte les doigts au-dessus du cendrier. À l'époque, c'était Egil le plus sage de la bande, du moins au début, quand j'avais emménagé ici. Je baisse le regard sur mes mains. Mes ongles couverts de vernis rose clair, mon alliance. Tout ça semble tellement grotesque dans cette pièce.

— Et toi ? je demande.

Il hausse les épaules.

— Toujours le même.

— Tu fais toujours de la musique ?

— Bien sûr. En fait, notre groupe s'est séparé. Ça fait maintenant dix ans que je bosse. Je conduis des camionnettes.

— Il y a une chose dont je dois te parler, Ingvar.

Il baisse les yeux sur la table. Il croit peut-être que je souhaite discuter de cette soirée-là. Et en effet, c'est ce que je veux, mais pas pour les raisons qu'il imagine.

— T'écoutes pas les infos, hein ?

Il hausse à nouveau les épaules.

— Il arrive que des merdes, de toute façon.

— J'ai tellement de choses à te raconter. Je sais même pas par où commencer.

Ingvar se rassoit. Il étend ses jambes sur la table et entreprend de se rouler une nouvelle cigarette.

— Vas-y, je t'écoute.

LIV

Ålesund
Mercredi 6 octobre 2004

J'étais dans la salle de lecture de la bibliothèque, j'essayais d'étudier les fractures instables de la colonne vertébrale, une chose fréquente chez les patients souffrant d'ostéoporose. Le texte était accompagné d'un dessin d'une colonne vertébrale où les ligaments ressemblaient à des élastiques bleus. Je déplaçai mon doigt sur le dessin, me redressai et m'efforçai de comprendre en quoi la colonne vertébrale était essentielle pour notre corps. C'était le centre du mouvement et de la communication nerveuse. Je fus frappée de constater que le squelette du serpent était l'essence de celui de l'être humain. Outre la tête, la structure osseuse du serpent consistait exclusivement en une colonne vertébrale et des côtes, ce qui n'était guère différent de la moitié supérieure du squelette humain. Le serpent, privé de membres, avait appris à utiliser sa colonne vertébrale, jusqu'à en tirer tout son potentiel. J'essayai d'imaginer comment ce serait si je perdais les membres qui me portaient et me permettaient de me déplacer, si je n'étais qu'une colonne vertébrale avec un cerveau de reptile, rampant sur le sol sans difficulté.

Mon téléphone, qui était posé sur la table devant moi, émit un son. Des têtes se tournèrent dans ma direction. C'était un message d'Anita : "Je pense à toi !" Anita était enceinte jusqu'au cou, désormais. Seulement quelques jours plus tôt, la veille du retour de Birk, alors que nous étions toutes les deux étendues dans le lit, nues, nous avions senti Aurora donner des coups de pied sous nos doigts. Ça avait été une sensation intense de voir quelqu'un avec un être humain vivant dans son ventre. La première fois que j'avais croisé Anita, dans la salle de bains de l'appartement, le bébé dans son ventre n'était qu'une créature semblable à un serpent, avec une colonne vertébrale pour tout squelette, et elle ne savait même pas qu'elle était enceinte. Maintenant, la petite avait des oreilles et des doigts, et elle aurait même une chance de survivre si elle ne venait pas au monde trop prématurément. Chaque fois qu'Anita me demandait de toucher son ventre, je me sentais mal à l'aise, j'avais peur que la chose qui se trouvait à l'intérieur ne sorte et me mange.

"Je pense à toi !" Moi, je n'avais pas pensé à elle. Quand je ne la voyais pas, je tombais dans un état de vide et de fascination pour les serpents. C'était Néron qui remplissait mes journées à présent, qui jouait le rôle de mon amant pendant que ma conjointe était occupée ailleurs. Je ne savais pas pourquoi je pensais à Anita de cette manière, comme si elle était ma conjointe. Tout ce que je savais, c'était que ça me faisait du bien d'être avec elle, de ne pas être seule. De poser ma tête sur sa poitrine et d'entendre battre son cœur. D'un autre côté, il y avait quelque chose d'effrayant dans ce ventre qui grossissait, dans la stabilité dont elle s'entourait, dans la façon dont elle se faisait du souci pour sa petite, dans l'application qu'elle mettait à manger toujours sainement. Elle devenait tout simplement de plus en plus adulte.

Dans un sens, le fait qu'elle ait Birk me procurait une certaine tranquillité. Ainsi, je n'avais pas à craindre qu'elle cherche à obtenir de moi davantage que ce que nous avions déjà. Qu'elle découvre ce que j'avais fait, que j'avais vu son chiot préféré s'enfoncer dans la gorge de Néron comme dans une tourbière. Anita me demandait régulièrement des nouvelles du chiot de ma grand-mère, ce qui m'obligeait à lui mentir, encore et encore. J'écrivis "Je pense aussi à toi" et, une fois le message envoyé, mis mon téléphone en mode silencieux.

Je venais tout juste de retourner à mes fractures instables de la colonne vertébrale, lorsqu'une main s'abattit sur mon épaule. Je tressaillis et levai les yeux sur le visage légèrement bronzé d'Egil. Il portait une chemise blanche et ses cheveux étaient coiffés en arrière.

— Mon Dieu, balbutiai-je en me recroquevillant sur ma chaise.

Egil commença à se diriger vers la porte et me fit signe de le suivre. Je rassemblai mes affaires à la hâte et le rejoignis.

— Qu'est-ce que tu fais ici ? lui demandai-je lorsque nous fûmes dans le couloir.

Egil enfonça ses mains dans les poches de son chino et haussa les épaules.

— J'avais pas vraiment le choix, t'es pas très facile à joindre en ce moment. J'ai croisé Anita par hasard, aujourd'hui. Elle est devenue grosse comme une baleine ! – Il eut un petit rire. – Et je me suis dit qu'il était temps que t'arrêtes de me fuir, bordel.

Nous nous trouvâmes un groupe de canapés disponible dans le hall. Egil s'assit, un pied sur le genou.

— Anita m'a dit que vous étiez ensemble, commença-t-il.

— Et alors ?

Il leva les yeux au plafond.

— Je m'en fiche. Je voulais juste que tu saches qu'elle me l'avait dit.

— Et c'est pour ça que tu t'es pointé ici ?

Il poussa un soupir. Autour de nous, des étudiants parlaient à voix haute.

— Je trouve juste dommage que tu coupes les ponts avec nous à cause de ces conneries.

Je me penchai en avant.

— Quand tu dis "ces conneries", je suppose que tu fais référence au fait que tu as volé ma clé, que tu t'es introduit dans ma chambre et que tu t'es permis de terroriser les invités d'une fête ?

— Je te demande pardon pour ce que j'ai fait à la fin. Mais c'est pas vrai que j'avais pris ta clé. Je t'ai dit la vérité, ta porte était déjà ouverte.

Je me retins de lui jeter quelque chose au visage ou de me lever et partir. Mes doigts se crispèrent sur l'accoudoir du canapé.

— Ingvar est en dépression depuis que t'es partie.

— Qu'est-ce que j'ai à voir là-dedans ?

Il secoua la tête.

— Il voulait pas te faire de mal. C'est juste un gros lâche.

— C'est pas rien.

— D'accord, mais j'espère qu'on pourra continuer à se voir quand même, toi et moi.

— On se reverra, dis-je en renversant la tête contre le dossier du canapé.

Je sentais que ça me manquait, finalement. La vie quotidienne dans notre colocation, le fait d'être ensemble.

— Comment s'est passé ton été ? lui demandai-je.

— Ça a été d'un ennui mortel. Pour pas dire l'enfer. L'été prochain sera meilleur. Je me ferai un *road trip* à travers les États-Unis. Hollywood, Las Vegas, Memphis, Chicago, New York.

Je ris.

— J'avais oublié que t'étais un vrai cliché, Egil. Est-ce que ça signifie que papa a rouvert le robinet ? – Il planta ses yeux bleus dans les miens. – Excuse-moi, dis-je. C'est juste une vieille habitude.

— Eh bien, la réponse est non. Mais c'est pas grave. J'ai eu une bien meilleure idée. Une idée digne d'Egon Olsen.

Je pouffai de rire.

— Tu veux dire que t'as un plan ?

Il regarda autour de lui, se leva et vint s'asseoir sur le canapé où j'avais pris place.

— Je vais voler mon père, murmura-t-il. Je déconne pas.

— T'es sérieux ?

Il me gratifia d'un grand sourire, découvrant ses dents blanches.

— J'ai jamais été aussi sérieux de toute ma vie, déclara-t-il. J'en rêve depuis que je suis tout petit. Ce connard va regretter tout ce qu'il a fait. T'es dans le coup ? – Je le dévisageai. – Allez ! Allez, tu vas te faire un max de pognon. *I was a poor nigga, now I'm a rich nigga*. Tu piges ? Ça va être de la folie.

— *C'est* de la folie, Egil.

— T'étais cool, avant, qu'est-ce qui t'est arrivé ?

— C'est pour ça que t'es venu ?

Il soupira.

— En fait, Ingvar est dans le coup, mais je préfère qu'il reste en dehors de ça. Ce type est défoncé en permanence, je te jure. Il s'est aussi mis à picoler, c'est ça qui m'inquiète le plus. J'ai peur de le laisser seul quand il a bu, à cause de l'épilepsie. David dit qu'il faut pas l'impliquer, et je suis de son avis.

— Alors comme ça, tu traînes avec David Lorentzen, maintenant ?

— Ouais, pourquoi pas ?

— Ça veut dire que tu as déjà quelqu'un pour t'aider à voler ton père, tu veux juste entraîner le plus de monde possible en taule avec toi.

— S'amuser avec moi, tu veux dire. Allez !

Je secouai la tête.

— M'impliquez pas non plus.

MÉMOIRES D'UN REPTILE

Je glissai sur son corps endormi. Cela me rappela quand j'étais un juvénile ignorant et que j'essayais de passer par-dessus le dos de ma mère. Je pouvais le franchir et le monde était à moi. Je partis de ses pieds et remontai jusqu'à son ventre. Son corps était couvert de minuscules gouttes de sueur salées. Les proies sans poils sont les meilleures. Le contact entre la langue et le corps est plus étroit, leur chaleur plus proche. Mais elle ne pouvait pas être ma proie. Elle était trop grande, moi trop petit. J'avais beau m'étirer autant que je le voulais, j'arrivais à peine jusqu'à ses cuisses.

Quand elle dormait, son visage était figé, comme si elle était morte. Seules sa respiration et sa chaleur indiquaient qu'elle était vivante. Je rampai jusqu'à son oreille, tout près, et caressai son lobe fragile avec la pointe de ma langue fourchue. Il avait un goût amer de cérumen. Je retirai aussitôt ma langue, restai immobile quelques instants, puis ouvris ma gueule. Et je commençai à murmurer doucement.

Les mots que je murmurai faisaient partie des rares que je maîtrisais, des mots que j'avais appris des nombreux humains avec qui j'avais été en contact. Je chuchotai "nourriture" et "chasse". Je chuchotai un troisième mot : "proie". Ces mots étaient bons, mais les sons étaient plus faibles que ce que mes oreilles étaient en mesure de percevoir. Malgré cela, je savais que je produisais des sons, car son oreille vibrait quand elle m'écoutait. Son visage était parcouru de brèves contractions. Sa respiration devenait irrégulière et elle avait la chair de poule.

Le jour, j'attendais. D'abord, elle devint plus fébrile à cause de son sommeil agité. Puis, elle commença à s'isoler des autres êtres humains et à chercher de plus en plus ma compagnie. Elle nous enfermait dans sa petite chambre et s'adonnait à ses activités solitaires. Elle ouvrait la bouche comme dans un soupir désespéré sans ennemi, ni ami.

Au bout de quelques jours, la phase suivante débuta. Elle commença à se réveiller la nuit. Elle me fixait du regard, me chuchotait des paroles en retour. Alors, je sus que ce ne serait plus très long. Bientôt, je pourrais m'enrouler autour d'un savoureux animal à fourrure. Un animal qui serait soit trop petit pour pouvoir m'échapper, soit domestiqué par les humains. Ce n'étaient jamais des proies difficiles à capturer, mais elles palpitaient entre mes anneaux et avaient un délicieux goût de viande et de sang frais.

L'instinct était un mot que j'avais appris des humains. Ils l'utilisaient à propos de tout ce que les autres animaux faisaient, comme s'ils étaient les seuls êtres doués de conscience, ou comme si seuls les autres animaux agissaient instinctivement. Mais le comportement que j'avais avec elle était voulu, conscient, alors la manière dont elle réagissait, ça, c'était de l'instinct.

LIV

Ålesund
Samedi 5 février 2005

J'enfonçai mon visage dans le ventre mou d'Anita. Il était presque redevenu plat après l'accouchement. Elle se tortilla en riant. Ses seins gonflés débordaient de son soutien-gorge qu'elle n'avait pas voulu enlever. Elle disait qu'ils étaient douloureux et lourds. Je m'en approchai un peu trop et elle s'esquiva. Elle se leva du lit et enfila une robe de chambre. Puis elle alla jeter un coup d'œil dans le petit lit à barreaux, où Aurora s'était remise à pleurer.

Elle avait hurlé toute la nuit. Le bruit de ses sanglots résonnait toujours dans mes tympans. Anita était peut-être immunisée, désormais. En tout cas, elle semblait le supporter plutôt bien. Elle avait passé la nuit à marcher avec la petite dans ses bras pour la réconforter. C'était sans doute ainsi que devait être une mère, complètement absorbée par son enfant. Moi, en revanche, j'avais fini par aller faire un tour dehors avec le caniche noir d'Anita, bien trop heureuse de pouvoir profiter d'un moment de silence. Tandis qu'elle marchait dans la neige en reniflant le sol, j'imaginai qu'elle cherchait ses chiots, même si je supposais qu'elle les avait oubliés depuis longtemps. Je n'avais pas eu le courage de donner à Néron une proie vivante depuis le jour où j'étais rentrée à la maison avec le chiot, l'été précédent. Ce que j'avais fait était impardonnable, il ne fallait surtout pas qu'Anita l'apprenne.

Elle revint vers moi en portant dans ses bras la petite à moitié endormie, avec sa tête couverte de cheveux bruns. La fillette paraissait vraiment sereine à cet instant précis. Mais cette nuit, rouge de colère, on aurait dit un petit monstre à la gueule béante. Je pris soudain conscience qu'aimer ses enfants n'était pas forcément une évidence, qu'ils aient été désirés ou non.

— Tu as remarqué un changement ?

Anita me sourit, surprise.

— Un changement ? Où ça ?

— En toi. Depuis que tu es devenue maman.

Elle posa Aurora sur le ventre, sur le matelas.

— Je sais pas. J'y ai jamais réfléchi, mais c'est possible. Pas quand elle est née, je pense plutôt que ça s'est fait graduellement.

— De quelle manière ?

— J'ai plus les mêmes priorités. Jusque-là, il avait toujours été question que de moi, moi, moi. Maintenant, ce qui compte le plus pour moi, c'est Aurora.

Aurora agitait les bras et les jambes, on aurait dit qu'elle essayait de trouver comment faire pour avancer.

— C'est beau, ce que tu dis.

— Oui, ça me plaît bien d'être tout le temps aussi absorbée par Aurora, dit-elle avec un petit rire. Je me sens plus sage, d'une certaine manière.

Je pensai à ma propre mère, du moins à celle qui prétendait l'être. Je me demandai ce qui avait bien pu aller de travers, pourquoi elle n'avait jamais opéré un tel changement.

— Maintenant, il va falloir que je prenne une décision par rapport à Birk, dit Anita. – Son visage s'assombrit. – Si j'en ai la force.

— Votre arrangement ne fonctionne pas bien ?

Elle haussa les épaules.

— *C'était* un arrangement qui fonctionnait. Ou plutôt, c'est ce que j'imaginais. Maintenant, j'ai pris conscience de quoi il s'agit en réalité. C'est de la prostitution et de l'autodestruction.

Je regardai autour de moi, la magnifique chambre en bois sombre avec ses fenêtres dans le toit mansardé. Anita avait dit que les boiseries vieillissaient, que c'était difficile à entretenir, mais beau. Le genre de propos que tenaient les personnes adultes. Birk avait hérité de la maison, il était la troisième génération à y habiter depuis que sa mère, prématurément atteinte d'alzheimer, avait dû être placée dans un centre spécialisé. Était-ce un bordel ? Et moi, étais-je un des clients, un autre arrangement qui fonctionnait ?

— Il y a quelque chose que tu ne sais pas, annonça-t-elle, tandis que son visage blêmit d'un coup. Il faut que je le raconte à quelqu'un, sinon j'arriverai jamais à…

Aurora souleva sa petite tête et émit un gémissement. Anita se pencha machinalement et la déplaça légèrement, même si elle était probablement bien où elle était.

— Tu me promets que tu me jugeras pas ?

— Pourquoi je devrais le faire ?

Elle passa ses bras derrière son dos, dégrafa son soutien-gorge et le retira. Elle le posa sur l'oreiller. Ses seins remplis de lait étaient gonflés et lourds, ses tétons énormes et des veines fines transparaissaient sous sa peau pâle. Son sein gauche était marqué. Un hématome bleu verdâtre en recouvrait tout le flanc.

— Les autres traces ont disparu au bout de quelques jours, dit-elle, mais là, il a vraiment cogné fort. Tu aurais dû voir comment c'était, juste après.

Je tendis la main et touchai la marque du bout des doigts. Sa poitrine vibrait sous l'effet des battements de son cœur.

— Il est tellement jaloux, poursuivit-elle. Il m'accuse des choses les plus horribles. Il dit qu'il peut pas savoir si Aurora est vraiment de lui, même s'il suffit de la regarder. Il est aussi jaloux de mes peintures. D'après lui, je serais plus heureuse si j'arrêtais de peindre, et je serais une meilleure mère pour Aurora. Il dit que je m'occupe pas d'elle comme je le devrais parce qu'il y a trop d'idées qui fusent dans ma tête. Il m'a menacée plusieurs fois de brûler toutes mes palettes et tous mes pinceaux. Il comprend pas que, sans la peinture, j'existe pas. Il y a plus de moi-même dans mes tableaux qu'il y en a dans ce corps. Le chevalet, c'est mon cœur, les palettes, c'est mes poumons, la voilà, la vérité.

— Donc, tu vas le quitter ?

— Oui, c'est ce que je veux.

Elle déglutit et baissa sa tête, avant de la secouer plusieurs fois.

— Merde, lâcha-t-elle, merde, merde, merde ! C'est la première fois que je le dis à voix haute. Qu'est-ce que je vais faire ?

Je regardai la tête baissée d'Anita. Je repensai au jour où j'avais embarqué Néron et mes affaires essentielles et que j'avais quitté l'appartement sans réfléchir. À cette facilité que j'avais à claquer les portes derrière moi. Ce n'était peut-être pas aussi simple pour tout le monde. Même après avoir vécu avec quelqu'un pendant seulement quelques mois.

— J'ai tellement peur, dit-elle. Peur de rester et peur de partir. Mais j'ai surtout peur de ce qu'il pourrait me faire. Une petite voix au fond de moi me dit que c'est arrivé une seule fois, qu'il recommencera certainement pas, mais j'ai pas envie d'écouter cette voix. Il faut que je me barre d'ici. Que je trouve un endroit où me cacher.

Anita se prit la tête entre les mains et se mit à sangloter bruyamment.

— Du calme, dis-je, mal à l'aise. Tu as bien de la famille qui pourra t'héberger provisoirement ?

— J'ai une chambre chez ma mère, mais je sais pas combien de temps je pourrai y rester. Je sais pas si je te l'ai déjà dit, mais Birk est le fils d'une des meilleures amies de ma mère, on est allés chez eux plusieurs fois. Maman était aux anges quand elle a appris qu'on emménageait ensemble, elle est persuadée que c'est l'homme idéal pour moi.

— Elle changera sûrement d'avis quand tu lui raconteras ce qu'il t'a fait, lui dis-je, tandis que j'éprouvais une sensation étrange et froide.

J'avais parlé comme si j'y connaissais quelque chose aux rapports mère-fille.

— J'ai tellement peur, répéta-t-elle. Je sais pas si je vais oser.

Tout à coup, Aurora se mit à pleurer et poussa un hurlement strident. Anita la prit dans ses bras, la plaqua contre son sein meurtri et plaça son téton tout près de sa bouche. La fillette commença bientôt à émettre des bruits satisfaits, semblables au ronronnement d'une machine. Je me demandai si j'avais moi-même bu du lait au sein. C'était difficile à imaginer.

MARIAM

Ålesund
Mardi 22 août 2017

J'introduis la vieille clé dorée dans la serrure. J'essaie de la tourner, mais ce n'est pas comme dans les contes, quand on ouvre enfin une porte demeurée longtemps close. Elle était restée ouverte tout le temps, j'étais la seule à la fermer.

— Egil a repris ta chambre après ton départ, dit Ingvar. Enfin… vu qu'il a fait un séjour en prison, qu'il s'est mis en couple pendant plusieurs années, et que, maintenant, il est reparti derrière les barreaux, j'ai un peu été le seul habitant. Mais cette pièce, je l'ai jamais utilisée. Et puis Egil l'utilise pas non plus pour l'instant, alors tu peux t'y installer, si tu veux. – Il marqua une pause. – Pendant que tu cherches ta fille.

Ça sent le renfermé, et je perçois aussi une nouvelle odeur, une odeur inconnue, mais c'est quand même toujours ma chambre. Bien que la moquette ait été enlevée, que les murs aient été repeints en gris clair et que mon lit ait été remplacé par un autre. La plante dans l'angle n'est plus là non plus. À la place, il y a une vieille console Nintendo et une caisse en carton. Le plus important est encore là : la fenêtre qui donne sur le jardin et le prunier. Sur le sol traînent des serviettes de toilette, un caleçon et une paire de chaussures Nike. Il me semble qu'il manque quelque chose pour que ce soit vraiment la chambre d'Egil, puis je regarde derrière moi et vois le poster sur le mur, à côté de la porte. Du gloss, du silicone et de longues jambes bronzées. Je me tourne vers Ingvar en brandissant la clé dorée.

— Est-ce que tu l'as revue après qu'elle avait disparu ?

Ingvar fixe la clé et fronce les sourcils.

— Non, c'est la première fois que je la vois depuis que t'es partie.

— Cette clé, la clé de cette chambre, je l'ai trouvée dans la boîte à bijoux d'Iben.

— Tu plaisantes ?

— Tu te souviens de la soirée où elle a disparu ?

Il baisse les yeux et, avec son pied en chaussette, il donne des coups dans l'encadrement de la porte. Il n'a jamais été très brave. C'est à cause de cette lâcheté qu'il avait invité mon frère à cette soirée, comme s'ils avaient été de grands amis.

— Ce soir-là, quelqu'un qui était présent à la fête a pris ma clé et l'a gardée pendant toutes ces années. Quelle que soit cette personne, elle a fait en sorte qu'elle finisse dans la boîte à bijoux de ma fille. C'est un message qui m'est adressé. C'est du sérieux.

— Qui ça peut être, d'après toi ?

— Tel que je vois les choses, ils ne sont que deux à avoir pu prendre ma clé ce soir-là : Egil et Patrick. Ils avaient tous les deux une raison pour s'introduire dans ma chambre. Egil parce qu'il voulait récupérer le serpent, Patrick parce que c'est Patrick. Il voulait sûrement fouiller dans mes affaires, un truc comme ça. – J'imagine Patrick en train de renifler une de mes tenues. – En dehors de ces deux-là, je vois pas qui aurait pu vouloir entrer ici. Et toi ?

Il secoue la tête, manifestement embarrassé.

— Si c'était Egil, peut-être qu'il sait qui m'a fait passer ce message. En tout cas, il va falloir que je lui parle. Si c'est Patrick… – Je déglutis. – Dans ce cas, le message est de lui.

— Ça peut pas être Patrick. Est-ce qu'il savait au moins à quoi correspondait cette clé ?

Je repense au jour où je l'avais croisé en ville. Quand il avait tendu la main et caressé ma clé du bout des doigts. *Tu portes ta clé autour de ton cou comme les gamins qui sont seuls à la maison, Sara ?*

— En tout cas, il savait qu'elle était à moi. Il m'avait vue la porter. Après ça, c'était pas difficile de comprendre quelle porte elle ouvrait.

— T'as peur que ce soit lui ? demande Ingvar. Que ce soit Patrick. Il y avait un paquet de monde, ce soir-là, tu te rappelles ? N'importe qui aurait pu la prendre.

Je secoue la tête.

— N'importe qui n'aurait pas fait en sorte que la clé se retrouve dans le coffret à bijoux de ma fille au moment même où elle disparaissait. C'est forcément quelqu'un qui me connaît. Et qui me veut quelque chose.

Ingvar secoue la tête à son tour, faisant danser ses cheveux longs.

— J'ai du mal à le voir faire ça. Patrick a toujours été tellement… pathétique. Tu crois vraiment qu'il aurait pu aller jusqu'à Kristiansund pour enlever une gamine ?

Je le fixe du regard. Je meurs d'envie de lui coller mon poing dans la figure, comme j'aurais dû le faire, ce soir-là. À la place, je finis par donner un coup dans le mur, derrière moi.

— Tu le défends encore, je peste. Tu es toujours pote avec lui.

— Non, non, pas du tout. Il m'arrive toujours de le voir au pub, au Smutten, mais je lui adresse jamais la parole.

— C'est aussi ce que tu m'avais dit à l'époque.

Il baisse les yeux, comme un petit garçon.

— Cette fois, c'est vrai, marmonne-t-il.

Pendant quelques instants, nous restons silencieux. Ingvar se gratte la barbe et jette des regards par-dessus son épaule, comme s'il cherchait une issue de secours.

— Vous avez gardé mes vieilles affaires ?

Il se racle la gorge.

— Vérifie dans le débarras, on sait jamais.

D'un mouvement de tête, il m'indique une petite porte dans le mur. Je l'ouvre, allume la lumière à l'intérieur. Il y a toujours beaucoup de vieux objets appartenant à la propriétaire. Une malle, un casier à bouteilles en fer forgé, une caisse pleine de bric-à-brac. Un sac poubelle est posé sur un carton où est marqué "Livres". J'ouvre le sac, plonge la main à l'intérieur et en sors un pull qui m'est familier. J'emporte le sac dans la chambre et le retourne, si bien que des livres, des CD et divers articles de toilette se déversent sur le sol. Une robe que je mettais presque tout le temps, un parfum dont je ne me souviens même pas. Je n'ai pas l'habitude de voyager dans le passé, je me projette uniquement dans l'avenir. Il y a quelque chose qui m'échappe dans le fait de regarder en arrière. On ne se reconnaît pas.

Je vais à la fenêtre, contemple la pelouse et le prunier. L'espace d'un instant, j'ai l'impression que c'est toujours Liv qui regarde dehors, mais juste l'espace d'un instant. Tout de suite après, je vois Iben jouer avec une corde attachée à une des branches de l'arbre, elle se balance d'avant en arrière. Je ferme les yeux et serre les paupières. Je m'assieds sur le lit et prends une profonde inspiration.

— Tout va bien ? s'enquiert Ingvar, d'une voix douce.

— Laisse-moi seule.

Il referme la porte derrière lui. J'entends ses pas s'éloigner dans le couloir. Je m'allonge et observe le lambris blanc du plafond. Une fois, alors qu'elle était âgée de six ans, Iben a dessiné un animal sur le papier peint de sa chambre, une sorte de créature mi-dinosaure, mi-chat. En voyant ce dessin, j'ai d'abord cru que le long cou de la créature était un serpent, et mon cœur a fait un bond. J'étais furieuse contre elle. Je l'ai enfermée dans sa chambre et lui ai dit qu'elle n'en sortirait pas tant qu'elle n'aurait pas tout effacé. Elle eut beau frotter de toutes ses forces, elle n'y parvint pas. Mais c'était justement cela, mon but : lui faire prendre conscience de ce qu'elle avait fait. J'étais vraiment dure avec elle.

Sur la table de nuit trônent des revues pornos, des préservatifs et une tranche de pain verdâtre. Maintenant, je comprends d'où vient cette odeur. Je me redresse. Je suis tout près de vomir lorsque je fais glisser la tranche de pain sur une des revues et que je sors dans le couloir en la tenant devant moi. Je suis aussitôt assaillie par la musique d'Ingvar. J'en ai mal aux oreilles, tellement le volume sonore est élevé. Mes tympans sont devenus délicats. Je ne sais même pas de quel groupe il s'agit, il y a bien longtemps que je n'écoute plus ce genre de musique.

La poubelle de la cuisine est tellement pleine que je suis obligée de sortir le sac pour faire de la place à la tranche de pain. Je jette la revue porno par la même occasion. Elle a l'air d'être vieille. Peut-être qu'Egil y tient particulièrement, pour une raison ou pour une autre, mais je m'en moque. Je ferme le sac, fais un nœud et l'emporte dehors. J'ai l'impression d'être une mère ordinaire, mais une mère qui n'aura peut-être jamais l'occasion de faire le ménage dans l'appartement de sa fille. Patrick pourrait-il l'avoir tuée ? Devrais-je aller directement chez lui ? Le conteneur aussi est plein à ras bord, si bien que j'ai du mal à refermer le couvercle.

Maintenant que je suis dehors, autant en profiter pour récupérer mes valises, qui se trouvent toujours dans la voiture. J'ai l'impression de sentir à quel point Néron déteste être transporté dans cette boîte sombre. Je traîne mes valises derrière moi. Je m'arrête devant l'escalier et commence par descendre celle dans laquelle est enfermé Néron. Elle est tellement lourde que je suis tout près de m'effondrer sous son poids. Je me rends compte qu'il n'est plus tellement transportable. Je tire la valise jusque dans ma chambre, la place à côté de la fenêtre et repars chercher l'autre.

Néron tente de me mordre le bras au moment où je le libère. Je lui chuchote que je suis désolée. Lui, contrarié, disparaît sous le lit. Je décide de le laisser tranquille quelques minutes. Pendant ce temps, je vais voir s'il y a des draps dans l'armoire. À l'intérieur, rien n'est plié, tout est en boule : les vêtements, les serviettes de toilette. Il y a même des tubes de paracétamol, plusieurs revues et une bouteille de bière pleine. Je finis par trouver des draps, une housse de couette, une taie d'oreiller et entreprends de faire le lit. J'ai abandonné cette vie, je suis devenue quelqu'un d'autre. Toutes les cellules de mon corps ont été renouvelées depuis la dernière fois que j'étais ici. Une partie de moi regrette l'ancienne version. Une autre sait qu'elle ne reviendra jamais.

Une fois que j'ai terminé, je m'allonge par terre pour regarder sous le lit. Néron s'est enroulé sur lui-même et a caché sa tête derrière la table de nuit. J'essaie de le tirer de là, mais il résiste et ouvre sa gueule en grand, d'un air menaçant. J'aperçois quelque chose derrière ses anneaux. On dirait une photo. Je tends le bras pour la ramasser, mais il se lance à l'attaque. J'ai tout juste le temps de retirer ma main.

Quand je vais dans le séjour, je trouve Ingvar assis dans le canapé, les yeux fermés, en train d'écouter de la musique. Il bouge les doigts comme si c'était lui qui jouait. Je m'installe à côté de lui, lui donne un petit coup d'épaule et lui tends la photo que j'ai découverte. Elle a été prise ici même, dans le séjour. On y voit Ingvar, Egil et moi, tous les trois assis sur la moquette. En arrière-plan, on distingue le bas de la télé et le buffet où se reflète la lumière rouge de la lampe à lave.

— Ça date pas d'hier, commente-t-il. C'était le bon vieux temps.

— Je l'ai trouvée par terre, sous le lit. Il y avait que celle-là. Tu sais ce que sont devenues mes photos ?

Ingvar hausse les épaules.

— Peut-être qu'Egil les a emportées en prison ou ailleurs ?

Cela me semble peu probable.

— Donc, t'en as pas, toi ?

Le visage d'Ingvar prend une drôle d'expression et semble se contracter. Il ferme les yeux et appuie de nouveau sa tête contre le mur.

— Non, répond-il. Aucune.

Il me ment. Je ne comprends pas pourquoi.

— Je peux t'emprunter ton téléphone ? je lui demande.

LIV

Ålesund
Mercredi 13 avril 2005

Je m'enfonçai les doigts dans les oreilles. J'appuyai bien fort pour ne plus entendre le sifflement insistant de Néron. Je fermai les yeux pour ne pas le voir, enroulé sur le lit devant moi. Je n'avais pas dormi de la nuit à cause de ce sifflement enragé. Il fallait que je lui trouve de la nourriture, quelque chose qu'il daigne manger. Les rats, il n'y touchait plus, et il considérait désormais toute proie morte avec dédain. Cette semaine, il avait fait plusieurs tentatives pour me mordre. Une fois, j'avais même dû faire usage de mon spray pour l'haleine afin de le tenir à distance. Chaque jour qui passait, j'avais l'impression de le trahir. Je n'avais tout simplement pas le courage de lui donner un nouveau chaton, ou un nouveau chiot, comme celui d'Anita. Il savait ce que cela signifiait. Que j'avais commencé à faire passer quelqu'un d'autre avant lui.

Mon téléphone se mit à vibrer quelque part à proximité. Je le trouvai sous un tas de vêtements, sur ma chaise. Cet appartement était tout petit et il y avait du bazar partout, c'était ce que je disais à Anita chaque fois qu'elle insistait pour que je lui montre où j'habitais. C'était elle qui appelait.

— T'es où ? demanda-t-elle. Je peux te rejoindre ?

Je jetai un regard à Néron, qui bâilla, exhibant son palais rose. Cela me rappela quelque chose, sans que je parvienne à déterminer de quoi il s'agissait.

— C'est que… je suis un peu occupée, là.

— C'est le bordel. – Elle renifla, sa voix était pâteuse. – Le gros bordel. Je l'ai fait. J'ai quitté Birk.

Le souffle coupé, je regardai fixement la gueule grande ouverte de Néron.

— Ma mère refuse de m'aider, dit-elle entre deux sanglots. Là, je suis dans ma voiture. Elle dit que ce qu'on vit ensemble, Birk et moi, c'est quelque chose de fabuleux, et que je peux pas tout foutre en l'air. Elle a pas voulu m'écouter. Elle m'a accusée de mentir à Birk, de penser qu'à moi. Elle a dit qu'Aurora avait besoin de son père.

Elle laissa échapper un gémissement rauque et, en arrière-plan, Aurora commença aussi à se faire entendre. On aurait dit qu'Anita tenait sa fille dans ses bras et qu'elle la berçait.

— Je sais pas quoi faire, dit Anita en pleurant. On pourrait pas rester chez toi pendant quelques jours ? Le temps que je nous trouve autre chose ?

J'ouvris la bouche pour répondre que mon appartement était trop petit, trop en désordre, les excuses habituelles. J'imaginai ce que cela donnerait d'avoir Anita et Aurora ici, et le serpent caché quelque part dans ces quelques mètres carrés. Impossible. Puis, j'imaginai Anita assise dans sa voiture, avec son bébé dans les bras, les joues couvertes de mascara. Si elle ne trouvait pas un endroit où aller, elle n'aurait pas d'autre choix que de retourner chez Birk. Et qui savait ce qu'il serait capable de lui faire, alors ?

— Donne-moi une heure, lui dis-je finalement.

Je descendis prudemment l'escalier menant à mon ancien appartement en portant Néron dans un sac troué spécialement. Je l'entendais siffler des ordres enragés. Je l'avais trahi. Il voulait sortir, être libre, chasser et vivre dans la nature. Il ne voyait pas ce qui l'empêchait de ramper dans l'herbe et de gagner la forêt, même s'il serait certainement mort de froid d'ici un jour ou deux. Dans la journée, l'air était doux et printanier, mais il pouvait encore geler la nuit.

La porte était ouverte, j'avançai dans le couloir et me débarrassai de mes chaussures. L'appartement était silencieux, il n'y avait pas de musique, ce qui signifiait qu'Ingvar était probablement absent. En revanche, j'entendis la voix d'Egil, dans le séjour. On aurait dit qu'il parlait au téléphone.

— J'aurais dû le faire depuis longtemps, dit-il. J'en ai jamais été aussi sûr de toute ma vie.

Le ton de sa voix était excité. Je passai la tête dans la pièce et toquai doucement contre le chambranle de la porte.

— Il faut que j'y aille, dit Egil. Je te rappelle plus tard. On va le faire !

— Qu'est-ce qu'on va faire ? demandai-je lorsqu'il eut raccroché.

— Le cambriolage. Samedi. Dans seulement trois jours ! – Il abattit la main sur son téléphone. – Mon père a un dîner important en ville avec un client. Il m'a donné accès à son agenda il y a des années, à l'époque où j'habitais chez lui, pour qu'on puisse se fixer des rendez-vous si j'avais envie de le voir. – Il rit. – Ça en dit long sur lui. Enfin, bref. Je sais où il a l'habitude de se garer, alors on n'aura qu'à l'attendre là-bas et l'attaquer. – Egil fit semblant de donner un coup de poing dans son téléphone. – Bam ! On l'assomme par-derrière. Il s'effondre, on lui pique ses clés de maison. Je sais où se trouve son coffre-fort, j'ai déjà filé le code à David. Ce sera super simple. Tu peux toujours te joindre à nous.

Je secouai la tête.

— J'ai toujours pas l'intention d'aller en prison.

Il me regarda dans les yeux et eut un sourire malicieux.

— Je t'ai pas raconté le meilleur. Samedi aura lieu le match inaugural au Color Line Stadion. Ça grouillera de supporters, en ville, alors tout ce qu'on aura à faire pour se rendre invisibles, ce sera de nous habiller comme si on allait au match. Je suis convaincu que ce sera le crime parfait.

— Qui lui portera le coup à la tête ?

Il gloussa.

— Je m'en chargerai avec joie.

— S'il te voit, il saura qui l'a volé.

— On sera masqués, évidemment, et puis ça ira tellement vite qu'il aura même pas le temps de me reconnaître.

Il donna une fois de plus un coup de poing dans le creux de sa main. Il avait l'air extrêmement excité, presque obsédé.

— Tu penses que tu vas y arriver ? Frapper ton père à la tête. Je veux dire, il faut vraiment avoir des tripes pour faire ça.

— Qu'est-ce que tu veux, en fin de compte ?

Il fronça les sourcils.

Je posai le sac par terre et ouvris la fermeture à glissière. Néron resta immobile, à tâter l'air avec sa langue fourchue.

— Je te le laisse, dis-je.

Il fixa le python. Son agacement s'était comme envolé.

— T'es sérieuse ?

— Je te le laisse à une condition. Tu ne dois dire à personne que je l'avais. Tu diras que tu viens de l'acheter.

Il éclata de rire.

— J'ai déjà dit à tout le monde...

— Invente quelque chose. Parles-en aussi à Ingvar. En tout cas, j'ai jamais eu de serpent. Pigé ?

Il acquiesça.

— Si c'est aussi important pour toi.

— Surtout, il faut pas qu'Anita l'apprenne.

— Anita ? Elle traînait avec nous quand tu habitais ici, je parlais tout le temps du serpent, à l'époque.

— Je lui ai dit que t'avais tout inventé et elle m'a crue. Maintenant, par contre, tu as fini par t'acheter un python pour jouer avec.

Egil s'assit sur le canapé en cuir. Je me penchai et caressai la tête de Néron. Mentalement, je lui expliquai que c'était pour son bien. Notre relation était comme un trou noir qui me dévorait. Le moment était venu de prendre mes distances avant qu'il ne m'engloutisse.

— À présent, tu peux en faire ce que tu veux.

Sur ce, je me levai et commençai à me diriger vers le couloir. Je voulais quitter cette maison le plus vite possible, laisser derrière moi cette parenthèse de ma vie. Celle-là aussi, puisque toute mon existence n'avait été qu'une suite de parenthèses. Peut-être que ma vie allait enfin pouvoir commencer, cette fois.

— Bon *road trip* ! lui lançai-je en sortant.

MARIAM

Ålesund
Mardi 22 août 2017

Je m'assieds en tailleur sur mon lit. J'attends anxieusement que quelqu'un décroche à l'autre bout de la ligne. C'est pour Egil que je suis venue. Il doit être au courant de quelque chose. Soit c'était lui qui l'avait prise, auquel cas il sait ce qu'elle est devenue ensuite, soit ce n'était pas lui, mais il a probablement une idée de qui il s'agissait. Egil connaissait tout le monde, à l'époque, aussi bien les gentils garçons que les voyous.

— Centre pénitentiaire d'Ålesund, dit une voix masculine au ton glacial.

— J'aurais voulu parler à un de vos détenus, Egil Brynsteh. C'est un vieil ami d'enfance.

— Les conversations téléphoniques et les visites doivent être fixées à l'avance.

— Combien de temps à l'avance ? Je suis juste de passage à Ålesund, je repars dans quelques jours.

— Ça dépend. Vous pouvez nous rappeler dans une heure, le temps que je procède à quelques vérifications.

Je fournis à l'homme les informations qu'il me demande et raccroche. Mes mains tremblent, tandis que je compose le numéro de Tor. En temps normal, il serait au travail, à cette heure-ci, mais je ne crois pas que ce soit le cas. En temps normal, Iben serait au collège. Il répond d'une voix pâteuse, comme s'il venait tout juste de se réveiller. Ce n'est pas son genre de dormir dans la journée.

— Quelque chose ne va pas ? je lui demande.

Il met plusieurs secondes à me répondre.

— Tu veux savoir si quelque chose ne va pas ?

Sa voix se brise.

Je déglutis.

— Je ne sais pas quoi dire.

— Dis-moi que tu es sur le point de rentrer.

Je l'imagine allongé sur le lit, tout habillé, les yeux cernés de rouge. C'est une image qui ne colle pas. Ça ne ressemble pas à Tor. Tor est quelqu'un de fort. Depuis que je le connais, il a fait de sa sensibilité une force. Il met en place des cadres rassurants, crée, renforce, change.

— Je ne peux pas.

Il raccroche. Je reste assise, les yeux rivés sur Néron, qui essaie de faire passer son corps énorme sous la commode. Je compte jusqu'à cent dans ma tête. Puis je rappelle. Le téléphone sonne longtemps.

— Oui, finit-il par répondre.

— Je crois qu'Iben est à Ålesund.

— Si tu détiens des informations, tu dois les communiquer à la police. Tu n'es pas un détective. Tu es en train de jouer avec la vie de ma fille.

— Ce n'est pas ta fille, Tor, je réplique.

Je regrette aussitôt mes paroles.

— Bien sûr que si, c'est ma fille. Je dors plus la nuit, j'ai dû me mettre en arrêt maladie. Aujourd'hui, ils m'ont conseillé de prendre des tranquillisants, mais la seule chose qui pourrait m'aider, ce serait de retrouver Iben.

— C'est la même chose pour moi, dis-je.

Je me rends aussitôt compte que ce n'est pas tout à fait vrai. Ça m'a aidée de venir ici, de sentir Néron sur mon ventre, de me réfugier dans le passé, à une époque où cette tragédie n'avait pas encore eu lieu.

— Je voudrais tellement pouvoir rentrer tout de suite. Mais je reviendrai quand ce sera le moment. Il y a des personnes à qui il faut que je parle, des personnes qui refuseraient sans doute de parler à la police. Je sais que j'ai raison de faire ce que je fais.

— Non, tu ne sais rien du tout !

J'observe la silhouette immobile de Néron. Il est beaucoup plus gros qu'avant, pourtant il n'a pas changé. J'essaie de comprendre comment je pourrais l'expliquer à Tor. Son monde est tellement différent de celui où je me trouve actuellement. Pour lui, tout est plus simple. Les lois et les règles sont là pour être respectées, les coutumes pour être suivies, il n'existe pas d'alternative. Partout, des yeux sont braqués sur lui et évaluent tous ses faits et gestes. C'est cela être politicien – tout ce qu'il fait est d'intérêt public. S'il dissimule des informations à la police, ça peut suffire à mettre sa carrière en l'air. Malgré tout, c'est ce que je dois lui demander de faire, et sans lui expliquer pourquoi. Si je lui fournissais des explications, ce serait la fin de notre mariage.

— Je vais appeler la police, aujourd'hui, me dit-il. Je vais leur raconter que tu es partie et que tu détiens des informations susceptibles de mener à Iben. Ils te retrouveront.

— Tu peux pas attendre jusqu'à demain ? Rien qu'un jour de plus. Fais-moi confiance. Je te le demanderais pas si c'était pas aussi important.

Il se tait. Ça signifie qu'il est choqué par mon comportement, ou qu'il réfléchit.

— S'ils t'interrogent, dis-leur que je suis allée rendre visite à ma famille, je reprends. Brûle le mot que je t'ai laissé. Explique-leur que t'avais pas l'intention de leur cacher quoi que ce soit, juste que ça t'a pas semblé important de les informer de mon départ. Dis-leur que c'est à cause de la situation dans laquelle on se trouve, tous les deux. Et s'ils ne te posent pas la question, ne leur dis rien. Attends un jour.

— Si Iben est vivante, dit Tor, il se peut qu'un jour fasse la différence entre la vie et la mort.

— C'est justement pour cette raison que je te demande d'attendre, j'insiste. La police n'y peut rien. Il faut que je m'en charge moi-même.

À ces mots, mon estomac se noue, sous la partie chaude de mon ventre où s'est couché Néron.

— Il y a quelque chose que tu ne m'as pas raconté, Mariam ? C'est cet homme ? Le père biologique d'Iben ? Tu sais qui c'est, en fin de compte ?

— Je suis désolée, dis-je. Il y a certaines choses que tu n'as absolument pas envie de savoir sur moi. Tu me laisses un jour ?

Il lâche un soupir.

— Il va falloir que j'y réfléchisse.

Puis il raccroche. Je m'allonge sur mon lit et fixe les lattes du plafond, comme je le faisais si souvent à l'époque où j'habitais ici. Je comprends le désespoir de Tor, et je comprendrais aussi s'il appelait tout de suite la police. Ça me fait de la peine qu'il doive affronter la situation tout seul. Mais je ne peux pas reculer. Je dois retrouver Iben.

LIV

Ålesund
Jeudi 14 avril 2005

Anita passa la main sur un des plus gros hématomes qu'elle avait sur la cuisse. Elle avait gardé son t-shirt, au prétexte qu'elle ne voulait pas que je voie l'ampleur des dégâts. Aurora était couchée sur une couette pour bébé, à même le sol, et enroulée dans une petite couverture rose. Elle avait dormi toute la nuit, peut-être épuisée par tout ce à quoi elle avait assisté la veille.

— Ma mère n'a même pas demandé à la voir non plus, me confie Anita. – Elle essuya une larme qui était tombée sur sa jambe. – Elle a toujours été rigide, mais là… Je pourrai jamais lui pardonner.

Je la pris dans mes bras et lui caressai le dos délicatement.

— Tu es forte, dis-je. Je suis fière de toi.

Un bruit retentit, et elle eut un tel sursaut que je la lâchai et reculai. C'était son téléphone qui s'était mis à vibrer sur la table de nuit. Elle s'en empara et lut le message qu'elle venait de recevoir.

— C'est Birk. Encore.

Elle jeta le téléphone, qui vola à travers la pièce et atterrit dans la pile de vêtements que j'avais rassemblés dans un coin.

— Il faut que je t'avoue quelque chose, dit-elle. J'ai pas d'argent pour me prendre un appartement. Et j'ai aucune idée de comment je vais me le procurer. Ma mère ne me donnera rien.

— Et ton père ?

Elle secoua la tête.

— Il va dire que j'aurais jamais dû interrompre mes études à l'école de commerce pour devenir artiste. Il faut que je me trouve un travail. Quelque chose qui me fasse gagner de l'argent rapidement.

— T'as qu'à t'installer ici. Le temps que tu trouves une meilleure solution.

Soudain, un coup sec et bref se fit entendre. Ça provenait de la fenêtre. Puis il y eut un nouveau coup, et encore un autre. Quelqu'un jetait des cailloux. Anita se leva et alla regarder à la fenêtre.

— Non, Anita ! lui criai-je, mais il était déjà trop tard.

Elle recula.

— Il m'a vue, dit-elle. Comment est-ce qu'il a pu me retrouver ?

— C'est sans doute à cause de la voiture.

— J'aurais jamais cru qu'il nous chercherait. Il est plus dérangé que je le pensais.

— Il a sûrement jeté des cailloux à toutes les fenêtres où il y avait de la lumière.

— On fait quoi, maintenant ?

On sonna à l'interphone. Anita hurla, se recroquevilla sur le lit et tira la couette au-dessus de sa tête.

— Espérons que personne le laisse entrer, dis-je.

Je regrettai aussitôt mes paroles. Bien sûr, que quelqu'un allait lui ouvrir.

Nous attendîmes quelques secondes en silence. Pour finir, nous entendîmes résonner des pas dans l'escalier. Quelqu'un saisit la poignée et essaya d'ouvrir. Il y eut des jurons, suivis de coups contre la porte.

— On appelle la police ? murmurai-je.

— Non ! Non, s'il te plaît.

— Pourquoi ? Si je le fais pas, c'est les voisins qui appelleront.

Elle se précipita vers la pile de vêtements et fouilla dedans jusqu'à ce qu'elle retrouve son téléphone.

— J'appelle Egil.

Cette fois, Aurora se réveilla. Les sanglots douloureux de la fillette se mêlèrent au bruit des poings qui tambourinaient contre la porte. Anita la prit dans ses bras et se mit à la bercer, tandis qu'elle tenait son téléphone entre sa joue et son épaule. Quelqu'un décrocha, à l'autre bout de la ligne, et elle commença à parler, malgré les pleurs et le vacarme de l'homme dans le couloir. Je retins mon souffle.

— Je partirai pas avant de t'avoir parlé, Anita, cria Birk, à travers la porte. Maintenant, je vais aller m'asseoir dans l'escalier, et j'attendrai là jusqu'à ce que tu sortes.

Anita raccrocha. Je la regardai, vêtue de son seul t-shirt, avec son bébé dans les bras. Elle paraissait tellement sereine, malgré la situation dans laquelle elle se trouvait, comme si elle était déterminée à se battre.

— Apparemment, un type qui s'appelle David va nous aider, annonça-t-elle. Egil m'a dit qu'il allait l'appeler.

Il s'était à peine écoulé cinq minutes, lorsque j'entendis la voix de David dans le couloir. Il avait dû courir directement jusqu'ici. Il y eut quelques coups rapides contre la porte.

— Ouvrez, dit David.

J'allai à la porte et ouvris le verrou. David entra en nous tournant le dos, en traînant Birk, qu'il avait neutralisé avec une clé de bras. Il le plaqua contre la porte et lui tordit un peu plus le bras, jusqu'à ce que Birk pousse un cri de douleur. David lui écrasa alors la tête contre la porte et se pencha sur lui.

— C'était la dernière fois que tu portais la main sur Anita, pas vrai ?

Birk acquiesça tant bien que mal.

— Maintenant, tu vas rentrer chez toi et te comporter gentiment, si tu veux pas qu'on se revoie. Je vais regarder par la fenêtre pour m'assurer que tu t'en vas bien.

Sur ce, il ouvrit la porte, jeta Birk dans le couloir et referma.

J'avais eu le temps d'enfiler des vêtements, mais Anita avait été trop occupée avec Aurora et était toujours en petite culotte et t-shirt. Elle était assise sur le lit et berçait son bébé, qui s'était enfin arrêté de pleurer. Elle ne sembla même pas remarquer le regard de David, qui oscillait entre elle et moi. Puis il alla à la fenêtre. Je l'imitai et vis que Birk était sorti du bâtiment et qu'il se dirigeait vers une voiture. Il semblait souffrir du bras.

Quand nous nous retournâmes, Anita avait tiré la couette sur elle.

— Merci beaucoup, dit-elle. Ça a été rapide et efficace.

Il acquiesça.

— Je suppose que c'est sa gamine. – Puis il me regarda. Il enfonça ses yeux sombres en moi. – Peu importe, dit-il en souriant. Je fais ça pour le fric, pas pour récolter des remerciements. J'imagine que vous aviez compris.

Anita blêmit.

— Parce que vous avez de quoi me payer, pas vrai ? ajouta-t-il. Sinon, vous n'auriez pas fait appel à un type spécialisé dans le recouvrement des créances.

Il me fixa à nouveau, une pointe de rire dans le regard, et je me rendis compte qu'il venait probablement de tout inventer. Cherchait-il à me donner une leçon ? Il planta ses yeux dans les miens, défiant ma capacité à soutenir les regards. J'étais toujours aussi bonne à ce jeu-là, mais David était un concurrent sérieux.

— Combien ? demanda Anita.

Sa voix tremblait.

David leva les yeux au plafond. La pointe de sa langue apparut entre ses lèvres serrées.

— Je viens d'avoir une idée, dit-il. J'aurais un petit travail à faire, samedi. Si l'une de vous deux me donne un coup de main, on sera quittes. Je peux même vous filer quelques billets de mille en récompense.

David m'adressa un sourire provocateur qui semblait dire que c'était à son tour de m'humilier, maintenant. Il voulait me voir bosser pour lui. Je me mordis la lèvre, tandis que je réfléchissais à une autre solution, mais ma tête était vide.

— Je vais le faire.

La voix d'Anita était ferme, cette fois. Elle avait déjà démontré qu'elle pouvait être entreprenante, mais à présent, elle semblait déterminée à aller jusqu'au bout.

— Anita…, commençai-je.

— Je vais le faire, m'interrompit-elle. N'essaie pas de m'en dissuader.

Tout à coup, Aurora se remit à hurler. Sa voix puissante envahit la pièce.

David lâcha un petit rire bref et sonore.

— Tu me plais déjà, Anita.

RONJA

Kristiansund
Mardi 22 août 2017

J'ai des bouchons en mousse dans les oreilles. Ça me permet de ne pas entendre le bourdonnement de la machine. Au lieu de ça, j'entends les battements de mon cœur, je sens les vibrations qui traversent mon corps quand mes pieds se posent sur le tapis roulant, la sueur qui dégouline sur mon visage. Je dois courir sans m'arrêter, toujours accélérer. Mes muscles vont tenir, mes muscles vont tenir.

Je dois me concentrer sur ma course, ne pas laisser ma tête me ramener au travail pendant ces quelques minutes. Je ne dois pas penser à ces plongeurs qui descendent beaucoup trop lentement dans l'eau, qu'on devrait pousser et envoyer directement au fond. Je ne dois pas penser à ces hélicoptères qui mettent bien trop de temps, alors qu'ils devraient fendre l'air comme dans un bon film d'action. La terre brûle sous nos pieds, il faut qu'on cherche, mais je dois aussi courir si je ne veux pas devenir folle. Je dois courir pour donner du repos à ma tête et être prête à apporter ma contribution partout où l'on aura besoin de moi.

Cette enquête est ainsi, comme un tapis roulant sur lequel nous courons, encore et encore, sans jamais avancer. Malgré tous nos efforts, nous sommes toujours à l'arrêt, et peut-être que nous n'arriverons pas à la retrouver vivante, la jeune fille blonde qui rit avec sa mère sur la photo, deux jeunes visages souriants, avec leurs pulls identiques. Si elle est encore en vie, elle doit être séquestrée quelque part, bâillonnée et ligotée, peut-être même affamée. Je ne dois pas y penser. Il faut que je me concentre sur les battements de mon cœur, sur le grondement sourd du tapis roulant, sur l'odeur de ma sueur, sur mon rythme.

Je me concentre sur le nombre de kilomètres que j'ai parcourus, sur la pente et sur ma vitesse. L'appareil enregistre aussi mon pouls, et je sais ce que mon corps est capable d'encaisser, je sais que je peux tenir plus. Je dois ignorer les flashs qui reviennent des heures passées en voiture avec Birte, des gens que nous avons rencontrés, ignorer les images teintées d'ivresse d'August et moi enlacés sur la piste de danse. Comment je suis ensuite rentrée chez moi en titubant pour décuver parce qu'une gamine avait disparu.

J'essuie rapidement la sueur sur mon visage avec une petite serviette. Quand je cours, je retire toujours mes lentilles pour éviter de voir les personnes qui m'entourent. Je ne veux être soumise à aucun stimulus, surtout pas de couleurs, de lumières, de voix, tout ce que je désire, c'est sentir battre mon cœur. En général, ça me fait du bien de courir, mais aujourd'hui, même comme ça, je n'arrive pas à évacuer mes pensées. Dans ma tête, il y a l'image d'une petite fille violentée, étendue sur un sol en pierre, qui pleure parce qu'on ne l'a toujours pas retrouvée. Demain, nous allons encore interroger d'autres personnes. Moi, la bleue, je vais devoir interroger d'autres personnes. Et si je ruinais toute l'enquête ? Tout ça parce qu'il faut que je m'exerce. Moi qui n'ai pas pu me mettre au travail dès vendredi parce que j'étais ivre et que je flirtais avec un de mes collègues.

J'éteins le tapis roulant et m'essuie de nouveau le visage. Ça ne va pas. Aujourd'hui, ça ne sert à rien que je coure. Il faut que je fasse quelque chose, n'importe quoi.

MARIAM

Ålesund
Mardi 22 août 2017

— Mariam Lind, dis-je. On m'a demandé de rappeler. C'est à propos d'Egil Brynseth, qu'il faudrait que je voie le plus vite possible.

— Il a confirmé qu'il vous connaissait, répond le gardien. Vous êtes de vieux amis ?

Je m'éclaircis la voix.

— C'est exact. Des amis d'enfance.

— Votre casier judiciaire est vierge. Normalement, il faut du temps pour obtenir l'autorisation de voir les détenus, mais si vous n'êtes à Ålesund que cette semaine, on peut faire une exception. Vous pouvez venir à l'ouverture des visites, jeudi, à 10 h 30.

— Je pourrais pas venir plus tôt ? Ou simplement lui parler ?

— Ce n'est pas négociable, dit-il.

Ingvar lève les yeux lorsque j'entre dans le séjour. Il est assis dans le canapé avec sa guitare électrique sur les genoux et un médiator dans la bouche. Depuis que je le connais, il a toujours été passionné par la musique. Sans aucune ambition. Je ne crois pas qu'il rêve de devenir une rock star. C'est juste quelque chose dont il ne peut se passer, comme dormir et se nourrir. Pour ma part, je n'ai jamais eu de passion de ce genre. Bien sûr, j'ai créé ma propre entreprise et j'y ai investi énormément de temps. C'est quelque chose que j'ai désiré et que je suis parvenue à réaliser, mais ce n'est pas une passion. J'aurais pu abandonner et passer à autre chose sans éprouver le moindre regret. Il ne m'a jamais effleuré l'esprit non plus de vérifier si mon suppléant s'en sortait bien ou pas. J'ai juste refermé cette case dans ma tête quand Iben a disparu. Combien de ces cases puis-je refermer ?

— Je pourrai pas rendre visite à Egil avant jeudi, annonçai-je en me laissant tomber lourdement à côté de lui.

— C'était rapide. Moi, j'ai pas du tout le droit de le voir, dit Ingvar. Ils pensent que j'ai des amis dans “le milieu”.

Il fit le signe des guillemets avec ses doigts.

— Et c'est pas le cas ?

— Ça fait des années que je fréquente plus ces gens.

J'acquiesce.

— Et donc, quand tu travailles pas ou que tu glandes pas ici, qu'est-ce que tu fais ? Tu vois qui ?

Ingvar s'empare de son paquet de tabac.

— Je vais régulièrement au Smutten, j'ai encore quelques potes qui traînent là-bas.

— Aucun de ceux que tu fréquentais avant ?

Il secoue la tête et prend une feuille de papier à cigarette.

— Enfin si, peut-être.

Je soupire.

— Et toi, alors, qu'est-ce que tu vas faire, maintenant ? me demande-t-il en allumant sa cigarette.

Avec le doigt, il fait tomber une braise qui atterrit sur son pantalon.

— Comme je te l'ai dit, ils sont que deux à avoir pu prendre ma clé : soit Patrick, soit Egil. Je peux pas attendre d'avoir parlé à Egil, ce serait trop long. Alors il faut que je contacte Patrick. Si c'est lui…

Je m'interromps.

— Je crois pas que ce soit lui, intervient Ingvar. Je le vois pas faire ça.

Je regarde mon téléphone. J'ai les doigts qui tremblent à la simple idée d'ouvrir une page internet et de commencer à chercher. Quelque chose m'en empêche. Je tends le téléphone à Ingvar.

— T'as son numéro ? Ou vous êtes amis sur un réseau social ? Tu peux essayer de le contacter ?

— Je t'ai dit que j'avais plus…

— Est-ce que tu peux le trouver ?

Il commence à pianoter sur l'écran. Je l'observe. Il a vieilli. Son front est légèrement strié et il a des rides à certains endroits du visage, qui forment comme de petites cavités. Il a toujours eu un côté mollasson, et il semble l'être devenu encore plus avec les années. Soudain, il émet un son. Une sorte de gémissement mêlé à un soupir. Apparemment, c'est inconscient.

— Qu'est-ce qu'il y a ? je lui demande.

Il se redresse.

— Rien. Il est inscrit sur des sites de musique que j'utilise aussi. Je vais lui envoyer un message.

— Et son numéro de téléphone ?

— Je le trouve pas. Peut-être qu'il est sur liste rouge.

J'acquiesce.

— Envoie-lui des messages sur tous les profils que tu trouveras, écris-lui qu'il faut que tu lui parles. Lui dis pas de quoi il s'agit, seulement que c'est important.

Si Patrick a fait quelque chose à Iben, il comprendra que je suis derrière tout ça. Peut-être que c'est justement ce qu'il voulait ? Me forcer à revenir ici. Pour quelle autre raison aurait-il placé un message à mon attention dans la chambre d'Iben ? Un message que j'étais la seule à pouvoir comprendre.

Je sors ma clé et la laisse pendre au bout de sa chaîne, devant moi. Je la suis du regard, tandis qu'elle tourne sur elle-même, encore et encore. J'écarte les doigts, de manière à former comme un cœur avec la chaîne. Quand la clé a disparu, j'ai moi aussi disparu de cet appartement. Je ne me sentais plus en sécurité, ici. Maintenant, je suis de retour, et je tourne en rond sur moi-même, je suis comme un serpent qui se mord la queue. Il me faut revivre tout ce que j'ai fui, ma vie entière.

— S'il ne répond pas, dis-je, j'irai la trouver demain.

L'espace d'un instant, il me regarde comme s'il se demandait à qui je faisais allusion, puis il comprend. Je ne prononce jamais le mot "maman".

RONJA

Kristiansund
Mardi 22 août 2017

August m'adresse un regard stupéfait en me voyant arriver dans le couloir du commissariat.

— Tu es en service ?

Je secoue la tête.

— Pas vraiment. J'ai juste une affaire à régler.

Il acquiesce. Il regarde autour de lui dans le couloir désert, me suit sur les quelques mètres qui nous séparent de mon bureau. Il reste à la porte, tandis que j'entre. Je m'assois dans mon fauteuil et me tourne vers lui. J'espère qu'il n'a pas l'intention d'avoir une discussion avec moi maintenant. Il sourit, fait un signe de tête en direction du puzzle représentant le Rakotzbrücke en Allemagne, qui est accroché au mur, au-dessus de mon bureau.

— Ça en fait, des pièces, commente-t-il.

Ma mère et moi avons mis six mois à le finir. Entre deux séances de puzzle, nous l'enroulions dans une toile de manière à pouvoir continuer plus tard. Ce fut notre projet commun. D'autres collègues qui l'ont vu se sont moqués de moi. Selon eux, ce sont les intellos qui décorent leur bureau avec des puzzles. Aucun d'entre eux ne peut comprendre ce que ça signifie pour moi.

— C'est un *Teufelsbrücke*, je lui explique. Un pont du diable. Il est construit de façon à créer une illusion d'optique. T'as pas l'impression de voir un cercle parfait en pierres ?

Il rit.

— Si, c'est vraiment chouette. Ce serait pas censé être un passage vers les enfers ?

— Ou en provenance des enfers. Tu ne sais pas de quel côté tu te trouves.

— C'est une question de point de vue. En tout cas, c'est intéressant, dit-il. Ça me rappelle *Le Pont infini* à Aarhus. C'est pas une illusion, mais un vrai cercle sur lequel on peut tourner à l'infini. – Il rit à nouveau. – Dans un sens, c'est aussi un enfer.

— Au fait, pourquoi est-ce que tu as quitté le Danemark ? je lui demande.

— Parce que je tournais en rond, justement. Aucune possibilité d'évolution, que ce soit dans mon job ou dans la relation que j'avais à l'époque. Je voulais essayer quelque chose de nouveau. En plus, j'ai de la famille, ici.

Il se met à se balancer sur la plante des pieds.

— Écoute…, commence-t-il.

Je vois sa pomme d'Adam bouger de haut en bas sur sa gorge maigre et mal rasée.

Je secoue la tête.

— Tu n'es pas obligé. Laisse tomber.

Il enfonce ses mains dans ses poches. J'ai l'impression qu'il s'apprête à ajouter quelque chose quand même, mais il s'arrête. Quand il tient sa tête de cette manière, je le trouve tellement mignon, un peu comme l'étaient les garçons, à l'école primaire. C'est une question de point de vue, comme pour le puzzle.

Une fois qu'il est parti, j'allume mon PC et me connecte au programme où sont archivées toutes les affaires criminelles. Je trouve celle qui m'intéresse et remonte jusqu'aux premières auditions. Je clique sur celle de Mariam Lind, qui a été menée par Roe Olsvik seulement quelques heures après la disparition d'Iben. L'enregistrement commence par un raclement de gorge et un bruissement de papier.

— Bien, dit Roe, puis il y a une brève pause. On m'a déjà informé dans les grandes lignes de la déclaration que vous avez faite, mais j'aurais quelques questions complémentaires à vous poser.

LIV

Ålesund
Samedi 16 avril 2005

Anita s'était habillée avec un jean et un t-shirt noirs. Elle portait aussi un sweat-shirt à capuche orange et bleu avec le logo d'une équipe de football et une fermeture à glissière. Elle rassembla ses cheveux blonds en un chignon, mit sa capuche et enroula autour de son cou une écharpe assortie à sa tenue.

— De quoi j'ai l'air ?

Je pouffai de rire.

— D'un supporter de foot.

Elle se regarda dans le miroir du couloir.

— Je devrais peut-être mettre du rouge à lèvres, dit-elle. Et des boucles d'oreilles.

— Seulement si tu veux attirer l'attention.

Elle enleva l'anneau qu'elle avait au nez et le posa sur le plan de travail de la cuisine.

— Je serai pas absente longtemps, dit Anita. Les biberons de lait sont dans le frigo, réchauffe-les dans le micro-ondes, à température corporelle. Tu trouveras les couches et les lingettes dans le sac à langer. Si tu dois aller quelque part, pour une raison ou pour une autre, t'auras qu'à prendre ma voiture.

— J'irai nulle part.

— Juste au cas où… tu sais.

Pendant la nuit, il lui était soudain venu à l'esprit qu'elle pouvait se faire prendre. Elle n'y avait pas pensé avant. Elle avait passé des heures à pleurer dans le noir. J'avais fait tout ce que j'avais pu pour tenter de la convaincre de rester. En vain. Elle avait imaginé tous les scénarios les plus catastrophiques sur ce qui risquait d'arriver si elle n'y allait pas.

On sonna à l'interphone. Je regardai par la fenêtre et vis qu'Egil était en bas. Il me fit signe en agitant son écharpe au-dessus de sa tête. Dans son autre main, il tenait un sac du supermarché Rema 1000. Anita mit ses chaussures. Elle s'arrêta un instant, comme si elle voulait me dire quelque chose, puis secoua aussitôt la tête.

— À tout', dit-elle.

Puis elle disparut.

Aurora dormait toujours paisiblement sur le sol. Avec un peu de chance, elle dormirait toujours quand Anita reviendrait. Je n'avais jamais eu à m'occuper de bébés, je n'étais pas certaine que j'arriverais à la laver et à changer sa couche si elle se faisait dessus. Je baissai les yeux sur le petit être qui ronflait légèrement. Son nez était tellement minuscule. Ses lèvres se retroussaient dans son sommeil. Elle ressemblait à sa mère. Une copie absurde en format miniature, c'était presque effrayant, mais pas seulement. J'avais l'impression qu'elle me ressemblait aussi. Elle aurait aussi bien pu être ma propre fille. Je ne m'en étais jamais rendu compte avant, l'idée ne m'avait même pas effleurée. Malgré tout, à ce moment précis, je me dis qu'un jour je serais peut-être la mère de quelqu'un. Pourquoi pas ?

Dehors, j'entendis un groupe d'hommes entonner une chanson de supporters. Ils se rendaient probablement dans un pub ou au stade. J'imaginai tout ce qui pouvait arriver à Anita, et cette pensée me donna des vertiges. J'espérais que tout irait bien, comme Egil me l'avait assuré.

Tout à coup, un hurlement aigu retentit. Aurora pleurait tellement fort que son visage était presque cramoisi. Je la pris dans mes bras et la serrai contre ma poitrine comme j'avais vu Anita le faire, et me mis à bercer le petit être. Elle était chaude et lourde dans mes bras et hurlait pour exprimer à quel point sa mère lui manquait. Je la cajolai du mieux que je pus et commençai à me déplacer, prudemment, pour éviter de faire tomber ce qu'Anita m'avait confié.

J'ouvris la porte du réfrigérateur et pris un des petits biberons qui contenaient le lait maternel d'Anita. Je le plaçai au micro-ondes pour le réchauffer, toujours en cherchant à tranquilliser ce bébé qui semblait posséder les cordes vocales les plus puissantes au monde. Je ressortis le biberon, mais il était bouillant, il me brûlait les doigts, et je finis par le laisser tomber dans l'évier. Aurora était de plus en plus furieuse. Je retentai ma chance avec un nouveau biberon.

Cette fois, cela se passa mieux. Je basculai Aurora légèrement sur le flanc, et fis couler quelques gouttes de lait tiède sur mon poignet, comme j'avais également vu Anita le faire. Puis, je m'assis et plaquai la tétine contre les lèvres du bébé. Aurora hurla et se débattit. Le volume de ses pleurs augmenta encore.

— Mais qu'est-ce que c'est que ça ? Du calme, mon trésor, dis-je en la berçant.

Peut-être qu'il lui manquait l'odeur de sa mère, ou que le biberon ne pouvait remplacer les tétons chauds d'Anita. Je fis un nouvel essai, mais Aurora s'y opposa de toute sa vigueur. Ses sanglots désespérés me perçaient les tympans. Je tentai de lui enfoncer la tétine dans la bouche, puis de l'endormir, mais tout ce que je faisais ne semblait avoir aucun effet. Pour finir, je restai assise là, à bercer sans conviction le petit être pour essayer de la faire taire. Puis, mon téléphone se mit à vibrer.

Le numéro d'Ingvar s'afficha à l'écran. Sur le coup, je me dis que j'allais le laisser sonner, que je n'allais pas répondre, mais je me ravisai. Les sanglots d'Aurora m'avaient mise dans une colère que j'avais envie de reporter sur quelqu'un, n'importe qui. Je me jetai en avant et m'emparai du téléphone, pleine d'agressivité.

— Qu'est-ce que tu veux ? hurlai-je à travers les cris de la fillette.

À l'autre bout de la ligne, j'entendis la musique de *Dopethrone*, l'album favori d'Ingvar.

— Allô ? T'es là ?

Les pleurs désespérés d'Aurora se poursuivaient. J'entendais toujours la musique, mais Ingvar demeurait silencieux.

RONJA

Kristiansund
Mardi 22 août 2017

— August ! August !

Depuis le couloir, j'appelle dans la direction du bureau d'August. Je n'ai pas entendu s'il était parti, trop occupée que j'avais été à écouter les auditions. Maintenant, je suis en ébullition, et si August n'est pas là, je ne sais pas ce que je vais faire.

— August !

Alors que je me dirige à grands pas vers son bureau, il apparaît enfin dans l'embrasure de la porte. Il me sourit d'un air décontenancé, une main sur la hanche.

— Qu'est-ce qu'il se passe ?

Il est en train de flirter, et c'est ma faute. Si seulement je pouvais retirer ce baiser, faire en sorte que ça ne soit jamais arrivé.

— Je peux te montrer quelque chose ?

Nous allons dans mon bureau. Il s'assoit sur une chaise, tout près de moi, devant l'écran de mon ordinateur. Il porte un parfum agréable, le même que vendredi. Ça fait partie des choses par lesquelles je peux me laisser tromper, les odeurs, les parfums qu'il suffit de vaporiser sur soi.

— Birte m'a conseillé de visionner et d'écouter les auditions de Roe pour apprendre les ficelles. Poser les bonnes questions, adopter le bon langage corporel, le bon ton, ce genre de choses. – Je clique sur le fichier d'une audition où Roe parle à un homme qui avait été placé en garde à vue dans une affaire de viols en série. – Cette affaire était vraiment sordide, tu t'en souviens ? Quatre jeunes filles entre douze et quatorze ans. J'étais tellement furieuse quand on l'a arrêté que j'arrivais pas à me calmer. Regarde un peu le langage corporel de Roe. Il est assis, penché en avant, les bras ouverts, la voix calme, complètement détendu.

August s'empare du casque, le place sur ses oreilles et écoute l'interrogatoire pendant quelques minutes. Puis il se redresse et ôte le casque.

— Où est-ce que tu veux en venir ?

J'avance jusqu'à la fin de l'interrogatoire.

— Voilà. C'est le moment décisif. Celui où Roe, après avoir laissé parler librement le suspect et posé quelques questions d'ordre général, commence à lui exposer des contre-arguments. Il applique le manuel à la lettre. Écoute ce passage. D'après toi, il bouscule le suspect ou est-ce qu'il reste neutre et lui permet de donner sa version des faits ?

August remet le casque et écoute d'un air concentré avant de l'ôter à nouveau.

— Je dirais qu'il reste neutre. C'est de l'excellent travail.

Je ferme le fichier et passe à l'autre affaire que je souhaite lui faire écouter.

— Et maintenant, l'audition de Mariam Lind menée par Roe vendredi. C'est un enregistrement sonore. Tu veux l'écouter ?

— Je l'ai déjà fait. C'était une horreur. Il s'est énervé et elle a tout de suite adopté une attitude défensive.

J'acquiesce.

— Tu veux bien écouter quand même un passage ?

August s'exécute et écoute patiemment, tandis que je m'agite sur ma chaise à côté de lui. Je maudis mon corps qui est plein de sentiments contradictoires. Il est très bien, mais ce n'est pas non plus l'homme de mes rêves. Pourtant, mon corps frémit. S'il prenait tout à coup l'initiative, je ne sais pas si je le repousserais. C'est décidément trop compliqué.

August retire le casque. Il me regarde et attend, il ne dira rien tant que je ne lui aurai pas expliqué pourquoi j'ai tenu à lui faire écouter cet enregistrement. Un vrai enquêteur doit toujours écouter et relever les détails avant de commencer à tirer des conclusions. La recette pour éviter de tomber dans le piège du biais de confirmation d'hypothèse. Je prends une profonde inspiration.

— Dans tous les interrogatoires conduits par Roe que j'ai vus, il a appliqué strictement la procédure. Il laisse les suspects s'exprimer librement, leur pose juste quelques questions ouvertes et leur demande régulièrement de bien réfléchir et de fournir une description détaillée des faits. Il utilise les mêmes formulations que les suspects, leur dit "Vous venez juste de déclarer", etc., utilise des techniques de stimulation de mémoire avec des questions liées aux sens et aux émotions, écoute attentivement tout ce qu'on lui dit et attend que les suspects aient terminé de donner leur version avant de fournir des informations contradictoires. Tout ça est conforme à la procédure. Mais quand on écoute sa dernière audition, celle de Mariam Lind, on s'aperçoit qu'il est complètement différent. Il pose beaucoup trop de questions d'un coup, si bien qu'elle est incapable de s'expliquer. Il n'arrête pas de l'interrompre et de lui mettre la pression. Tu trouves pas ça étrange qu'il lui demande directement si Iben était dans le coffre de sa voiture ? Ou qu'il laisse entendre que c'est une mauvaise mère ?

August baisse la tête et opine légèrement.

— Tu crois que s'il a perdu son sang-froid, c'était pas seulement à cause de la gravité de l'affaire ?

— Il a travaillé sur d'autres affaires sérieuses par le passé, interrogé les criminels de la pire espèce. Tout ça sans jamais élever la voix ou manquer à son professionnalisme d'une manière ou d'une autre.

August remet le casque sur ses oreilles et se repasse l'enregistrement de l'audition. La concentration se lit sur son visage, tandis qu'il écoute la voix de Roe. Une fois qu'il a terminé, il pose ses deux mains sur le même genou, comme s'il avait besoin de se soutenir.

— Il a peut-être pensé que la première audition avait déjà permis d'aborder les points les plus importants, mais c'est pas une raison pour ne pas se montrer professionnel.

— Il croit que Mariam a fait quelque chose à Iben, dis-je. Ça doit être ça, la raison. Il est persuadé qu'elle est coupable, et il n'arrive pas à rester neutre. C'est quand même bizarre. Avec toutes ses années d'expérience, après avoir été confronté à tant d'affaires horribles, tant de souffrance ? Ça peut tout de même pas être la première fois qu'il pense que quelqu'un est coupable d'avoir commis des actes cruels ? Il sait pertinemment que, quoi qu'on pense qu'il a fait, un suspect a malgré tout le droit d'être entendu.

August secoue la tête.

— Je comprends pas non plus comment il aurait pu en être convaincu, alors qu'on n'avait pas le moindre élément contre Mariam Lind.

Je regarde mon écran et essaie de me remémorer l'attitude amicale de Roe lors du premier des deux interrogatoires, celui où il avait face à lui un violeur en série. Je cherche à la faire correspondre avec l'audition de Mariam Lind, où sa voix semblait trembler de rage.

— Il y a encore autre chose, dis-je en prenant mon téléphone. Vendredi, quand on était dans le pub, j'ai envoyé un message à Roe. J'ai encore sa réponse.

Je la montre à August : "Ça fait toujours du bien de s'énerver. Pas contre les délinquants, ni pendant une arrestation ou un interrogatoire, mais le reste du temps, toujours."

— Comment il a pu m'écrire ça et s'en aller, puis s'énerver et mener un interrogatoire aussi mauvais le même soir ?

August fronce les sourcils.

— Tu marques un point.

— C'est étrange, dis-je. J'ai presque l'impression que cette affaire l'affecte personnellement d'une façon ou d'une autre.

ROE

Ålesund
Samedi 16 avril 2005

— Roe, t'as un peu de temps ?

Le visage barbu de Sverre apparut à la porte de mon bureau. Ce jour-là, Ålesund était tout sauf une ville tranquille. Après de nombreuses heures d'interrogatoires dans une affaire de cambriolage qui avait eu lieu à Kipervika, je pensais que j'allais enfin pouvoir me consacrer à mon travail de paperasse avec une tasse de café en suivant du coin de l'œil un match de foot, le premier jamais disputé au Color Line Stadion. Mais à en juger par l'expression sur le visage de Sverre, je compris que je pouvais déjà oublier cette idée. Il venait encore de se passer quelque chose.

— Tu ne vois pas que je ne fais qu'admirer le paysage ? répliquai-je en indiquant le colosse de béton qui abritait le supermarché Rema 1000.

Si l'on daignait lever les yeux et ignorer tout le bitume, on pouvait certes entrevoir un joli paysage, du moins un bout de montagne, mais mon commentaire était décidément ironique.

— Il y a eu une agression, dit Sverre. On a besoin de toi.

Je bondis de ma chaise et m'empressai de le rejoindre dans le couloir. Il présenta sa carte devant le lecteur de la porte, me fit entrer dans le sas et referma derrière nous, tandis que j'ouvrais la porte suivante avec ma propre carte.

— On a retrouvé un homme à terre dans une rue piétonne. Il avait des blessures à la tête. Il s'est relevé quand un passant s'est approché de lui, il paraissait désorienté et n'avait aucun souvenir de ce qui lui était arrivé. Il a été conduit aux urgences en ambulance. L'homme n'a pas encore été identifié, il n'avait pas de portefeuille sur lui. Un témoin a vu deux individus prendre la fuite, ils étaient habillés aux couleurs des supporters de l'Aalesunds Fotballklubb, sweats à capuche bleus, écharpes orange et jeans.

Nous entrâmes dans l'ascenseur.

— À peu près comme la moitié de la ville aujourd'hui, commentai-je en appuyant sur le bouton. J'espère juste qu'ils vont pas aller au match.

Sverre acquiesça.

— L'un d'eux avait un sac Rema 1000 à la main. Il faut espérer qu'il le garde.

Nous arrivâmes dans le parking souterrain, je rejoignis la voiture en premier et m'installai côté conducteur. Lorsque j'eus démarré, la radio se mit à grésiller. Puis, on entendit quelqu'un s'éclaircir la voix et dire :

— On est dans Parkgata. On vient d'appréhender un suspect. On a saisi une arme et des biens volés dans un sac Rema 1000. On ne sait pas où est passé son complice. D'après le témoin, il se pourrait que ce soit une femme.

Je m'emparai du micro.

— Attendez-moi. Je veux lui parler avant que vous le conduisiez au poste.

Il y eut un crépitement.

— Bon courage !

Quand nous arrivâmes au milieu du trafic en direction du stade, j'allumai notre gyrophare. Les voitures se rabattirent le long du trottoir et dans les rues latérales pour nous laisser passer. La plupart des piétons portaient des sweat-shirts à capuche ou des vestes molletonnées avec le logo de l'Aafk, et beaucoup d'entre eux avaient aussi une écharpe assortie. Il aurait été vain de tenter de retrouver la bonne personne parmi cette foule.

Une fois sur Løvenvoldgata, j'éteignis le gyrophare, mais ça n'avait pas beaucoup de sens. La patrouille qui était arrivée la première sur place avait gardé le sien allumé et ses lumières bleues clignotaient en silence, comme s'il s'était produit un grave accident, et pas juste une agression au cours de laquelle deux jeunes avaient frappé un homme. Un petit groupe de spectateurs s'était rassemblé de l'autre côté de la rue. Je ne voyais pas ce qu'ils regardaient jusqu'à ce que j'arrive tout près. Un des agents de police était en train de se quereller ouvertement avec un jeune homme qu'il tenait par le bras. Celui-ci était furieux, il criait, injuriait et tentait de se libérer. Il finit par tomber et le policier le souleva plus qu'il ne l'aida à se relever. Ce petit manège durait sans doute déjà depuis un moment. Je pris une profonde inspiration et descendis de voiture.

— Bonjour, dis-je, du ton le plus amical possible. – Le policier se tourna vers moi, mais ce n'était pas lui que je regardais. Je regardais le garçon, captai son regard et lui adressai un sourire. – Je ne crois pas que nous nous soyons présentés. – Je tendis le bras derrière son dos et serrai vigoureusement sa main menottée. – Inspecteur Roe Olsvik. J'aimerais échanger quelques mots avec vous dans la voiture.

— Va au diable ! rugit le garçon.

Le policier lui tordit aussitôt le bras, mais je levai la main pour lui signifier de laisser tomber.

— Il se peut en effet que j'aille au diable, mais j'ose espérer que ce sera pas avant quelques années. Et vous ?

Le garçon baissa les yeux et se mit puérilement à donner des coups de pied dans le vide avec ses baskets blanches. Apparemment, c'était un modèle dernier cri, mais cela faisait déjà un bon bout de temps que je ne suivais plus la mode.

— Il faut juste que je fasse une chose avant qu'on aille à la voiture, lui dis-je. Je vais devoir vérifier vos poches et vous fouiller au corps pour m'assurer que vous n'avez pas d'autres armes. Histoire qu'on soit sûrs que le conducteur ne se prendra pas une balle dans la nuque.

Le garçon secoua la tête.

— J'ai rien.

Je levai les mains.

— Oui, je vous crois, mais il faut quand même que je le fasse. Je peux très bien me tromper, rien ne me garantit que vous n'avez pas d'arme. Allez… ce sera pas long.

Je tâtai son sweat-shirt de supporter au niveau de la poitrine et du ventre et fis de même avec les poches de son pantalon et ses jambes. Puis, je me plaçai à côté de lui et le pris délicatement par le bras, comme si nous étions un vieux couple. Il se débattit.

— Du calme. Je sais bien, mais laissez-moi vous dire une chose : si vous collaborez, vous finirez exactement au même endroit que si vous faites un scandale. La seule différence, c'est que ça se passera beaucoup mieux pour nous deux.

Le bleu prit le jeune par l'autre bras et nous l'escortâmes jusqu'à la voiture. Je lui demandai de baisser la tête au moment de monter à l'arrière, et il resta tranquille, tandis que nous lui menottions les mains devant le corps et que nous lui mettions la ceinture de sécurité. Je fis le tour de la voiture et allai m'asseoir à côté de lui.

— Parfait, dis-je. Maintenant, on va vous conduire au poste de police. Là-bas, ils procéderont à des vérifications et vous poseront quelques questions. Je vous conseille de coopérer. Peut-être que vous vous rendrez finalement compte que c'était ce qui pouvait vous arriver de mieux, de vous faire arrêter aujourd'hui. En tout cas, je l'espère pour vous.

Le garçon avait le regard rivé devant lui, sur le pare-brise.

— Je vais vous confier à mes collègues, ils vous interrogeront sur les détails. La seule chose qui m'intéresse, c'est de trouver la personne qui était avec vous. Vous pouvez m'aider ?

Le garçon sembla réfléchir, peser le pour et le contre. Il savait qu'il n'était pas obligé de répondre. Tout ce que je pouvais espérer, c'était qu'une partie de mon discours soit parvenue à l'ébranler et lui ait donné envie de changer de vie, de faire quelque chose de bien. Il inspira, puis expira lentement.

— Je la connais pas, dit-il. Je l'ai vue aujourd'hui pour la première fois. Elle a pas voulu me dire comment elle s'appelait.

J'acquiesçai.

— Très bien. Vous répéterez à mes collègues ce que vous venez de me dire. Ce que j'ai besoin de savoir, maintenant, c'est où cette fille a pu aller. Peut-être que vous le savez, ça ?

Il ne semblait guère avoir plus de vingt-deux ans. Je me demandai où étaient ses parents, s'ils savaient ce qu'il trafiquait.

Certains parents laissaient un peu trop de liberté à leurs enfants. J'étais mal placé pour les juger, je n'avais pas été meilleur qu'eux. Heureusement, ma fille n'avait jamais fini dans le genre de milieux que fréquentait probablement ce garçon.

— Elle a les clés, lâcha-t-il.

— Quelles clés ?

Il serra les poings.

— Il était prévu que ce serait moi qui porterais le chapeau si les choses tournaient mal. J'étais censé voler son portefeuille et son téléphone et elle prendre ses clés et les emporter jusqu'à la voiture. Ensuite, les autres devaient aller chez lui vider son coffre-fort.

Je lui pris aussitôt la main et la serrai.

— Vous connaissez l'adresse ?

Il opina et la nota sur le carnet que je lui tendis.

— Vous avez bien fait, lui dis-je. Merci pour cette agréable discussion.

Tout à coup, son regard prit une expression angoissée.

— N'ayez pas peur, dis-je pour le rassurer. Ce n'est pas aussi terrible que ça en a l'air.

— Je suis un crétin, répondit-il. J'avais l'impression d'être quelqu'un de complètement différent, une sorte de… de gangster. Comment il va ?

— Ils l'ont conduit aux urgences.

Sur ce, je me retournai et m'apprêtai à partir quand le garçon se racla la gorge.

— Merci, murmura-t-il.

Je me tournai de nouveau vers lui et lui adressai un léger sourire.

Tout de suite après avoir refermé la porte derrière moi, je me précipitai vers l'agent le plus proche.

— Il s'agit d'un cambriolage déguisé en agression. Il faut qu'on aille chez la victime.

L'agent transmit le message aux autres et courut vers une voiture. Sverre m'attendait dans la nôtre, prêt à passer à l'action.

— Tout semble indiquer que l'homme qui est à l'hôpital est Halvor Brynseth, l'actionnaire principal de Brynseth Shipping, m'annonça-t-il.

— Je vois. On y va.

Je lui indiquai l'adresse, qu'il entra dans le GPS.

— Klokkersundet, dit-il en me montrant une photo aérienne d'une villa de la taille de trois maisons.

Je m'emparai du micro de la radio.

— Voiture de patrouille 2, suivez-nous. Voiture de patrouille 3, revenez chercher le suspect et rejoignez-nous sur place.

Les deux véhicules confirmèrent chacun depuis leurs positions respectives. Je demandai à Sverre de transmettre l'adresse par radio et, arrivés dans Rådstugata, j'accélérai en direction de l'autoroute. Cette fois encore, nous dûmes nous frayer un chemin à travers la foule des supporters excités qui se rendaient au match. La partie allait se jouer à guichets fermés et le soleil commençait même à percer le manteau nuageux. J'envoyai des pensées positives aux joueurs avant de me sortir à nouveau le match de la tête et d'accélérer, tandis que les autres véhicules s'écartaient devant nous pour nous laisser passer. Avec un peu de chance, ils n'auraient pas beaucoup d'avance sur nous, mais c'était impossible à savoir avec certitude.

Le trajet n'était pas long. Je bifurquai bientôt à Borgund, passant devant la sortie qui desservait le musée du Sunnmøre, et continuai en direction de Klokkersundet. Quand nous ne fûmes plus très loin, j'éteignis la sirène. Pour finir, nous pénétrâmes sur une vaste allée déserte entourée d'une immense propriété. Il n'y avait pas de lumière aux fenêtres. Sverre sortit de la voiture avant même que j'aie coupé le moteur et que l'autre voiture se soit garée à côté de nous. Nous gravîmes les marches du perron au pas de course et nous empressâmes de rejoindre Sverre, qui avait déjà le doigt sur le bouton de la sonnette.

— On entre ! ordonnai-je. Allez !

Sverre enfila une paire de gants et saisit la poignée. La porte s'ouvrit aussitôt. Nous nous engouffrâmes à l'intérieur et nous dispersâmes pour inspecter la maison. Sverre et moi allâmes à droite, où nous trouvâmes une cuisine de la taille d'un petit appartement, un salon, deux salles de bains et quatre chambres démesurées. Tandis que nous inspections l'étage, un message arriva par radio, indiquant que la troisième voiture était en route, ce qui était une bonne nouvelle, la maison étant bien trop grande pour que nous puissions la contrôler tout seuls. Alors que nous étions en train de redescendre l'escalier, la radio se mit de nouveau à crépiter.

— Bureau à l'étage, aile gauche, dit un des agents. Il y a un coffre-fort ouvert. Le contenu a disparu.

LIV

Ålesund
Samedi 16 avril 2005

J'avais trop habillé Aurora, ou peut-être qu'elle avait faim, ou qu'elle était en colère parce que je l'avais attachée dans son siège. Ses cris me perforaient le cerveau, perçants et horribles. Au rond-point, je m'engageai sans marquer le cédez-le-passage et, après avoir tourné brusquement, je faillis renverser un supporter ivre qui mettait beaucoup de temps à traverser. Aurora hurlait, on aurait dit qu'elle ne reprenait jamais son souffle. Comment faisait-elle pour s'égosiller ainsi sans s'arrêter de respirer ?

— Tais-toi ! lui criai-je. Tais-toi, j'essaie de réfléchir !

Mais les hurlements d'Aurora devinrent encore plus forts, alors que je continuais en direction de Skarbøvika, où il y avait moins de circulation, ce qui me permit d'accélérer et de sentir la voiture résister dans les virages. Les maisons défilaient de part et d'autre. Je continuai d'avancer. Ce que je laissais derrière moi n'existait pas, ce qui se trouvait devant non plus. Tout ce qui existait, c'étaient ces hurlements à l'arrière de la voiture, ce bébé qui refusait de s'arrêter pour au moins reprendre son souffle, et la pensée qu'Ingvar, au même moment, était peut-être en train de faire une crise d'épilepsie, seul dans son coin.

Je me garai sur le parking devant la maison. Aurora était maintenue par tout un dispositif de sangles qu'il était tout aussi difficile de détacher que d'attacher. Je plaquai la petite qui pleurait contre mon épaule et courus aussi vite que je pus. Je dévalai les marches en pierre, il devait bien y avoir un moyen de l'apaiser, mais je n'avais pas le temps, pas pour l'instant. Il fallait que je sache ce qu'il se passait.

La porte d'entrée était ouverte. À l'intérieur, il y avait une odeur de renfermé et la musique emplissait tout l'appartement, se mêlant aux pleurs d'Aurora. Toujours le même CD.

— Ingvar ? Ingvar ?

La musique était bien trop forte, et les cris d'Aurora me cassaient les oreilles, je n'arrivais pas à réfléchir. Je la berçai dans mes bras en lui faisant "chut, chut". Je fonçai dans le séjour, où la musique se déversait de la chaîne stéréo. Je l'éteignis. Pendant quelques instants, Aurora hoqueta de peur, avant de se remettre à hurler. Je la posai sur le fauteuil et courus jusqu'à la chambre d'Ingvar, dont la porte était entrebâillée.

Il était étendu sur son lit, les yeux clos, le téléphone dans la main. Sur la table de nuit, à côté de lui, il y avait un verre contenant ce qui ressemblait à du whisky et un cendrier avec un joint en train de se consumer. De là où j'étais, je ne pouvais pas voir s'il respirait, juste qu'il était immobile et figé. Je me précipitai, lui saisis le bras et me mis à le secouer, mais il ne réagit pas, jusqu'à ce que je m'approche et pose une main sur son nez et sa bouche pour vérifier s'il respirait. Alors, il ouvrit les yeux d'un coup et un sourire se dessina sur son visage maigre.

— Mais qu'est-ce que c'est que ce bordel ? m'écriai-je.

Ingvar se redressa, eut un petit rire et leva les mains.

— Écoute-moi avant de t'enflammer…

— Avant de m'enflammer ? Mais de quoi est-ce que tu parles ?

Je me relevai de son lit, au bord duquel je venais de m'asseoir, à la manière d'une infirmière inquiète.

— C'était une idée d'Egil. J'ai essayé de te joindre je ne sais pas combien de fois, mais tu répondais pas. Egil a pensé qu'il y aurait plus de chances que tu décroches si tu savais qu'il était occupé avec le cambriolage. Que tu aurais peur que je fasse une crise. Il m'a dit que je devais t'appeler et rester silencieux. Et que ça te ferait sûrement venir. Comme ça, on pourrait parler.

— Et tu trouves ça drôle ? demandai-je. Tu te rends compte que j'ai foncé jusqu'ici, que j'ai roulé comme une folle parce que je croyais que tu étais en danger ?

— Excuse-moi, je…

— Non ! l'interrompis-je. J'en veux pas de tes excuses. Ça m'amuse pas, ce genre de blague.

— Je voulais juste…

Je sortis directement de sa chambre en claquant la porte derrière moi.

— Bien joué ! lui lançai-je depuis le couloir, même si je savais qu'il ne me répondrait pas. Il était trop lâche pour ça. Il resterait enfermé dans sa chambre jusqu'à ce que je sois partie.

Je mis un coup de pied dans le séchoir à linge, qui se renversa et tomba par terre avec fracas. Soudain, je me figeai.

L'appartement était beaucoup trop silencieux. Je pouvais même entendre mes pensées et les battements de mon cœur dans ma poitrine. Je pouvais entendre le bruit de mes pieds, tandis que, d'un pas hésitant, je commençai à me diriger vers la porte du séjour. Était-il possible qu'elle se soit enfin décidée à se rendormir ? Un sentiment de soulagement m'envahit. Mais aussi un sentiment d'angoisse. J'avançai lentement, je n'étais plus qu'à quelques mètres de la porte. Je m'arrêtai un instant avant d'entrer. Je restai immobile sur le pas de la porte, essayant de comprendre ce que je voyais.

MÉMOIRES D'UN REPTILE

J'étais caché sous le gros meuble sur lequel les humains avaient l'habitude de s'asseoir. Je dormais, la tête posée sur le ventre. Je me sentais faible après toutes ces semaines sans manger, et sans espoir, étant donné que j'avais manifestement perdu le pouvoir que j'exerçais jusque-là sur la femme chaude. Les humains mâles ne me donnaient rien non plus. Ils me soulevaient et me promenaient volontiers, mais ils ne me nourrissaient pas. La seule chose que je pouvais faire, c'était me cacher.

Ce qui me réveilla, ce ne furent pas ces vibrations dont ces humains mâles aimaient tant remplir les pièces, et auxquelles, dans un sens, je m'étais habitué, ou peut-être que j'étais tellement épuisé que le sommeil finissait par prendre le dessus. Non, ce qui me réveilla, cette fois, ce fut une odeur. Je tâtai l'air de ma langue fourchue et je sentis mes papilles s'activer. Une odeur douce qui me rappela celle de la femme chaude, mais en plus pure, en plus raffinée, même. Une odeur qui semblait enfermer en elle tous mes rêves.

Je glissai sur le sol en tâtant l'air et fus encore une fois frappé de constater à quel point cette odeur était merveilleuse. Elle provenait du fauteuil. Je n'arrivais pas à voir ce qu'il y avait dessus. Je dus ramper et grimper sur le fauteuil. Et alors, je le vis. C'était un petit être humain, un nouveau-né. Je n'avais encore jamais vu une telle créature, aussi vulnérable et malgré tout tellement humaine. Elle irradiait une chaleur ardente et semblait en colère. Une force violente et invisible s'échappait de cette bouche minuscule, un son qui faisait vibrer le fauteuil autour de nous.

Je ressentis une tension dans mes crocs. Je gardai le contrôle le temps d'un instant afin de savourer ma joie d'avoir découvert une proie aussi fantastique, puis je me jetai sur elle. J'enfonçai mes crocs dans son petit cou et sentis son sang au goût douceâtre couler dans ma gueule.

RONJA

Kristiansund
Mercredi 23 août 2017

Il est 6 heures et je suis déjà au bureau. Les autres enquêteurs ne sont pas encore arrivés. Je suis tellement fatiguée que je suis au bord de l'évanouissement, mais je suis aussi déterminée. Sur le bureau, à côté de mon ordinateur, j'ai posé un double *latte*, un sachet de viennoiseries et un bloc à spirale. Dessus, j'ai noté la description que Robert Kirkeby a faite de l'homme qu'il a vu parler avec Iben devant le centre commercial de Storkaia, vendredi. Grand. Mâchoire prononcée, chemise grise. Nez en forme de crochet, comme celui d'une sorcière. Il tenait un sac de la boutique Cubus. J'ai souligné plusieurs fois cette dernière information.

Pourquoi n'y avais-je pas pensé plus tôt ? L'idée m'était venue seulement ce matin, alors que, après m'être réveillée, j'étais restée allongée à penser à Robert Kirkeby, me disant qu'il était dommage qu'il ne soit pas parvenu à nous décrire de manière cohérente ce qu'il avait vu. J'aurais tellement voulu qu'on ait un autre témoin que lui, une preuve d'une autre nature. Quelque chose qui puisse confirmer son témoignage, faire en sorte que l'on voie en lui autre chose qu'un hôte importun un peu timbré. Je l'aurais tellement souhaité pour Robert, lui qui, de toute sa vie, n'avait peut-être jamais vraiment eu l'occasion de briller. D'être quelqu'un d'important. C'est là qu'il m'est revenu en mémoire quelque chose qu'il avait dit. Il tenait un sac Cubus. Il n'y a aucune boutique Cubus dans le quartier où l'homme a été vu, à part celle qui se trouve dans le centre commercial Storkaia.

Roe Olsvik a déjà visionné ces enregistrements, mais il s'est concentré sur les déplacements de Mariam et d'Iben. Il ne cherchait pas un homme grand, avec une mâchoire carrée, un nez crochu et une chemise blanche. Si je regarde toutes les vidéos des caméras de surveillance situées à proximité de la boutique Cubus, je devrais parvenir à identifier quelques individus correspondant à la description.

Tandis que je bois mon café et mange mes brioches, j'éprouve une certaine satisfaction à faire du sport cinq fois par semaine et à manger en même temps de délicieuses pâtisseries mauvaises pour la santé. Je ne suis pas une de ces maudites "filles sages", contrairement à ce que pensent les autres.

Sur la vidéo, on voit de nombreux clients entrer et sortir de la boutique. Jusque-là, aucun des hommes ne correspond à la description. Soit ils sont trop jeunes, soit ce sont des femmes, soit ils portent un sweat-shirt ou une chemise de la mauvaise couleur, ou bien encore ils n'ont pas de sac à la main quand ils ressortent.

Des frissons de fatigue me parcourent la colonne vertébrale. Le fait de regarder tous ces gens défiler devant la caméra a sur moi un effet soporifique. Finalement, peut-être que ça me ferait quand même du bien de dormir un peu. Après tout, je ne suis pas encore censée être au travail, je pourrais aller dans la salle de pause et me coucher dans le canapé, comme Roe l'a fait quand il a passé la nuit ici. Roe. Il y a quelque chose chez ce type… Il est toujours tellement sombre, et quand on lui parle on a presque l'impression que ça le dérange. Il n'était certainement pas comme ça quand il a débuté dans la police. Il est probablement toujours marqué par… le drame. Bien sûr, la rumeur n'a pas tardé à se répandre quand il a débarqué ici. Apparemment, après ça, il a passé pas mal de temps en arrêt maladie. Ça n'a rien d'étonnant. Je doute qu'on puisse se remettre d'une chose pareille.

La fatigue prend peu à peu le dessus et je commence à piquer du nez. Le flot humain se transforme en un méli-mélo de couleurs sur l'écran. Je voudrais fermer les yeux, disparaître. Rêver de l'époque où ma mère et moi étions assises ensemble, totalement absorbées par notre puzzle. Ses doigts qui se déplaçaient avec une telle légèreté quand elle farfouillait dans l'océan de pièces qui s'étendait devant nous. Non, je ne dois pas dormir maintenant. Il faut que je me concentre. Je ne peux pas me permettre de manquer le suspect. Je force mon cerveau à sortir du sommeil gluant dans lequel il a commencé à sombrer. Je me penche en avant et appuie sur la touche pour mettre le film en pause.

L'image se fige au moment où un homme seul passe devant la caméra. Un homme aux épaules larges, d'âge mûr, aux cheveux grisonnants. Il a la mâchoire carrée, un nez crochu et un sac Cubus dans la main droite. Mon café est froid, désormais, pourtant je l'engloutis quand même d'un trait. Ma main tremble lorsque je repose ma tasse sur le bureau.

LIV

Ålesund
Samedi 16 avril 2005

J'étais penchée sur un parterre, derrière un des massifs de rosiers de la propriétaire, une petite pelle à la main. Avec un peu de chance, si elle avait regardé par la fenêtre à ce moment-là, elle aurait cru que je m'étais enfin décidée à me mettre au jardinage. Je creusai un trou profond avec la pelle. Je m'aidai même de mes mains, si bien que de la terre s'incrusta sous mes ongles et que la peau de mes doigts prit un aspect lisse et marron.

À côté de moi, sur l'herbe, gisait Aurora, le bébé à la peau douce et aux grands yeux, impeccablement enveloppée dans sa petite couverture rose. Néron était devenu furieux quand je m'étais approché de lui pour tenter de la sortir de sa gueule. Il s'était jeté sur moi et m'avait mordue au bras, me causant des plaies profondes. Il n'avait pas lâché prise jusqu'à ce que je m'empare de la lampe à lave sur le meuble de la télé et que je commence à le frapper avec.

Je posai la pelle, enfonçai un bras dans le trou et continuai de creuser avec les doigts. La terre pénétrait de plus en plus profondément sous mes ongles. Pendant ce temps, j'évitai soigneusement de regarder en direction du paquet qui reposait à côté de moi. La scène continuait de tourner en boucle dans ma tête : comment j'avais compris, tout de suite en arrivant, qu'il était déjà trop tard, qu'il avait tué, étouffé la petite Aurora, et que tout était ma faute. Je remontai de pleines poignées de terre et en fis un gros tas. Soudain, je pris conscience que je ne pourrais pas remettre toute cette terre dans le trou, que ce n'était pas parce que je m'apprêtais à l'ensevelir qu'elle disparaîtrait comme par magie, mais que la terre serait remplacée par un corps, que j'échangerais un corps contre de la terre. Cette idée n'avait pas de sens, mais elle ne me quittait pas et m'angoissait, m'apeurait. Parce que cette terre ne remplacerait pas Aurora, on ne pouvait pas la coucher dans un landau, elle ne pouvait pas s'endormir sur notre poitrine. La terre était froide et insaisissable. Et s'ils venaient ici avec des chiens et qu'ils le retrouvaient ? Son cadavre. Quel mot horrible, froid comme de la pierre.

Je m'étais empressée de l'emporter, de crainte qu'Ingvar, après s'être repris, ne débarque et ne découvre ce qui s'était passé. Si je parvenais à effacer toutes mes traces, dans la terre, dans l'herbe, personne ne la retrouverait jamais. Je pourrais m'en tirer. Je portai une main à mon visage et essayai d'essuyer mes larmes avec mes doigts sales. La terre était à la fois hostile et attentionnée, une amie détestable. Si seulement je pouvais, tout de suite, m'enterrer moi-même dans ce jardin, afin que personne ne me retrouve jamais.

Ensevelir un petit corps de bébé en plein jour. Je n'avais pas le choix. Il fallait que je m'en aille de cet endroit. Je devais enterrer le corps, le cadavre, la mort, et partir. Repartir de zéro. J'étais déjà devenue une autre, avant. Je pouvais très bien le faire encore une fois. Quelque chose de complètement différent. Immaculé et pur. Quelqu'un qui s'attacherait à mener une belle vie. Ne pourrais-je pas devenir une telle personne ? J'enfonçai à nouveau les doigts dans la terre et ramenai deux petits tas hors du trou. J'avais l'impression que cela ne prendrait jamais fin. Le trou était toujours tellement petit. Le trou était encore trop petit, et chaque fois que je creusais, de plus en plus de terre semblait tomber dedans. C'était sans doute mon châtiment, être condamnée à creuser pour l'éternité. Plus bas, la terre était dure, compacte et pleine de cailloux. Je me servis de la pelle pour abattre les parois, puis sortir la terre ainsi détachée. Mes doigts devinrent froids et humides. J'avais mal aux épaules, mes mains étaient écorchées, mais il fallait que je continue. Que je creuse malgré la douleur.

Pour finir, je fus en mesure de mettre tout l'avant-bras dans le trou. Il ne me restait plus qu'à affronter l'idée de déposer un nouveau-né au fond d'un trou. De l'ensevelir, de laisser la terre se refermer sur lui et obscurcir tout ce qui s'était déversé sur cette journée, les flammes et les cafards dans mon âme. Mes larmes se mélangeaient à la saleté. Je n'en pouvais plus, mais je n'avais pas le choix. Je m'emparai du paquet rose qui, entre-temps, était devenu rigide et froid, et qui n'avait plus rien d'un bébé. Dans mes mains, la petite couverture rose se tacha rapidement de terre. Je me penchai en avant et commençai à descendre lentement le paquet.

— Liv ?

Je levai les yeux et vis, à quelques mètres de moi, une silhouette vêtue d'un sweat-shirt de supporter orange et bleu, capuche sur la tête. Elle regarda la pelle, les petits tas de terre, le trou et la couverture pour bébé souillée que je tenais dans mes mains.

— Liv… ?

Le bébé tomba dans le fond du trou avec un bruit sourd. Je me jetai en avant et, avec mes mains et le haut de mon corps, rabattis le plus gros monticule de terre sur le bébé pour l'ensevelir.

— Non ! cria Anita.

Elle se précipita. Elle m'attrapa par le bras, m'écarta et se mit à creuser dans la terre avec ses doigts.

— Fais pas ça, Anita, dis-je. T'as pas envie de la voir comme ça.

— Dégage !

Elle avait une force que je ne lui avais encore jamais vue. Elle me poussa, me faisant basculer en arrière. Je retombai si violemment sur le sol que j'en eus le souffle coupé. Juste à côté de moi, j'entendis Anita pousser un hurlement déchirant. Elle tenait Aurora dans ses bras et la berçait frénétiquement, comme en transe.

— Il faut pas que tu restes là ! criai-je. Il faut que tu rentres chez toi. T'es jamais venue ici, tu me connais pas. Repose-la. Aurora est morte, il faut que tu la reposes, et aussi que tu enterres ton sweat.

Anita continua de bercer le bébé. Je m'approchai d'elle et lui caressai les cheveux, mais elle n'eut aucune réaction. J'essayai de lui écarter les bras, mais c'était comme s'ils étaient collés au corps du bébé.

— Tu dois la laisser, Anita.

Anita se tourna vers moi.

— T'approches pas de mon bébé, gronda-t-elle.

Puis elle se leva et partit en serrant le cadavre dans ses bras. Je ne l'ai jamais revue depuis.

ROE

Ålesund
Samedi 16 avril 2005

Nous nous rassemblâmes dans la salle de réunion pour faire brièvement le point sur l'enquête. Mon service était déjà terminé depuis longtemps, mais avec une telle affaire sur les bras, j'aurais pu tenir jusqu'au bout de la nuit, si nécessaire. Le petit local était trop exigu pour accueillir autant de policiers, alors j'allais tâcher de faire court.

— On va commencer par toi, Sverre, dis-je. Je n'ai pas assisté à l'intégralité de ton interrogatoire du garçon. Tu peux nous en faire un compte rendu ?

Sverre acquiesça.

— Il nous cache certainement encore certaines informations, mais il est buté. Il prétend dur comme fer qu'il ne sait pas comment s'appelle la fille avec qui il a agressé la victime, mais il nous a donné sa description. Il a aussi indiqué le nom du commanditaire, qui s'est révélé erroné, aussi soit l'homme lui a fourni un faux nom, soit le jeune ment. Il refuse également de nous donner les noms de ses autres complices, peut-être par peur des représailles. On a prévu de l'interroger à nouveau demain.

J'opinai. C'était exactement ce que j'avais craint.

— Et ses fréquentations ?

— Il soutient ne pas avoir de fréquentations louches et que c'était un acte isolé. Il était aussi sous l'effet de l'alcool quand on l'a appréhendé, et les analyses qu'on a réalisées ont révélé la présence de cannabis dans son sang. Il est lié au groupe qui gravite autour de David Lorentzen, qu'on a essayé de coincer pour trafic de stupéfiants à une époque.

J'avais longuement enquêté sur ce type. Ses fréquentations étaient nombreuses et compliquées, parmi lesquelles beaucoup de délinquants, mais lui-même était très difficile à piéger.

— Lorentzen dispose d'un alibi solide. Il était au match de foot, ce que confirment les images de vidéosurveillance du stade.

— Ça ne veut pas forcément dire qu'il n'est pas impliqué, fis-je remarquer. On sait que Lorentzen n'a pas l'habitude de faire le sale boulot.

Les voisins de la maison où avait été perpétré le cambriolage avaient signalé la présence d'un grand groupe de personnes à proximité dans le créneau horaire concerné. Certains portaient des vêtements de supporters, mais tous avaient des sweat-shirts à capuche. Ils avaient quitté les lieux peu de temps avant l'arrivée de la police. Un des voisins affirmait les avoir vus partir à bord d'une voiture grise, mais il était incapable d'en indiquer le modèle ni même la marque. Chercher une voiture grise transportant des personnes en tenue de supporters serait revenu à contrôler la moitié de la population d'Ålesund. C'était sans espoir. Je conclus la réunion en déclarant que nous reprendrions l'affaire le lendemain.

— Il se pourrait que les résultats de la scientifique soient déterminants, ajoutai-je. Nous allons aussi faire réaliser un portrait-robot de la femme qui a participé à l'agression. Si on la retrouve, peut-être qu'elle nous livrera des informations sur ce commanditaire.

Je regagnai ensuite mon bureau. L'après-midi était déjà très avancé, mais il fallait que je note quelques mots-clés en vue du rapport avant de rentrer chez moi.

J'ouvris le tiroir de mon bureau et sortis mon téléphone. J'avais reçu plus de vingt appels en absence. Le premier à 15 heures, le dernier datait d'un peu plus d'une heure. Le nom affiché à l'écran : Petite. Je levai les yeux sur la photo accrochée au mur, au-dessus de mon bureau. Elle avait encore laissé un message. J'appelai ma messagerie.

— Vous avez un nouveau message.

Sa voix, à l'autre bout de la ligne, était faible et étouffée par les sanglots.

— Papa, rappelle-moi. Tout de suite. S'il te plaît.

C'était tout. Je l'appelai aussitôt.

— Vous êtes sur la messagerie de…

Je raccrochai et fis une nouvelle tentative.

— Vous êtes sur la messagerie de…

Je me levai et appelai à nouveau, tandis que je quittais mon bureau et que je me dirigeais vers l'escalier.

— Vous êtes sur la messagerie de…

Je descendis les marches quatre à quatre et fonçai vers la sortie pour rejoindre ma voiture.

— Vous êtes sur la messagerie de…

— Vous êtes sur la messagerie de…

MÉMOIRES D'UN REPTILE

Le couvercle se leva et je vis son visage. Il ruisselait. Des gouttes salées s'écoulaient de ses yeux. Ça arrivait quand les humains étaient tristes, c'était comme si leur corps se vidait de son sel et de son eau. Je n'avais jamais compris pourquoi. Nous étions dans une pièce que je ne connaissais pas. Il faisait sombre, hormis quelques rais de lumière. Je tâtai l'air à la recherche de menaces potentielles, mais n'en perçus aucune. La pièce sentait comme toutes les maisons des humains que j'avais connues. Sur le sol, où on me libéra, il y avait une moquette moelleuse. La pièce faisait la même taille que la chambre de la femme froide. Il y avait un lit et une petite table.

L'instant d'après, je perçus une nouvelle odeur. Je la reconnus.

— C'était la chambre de mon fils, dit la femme froide. Mais maintenant elle appartient à Néron.

— Merci beaucoup d'avoir bien voulu le prendre, dit la femme chaude avant de disparaître.

L'odeur et la chaleur abandonnèrent la pièce.

La femme froide m'apporta un bol d'eau et une proie froide qu'elle déposa sur la moquette, comme une insulte. Je refusai de la manger et la laissai pourrir. Je ne mangeai pas non plus la suivante. Je souffris la faim dans l'attente de quelque chose de meilleur. La femme chaude m'avait privé de la merveilleuse proie que j'avais trouvée, elle m'avait même frappé pour me l'arracher, si bien que j'avais encore terriblement faim. Je ne m'étais jamais senti aussi près de mourir.

Pour finir, je n'eus plus d'autre choix. Tandis que le soleil se levait et se couchait, encore et encore, et que les saisons de ce pays passaient du chaud au froid et du froid au chaud, comme dans un cercle sans fin, j'en vins à me mépriser suffisamment pour avaler les proies froides que l'on me donnait. Pendant que je mangeais, je rêvais de ce jour où je serais assez gros pour tuer ces odieux animaux humains. La femme froide et la femme chaude seraient les premières à y passer. Je veillerais à ce qu'elles souffrent longuement.

ROE

Ålesund
Samedi 16 avril 2005

J'accélérai en arrivant à Skarbøvika, tandis que je me rendais chez Petite, qui avait sa maison à Hessa. Sans doute que j'exagérais. Ce n'était peut-être pas aussi grave que je l'avais imaginé lorsque j'avais entendu sa voix au téléphone. Peut-être que c'était seulement ce type pathétique qui l'avait quittée. Malgré tout, je ne pouvais pas m'empêcher de penser que, dans ce cas, elle aurait appelé Ingrid – et pas moi. Les rapports entre Petite et moi étaient plutôt distendus. Autant que je me souvienne, nous ne nous étions pas parlé depuis le jour où je lui avais rendu visite, deux semaines après la naissance. Ça faisait déjà un bail.

Je décidai de l'appeler à nouveau. J'accélérai encore après être tombé une fois de plus sur sa messagerie. Sans doute qu'elle rirait ou qu'elle serait furieuse quand elle me verrait débarquer chez elle à cause d'un simple petit appel et qu'elle comprendrait dans quel état je m'étais mis pour elle. *Eh bien, te voilà*, dirait-elle, *juste parce que tu as cru que j'avais besoin d'un policier*. Mais en même temps, je ne pouvais m'empêcher de penser à sa voix au téléphone. Elle avait semblé si triste et effrayée, comme un petit enfant. On aurait dit que quelque chose s'était brisé en elle quand je n'avais pas décroché. Pour quelle raison m'avait-elle appelé ? Peut-être qu'elle avait des ennuis. Peut-être qu'elle avait vraiment besoin de son policier de père ?

Nous avions tellement de bons souvenirs, ensemble, à Hessa, de l'époque où Ingrid et moi étions encore mariés et que Petite était une enfant. Notre promenade traditionnelle du dimanche matin jusqu'à Sukkertoppen, les baignades et les plongeons depuis les rochers, là-bas, les fêtes de la Constitution, chaque 17 mai, où notre fille jouait de la flûte dans la fanfare de l'école. Les feux annuels de la Saint-Jean. J'avais une photo de Petite posant devant un bûcher quand elle avait huit ans. Elle tenait une brochette au bout de laquelle était plantée une saucisse. À l'arrière-plan, on pouvait voir flamber le Slinningsbålet, cet immense feu de joie entouré d'eau et de petits bateaux. La fillette avait un sourire ravi et montrait du doigt les flammes qui dévoraient la tour de palettes. C'était une photo émouvante.

Au rond-point, je pris un virage serré et me retrouvai derrière une autre voiture. Si seulement j'avais pu mettre mon gyrophare pour me frayer un chemin à travers le trafic. Mais je ne tardai pas à apercevoir l'entrée de Sukkertoppveien, la rue où elle habitait. Je tournai et ralentis. Je pouvais entendre mon pouls bourdonner dans mes oreilles. Ne venais-je pas de me dire que ce n'était sûrement rien ? Qu'elle se mettrait en colère contre moi quand elle me verrait débarquer à sa porte ? Je l'imaginai, avec sa fille dans les bras, me dire : "Oui, qu'est-ce que tu veux ?" Et moi, je lui aurais répondu : "C'est toi qui m'as téléphoné, mais j'ai essayé plusieurs fois de te rappeler et tu n'as jamais décroché." Alors, elle aurait haussé les sourcils et dit : "Détends-toi, papa, c'est bon, j'ai parlé à maman." Alors, de quoi avais-je autant peur ?

Je venais tout juste de parvenir à me calmer lorsque la maison de Petite apparut devant moi. C'était une vieille bâtisse traditionnelle en bois peinte en rose, d'apparence idyllique, précédée d'un grand terrain. Une colonne de fumée grise s'élevait derrière la maison. Sur le coup, je me dis qu'ils étaient peut-être en train de faire un barbecue dans le jardin, mais ensuite… N'était-elle pas un peu trop grosse, cette colonne de fumée ? On aurait plus dit un bûcher qu'un barbecue. Et à bien y regarder, la fumée ne semblait pas non plus provenir du jardin. Plus je m'approchai, plus j'eus l'impression qu'elle provenait de la maison elle-même. Elle enveloppait le toit par l'arrière.

Subitement, mon cœur se mit à battre quatre fois plus vite. Pris de tremblements, je me garai tant bien que mal le long du trottoir et détachai péniblement ma ceinture de sécurité. En sortant de la voiture, j'appelai à nouveau ma Petite, dans l'espoir qu'elle me rassure, que je puisse me détendre, qu'elle m'apprenne que ce n'était qu'une coïncidence.

— Vous êtes sur la mess…

Je n'avais aucune raison de m'inquiéter, il s'agissait sûrement d'un simple petit feu dans le jardin, même si la fumée semblait venir de la maison.

— Vous êtes sur la mess…

Je commençai à me diriger vers cette fumée, à longues enjambées, puis je courus jusqu'à la porte et l'ouvris. Je fus alors accueilli par un nuage dense et brûlant qui me remplit les narines, les yeux et la bouche, m'enveloppa comme des ténèbres. J'entendis les flammes crépiter à l'intérieur. Je voulus me précipiter dans le brasier, me lancer à sa recherche, mais la chaleur était beaucoup trop ardente, trop étouffante. J'appelai Petite de toutes mes forces, mais en dehors des crépitements, la maison était totalement silencieuse.

J'appelai les pompiers, tandis que je faisais le tour de la maison pour tenter d'ouvrir la porte de la terrasse. Elle était verrouillée. De la fenêtre de la cuisine, les flammes s'élevaient en léchant le mur. Je communiquai l'adresse d'une voix chevrotante, tandis que, dans ma mémoire, j'essayai d'imprimer les flammes, l'aspect de la fumée. Il était essentiel de prendre des photos le plus tôt possible, si on le pouvait, afin d'aider l'enquête. Comme je n'avais pas d'appareil photo, je dus faire confiance à ma mémoire. Peut-être qu'elle n'était même pas chez elle. Peut-être qu'elle avait juste laissé son téléphone là et qu'elle était sortie faire un tour avec sa petite fille pour l'endormir. En entendant les sirènes au loin, je décidai de faire le tour de la maison en courant afin de voir le feu de tous les côtés, il se pouvait que ce soit important. Petite dirait certainement que ça me ressemblait bien de raisonner comme un policier alors que je ne savais même pas si elle était restée prisonnière des flammes, si elles étaient… Je l'appelai à nouveau.

— Vous êtes sur la messagerie de…

Les sirènes se rapprochaient. Bientôt, les énormes camions de pompiers arrivèrent et durent manœuvrer pour pénétrer dans la rue étroite qui donnait derrière la maison. Les flammes avaient déjà atteint le toit et la cheminée. La maison était sur le point d'être dévorée tout entière par l'incendie. J'avais toujours le goût de la fumée dans la bouche, dans le nez.

— Vous êtes sur la messagerie de…

Les pompiers bondirent hors de leurs camions. Ils s'empressèrent de sortir leurs lances à incendie et leurs échelles. Les flammes avaient englouti le toit et les murs, on aurait dit une langue de feu qui s'élevait vers le ciel. Quelle chaleur. Mon visage cuisait, même si je m'étais écarté et que je me tenais à plusieurs mètres de la maison.

Les véhicules de police arrivèrent à leur tour. La rue n'était pas assez large, si bien qu'ils durent se garer un peu plus loin. Des voisins curieux commencèrent à sortir de chez eux. Les policiers accoururent. Sverre fut le premier à me rejoindre.

— Qu'est-ce que tu fabriques ici, Roe ? Je croyais que tu étais rentré chez toi.

Je fis de nouveau le numéro de Petite. Je contemplai les flammes, tandis que je tombai encore une fois sur sa messagerie.

— Vous êtes sur la messagerie de…

— J'espère juste qu'il n'y avait personne à l'intérieur, commenta Sverre. On dirait que la chaleur est trop intense même pour les pompiers.

La maison en feu se détachait sur le ciel bleu et irradiait une chaleur ardente, comme Petite. Elle rougeoyait exactement comme la belle énergie qui animait Petite et qui faisait d'elle une si bonne personne. Tant de fois, j'avais pensé que personne ne pourrait jamais éteindre la flamme qui brûlait en elle. J'avais craint qu'une telle flamme soit trop intense pour les êtres humains, que, d'une certaine manière, elle finisse par consumer celle qui l'abritait. Mais jamais je n'avais pensé qu'une flamme extérieure, qu'une chaleur comme celle-là…

Mon cerveau commença à fondre, mes pensées à s'évaporer sous l'effet de la flamme qui s'élevait vers le ciel tel un serpent, un dragon enragé et brûlant. Rien n'était plus sombre que la flamme qui, à ce moment précis, s'insinua en moi et se fraya un chemin jusqu'au fond de mon cerveau.

— Anita, dis-je. Ma fille. C'est sa maison.

MARIAM

Ålesund
Mercredi 23 août 2017

Je suis réveillée par quelque chose qui fait pression sur ma poitrine. Néron a la tête posée contre mon oreille, il est étendu sur moi, complètement immobile. J'observe les écailles de son visage, les petits orifices dans ses joues, par lesquels il capte les variations de chaleur dans l'air ambiant, ses yeux de pierre éternellement ouverts, qui font qu'on ne peut jamais savoir s'il dort ou s'il est éveillé. Son camouflage était sans doute efficace pour un python qui évoluait en liberté et qui chassait au ras du sol, entre les pierres et les feuilles, mais ici, sur la parure de lit bleu délavé, il le rendait encore plus visible.

Quand je me réveille à nouveau, je le trouve allongé à côté de moi. Il étire son long corps, ranimé par la lumière qui filtre par la fenêtre. Je caresse son dos avec délicatesse, sentant sous mes doigts ses écailles minuscules. Il est devenu énorme, bien plus long que moi. Prudemment, je lui touche la tête. Il se tourne aussitôt vers ma main et se met à tâter l'air avec sa langue fourchue.

— Je sais où je dois aller, je murmure. Chez la seule personne que j'imagine capable d'avoir fait une telle chose. J'ai tellement peur.

Je prends une profonde inspiration, je refuse de sentir la nausée qui me vient à la simple pensée de ce que je vais devoir faire. L'unique chose que j'étais persuadée que je ne referais jamais. Mais je n'ai plus le choix.

Lorsque j'arrive dans la cuisine, Ingvar est en train de faire la vaisselle. La musique se déverse de la chaîne stéréo. Je frappe doucement du poing contre le chambranle de la porte et il lève les yeux.

— J'ai fait du café, annonce-t-il en désignant d'un geste ample de la tête une cafetière bleue sur le plan de travail.

Je sors une tasse du placard.

— Tu seras à la maison, aujourd'hui ?

— J'ai quelques livraisons à faire, mais je rentrerai dans l'après-midi. Je fermerai pas la porte à clé pour que tu puisses aller et venir comme tu veux. – Il marque une pause. – Si tu as besoin d'aide pour… quoi que ce soit. Je te filerai un coup de main à mon retour. Tu n'auras qu'à le dire.

Tout à coup, je suis prise de frissons. Je repense à la soirée où Patrick était ici, à la façon dont Ingvar avait discuté avec lui comme si de rien n'était. Pour ne pas parler du cambriolage, quand il m'avait appelée en me faisant croire qu'il était en train de faire une crise d'épilepsie. Ingvar n'est pas fiable. La seule raison pour laquelle je suis ici, c'est cette maison, cet appartement.

— J'ai pas besoin d'aide, dis-je.

Une fois assise dans la voiture, je ferme les yeux et imagine que de la cendre tombe du ciel comme de la neige. Peut-être que la fin du monde est pour aujourd'hui, si bien que rien de tout cela n'est obligé d'arriver, qu'il n'est pas nécessaire que je fasse ce voyage. Je sens mon estomac se nouer, très fort, mais tourne quand même la clé dans le contact. Je m'engage dans la longue rue et la suis en direction de la ville. Peut-être que la fin du monde est pour aujourd'hui. Peut-être qu'il y aura des torrents de sang dans les rues, qu'une météorite va s'écraser sur terre. D'après la mythologie nordique, quand la fin du monde viendra, le serpent de Midgard émergera des profondeurs de la mer et s'enroulera autour des champs et des pâturages. J'ai l'impression de le voir devant moi, abattant les maisons, les fermes et les bâtiments municipaux avec ses anneaux puissants. Si le monde s'effondre, peu importe que j'aie retrouvé Iben ou pas, ou que je sache ce qui lui est arrivé. Nous souffrirons tous.

J'accélère en arrivant sur la bretelle d'accès à l'autoroute. La mi-journée est le meilleur moment pour rouler sur ces routes. Je passe devant le stade de football, qui venait d'être inauguré quand j'ai quitté cet endroit. Je continue en direction du centre commercial de Moa et bifurque vers Sula. Je ne l'ai pas revu depuis ce soir-là. Je sens encore l'angoisse me déchirer le corps à la pensée que je vais de nouveau devoir croiser son regard bleu acier.

Je me range sur la bande d'arrêt d'urgence et m'arrête, inspire à fond. Mon cœur bat la chamade, me martèle les côtes. Je ferme les yeux et imagine le serpent de Midgard qui se penche sur la voie, balayant tous les véhicules. Il peut encore arriver, il n'est pas trop tard. Je lance ce vœu dans l'univers, mais lorsque je rouvre les yeux, la route est toujours là, intacte, et les voitures filent sans entraves.

Le bâtiment se trouve sur une hauteur, pas très loin du quai qui accueille la navette pour Ålesund. Alors que je me gare, je me sens nauséeuse, je regrette de ne pas avoir pris de petit-déjeuner. Je descends de voiture, lève les yeux sur le bâtiment. Je vais jusqu'à la porte d'entrée. L'étiquette avec le nom Scheie n'est plus sur l'interphone. Apparemment, ils en ont installé un nouveau. Je compte jusqu'au bon étage. J'appuie sur le bouton et le maintiens enfoncé longuement, bien que le regret brûle déjà dans mon corps.

ROE

Ålesund
Samedi 16 avril 2005

Le soir, de l'autre côté de la fenêtre, était d'un bleu intermittent, flash, flash, flash. Les flashs bleus illuminaient la nuit. On pouvait entendre un bruissement de voix dans le lointain, le crépitement d'une radio. J'étais assis dans un canapé, dans un séjour inconnu qu'un voisin avait mis à la disposition de la police. Ils m'avaient amené là quand ils avaient compris que j'étais un parent. Ils avaient posé une couverture sur mes épaules, comme si j'avais été un patient en état de choc, mais je ne l'avais pas retirée. En réalité, je trouvais qu'il faisait froid. Froid dans mon corps, mais mon visage était brûlant, comme si la chaleur était encore là, dans ma tête, dans mes yeux, dans mon cerveau.

La dernière fois que j'étais allé à la fenêtre, la maison était vide et noire comme la carcasse carbonisée d'une araignée. L'eau que les pompiers continuaient de déverser dessus était enveloppée d'une fumée grise et humide. Elle m'avait appelé. Une heure et demie avant que j'arrive chez elle, elle m'avait appelé. J'avais perçu un tel désespoir dans sa voix. Ça signifiait peut-être qu'elle n'était pas à la maison, sinon elle aurait certainement appelé les pompiers, et pas moi. Ce n'est pas parce qu'elle était désespérée qu'elle était forcément chez elle, elle pouvait très bien m'avoir appelé d'ailleurs, peut-être que ce qui l'avait mise dans cet état était passé, que ce n'était qu'une broutille, quelque chose dont on aurait ri quand je l'aurais revue. Elle n'était sûrement pas chez elle. Peut-être qu'il lui était arrivé la même chose qu'à ces personnes dont on entendait parler parfois, qui auraient dû se trouver sur les lieux d'un drame, mais qui, par le plus grand des hasards, s'étaient trouvées totalement ailleurs lorsque celui-ci était survenu. Parce qu'elles avaient pris le bus dans le mauvais sens, qu'elles avaient eu un contretemps en chemin, ou bien parce qu'elles avaient oublié quelque chose et qu'elles étaient reparties juste à temps. Ces choses arrivaient tout le temps, elles n'avaient rien de rare.

Bien sûr, cela n'en demeurait pas moins une tragédie. Leur maison avait brûlé, ils avaient perdu tout ce qu'ils possédaient. Tous les tableaux qu'Anita avait peints au fil des années et qui remplissaient son atelier, désormais en cendres. Les murs couverts de dessins et de peintures, elle avait tellement de talent. Pas assez pour pouvoir en vivre, en effet, mais elle avait vraiment beaucoup de talent. Maintenant, tout était parti en fumée, absolument tout. Une tragédie, certes, tant qu'elle était vivante, elle pourrait toujours en peindre d'autres.

Quand Anita avait abandonné ses études de commerce, qui m'avaient coûté une petite fortune, pour devenir une artiste, j'étais entré dans une rage folle. Elle n'avait toujours pas compris à quel point il était difficile de vivre sans disposer d'un revenu fixe. Bien sûr, elle était douée pour la peinture, mais elle aurait très bien pu s'y adonner tout en ayant à côté une activité rémunérée. Ingrid, en revanche, l'avait soutenue dans son choix, évidemment. La dernière fois que je l'avais vue, elle s'était montrée particulièrement enthousiaste. Elle m'avait parlé de l'immense talent de notre fille et dit qu'elle était heureuse que celle-ci ait rencontré Birk, grâce à qui elle pouvait vivre son rêve dans l'atelier qu'il avait aménagé pour elle dans sa propre maison. Et ainsi, j'étais devenu le père injuste qui voulait dompter la flamme qui brûlait en sa fille, transformer ce feu de la Saint-Jean majestueux en un misérable tas de braises.

Or, notre fille n'était pas de celles que l'on dompte. J'aurais peut-être dû me montrer plus compréhensif à son égard, mais j'avais tellement peur qu'elle fiche sa vie en l'air.

La porte s'ouvrit. Sverre entra d'un pas lent. Il avait le regard baissé.

— Comment tu te sens ?

Il s'approcha, prudemment, comme s'il redoutait de me parler. On aurait dit un petit garçon. C'était agaçant, terriblement agaçant. Je n'étais tout de même pas en sucre.

— Me demande pas ça, m'entendis-je gronder, d'une voix qui n'était pas la mienne. Dis-moi plutôt ce qui se passe.

Sverre se racla la gorge, s'assit à son aise dans le canapé, les mains jointes devant lui. J'eus l'impression qu'il était seulement venu pour me montrer de la compassion.

— Anita ne répond pas au téléphone, dis-je. Je tombe systématiquement sur sa messagerie. Elle est peut-être allée faire un tour quelque part, peut-être qu'elle s'est sentie mieux et qu'elle est sortie. Pas vrai ?

Sverre planta ses yeux dans les miens, je le trouvai calme tout à coup. Il se pencha vers moi, comme pour me faire des révélations confidentielles.

— Vous n'avez pas arrêté les recherches parce que vous croyez qu'elles étaient là-dedans, hein ?

— Roe.

— Non, protestai-je. Reste pas assis ici à me dire "Roe". Perds pas de temps à parler avec moi, je veux que tu ressortes chercher ma fille et ma petite-fille. – Je tendis aussitôt un bras pour lui montrer ce que je pensais du fait que tous ces policiers soient rassemblés là, dehors, au lieu d'essayer de les retrouver. – Je veux plus entendre un seul mot de ta part. Pas un seul mot tant que vous les aurez pas retrouvées !

— Roe, écoute… – Sverre me prit par le bras, me regarda droit dans les yeux. – On a trouvé des restes.

— Des restes ?

Je sentis mon visage s'embraser. J'aurais voulu m'en aller, je ne voulais pas l'écouter, mais Sverre me retint.

— On a trouvé les restes carbonisés d'une personne adulte à l'intérieur. Il semblerait que ce soit une femme. Elle serre dans ses bras un bébé.

Des restes. Des restes humains. Une maison-araignée noir charbon avec les pattes pointant vers le ciel. J'avais déjà vu de tels restes. Des corps carbonisés aux dents dénudées et aux orbites vides, ou des squelettes gisant dans une pièce noire de suie. Je ne connaissais que trop bien l'odeur de la chair humaine calcinée. J'eus la nausée à cette seule pensée.

— Vous vous trompez.

Sverre secoua la tête.

— Non, Sverre. On ne se trompe pas.

MARIAM

Ålesund
Mercredi 23 août 2017

Lorsque j'arrive en haut de l'escalier, elle se tient là, dans l'embrasure de la porte. Avec ses ongles longs vernis de rouge et sa robe à fleurs bleues. La peau de ses jambes commence à montrer des signes de vieillesse. Ses cheveux courts, d'un châtain artificiel, n'arrangent en rien les choses. Quand elle était plus jeune, elle était naturellement blonde, comme moi.

— Laisse-moi te regarder, dit-elle en me prenant par les épaules. Je t'ai vue aux infos. Tu es devenue une adulte, une vraie dame. Moi qui croyais que tu te mettrais jamais au maquillage.

Je me débats pour m'arracher à ses mains, comme une adolescente.

— Alors comme ça, on serre même pas sa mère dans ses bras ?

Les effluves de son parfum *duty-free* parviennent jusqu'à moi.

— Je vais pas rester longtemps, je lâche.

Elle recule et m'invite à entrer dans l'appartement. Le mur du couloir est décoré de lettres adhésives : *Home is where the heart is*. C'est nouveau. Quand j'habitais ici, la plupart des murs étaient nus, il y avait juste un miroir et quelques posters. Ce texte est un pur mensonge. Il n'y a pas de cœur dans ce foyer.

— Il faut que je parle à Patrick, dis-je.

Elle sourit d'un air qui me déplaît.

— Patrick ? Ça fait un bail que je l'ai pas vu, répond-elle. Il a déménagé en… ça fait quoi, deux ans ? Il avait plus envie de fêter Noël avec sa mère.

— Ce que je peux parfaitement comprendre. Il habite où, maintenant ?

Elle rajuste une mèche de cheveux avec ses ongles longs.

— Je crois bien que j'ai son adresse quelque part. Elle me fait signe de la suivre. Je retire mes chaussures avant d'entrer dans le séjour, qui a été refait à neuf avec des meubles dans des tons crème. Je reconnais juste les angles de la pièce, leur souvenir est resté ancré dans ma mémoire. Je m'assois dans le canapé, tandis qu'elle ouvre un tiroir et commence à fouiller dans ses papiers.

— Tu n'es pas passée le voir depuis qu'il s'est installé ? je demande.

— Juste une fois, c'était juste après son emménagement. Il veut plus avoir le moindre rapport avec moi, il prétend que j'ai gâché sa vie.

— Il s'isole ? Il a des amis ?

Elle revient vers moi avec un petit répertoire qu'elle pose sur la table basse en verre, devant moi.

— Qu'est-ce que j'en sais ? répond-elle. Vous avez décidé de couper les ponts avec votre mère, tous les deux. J'en déduis que vous vous en sortez très bien sans moi.

Je soupire.

— Ça fait un bout de temps qu'on se débrouille sans toi.

Je feuillette le répertoire à la recherche de l'adresse de Patrick. Une fois que je l'ai trouvée, j'arrache la page. Elle s'apprête à protester, mais y renonce finalement. Elle sort son téléphone.

— Je vais l'appeler, dit-elle. Ce sera plus simple comme ça.

J'attends, tandis qu'elle tient son téléphone contre son oreille. Je suis frappée de constater qu'elle a probablement toujours prêté plus attention à ses ongles qu'à ses enfants. Elle secoue la tête.

— Il répond pas. Tu veux son numéro ?

Je note les chiffres à côté de son adresse et me lève. Puis je m'éloigne et vais ouvrir la porte de la pièce qui était notre chambre, à Patrick et à moi. Je m'attends à la retrouver telle qu'elle était quand je suis partie de la maison, mais elle a été transformée en bureau, avec un ordinateur, une armoire blanche et un canapé convertible. Dans l'angle où se trouvait mon lit à l'époque, où je restais allongée dans l'angoisse que Patrick vienne me réveiller et exige de moi quelque chose, il y a désormais un étendoir à linge où des draps blancs sont en train de sécher.

Sur le mur, au-dessus de mon lit, j'avais mis un poster. Un serpent vert enroulé autour d'une branche. Sa tête était tournée vers moi, on se regardait presque dans les yeux. Ce poster me tenait compagnie, le soir. Je l'observais, couchée dans mon lit, je faisais comme si je parlais avec lui. Et la nuit, quand Patrick voulait quelque chose de moi, ce serpent m'aidait. Je pouvais le regarder, et j'avais l'impression qu'il me souriait. Qu'il voulait me dire que la douleur passerait, comme les mauvais rêves. Qu'il prendrait soin de moi. Si je le voulais, le serpent et moi pourrions fuir ensemble. Lui son poster et moi mon corps. Et alors, nous pourrions jouer tous les deux.

Sur le mur, le poster a été remplacé par la photo d'un lilas. Elle a effacé toutes les traces.

Était-ce simplement sa faute à lui ? C'était un adolescent solitaire et bombardé d'hormones, et elle, qui aurait dû nous apprendre à devenir des humains, elle était tout le temps ailleurs. Mais si c'est lui qui a enlevé Iben, alors je ne sais pas ce que je dois faire. Dans ce cas, elle est déjà détruite, elle aussi.

Je referme la porte et retourne dans l'entrée.

— Tu étais où, vendredi dernier ? je lui demande en remettant mes chaussures.

— Quand elle a disparu ? Tu crois toujours que je…

— Réponds à ma question.

Elle lève les yeux au plafond.

— J'ai trouvé du travail sur le bac de Sulesund, au café. J'y ai passé toute la journée. Ça me rend vraiment triste que tu aies perdu ta fille. J'espère qu'ils la retrouveront, Sara.

— Je m'appelle Mariam, je marmonne en me dirigeant vers la porte.

— Oui, bien sûr.

Elle fait un pas vers moi, hésite, s'arrête. Elle a compris que je ne voulais pas qu'elle m'approche. Je suis convaincue qu'elle savait pertinemment ce qu'il se passait sous son toit. Elle a juste choisi de fermer les yeux.

— Un homme est venu ici, dit-elle, au moment où je passe devant elle. C'était avant l'été. D'ailleurs, je l'ai signalé à la police. Un type d'âge mûr. Je l'avais jamais vu. Il m'a posé des questions sur toi et m'a montré une photo. Ça a eu l'air de le contrarier que je puisse pas lui répondre. J'ai eu tellement peur que j'ai fini par lui refermer la porte au nez.

Je reste plantée devant la porte.

— Un type d'âge mûr ?

— Les épaules larges, grisonnant, grand.

Je la remercie pour le renseignement. Je me rends compte que je ne pourrais pas rester une minute de plus dans cet appartement.

ROE

Ålesund
Samedi 16 avril 2005

Je pris Ingrid dans mes bras pour la première fois depuis presque dix ans. Cette étreinte dura longtemps et me rappela que, quand nous étions mariés, nous avions malgré tout connu des moments où nous étions capables d'être un refuge l'un pour l'autre. Ses larmes mouillèrent ma chemise au niveau de la poitrine. Personnellement, je n'avais pas encore réussi à pleurer. C'était comme si l'incendie avait asséché mes canaux lacrymaux. Mes yeux me brûlaient, ils étaient secs comme un désert.

Quelques instants plus tard, Ingrid me martela la poitrine de ses poings.

— Elle t'a appelé, dit-elle en sanglotant. Elle t'a appelé, et toi, t'as pas décroché.

Tout à coup, mes genoux cessèrent de répondre. Ils se dérobèrent sous moi et je m'effondrai comme une poupée de chiffon. Birk, qui, pendant tout ce temps, était resté derrière Ingrid, se précipita et me prit par le bras pour m'aider à me relever.

— Lâche-moi, bon sang ! grondai-je.

Je m'agrippai à l'accoudoir du canapé et me hissai par mes propres moyens. Puis je m'assis. Je dus empoigner mes genoux pour les maintenir en place.

Ingrid avait la même expression livide que le jour où, alors qu'elle avait cinq ans, Anita avait été hospitalisée, mais ses traits étaient encore plus tendus. Évidemment, son mari du moment était resté dans la voiture, ce couard se tenait toujours à l'écart quand il y avait des problèmes. Comme le jour où les déménageurs avaient emporté tous les meubles d'Ingrid de ce qui avait été notre maison. Sans parler de toutes les fois où il fallait que je la voie à propos d'Anita. Il restait dans la voiture, dans une autre pièce, ou partait faire un tour. Toutes ses opinions concernant Anita, je les avais sues par l'intermédiaire de ma fille ou de mon ex-femme. Je n'avais jamais eu l'impression qu'il soutenait Ingrid, qu'il était là pour elle. Ce n'était qu'une ombre. Voilà pour quel genre de type elle m'avait quitté. C'est dire à quel point les choses allaient mal entre nous à l'époque, bien plus mal que je l'imaginais.

— Il faut que j'y aille, dit Birk en indiquant la sortie. Ils veulent me parler.

Sur ce, il partit. Ingrid se prit le visage dans les mains et se mit à pleurer de manière saccadée.

— Je n'arrive pas à y croire, dit-elle entre deux sanglots. Je n'arrive tout simplement pas à y croire.

S'il y avait une phrase que j'avais souvent entendue dans la bouche de parents de victimes de violences, de suicidés ou de criminels, c'était bien celle-là : "Je n'arrive pas à y croire." C'était une réaction normale. Les gens ne parvenaient pas à faire correspondre le drame qu'ils avaient vécu avec l'image qu'ils avaient de leur proche, plein de vie et en bonne santé. Jusque-là, je m'étais contenté de comprendre ce que cela signifiait en théorie. J'y avais déjà été confronté quand ma mère et mon père étaient décédés, mais à un degré moindre. Je n'arrivais pas à y croire. J'avais une image claire de ce à quoi ressemblait un cadavre de femme dans une maison calcinée, mais je n'arrivais pas à faire entrer ma fille dans ce scénario. Sans parler d'Aurora. La fillette avait brûlé avec sa mère. Je ne comprenais pas comment cela avait pu se produire.

— Sa voix au téléphone était tellement désespérée, dis-je. Dès que je l'ai entendue, j'ai compris qu'il était arrivé quelque chose. Ça n'a pas de sens. Si ça avait été à cause de l'incendie, elle aurait appelé les pompiers, elle serait sortie de la maison.

— Pourquoi c'est toi qu'elle a appelé ? fit Ingrid. Pourquoi pas moi ? J'arrive pas à comprendre.

Je pris une profonde inspiration et tentai de me figurer ce que cela faisait d'inhaler une fumée dense et toxique.

— Est-ce que quelqu'un lui voulait du mal ? demandai-je. Tu connais quelqu'un qui aurait pu faire une chose pareille ?

Ingrid resta bouche bée.

— Tu es en train de dire qu'il pourrait s'agir d'un homicide ? – Elle éclata de nouveau en sanglots. – Non, Roe. Je peux pas parler avec toi, je peux pas... Tu es décidément...

Soudain, j'eus l'impression de revivre une des dernières altercations que nous avions eues avant notre divorce. "Tu as plus de cœur pour les toxicos et les voleurs de voitures que tu n'en as pour moi et ta fille, m'avait-elle reproché. Tu nous accorderais bien plus d'attention si on était mortes toutes les deux et que tu étais le premier à arriver sur les lieux du drame." Après quoi elle avait fait un grand geste avec le bras et renversé le vase qui était sur la table. Il y avait eu de l'eau partout, si bien qu'on avait dû interrompre notre dispute pour éponger et passer la serpillière.

— C'est pas à toi d'enquêter là-dessus, reprit Ingrid. Tes collègues m'ont même pas encore posé la moindre question.

— Ils vont le faire, répliquai-je. Ça veut pas forcément dire que c'était un homicide, mais on ne peut pas l'exclure. Tu comprends ?

— Tu crois vraiment que c'était un meurtre ?

Je secouai la tête.

— Je ne crois rien du tout. Je te pose juste la question. Est-ce qu'il y a quelque chose que je devrais savoir ?

Ingrid essuya ses larmes dans la manche de son pull.

— Anita est venue me voir, il y a quelques jours, avec son bébé dans les bras. Elle voulait quitter Birk. Elle m'a dit qu'elle était amoureuse, qu'elle avait commencé à fréquenter un autre homme. Elle a accusé Birk de toutes les choses les plus horribles. Je lui ai dit de bien réfléchir à ce qu'elle allait faire. Birk et elle étaient bien ensemble, elle était tout pour lui.

Cela me fit mal d'entendre que Petite avait eu droit à une telle réponse de la part de sa mère. Si ma fille était venue me trouver, je lui aurais tout de suite dit de le quitter, ce Birk ne valait même pas les chaussettes qu'elle portait. Je ne croyais pas du tout que c'était pour la soutenir dans son projet d'artiste qu'il l'avait laissée s'installer chez lui et utiliser son atelier. Tout ce qu'il voulait, c'était qu'elle soit financièrement dépendante de lui.

— Elle a dit comment il s'appelait ? demandai-je. Le nouveau.

Ingrid secoua la tête. Je regardai par la fenêtre, vers la mer dans laquelle nous nous étions baignés quand elle était enfant.

— Birk était au courant pour son nouveau mec ?

Ingrid me fixa un instant. Elle mit plusieurs secondes à comprendre ce que je lui demandais. Une fois de plus, elle resta bouche bée. L'expression de son visage passa de la tristesse et l'égarement à la fureur.

— Non, tu sais quoi, Roe ? Cette fois, tu vas vraiment trop loin !

MARIAM

Ålesund
Mercredi 23 août 2017

J'entre sur le parking qui s'étend devant un bâtiment revêtu de bardage blanc et pourvu de balcons verts qui rappelle une de ces constructions de l'époque soviétique. Je serre le volant dans mes mains, tandis que j'essaie de me donner le courage nécessaire pour descendre de voiture. J'avais espéré qu'il vivrait toujours à la maison, mais me voilà une fois de plus obligée de me préparer à me lancer dans l'inconnu. Je pose la tête contre le volant et respire profondément pour refouler les souvenirs qui m'assaillent. C'est à cause de cela que j'ai décidé de partir en laissant tout derrière moi. Pour ne plus jamais le revoir.

Apparemment, c'est la première cage d'escalier. Mes jambes sont lourdes, je gravis les marches jusqu'au premier étage. Il n'y a pas de nom sur la sonnette, c'est comme si les gens cherchaient à m'éviter, où que j'aille. Un frisson traverse mon corps. Je déglutis et appuie sur le bouton, qui émet un grondement grave et sonore. Je retire ma main. J'ai envie de tourner les talons et de dévaler l'escalier, mais au lieu de ça, je me plante solidement sur mes jambes. Est-ce une preuve supplémentaire de mon amour pour ma fille, le fait que je reste sur place ?

J'entends quelqu'un marcher à l'intérieur. Il est donc chez lui, même si c'est le milieu de la journée et qu'il aurait très bien pu être au travail, à supposer qu'il en ait un. J'essaie de me préparer mentalement, mais chaque image de son visage qui me revient en mémoire me donne la nausée. Je me redresse et lève la tête, je veux paraître la plus grande possible pour qu'il comprenne que je ne suis plus sa petite sœur. La porte s'ouvre. Une femme me regarde. Elle doit bien avoir plus de cinquante ans et me sourit, dans l'expectative. C'est sans doute le genre de personne qui aime bavarder avec les démarcheurs et n'importe qui.

— Je cherche Patrick Scheie.

De l'intérieur de l'appartement me parviennent des voix, à moins que ce ne soit la télévision. La femme me regarde d'un air surpris.

— Je ne vois pas du tout qui c'est, désolée. Vous avez dû vous tromper d'adresse ?

— On m'a dit qu'il habitait ici.

Elle lève les yeux au plafond et réfléchit.

— Ça fait maintenant cinq mois que j'habite ici, dit-elle. Peut-être que c'était le précédent locataire. Je ne sais pas comment il s'appelle.

Elle me parle comme si j'étais une gosse paumée. Étonnamment, je trouve ça agréable.

— Vous avez dit qu'il s'appelait comment ?

Elle a un sourire qui me donne envie de m'installer chez elle. Je me suis déjà laissé duper par ce sentiment dans le passé. Je secoue la tête.

— Laissez tomber, je vais le retrouver.

ROE

Ålesund
Vendredi 22 avril 2005

Sverre avait gardé sa veste. Il me suivit dans le séjour et s'assit dans la chaise longue. Je n'avais pas fait de café. Depuis l'incendie, je vivais de biscottes et de boissons froides. Tout ce qui était chaud, les plaques de cuisson, les machines à café, me rendait nerveux. Il faut laisser faire le temps, avait dit mon médecin en me prescrivant des tranquillisants que je n'avais aucune intention de prendre. Tout ce que je voulais, c'étaient les deux semaines d'arrêt maladie pour me remettre sur pied, au sens propre. Pour ne plus avoir les jambes molles comme de la gelée et le cerveau en compote, et pouvoir reprendre le travail. Le seul point positif, c'était que Birk, qui avait été arrêté comme suspect et placé en garde à vue, faisait l'objet d'une enquête approfondie. Ingrid était furieuse et prétendait que c'était moi qui étais derrière tout ça, mais la vérité, c'était qu'il n'avait pas besoin de moi pour paraître coupable.

— Tu es vraiment sûr d'être prêt pour ça, Roe ? – Sverre était penché en avant sur la chaise longue, les mains jointes entre les genoux. Il avait l'air mal à l'aise. – Le chef a dit que c'était bon, du moment que tu étais conscient de ce que ça impliquait. C'est bien le cas, Roe ?

J'avais insisté, comme j'avais insisté pour la voir. Ils m'avaient tous déconseillé de voir Petite, mais j'avais insisté. Je le regrettais, à présent. L'image de sa mort s'était étendue sur les souvenirs d'elle comme un voile noir. Malgré tout, il fallait que je continue, il fallait que je sache. Je ne pouvais pas juste faire comme si elle n'était pas morte, avec tous les détails concrets que ça comportait.

— Je te dirai tout, même ce qui est censé être confidentiel, si tu estimes que c'est bien pour toi. Évidemment, tu comprends que tu devras garder ces informations pour toi, et tu sais aussi que tu ne travailleras pas sur l'affaire.

J'opinai.

Sverre soupira.

— L'incendie est parti d'une poêle avec de l'huile d'olive. À première vue, ça pourrait ressembler à un oubli, comme ça arrive régulièrement quand des jeunes gens sous l'effet de l'alcool ou des personnes âgées distraites se préparent à manger. La plaque électrique était réglée au maximum. Difficile de savoir si c'est Anita ou quelqu'un d'autre qui a fait ça.

— Et les causes du décès ?

— Anita a été retrouvée sur le sol, juste devant la porte de la cuisine. L'autopsie a révélé la présence de suie dans le pharynx, les voies respiratoires et les poumons, ainsi qu'un taux élevé de monoxyde de carbone et des traces de cyanure dans le sang. Tout ça semble indiquer qu'elle est morte à cause des fumées de l'incendie. L'examen de son corps a aussi montré qu'Anita avait été frappée derrière la tête avec un objet lourd.

Je baissai les yeux et fixai mes mains. Tout à coup, elles s'étaient mises à trembler. Je les posai sur mes genoux, espérant que Sverre n'ait rien remarqué.

— Tu dis qu'elle a été frappée à la nuque avec un objet lourd ? Dans ce cas, il ne fait aucun doute que c'est quelqu'un d'autre qui a allumé le feu.

— C'est le procédé typique utilisé par ceux qui veulent dissimuler un crime, je te l'accorde, mais on n'a pas beaucoup d'indices.

— Et Aurora ?

Il soupira.

— Pour Aurora, c'est plus compliqué. Tout ce qu'on peut affirmer, c'est qu'elle était déjà morte quand l'incendie s'est déclaré. Ils n'ont pas trouvé de suie dans ses voies respiratoires inférieures, ni de monoxyde de carbone dans son sang. Les causes de la mort ne sont pas claires, on sait juste que son corps a été soumis à une forte compression. Elle a notamment plusieurs côtes fracturées. La peau est en trop mauvais état pour qu'on puisse se prononcer sur les causes de ce traumatisme, mais le haut de son corps a été violemment écrasé. Une mort par étouffement, c'est l'hypothèse la plus plausible, en tout cas il n'y a rien qui indique une autre cause de décès. Manifestement, elle n'a pas été frappée à la tête, contrairement à Anita.

— Je comprends pas, je lâche.

— Il y a autre chose dont il faut qu'on parle, dit Sverre. On va devoir relâcher Birk. On n'a pas assez d'éléments contre lui pour le garder plus longtemps.

Je me levai et me mis à faire les cent pas.

— Ce que tu es en train de me dire, c'est qu'Anita et Aurora sont mortes, tandis que lui va être libéré et qu'il va toucher l'indemnité d'assurance de la maison ?

— Tu sais très bien comment ça marche, Roe. La porte de la maison n'était pas fermée à clé. Théoriquement, n'importe qui aurait pu entrer. On ne sait pas si l'incendie est d'origine criminelle ou accidentelle, les causes de la mort des deux cadavres qu'on a retrouvés sont différentes, tout comme les lésions qu'ils présentent. Une des hypothèses envisagées est qu'il y aurait eu deux tueurs.

— Vous avez pu vérifier l'histoire de Birk ? Selon laquelle il serait sorti promener le chien et qu'il aurait oublié son téléphone à la maison. Ça sent le mensonge à plein nez.

Sverre acquiesça.

— Je suis complètement d'accord avec toi, Roe, mais ça ne prouve rien. En plus, n'oublie pas que même si quelqu'un l'avait vu sortir de la maison juste avant l'incendie, ça prouverait pas non plus qu'il a tué l'une ou l'autre. Ce sont que des indices. La maison est totalement partie en fumée, on n'a pas beaucoup d'éléments sur lesquels s'appuyer. Bien sûr, on va continuer d'enquêter, mais pour l'instant on dispose d'aucune preuve solide.

— Dans ce cas, c'est que vous n'avez pas assez cherché !

Des taches sombres se mirent à danser devant mes yeux et, tout à coup, mes jambes flageolèrent et je m'effondrai par terre. Sverre se leva et me prit par le bras. Je le repoussai. Je me traînai sur le sol jusqu'au canapé et je me hissai dessus.

— On peut vous exposer, Ingrid et toi, à un procès qui se terminerait par l'acquittement de Birk, je sais que tu le comprends, dit Sverre. Je pense aussi que tu comprends qu'il n'a pas franchement de mobile. Pour Anita, à la rigueur, mais pourquoi s'en serait-il pris à sa propre fille ? Je crois pas que ça soit bénéfique pour toi de continuer à t'impliquer dans cette affaire. Tu as quelqu'un à qui parler ?

MARIAM

Ålesund
Mercredi 23 août 2017

Je me fais prêter un téléphone dans une boutique de chaussures du centre commercial de Moa. Je m'éloigne un peu pour ne pas que la caissière m'entende, et compose le numéro de Patrick, que m'a communiqué celle qui se considère comme ma mère. Elle n'a pas parlé à son fils depuis des mois, elle n'a pas cherché à le contacter en dehors d'un ou deux appels à ce numéro, auquel il ne répond manifestement pas. Indifférente, comme d'habitude, en d'autres termes. En ce qui la concernait, Patrick pourrait avoir été englouti par la terre, s'être noyé, avoir été tué, elle s'en moquait éperdument. Je laisse sonner jusqu'à ce que je finisse par tomber sur sa messagerie. Je raccroche, refais le numéro. Je laisse sonner à nouveau. Je n'ai pas envie de laisser un message, ce serait beaucoup trop dur. Je demanderai à Ingvar de le faire pour moi.

J'ai l'impression qu'on m'observe, mais repousse cette pensée. Je longe les rayonnages de tennis et de chaussures à talons, tandis que je réfléchis. Si ce n'était ni Patrick, ni Egil qui avait pris la clé, mais une des autres personnes qui étaient présentes à cette fête ? Je ne sais même pas combien il y en a eu en tout à passer dans le courant de la soirée. En théorie, ça pourrait être n'importe qui. Un ennemi inconnu, ou quelqu'un que je prenais pour un ami. Soudain, ça me revient. Une idée qui ne m'avait pas effleuré l'esprit jusque-là. Quelques heures avant la fête, alors que je prenais ma douche, Anita était entrée dans la salle de bains. Je ne la connaissais même pas encore, à ce moment-là, mais je ne peux pas exclure que ce soit elle qui l'ait prise. Si Egil lui avait parlé de clé et qu'il l'avait convaincue d'aller la chiper dans la salle de bains, puis de lui ouvrir la porte ? Dans ce cas, elle l'a cachée longtemps ensuite. Un frisson parcourt mon corps à la pensée qu'elle ait pu me trahir, mais ça ne tient pas debout. Anita est morte. Elle n'a pas pu déposer la clé dans l'écrin à bijoux d'Iben.

Du coin de l'œil, il me semble voir quelqu'un devant la boutique qui regarde à l'intérieur. Je me tourne vers la silhouette, persuadée, l'espace d'un instant, que j'ai été suivie, mais l'homme s'éloigne déjà. Je suis sur les nerfs, un rien suffit à m'inquiéter. Il faut que je rentre à l'appartement et que je demande à Ingvar d'appeler le numéro pour voir si Patrick lui répond.

Je rends le téléphone à la caissière et sors de la boutique. Tandis que je traverse le centre commercial en direction de la sortie, un autre frisson me secoue. La sensation qu'on m'a suivie semble se confirmer. Il s'agit d'un homme brun, barbu, qui porte une chemise grise aux manches retroussées, dévoilant ses bras couverts de poils. Il est corpulent, avec des avant-bras puissants. Je l'ai déjà vu, il y a de nombreuses années, deux fois rapidement, mais je sais très bien qui c'est. Je le connais pour l'avoir vu sur une peinture vivante. Et lui me connaît aussi de la même manière. J'envisage d'abord de détourner les yeux et de partir de mon côté, en espérant qu'il ne me suivra pas, mais je me rends compte qu'il ne peut pas me faire de mal, ici, au milieu de tous ces gens. De plus, il faudrait que je lui parle.

Je m'arrête et lui adresse un petit signe de la tête. Je vois qu'il vient vers moi, les poings serrés. Il s'arrête au moment même où je crois qu'il va passer à travers moi. Il est grand et large et a quelques poils gris dans la barbe. C'est peut-être lui qui a rendu visite à celle qui se considère comme ma mère. Peut-être qu'il me cherchait.

— Tu es Birk, dis-je. Le concubin d'Anita Krogsveen. – Birk pousse un profond soupir. – Je suis Mariam. Si tu veux qu'on se fixe dans les yeux, sache que je suis imbattable à ce jeu-là.

ROE

Ålesund
Mardi 26 avril 2005

Je me tenais juste au bord de la tombe, tout tremblant. Aurora et Anita, les deux créatures les plus ardentes et lumineuses que j'avais jamais connues, reposaient côte à côte. Déjà à moitié dévorées par les flammes, à présent la terre allait s'occuper du reste. Sverre me tenait par le bras pour éviter que je ne m'écroule. J'étais à bout de forces. Ingrid se tenait de l'autre côté de la tombe, avec son mari, semblable à une ombre, comme d'habitude. C'était sur son prétendu gendre qu'elle s'appuyait. Celui qui avait été accusé, mis en garde à vue pour le crime qui nous avait tous conduits ici. Ingrid l'avait soutenu du début à la fin.

Je n'avais pas versé une larme. Mes orbites étaient comme du papier brûlé, des plaies profondes derrière mes globes oculaires. J'essayai de voir quelque chose de positif dans l'océan de fleurs qui s'étendait devant moi, de trouver une quelconque consolation dans le fait que tant de personnes avaient souhaité témoigner leur peine à l'égard des deux défuntes, leur compassion envers ceux qui leur étaient proches, mais en vain. Tout ce que je voyais, c'étaient les orbites vides et carbonisés d'Anita, ses dents dénudées parce que ses lèvres avaient brûlé. Dans le discours qu'elle avait dit à l'église, Ingrid avait déclaré que nous devions nous souvenir d'Anita telle qu'elle était, faire comme si la vie avait vaincu la mort. Pour moi, ce n'étaient que des paroles de circonstance. Des paroles creuses.

Quand cela avait été à mon tour de parler, mes jambes avaient refusé d'obéir, si bien que j'étais resté assis. Je m'étais contenté de secouer la tête, serrant entre mes doigts, au fond de ma poche, la feuille sur laquelle j'avais noté quelques mots. Des mots que je n'avais pas osé dire. Heureusement, Birk était resté silencieux, lui aussi.

Le pasteur jeta de la terre sur les deux cercueils blancs et l'assistance entonna en sanglotant *Donne-moi la main, mon ami*, puis deux fillettes de la famille d'Ingrid s'avancèrent. Elles déposèrent chacune une rose au milieu des autres fleurs. Tout à coup, je pris conscience que je n'avais plus personne, que je n'avais plus de descendance. La lignée était rompue, et celui qui en était responsable, que ce soit Birk ou un autre, avait aussi provoqué ma propre fin. Je me demandai si c'était une pensée égoïste.

L'assistance se mit en mouvement. Les gens commencèrent à faire la queue pour, chacun leur tour, présenter leurs condoléances à Ingrid et à Birk, en leur serrant la main et en les regardant droit dans les yeux. J'aurais voulu m'en aller, mais ces mêmes gens ne tardèrent pas à se rassembler aussi autour de moi. Ils me donnèrent des poignées de main et me parlèrent d'Anita. Je ne les avais pas vus depuis une dizaine d'années, voire plus. C'étaient des amis et des membres de la famille d'Ingrid, ils fondirent sur moi et feignirent de s'intéresser à mon sort. Ils me bombardèrent de questions. Ça a dû être dur ? Tu tiens le coup ? J'acquiesçai à tout et à tout le monde et battis en retraite. Je n'avais qu'une seule envie : fuir. Mon cœur se mit à battre la chamade, des taches noires commencèrent à voiler ma vue et je me sentis fébrile. Ma poitrine se serra, l'air sembla devenir aussi visqueux que de l'argile, et je dus m'appuyer sur la personne la plus proche pour ne pas tomber. C'était Birk. Il ouvrit la bouche pour dire quelque chose, mais j'esquivai, fis quelques pas sur l'herbe et m'écroulai comme un ivrogne.

Sverre et Ingrid accoururent aussitôt. Ils me prirent chacun par un bras et tirèrent pour me relever, puis ils me conduisirent loin de la foule.

— Qu'est-ce qui s'est passé ? me demanda Sverre.

J'ouvris la bouche. J'aurais voulu dire que je n'avais aucune idée de comment j'allais pouvoir m'en remettre, que j'étais seul, mais je restai muet.

— Je pense que tu ferais mieux de rentrer chez toi, dit Ingrid.

Sa voix était prévenante, mais contenait une pointe de reproche. Elle aurait souhaité un meilleur père pour sa fille. Ça faisait des années, de nombreuses années qu'elle le pensait, je le savais, et à présent… À présent, j'étais responsable du fait qu'elle n'avait plus de fille.

— Pourquoi tu dis pas ça à Birk ?

— Parce que Birk ne vient pas de s'étaler, Roe.

— Allez, viens, dit Sverre en m'entraînant vers la voiture.

RONJA

Kristiansund
Mercredi 23 août 2017

Une fois de plus, je respire le parfum d'August, tandis qu'il visionne les vidéos de surveillance du centre commercial de Storkaia. Pas seulement devant la boutique Cubus, où l'on voit sortir Roe Olsvik, qui correspond parfaitement à l'homme qu'a décrit Robert Kirkeby – chemise grise, mâchoire carrée, épaules larges, avec un sac à la main. Il est aussi devant le supermarché, et regarde à l'intérieur comme si quelque chose avait capté son attention. Puis il quitte le centre commercial en empruntant la porte par laquelle Iben sort en courant, quelques instants plus tard.

Je me lève et me dirige vers le puzzle accroché au mur. Chaque fois que je vois l'image de ce pont qui se reflète dans l'eau, je me sens comme attirée. Peut-être est-ce la porte des enfers qui m'appelle ? À condition que ce ne soit pas l'inverse : que, sans le savoir, nous ne soyons pas aux enfers, en train de regarder vers l'extérieur. Ou peut-être que ce n'est pas comme ça, peut-être que les deux côtés se valent. Ce pont en dit beaucoup sur nous, les êtres humains. Sur comment nous nous laissons duper. Comment, parfois, nous pouvons regarder un reflet à la surface de l'eau et croire que c'est réel. Comment nous pouvons fixer une petite partie du monde et croire que nous le voyons dans son intégralité.

— Merde…, s'exclame August. C'est pour ça qu'il se comporte aussi bizarrement depuis le début de cette enquête. Il est mouillé.

À quoi le Rakotzbrücke ressemble-t-il de l'autre côté ? Peut-être qu'il y a une ombre, là-bas, qui donne au reflet un aspect différent. Peut-être que l'eau y est trouble ou qu'elle regorge de poissons.

— Il faut qu'on parle à Roe, dis-je. Il y a sûrement une explication, tu crois pas ?

— Une explication ? Il nous a caché tout ça depuis le début de l'enquête ! Pour moi, on doit le considérer comme un suspect potentiel et enquêter sur lui. On devrait même envisager de le mettre en garde à vue. Si on se contente de lui demander des explications, comme ça, sans prendre de précautions, il saura ce qu'on a découvert et ça lui donnera la possibilité de se préparer. On ferait mieux de continuer à enquêter jusqu'à ce qu'on en ait assez sur lui.

Une chose me frappe : ce qui compte, c'est moins le fait que Roe Olsvik nous ait caché quelque chose que la raison pour laquelle il l'a fait. Il est possible que cette raison le dépasse totalement. Ça pourrait expliquer pourquoi il s'est tu. De toute façon, ce n'est pas à nous, les fantassins, de prendre une telle décision. Les chefs sont là pour ça.

— On va en parler à Shahid, je conclus.

ROE

Ålesund
Lundi 2 mai 2005

Les fibres nerveuses de mon cerveau étaient en feu. Une flamme se propageait le long de mon système neuronal jusqu'en bas de ma colonne vertébrale, se diffusant ensuite jusqu'à ce que je m'embrase de l'intérieur. C'était le soleil, au-delà de la fenêtre, qui me brûlait ainsi. J'avais l'impression d'être au bord de la combustion spontanée. Sur le bureau, devant moi, il y avait les mêmes dossiers que deux semaines auparavant. Des affaires que j'avais laissées de côté, dans lesquelles j'étais censé mettre de l'ordre, me replonger. Mais c'était impossible. Je n'arrivais pas à me concentrer dans ce corps où brûlait désormais la flamme de Petite. Ce feu qui dévorait les murs et les tuiles du toit, qui se propageait jusque dans mon cerveau. Le corps de Petite semblable à un bout de charbon. Il y avait tellement de choses qui ne collaient pas : sa voix au téléphone, la poêle qui avait pris feu en pleine journée, le bébé qui semblait avoir été étouffé. Qu'est-ce que ça pouvait bien signifier ?

Je devais me lever. Aller quelque part, me remplir la tête d'autre chose. J'allai à la porte, inspirai. L'air n'était pas visqueux, pas aujourd'hui. J'ouvris la porte et sortis dans le couloir.

— Roe ! J'ai entendu dire que tu étais de retour. – Sverre vint à ma rencontre. Je distinguai l'esquisse d'un sourire à travers sa barbe. – Comment ça va ?

Je m'éclaircis la voix.

— Oh, ça va mieux. Il était temps que je me remette au boulot, avant que la boutique fasse faillite.

Sverre me donna une accolade prudente, que je ne lui rendis pas. Lui aussi me prenait dans ses bras, maintenant. Notre relation était à jamais changée.

— J'ai beaucoup pensé à toi, dit-il.

Je baissai les yeux, soudain mal à l'aise.

— J'étais en train d'aller me chercher un café.

Pourquoi n'avais-je pas été là quand elle avait eu besoin de moi ? Moi et ma tête de mule… J'avais laissé mon téléphone dans mon bureau plutôt que de le prendre avec moi, comme l'aurait fait n'importe quel adulte, parce que j'estimais que pour pouvoir me concentrer sur mon travail il fallait que je me coupe de tout le reste. Maintenant, je ne saurais jamais pourquoi elle m'avait appelé. J'étais condamné jusqu'à la fin de mes jours à entendre sa voix étouffée par les sanglots dans le message qu'elle m'avait laissé. Condamné à savoir qu'elle serait peut-être encore en vie aujourd'hui si je lui avais répondu.

Ingrid me passait souvent des coups de fil justement pour me le rappeler. *Comment est-ce que tu as pu laisser ton téléphone dans ton bureau, Roe ? Dire que tu ne lui as même pas répondu, la dernière fois qu'elle t'a appelé.* Puis elle ajoutait, sur un ton plus préoccupé : *Comment tu fais pour tenir le coup tout seul ? Tu as quelqu'un à qui parler ?*

La conversation s'interrompit lorsque je fis mon entrée dans la salle de pause. Ils me saluèrent avec une sorte de respect feutré. Je me dirigeai vers la machine à café, sentant leurs regards dans mon dos. J'avais même l'impression de pouvoir lire dans leurs pensées. *C'est plus aussi facile, maintenant, de parler avec Roe, je sais pas vraiment quoi dire, ça me paraît pas très respectueux de rire en sa présence.* Telles étaient les phrases qui se bousculaient dans leurs cerveaux. Comme si j'étais devenu une putain de statue en porcelaine. N'avais-je pas surmonté bien plus de crises que n'importe lequel d'entre eux ? Allez, vas-y, dis quelque chose !

Ils n'arrêtaient pas de jeter des regards furtifs dans ma direction. Soudain, je me mis à regretter ces moments de solitude où je gardais les yeux rivés sur le mur en face de moi, comme si je m'attendais à le voir s'enflammer. *Passez du temps avec vos proches*, m'avait dit le médecin. *Passez du temps avec vos proches. Le temps guérit toutes les plaies.* Il m'avait prescrit des médicaments que je n'avais aucune intention d'ingérer. *Passez du temps avec vos proches.* Mon meilleur ami, au cours des deux semaines passées, avait été un des murs blancs de mon appartement. J'avais eu le temps d'examiner chaque éraflure, chaque fissure dans la peinture.

J'engloutis mon café jusqu'à en tousser. J'aurais voulu partir, mais pour aller où ? Anita, le bébé, il devait y avoir des pistes que je n'avais pas encore suivies, il devait bien exister des réponses. Avaient-ils cherché à identifier son nouveau petit ami ? Il fallait que je leur pose la question. Ils me répondraient sûrement si je le leur demandais. En même temps, je n'étais pas certain d'en être capable. Je risquais d'exploser en mille morceaux.

— Les gars. – Sverre apparut dans l'embrasure de la porte. Son visage était rouge écarlate. – Il s'est passé quelque chose. On a besoin de vous tout de suite.

Je posai ma tasse dans l'évier et me précipitai pour le rejoindre en me faufilant entre plusieurs collègues.

— De quoi il s'agit ? lui demandai-je.

— Tu te sens déjà prêt à te confronter à un autre cadavre, Roe ?

— Løvenvoldgata. L'appartement de David Lorentzen. Sa mère nous a appelés. Il était prévu que son fils passe la voir, mais il n'est jamais venu. Alors elle s'est rendue chez lui, elle a ouvert avec sa clé et a découvert le cadavre d'un homme.

Derrière nous, le groupe fut pris d'une soudaine agitation. Un cadavre. Ils voulurent savoir qui c'était. S'il s'agissait d'un homicide. Sverre l'ignorait. Une fois arrivé à la voiture, je pris le volant, regardai dans le rétroviseur, appuyai sur l'accélérateur, fis une brusque marche arrière et tournai. Le sang pulsait dans mes veines.

— Tu es vraiment sûr, Roe ?

Il pulsait et martelait. Le sang derrière mes globes oculaires, dans ma gorge.

— Vous deviez pas mettre Lorentzen sous surveillance, ces dernières semaines ? Qu'est-ce qui s'est passé ?

— On a eu d'autres priorités.

Ma connaissance du milieu pourrait se révéler précieuse dans cette affaire. J'avais la possibilité de penser à autre chose, de participer, de me rendre utile. Je bifurquai dans Løvenvoldgata et pilai juste derrière la voiture de patrouille qui se trouvait déjà sur place. Sur le coup, ma ceinture de sécurité refusa de se décrocher et je restai bloqué, comme ma respiration. Après m'être libéré, je me précipitai hors de la voiture, en direction du bâtiment. Je grimpai au pas de course jusqu'au premier étage, en m'imaginant que je volais au secours de Petite, ce que je n'avais pas fait quand j'en avais eu l'occasion, je voulais courir pour elle, pour me rattraper. Je m'arrêtai devant la porte où un agent montait la garde. J'enfilai des protège-chaussures en plastique et une combinaison à capuche. Je respirais lourdement. L'agent s'écarta pour me laisser passer. Un trépied avait été disposé pour permettre de photographier une empreinte de pas dans l'entrée. Une odeur flottait dans l'air, la même que quand Ingrid et moi étions partis en vacances, des années plus tôt, avant la naissance d'Anita, et que nous avions découvert à notre retour que notre congélateur était tombé en panne. Il y avait de l'eau partout sur le sol, de l'eau, de l'eau et du sang, et une odeur infecte de viande putréfiée. Je saisis le bras de l'homme qui était en train de prendre des clichés de l'empreinte.

— Le cadavre, dis-je.

Il sursauta et je vis mon reflet dans le miroir du couloir, derrière lui, imposant comme un ours. Je lâchai son bras et fis un pas en arrière. J'avais cédé au stress, je m'étais mis en mode crise, pourtant il ne s'agissait pas là d'Anita ou d'Aurora, mais d'une tout autre personne.

— Il est à côté.

Je pris une profonde inspiration. J'avançai en slalomant entre les taches et les autres empreintes potentielles qui couvraient le sol en me concentrant sur ma respiration. *Inspirez par le nez et expirez par la bouche*, m'avait dit le médecin, *ou vous pouvez aussi respirer dans un sac plastique*. Après avoir franchi la porte, je suivis l'odeur et vis le cadavre d'un homme adulte dans un lit, baignant dans ses propres fluides de décomposition. La peau de son visage et de son corps était grisâtre et gonflée. Sa bouche était ouverte et semblait pleine de larves. J'inspirai. J'inspirai une nouvelle fois, mais l'air était comme de l'argile fétide dont ma bouche se remplit. J'ouvris la bouche. Une argile chaude et puante qui me brûlait les poumons. J'essayai d'inspirer à nouveau, mais tout ce que je sentis, ce fut un nœud dur et ardent dans ma poitrine. L'air n'arrivait plus à passer. J'ouvris la bouche en grand, au maximum, mais aucun air, rien que de l'argile, lourde et dure. Puis ce fut le noir.

RONJA

Kristiansund
Mercredi 23 août 2017

Shahid désigne deux chaises à barreaux dans son bureau exigu. On ne peut pas dire que les chefs nagent dans le luxe dans notre branche. Au-dessus de son bureau est accrochée une photo de sa femme et de leur fille adolescente. Cette affaire doit être particulièrement éprouvante pour lui. Il a toujours une attitude très professionnelle et distante vis-à-vis des affaires, mais j'imagine que, depuis quelques jours, il doit serrer sa petite famille dans ses bras un peu plus longtemps que d'habitude quand il rentre chez lui, le soir.

Le chef reste muet et se contente d'attendre que l'un de nous prenne la parole. L'autorité qu'il dégage paraît si naturelle, en rien artificielle. C'est moi qui, gênée par ce silence inconfortable, finis par céder. Je me mets à parler, dans un flot de paroles confuses, du témoin qui a vu un homme avec un sac Cubus et des vidéos de surveillance du centre commercial de Storkaia. Shahid m'écoute avec un scepticisme évident, je le remarque tout de suite, mais il est trop tard pour s'arrêter, trop tard pour faire marche arrière.

Je regarde August, qui m'adresse un hochement de tête d'encouragement, ce qui me fait me sentir comme une gamine. Je parle sans reprendre mon souffle, je sens que j'ai les joues qui chauffent et les mains moites. L'autorité de notre chef me donne l'impression d'être une fillette qui cherche à expliquer quelque chose à son enseignant. Mes mots ne me semblent guère convaincants, mon discours sonne mal. Il est maladroit et confus, sans queue ni tête. Je commence à analyser tout cela en même temps que je parle. Je perds le fil, mais je suis lancée. Aussi, je me force à aller jusqu'au bout. Puis je souffle.

Ce n'est qu'à ce moment-là que j'entends la mouche qui se cogne obstinément contre la fenêtre. Shahid se renverse contre le dossier de son fauteuil et croise ses mains derrière sa tête. Il prend le temps de bien réfléchir à ce que j'ai dit, soupèse chacun de mes mots avec gravité. S'il y a une chose dans laquelle je ne me reconnais pas encore, c'est cette gravité qui semble survenir autour de la trentaine et qui vous fait paraître vraiment adulte.

— C'est sûrement un malentendu, vous verrez, dit Shahid. Je pense quand même qu'il faudra préciser dans le rapport que Roe était dans le centre commercial. Mais il s'agit sans doute d'un simple oubli. Ou alors il s'est dit que c'était pas important.

C'est un soulagement. Le chef est d'accord avec moi, c'est-à-dire avec ce que je pensais au début, avant de me laisser convaincre par August. Shahid a raison, il s'agit certainement d'un simple oubli. Après tout, qu'est-ce qu'on en sait ?

— Il n'a pas simplement oublié qu'il apparaissait sur les vidéos de surveillance, intervient August. Quelqu'un l'a aussi vu parler à Iben avant qu'elle disparaisse.

Shahid fronce les sourcils.

— On est bien d'accord pour dire que ce témoin oculaire n'est pas fiable à cent pour cent ?

Il nous regarde chacun notre tour. J'acquiesce.

— Vous avez demandé à Roe ? ajoute-t-il. Je suis sûr qu'il y a une explication.

— On a préféré t'en parler avant, dit August. Parce qu'il y a quelque chose qui ne colle pas. Il y a plusieurs détails qui nous chiffonnent. On dirait que Roe est impliqué dans cette affaire d'une façon ou d'une autre. Qu'il en sait plus que nous et qu'il nous cache des choses.

— Ce sont des accusations graves.

— Tout ce qu'on demande, c'est l'autorisation d'enquêter là-dessus d'un peu plus près, dit August.

— Eh bien, demande rejetée. L'affaire Iben Lind est bien

trop sérieuse pour qu'on gaspille du temps avec des absurdités pareilles. Comme je l'ai déjà dit, je suis convaincu qu'il y a une explication à tout ça. Si vous voulez, je peux appeler Roe tout de suite et lui poser la question. Il a pris sa journée, il se sentait pas très bien, mais je suppose que ça le dérangera pas si je lui passe un coup de fil.

— Si tu fais ça, il sera prévenu, je lâche.

Shahid me regarde, stupéfait.

— Roe n'est pas un criminel. C'est un collègue. Je vais lui téléphoner, comme ça l'affaire sera réglée.

Mon visage s'embrase. Je me tourne vers August. Je me sens tellement stupide. Je ne sais pas pourquoi je devrais être d'accord avec lui, alors qu'en réalité je ne le suis pas.

August regarde Shahid et opine.

— Laisse tomber, dit-il. Je peux l'appeler moi-même.

Le chef nous sonde tour à tour. Je réprime un soupir et hoche la tête d'un air déterminé.

— Parfait. Alors l'affaire est close, pas vrai ?

Nous acquiesçons tous les deux, comme des petits écoliers dociles.

— À propos, ajoute Shahid, alors que nous nous apprêtons à sortir. Quand Roe a appelé pour me prévenir qu'il était malade, il m'a dit autre chose. Il soupçonne que Mariam Lind n'est pas chez elle en ce moment, contrairement à ce qu'affirme son mari. Vous pourriez vérifier ? Le plus discrètement possible.

De retour dans mon bureau, je referme la porte derrière nous et je regarde August. Je me sens soulagée, d'une certaine manière. Appeler Roe et lui donner la possibilité de s'expliquer me semble être la meilleure chose à faire. Ce n'est certainement qu'un simple malentendu.

— Plutôt que de l'appeler, on ferait peut-être mieux de passer chez lui ? dis-je. Je t'accompagne volontiers.

August pose une main sur sa hanche et sourit.

— Je n'ai pas l'intention de faire l'un ou l'autre. Je voulais juste éviter que le chef lui parle. Il faut qu'on réfléchisse à un plan.

MARIAM

Ålesund
Mercredi 23 août 2017

Il est encore tôt et dans le café il n'y a que des mamans avec des poussettes et quelques âmes solitaires. Birk s'installe à une table au fond du local, tandis que je vais à la caisse. Il ne veut rien, juste des réponses. À peine ai-je posé ma tasse sur la table et pris place en face de lui que les questions commencent à fuser entre ses mâchoires serrées.

— Qu'est-ce qui s'est passé, ce jour-là ? m'interroge-t-il. T'as fait quoi ?

Quelque chose se tend au fond de ma gorge. Certes, je suis habituée à mentir, certes, je n'ai pratiquement rien fait d'autre ces douze dernières années, mais cette fois, c'est plus dur. Certains mensonges sont plus difficiles que d'autres.

— On était ensemble, Anita et moi, dis-je. Elle voulait te quitter pour être avec moi. À part ça, j'ai rien fait. Je les ai pas vues, ce jour-là, et j'ignore ce qui s'est passé. – Je déglutis et agrippe ma tasse. – J'étais déjà partie. Je savais que ça marcherait pas entre elle et moi, et j'avais déjà assez de problèmes comme ça.

— Qu'est-ce qui est arrivé à Aurora ?

Sa barbe noire le fait ressembler à un homme des cavernes ombrageux.

Je cache mes mains sous la table pour qu'il ne voie pas que je tremble. Je me suis entraînée pendant douze ans au cas où quelqu'un me poserait ces questions. Je secoue lentement la tête.

— Je suis désolée. J'aurais aimé le savoir. Je savais même pas qu'elles étaient mortes jusqu'à ce que je tombe sur une photo de la maison dans le journal. – Je ménage une pause et m'éclaircis la voix. – Pour être honnête, j'ai cru que c'était toi qui avais fait ça. D'ailleurs, ils t'ont placé en garde à vue. J'ai suivi l'affaire. La police pensait que c'était lui. Il était évident que quelqu'un avait cherché à dissimuler les traces de son crime, et puis dans ce genre d'affaires, c'est toujours le mari le coupable, pas vrai ? D'après ce que j'ai lu, ils l'avaient relâché parce qu'ils manquaient de preuves. Et si, d'une manière ou d'une autre, il avait découvert qui j'étais et où j'habitais ? S'il était convaincu que j'étais derrière tout ça et qu'il avait décidé de se venger ? Est-ce qu'il aurait pu enlever ma fille comme je lui avais enlevé Aurora ? Ça peut paraître dingue, mais certaines personnes ont déjà fait des choses encore plus folles. Moi, par exemple.

— Quand est-ce que tu as su, pour moi, Birk ?

Il lève à nouveau le regard.

— J'ai vu ta photo partout. Dans les journaux, à la télé, avec celle de ta fille. J'ai vu ta photo et il m'a semblé que tu avais quelque chose de sacrément familier. J'ai mis pas mal de temps à comprendre, que j'avais vu ton visage sur un des tableaux d'Anita. Un de ses derniers. C'est là que j'ai compris que c'était toi qui avais tué Aurora, et que maintenant tu avais aussi tué ta propre fille. J'ai déjà tout dit à la police. Je connais un flic à Kristiansund, alors je lui ai aussitôt passé un coup de fil. J'ai vraiment été étonné qu'ils t'aient pas arrêtée. Et voilà que tu débarques ici.

Je secoue la tête.

— Je lui ai rien fait, dis-je. Je suis persuadée qu'Iben est vivante. Je vais la retrouver.

Être persuadée, c'est exactement ce dont j'ai besoin.

Il soupire.

— Après l'incendie, j'étais tellement en colère qu'ils perdent du temps à m'arrêter au lieu d'essayer de découvrir ce qui s'était réellement passé, qui était ce putain d'amant. J'étais sûr qu'elle en avait un, et ça ne pouvait être que lui le responsable de tout ça. Et apparemment, cet amant était en fait une maîtresse.

— Ça te donnait justement un mobile pour enlever ma fille, dis-je. Si tu croyais que j'avais tué la tienne.

Ma voix commence à se briser.

Il me regarde avec cette obscurité profonde dans les yeux.

— Je sais ce que tu as fait à Anita, je poursuis. J'ai vu ses marques.

Il bat des paupières un peu trop lentement, assez pour que je comprenne qu'il réfléchit. Je ne suis pas la seule à avoir quelque chose à cacher.

— J'étais en mer quand ta fille a disparu, déclare-t-il. Je suis rentré vendredi dans la soirée.

Je porte ma tasse à mes lèvres et bois une grande gorgée de café. Je repense à l'époque où Iben avait le même âge qu'Aurora quand elle est morte. Je me souviens que je la tenais tout le temps dans mes bras, que je la berçais pour qu'elle s'endorme et que je la serrais contre moi. Je me disais que si elle arrivait à vivre un jour de plus qu'Aurora, tout irait bien. Quelle idée stupide. Le drame courait déjà dans mon sang, il était inscrit dans mon ADN et dans celui d'Iben.

— C'est bizarre, dit Birk, qu'ils n'aient pas tenu compte du tuyau que je leur ai donné. Tu es sûre que personne t'a jamais posé de questions à propos d'Anita et Aurora ?

ROE

Ålesund
Mardi 1er décembre 2009

Des flocons blancs passaient devant la fenêtre. Les premières neiges de l'hiver. Je m'assis dans le canapé, pris le flacon d'antidépresseurs, la carafe d'eau et avalai deux gélules. Je n'aurais pas dû les prendre. Elles brouillaient mon esprit, me ralentissaient, me faisaient oublier certaines choses, me rendaient toute réflexion laborieuse. Mais si je ne les avais pas prises, je n'aurais pas pu ingérer d'eau ou de nourriture ce jour-là, ni inspirer de l'air. *C'est juste provisoire*, avait dit le médecin, *il faut que vous laissiez faire le temps, que vous profitiez de vos proches*. Avec mon mur blanc le plus proche. J'en connaissais le moindre trou de punaise, la moindre cloque dans la peinture. Autour de moi, la poussière s'accumulait dans les angles de la pièce, les plantes qui autrefois avaient été si vertes n'étaient plus que des cadavres depuis longtemps, avec leurs feuilles éparpillées à leurs pieds, dans les pots. Ça faisait déjà quatre ans que je laissais faire le temps.

Les premières neiges. Bientôt, ce serait Noël, et cette année comme l'année dernière, je serais seul dans mon canapé à me dire : "Plus que quelques heures et je pourrai éteindre la télé." Petite était morte. Aurora était morte. Ce n'était pas une bonne chose que ces gélules m'empêchent de le ressentir avec plus d'intensité. J'aurais pu rester assis comme ça et me dire : "Petite est morte, Aurora est morte, je suis mort." Je n'éprouvais rien. Je n'aurais pas dû prendre ces gélules. J'aurais dû faire en sorte d'avoir les idées claires afin de découvrir ce qui était arrivé à Petite. Le responsable de tout ça devait bien avoir laissé des traces. Si c'était Birk, il devait y avoir des preuves. Ils n'avaient pas assez bien cherché, et avec le temps, les indices seraient plus difficiles à trouver. Peut-être même qu'ils disparaîtraient complètement. *Laissez faire le temps.*

J'allai jeter un coup d'œil dans le réfrigérateur. Il n'y avait rien, à part un fromage moisi, une plaquette de beurre et une bière Munkholm. Je soupirai et jetai le fromage à la poubelle. *Un jour à la fois*, avait dit le médecin, *chaque jour, écrivez une liste de ce que vous allez faire*. Aujourd'hui, j'avais prévu d'aller acheter quelque chose à manger. J'aurais pu me préparer un vrai repas. Je cuisinais souvent à l'époque où on habitait ensemble, Ingrid et moi. C'est ce que j'aurais dû faire. J'aurais dû utiliser la poêle et constater que tout se passait bien.

Mon manteau était accroché dans l'armoire, entre mon costume et un blazer que je n'avais jamais porté. Soudain, j'eus l'idée de glisser la main dans la poche de ma veste de costume. J'en tirai la carte d'invitation de l'enterrement d'Anita et Aurora. Ce jour-là, dans son discours, Ingrid avait déclaré, en serrant une feuille dans ses mains, que nous avions perdu une fille et une petite-fille, mais que nous devions nous efforcer de penser aux bons moments que nous avions vécus ensemble. Ingrid... Toujours aussi positive. Je plongeai la main dans l'autre poche, mais la feuille sur laquelle j'avais noté les grands points du discours que je n'avais jamais tenu avait disparu.

J'enfilai mon manteau, mon bonnet et mes gants et sortis sous la neige. Ces derniers temps, j'avais souvent pensé qu'il devrait être possible que je m'en remette. Recommencer à vivre en sachant qu'il y avait dans le monde un grand trou noir qui était une maison réduite en cendres. J'avais bien réussi à vivre sans Petite auparavant. Je n'avais pas eu beaucoup de contacts avec elle depuis qu'elle était adulte. Je lui avais rendu visite une seule fois après son accouchement. Quant à Aurora, je ne la connaissais pour ainsi dire pas du tout. C'étaient les comprimés qui parlaient quand je raisonnais ainsi, que je me disais que l'on pouvait perdre une fille et une petite-fille et continuer de vivre quand même. Mais je ne pouvais pas être policier et en même temps me gaver de gélules. *Laissez faire le temps.* Trois après-midis par semaine aux archives, à trier de vieilles affaires pour ne pas perdre mon travail. En espérant que personne ne me voie entrer ou sortir et décide de venir me parler. En espérant que personne ne me regarde dans les yeux. En général, ils m'évitaient, de toute façon. *Prends tout le temps qu'il te faudra*, m'avait dit mon chef. Un ex-flic devenu zombie se promenait sous la neige.

Dans la supérette du quartier, personne ne me connaissait, même si je faisais mes courses là-bas depuis des années. J'y croisais toujours de nouveaux jeunes visages, probablement parce que c'était un endroit où on n'avait pas envie de travailler très longtemps. Je m'arrêtai face aux rayons, essayant de me souvenir de quels ingrédients on avait besoin pour cuisiner une sauce brune, s'il fallait juste de la farine, du beurre et du sel ou bien encore autre chose ? C'était comme si mes souvenirs liés à la cuisine avaient fini dans un carton au fond d'un placard quelque part dans mon cerveau. Soudain, je me souvins que j'aurais besoin de bouillon. J'allai à la caisse, pris deux plaquettes de chocolat et observai le tapis roulant, tandis que le caissier enregistrait les articles. Je baissai les yeux sur mon portefeuille et en tirai ma carte de crédit pour payer. Le type de la caisse remplit mon sac de courses à ma place, je le remerciai sans lever les yeux.

— Bonjour, dit une voix provenant d'une silhouette qui se tenait du côté de la porte.

Convaincu que l'inconnu s'adressait à quelqu'un d'autre, je m'en allai avec mes courses. Tout à coup, je sentis une main sur mon épaule. C'était un jeune homme. La vingtaine, les cheveux mi-longs, avec une veste en cuir.

— Bonjour, dis-je, décidé à poursuivre ma route.

— Vous me reconnaissez pas ?

Je secouai la tête avec impatience en passant devant lui et sortis dans la rue.

— Vous êtes policier, pas vrai ?

Je me retournai et le regardai.

— Vous m'avez arrêté, un jour, c'était il y a un paquet d'années. J'oublierai jamais votre visage.

Le visage étroit, le front bas, des sourcils qui se rejoignaient presque. Ses cheveux blonds étaient coupés court quand je l'avais arrêté.

— Je vous avais interpellé pour agression et cambriolage, dis-je. C'était votre père que vous aviez volé, c'est bien ça ?

— J'espérais bien vous recroiser un jour. Vous m'avez bien traité cette fois-là, j'ai beaucoup apprécié, vous comprenez ? D'habitude, vos collègues se comportent pas comme ça avec moi.

— Merci, lui dis-je. Vous trafiquiez avec David Lorentzen, n'est-ce pas ?

Il alluma une cigarette devant la supérette, sans répondre à ma question.

— J'ai entendu dire qu'on l'avait tué, dit-il à la place. Ils m'ont convoqué pour m'interroger, mais j'avais aucune info à leur donner. Vous avez fini par arrêter le coupable ?

— J'en sais rien, répondis-je. J'étais en arrêt maladie.

Il s'approcha de moi.

— Le prenez pas mal, mais… vous avez les pupilles dilatées.

Je baissai les yeux.

— C'est à cause d'un médicament que je prends.

— Angoisse ? – J'acquiesçai. – C'est juste temporaire, pas vrai ?

— Temporaire depuis quatre ans.

Il tira une longue bouffée et souffla la fumée par un coin de sa bouche.

— Sérieusement, dit-il. Ça fait beaucoup. Plus ce sera long, plus vous aurez de mal à arrêter. Ma mère a été accro pendant des années. – Il me tendit la main. – Vous vouliez qu'on se présente, la dernière fois, mais j'étais pas trop d'accord. Vous voulez bien me donner une seconde chance ?

Je pris sa main et la serrai vigoureusement.

— Bonjour. Moi, c'est Roe.

— Egil Brynseth, dit-il. Ravi de vous rencontrer.

RONJA

Kristiansund
Mercredi 23 août 2017

La porte s'ouvre et l'infirmière et Robert Kirkeby entrent dans la pièce. Comme la fois précédente, il garde la tête baissée et ne nous regarde pas non plus en face, mais nous surveille vaguement du coin de l'œil en scrutant en même temps la pièce. Il s'assied exactement au même endroit que la dernière fois et commence à parler tout seul à voix basse.

— Bonjour, Robert, dis-je. – Il nous lance un regard effrayé, d'abord à moi, puis à August, après quoi il se remet à fixer la table. – Vous nous avez bien aidés, la dernière fois que je suis venue, mais je vais de nouveau avoir besoin de vous. J'ai quelques photos à vous montrer. Je me demandais si vous pourriez reconnaître certaines de ces personnes. Vous croyez pouvoir le faire, Robert ?

Plusieurs secondes s'écoulent. Kirkeby, les yeux baissés, murmure dans son coin.

— Iben Lind, Iben Lind, Iben Lind, répète-t-il en boucle.

J'acquiesce.

— Exactement. Ça concerne Iben Lind. J'aurais voulu savoir si un de ces hommes était celui que vous avez vu avec Iben, vendredi.

J'étale les photos sur la table. Six visages différents, je les dispose de manière à ce qu'il les ait toutes sous les yeux. Ça ne me semble pas très correct d'agir derrière le dos de notre chef et de Roe, comme nous sommes en train de le faire. Autant que je sache, Roe pourrait avoir une bonne raison d'avoir omis de nous signaler qu'il avait été filmé par les caméras de surveillance du centre commercial de Storkaia, mais August a insisté pour qu'on parle d'abord au témoin. Alors nous voilà ici, et tout ce que nous espérons, c'est que nous obtiendrons des réponses sensées.

— Iben Lind, Iben Lind, Iben Lind, marmonne Robert Kirkeby en continu. Tout le monde les croit, tout le monde les croit, ils te mentent sans vergogne. Ils sont là et parlent avec des enfants, la police est d'accord, la police est infiltrée, prenez Tom Cruise par exemple, il sort d'où tout son argent ? Je suis pas aveugle, moi.

L'infirmière se penche en avant.

— Ces policiers sont juste venus parce qu'ils ont besoin que tu les aides, Robert. Est-ce que tu reconnais un des hommes sur ces photos ?

Robert se penche tellement qu'il a presque le nez dans les photos disposées sur la table.

— Il parle avec Iben Lind, dit-il. Il parle avec Iben Lind, il se dispute avec elle, il lui parle et elle disparaît.

Je retiens mon souffle.

— Oui, dit calmement l'infirmière. Est-ce que c'est un de ces hommes que tu as vu parler avec Iben Lind ?

Robert commence à se balancer d'avant en arrière avec tout le haut de son corps. Il se racle plusieurs fois la gorge. Puis il se fige, baisse les yeux et crache un graillon long et visqueux qui atterrit tout en contrôle sur la table devant lui. Sur ce, il se renverse contre le dossier de sa chaise. August et moi nous penchons simultanément sur la table. L'unique photo à avoir été touchée par l'énorme crachat de Kirkeby est celle de Roe Olsvik.

— Ça tiendra jamais devant un tribunal, dit August une fois que nous sommes dehors.

Un rayon de soleil perce enfin la couche de nuages gris. Mon estomac se noue. Devant un tribunal ?

— Peut-être qu'on devrait aller parler à Roe, maintenant ? je suggère timidement.

August me dévisage d'un air stupéfait.

— Tu voudrais qu'on aille parler à Roe, maintenant que le témoin l'a identifié ?

Quelque chose apparaît sur son visage. Une autorité justifiée par le fait qu'il a déjà des années d'expérience, alors que je ne suis qu'une misérable débutante. Comment pourrais-je savoir ce qui doit être fait ? Peut-être que je me suis juste laissé influencer par notre chef. En *brave fille* que je suis. Pourtant, c'est bien ce que je suis supposée faire, écouter mon chef.

— Il va falloir qu'on passe des coups de fil, dit August après que nous nous sommes assis dans la voiture. À des gens d'Ålesund, des gens qui connaissent Roe. Il faut qu'on découvre ce qu'il a à voir avec cette affaire.

Ce qu'il a à voir avec cette affaire. C'est justement ce qu'on aurait pu demander à Roe.

— Tu es sûr qu'on ferait pas mieux d'aller le trouver et lui poser directement la question ?

August paraît d'abord offensé, puis il me sourit.

— Appelle Birte, dit-il. Demande-lui ce qu'elle en pense.

ROE

Ålesund
Mardi 5 juin 2012

Ce n'était pas vrai que le temps, autour de moi, s'écoulait. Le temps filait. Il filait à la vitesse du son, tandis que j'étais assis là, comme pétrifié. Je fixai le mur blanc et voyais la peinture se dégrader, des petites écailles immaculées tomber sur le parquet stratifié. J'avais laissé filer ainsi le temps pendant des heures, des jours, des semaines, des mois, des années. J'étais devenu comme un personnage dans une boule à neige, dans laquelle les flocons auraient été des écailles de peinture. On aurait pu croire que quelque dieu malveillant s'amusait à secouer cette maudite boule en se tordant de rire.

J'avais la tête trop pleine. Chaque fois que j'essayais de dormir, j'étais assailli de souvenirs. Ça faisait plusieurs semaines que j'avais jeté dans les toilettes les gélules qui les avaient maintenus à distance jusque-là. J'allais bientôt avoir cinquante ans, et j'avais prévu de fêter mon anniversaire en silence, débarrassé de cette merde. Je savais que j'aurais au moins dû tenter de dormir avant qu'Egil vienne, mais je n'avais pas pu m'y résoudre. Derrière mes paupières, je voyais les restes carbonisés d'Anita. Je savais aussi que j'aurais dû m'occuper de la vaisselle qui était entassée dans mon évier, mais j'étais resté assis là, le regard fixe. Egil allait bientôt arriver. C'était un des seuls capables de me secouer, de me pousser à agir : "Vas-y, fais-le, Roe, ça te fera du bien." Exactement. Un parent, voilà ce dont j'avais besoin. Moi qui étais un père, un grand-père… Je me pris la tête entre les mains.

Notre dernière rencontre s'était très bien passée. On s'était vus plusieurs fois dans un café, nous avions parlé de nos vies, et ça m'avait paru si simple, tout à coup, à la lumière de ce qu'avait vécu ce garçon qui était parvenu à se reprendre en main. La dernière fois, il s'était mis à parler de sa famille, il m'avait raconté que quand il était petit, son père était tout le temps soûl, comme sa mère. Quand ils étaient en dehors de chez eux, tout n'était question que de statut et d'argent, mais entre les murs de leur maison, il n'y avait que de la solitude. Il se rappelait ce que ça faisait d'avoir l'impression d'être oublié par son père et par sa mère, qui étaient entièrement accaparés par leurs propres vies. Il se souvenait qu'un jour il s'était caché pour voir combien de temps ils mettraient pour le retrouver. En grandissant, il était tombé dans le même piège qu'eux, il avait commencé à boire de plus en plus et à délaisser l'école. Il m'avait dit qu'il avait rendu son père responsable de chaque goutte qu'il buvait. Mais quand celui-ci s'était mis à le menacer de lui couper les vivres, c'était là qu'il avait commencé à planifier sa vengeance.

Lorsque la sonnette retentit enfin, je me rendis compte que je n'avais rien à lui offrir. Pas même une tasse de café en poudre. L'espace d'un instant, j'envisageai de rester assis à ma place et de ne pas aller ouvrir la porte, de remettre cette visite à une prochaine fois. Puis Egil sonna à nouveau, et je me souvins qu'il m'avait dit qu'il n'était pas habitué à ce que quelqu'un de mon âge le traite aussi bien. Que ça signifiait beaucoup pour lui. Alors, je finis par me lever et allai ouvrir la porte.

Egil me donna une poignée de main énergique et entra dans le petit couloir.

— C'est vraiment cool de m'avoir invité, dit-il.

Soudain, je pris peur. Ses attentes seraient probablement déçues dès qu'il verrait mon appartement. Dès qu'il comprendrait que tout ce qu'il restait de moi, c'était un misérable flic qui était en arrêt maladie depuis bien trop longtemps et incapable de se bouger. Mais quand Egil entra dans le séjour, il ne sembla pas réagir négativement. Il prit place dans le canapé, à côté de la couverture en laine que j'avais abandonnée là, en boule. On aurait dit qu'il ne voyait pas le chaos de verres, de tasses et d'assiettes qui régnait sur la table, comme si rien de tout cela ne se trouvait dans son champ de vision. Je me laissai tomber à côté de lui et me sentis vieux au moment où je lui annonçai que je n'avais rien à lui offrir. Ni bretzel, ni viennoiserie, ni rien de toutes ces bonnes choses qu'Ingrid servait à nos invités, à l'époque où nous étions mariés.

— J'ai été content d'apprendre que t'avais enfin arrêté de prendre tes médocs, dit-il. T'as fait le bon choix. On n'arrive à rien quand on prend ces saloperies.

— Je dois t'avouer que c'est pas facile, concédai-je. Mais c'est quand même mieux comme ça. Je préfère être mal, si tu vois ce que je veux dire…

— Tu vois des dames ? me demanda-t-il en levant les yeux au plafond.

Soudain, je me rappelai à quel point il était jeune.

— Ça fait de nombreuses années que j'ai laissé tomber. En fait, depuis que ma femme a rencontré une chiffe molle qui lui plaisait plus que moi.

Je m'attendais à ce qu'il rie, mais il se contenta de secouer légèrement la tête.

— Je vois pas très bien ce que ça vient faire là-dedans. Ce que ta femme t'a fait, je veux dire. Si tu te trouvais une dame, je suppose que ça t'aiderait moralement.

— Les dames sont juste une source de problèmes.

Il acquiesça.

— C'est vrai. Si tu retires le "juste". Elles apportent beaucoup d'autres choses. Tu devrais essayer les sites de rencontre.

C'est tellement typique des jeunes de dire "tu devrais" à des gens plus âgés qu'eux. Anita aussi le faisait à l'époque où on avait de bonnes relations. Elle disait aussi que je "devrais" essayer de me trouver quelqu'un. Comme l'avait fait sa mère.

— Et toi ? lui demandai-je. Tu files toujours le parfait amour ?

Egil eut un rire affecté, comme s'il s'était attendu à ce que je lui pose cette question.

— On va emménager ensemble.

Il se mit à rayonner littéralement lorsque je le félicitai. À la fois intimidé et amoureux, il leva de nouveaux les yeux au plafond. Soudain, je repensai à moi quand j'avais son âge. Je pensais alors que j'avais une moitié quelque part, quelqu'un qui pourrait me compléter. À présent, j'avais cessé de croire à ces niaiseries, mais je me rappelai à quel point c'était agréable.

— Donc, tu es heureux, dis-je.

— Oui. Carrément heureux.

Il se leva et alla à la fenêtre. Dehors, ce n'étaient qu'arbres dénudés et rues grises, la neige n'avait tenu que quelques jours.

— C'est un bon endroit, ici, fit-il. Central. J'espère qu'on pourra se trouver un logement de ce genre, nous aussi.

Puis il se tourna vers l'unique mur décoré de la pièce, où deux tableaux étaient illuminés par la lumière qui pénétrait par la fenêtre. Je voulais que le soleil baigne son visage, de temps en temps. Egil s'approcha des peintures.

— C'est toi, fit-il en pointant un doigt sur celle intitulée *Le Policier*.

Elle m'avait représenté dans cette position typique, avec le regard baissé, en pleine concentration, le front couvert de rides. La lumière tombait sur ma tête et sur la peau grisâtre de mon visage. Ça devait être pesant d'être la fille d'un homme qui ne levait jamais les yeux de ses papiers.

Il examina l'autre tableau de plus près. Les lignes allongées de son cou, ses cheveux blonds qui lui tombaient à moitié devant les yeux. Anita était tellement douée pour les autoportraits. C'était comme si elle revenait furtivement à la vie, chaque fois que je regardais ce tableau. Ingrid m'avait donné les deux après l'enterrement. Elle avait dit que c'était pour qu'on se souvienne d'Anita telle qu'elle était. Comme s'il était possible de remplacer le souvenir de la peau calcinée d'Anita par un autre où elle respirait et avait les joues roses. Ce n'était pas ainsi que ça fonctionnait. Ces deux souvenirs coexistaient, tous les souvenirs coexistaient, mais celui de la mort était le plus fort.

— Et elle, là…, dit Egil en désignant le tableau.

— C'est ma fille.

Depuis la mort d'Anita, chaque fois que je sortais de chez moi, je mettais un petit canif à la lame effilée dans ma poche. C'était comme un protecteur. La nuit, je rêvais que je plaçais le couteau sous la gorge de celui qui l'avait tuée. En général, le visage flou de son meurtrier avait la barbe noire de Birk. Je rêvais qu'Anita était étendue, carbonisée, sur un brancard, mais qu'elle se remettait soudainement à respirer et que ses joues retrouvaient des couleurs. Je rêvais que de la cendre tombait de son corps et qu'elle redevenait une enfant souriante et adorable de douze ans, six ans, quatre ans.

Il me regarda.

— C'est ta fille ? – Il était livide. – Celle qui est morte ?

Ses paroles me brûlèrent les oreilles. Ma respiration se fit lourde. Je repensai à ce que m'avaient rabâché les médecins à propos du temps qui finit par panser les blessures. Combien de temps fallait-il ?

Egil observa le tableau et fronça les sourcils.

— Eh bien, dit-il en secouant la tête. Qu'est-ce qu'elle était belle !

RONJA

Kristiansund
Mercredi 23 août 2017

Nous sommes assis dans la voiture de Birte, tous les trois, sur le parking du service de psychiatrie de la polyclinique. Elle nous avait rejoints directement après que je lui avais raconté ce qu'on avait découvert. Birte avait fait quelques exercices vocaux et s'était mise en mode "actrice", et à présent elle appuie sur la touche "Appeler" de son portable, qui est connecté au système Bluetooth de la voiture. Assis sur la banquette arrière, August et moi écoutons le téléphone sonner. Birte s'amuse, maintenant qu'elle a toute l'attention de son public. Elle fait la moue et prend un air affecté, elle est déjà à fond dans son personnage.

— Oui, allô, Sverre Nakken à l'appareil.

— Allô, gazouille Birte. Ici Birte Lie, du commissariat de police de Kristiansund.

Birte était complètement d'accord avec August pour que nous désobéissions à notre propre supérieur et que nous poursuivions nos investigations. Pour l'occasion, elle nous avait également donné un cours intensif de comédie et fait répéter brièvement notre texte.

— Kristiansund, oui. C'est horrible, cette jeune fille qui a disparu. Je peux vous aider ?

C'était Birte qui avait eu l'idée de contacter d'abord Sverre Nakken, mais sans lui donner la véritable raison de notre appel. Elle craignait qu'il prenne la défense de son ancien collègue ou qu'il passe un coup de fil à Roe dès qu'on aurait raccroché. Birte et August estimaient qu'il n'était pas opportun, du moins pour l'instant, de révéler ce que nous savions, ni ce que nous nous efforcions de découvrir.

— Merci, Sverre, c'est très aimable à vous. En fait, ça ne concerne pas cette affaire. Je vous appelle parce que mon nouveau collègue Roe Olsvik vient d'avoir cinquante-cinq ans, et on pensait organiser une fête pour lui, vu qu'il n'a rien prévu lui-même.

Elle se met à glousser, aussitôt imitée par l'homme à l'autre bout du fil.

— Vous êtes bien sûre que c'est ce qu'il souhaite, au moins ?

Birte ricane.

— Il n'a pas vraiment le choix. On va fêter son anniversaire, c'est comme ça et pas autrement. Si je vous appelle, c'est parce qu'on aurait voulu inviter sa famille et d'anciens amis, mais on sait pas comment les contacter, à part ses collègues de la police.

Il y a un moment de silence, puis l'homme se racle la gorge.

— Vous savez ? Je crois pas qu'il souhaite que vous invitiez qui que ce soit. Les collègues, ça suffira.

Birte semble contenir un soupir. Elle serre les lèvres et se force à sourire.

— Il n'y a pas quelqu'un qu'il aimerait particulièrement voir à sa fête, vous pensez ?

— Vous êtes certainement au courant de ce qu'il a vécu. Ce qui est arrivé à sa fille et à sa petite-fille, et qu'il a été en arrêt maladie pendant plusieurs années. Pour être honnête, je crois qu'il n'a plus personne.

— Son ex-femme ? l'interrompt Birte. Ce serait possible que vous me donniez son numéro ? Juste pour savoir ce qu'elle en pense.

Nouveau silence.

— Ouais… En fait, je crois qu'il a tout laissé derrière lui, mais… Bien sûr, vous pouvez toujours appeler Ingrid pour lui demander.

— Ingrid, oui.

Birte note le numéro de téléphone au verso d'un ticket, remercie Sverre pour son aide. Puis elle raccroche en agitant le ticket au-dessus de son épaule.

— Maintenant, c'est à ton tour, August.

August s'assoit à la place du conducteur, sort son téléphone et appelle le numéro que Birte a obtenu. Sa main maigre tremble légèrement. Dès la première sonnerie, une femme décroche. Elle a une petite voix.

— Bonjour, dit August d'un ton doux. Vous êtes bien Ingrid Krogsveen ? Je vous appelle de la part de mon collègue Roe Olsvik. C'est votre ex-mari, c'est bien ça ?

— Oui ?

— Voilà, je suis son collègue et ami. Nous sommes en train d'organiser une fête pour ses cinquante-cinq ans et j'aurais aimé y inviter quelques membres de sa famille ou quelques-uns de ses amis, mais je ne sais pas qui appeler.

— Ah, vraiment ? Il est déjà aussi vieux ? – Elle parle d'une voix plate, presque indifférente. – Il n'y a personne à inviter, poursuit-elle. Ses parents sont décédés. Son père est mort… il y a quatorze ans, il me semble ? Il a picolé jusqu'à s'en faire crever, c'est comme ça qu'on dit ? Sa mère est décédée bien avant. De sa famille proche, il ne reste plus que moi. – Sa voix se fait encore plus fragile lorsqu'elle prononce cette dernière phrase. – Et je ne suis pas sûre d'avoir envie de venir.

— Je comprends. Je suis désolé. Mais peut-être que vous pourriez m'aider avec le discours que je dois faire ? Comment décririez-vous Roe ?

— Oh, je ne crois pas que ça l'intéresse de savoir comment je le décrirais. C'était un homme bon quand on était ensemble. Pas très présent, mais gentil et bon. C'est au cours des dernières années qu'il est devenu dur et maussade, après ce qui est arrivé à Anita. Mais ça, vous ne pouvez pas le dire.

August prend son temps.

— Qu'est-ce que vous voulez dire ? En quoi est-ce qu'il était différent, avant ?

— Oh, il était plus ouvert, joyeux. Rien à voir avec le type furieux qu'il peut parfois être maintenant. La dernière fois que je l'ai vu, c'était avant l'été, si je me souviens bien. Il a changé de personnalité et, pour être honnête, ça m'effraie un peu.

— Il me parle pas beaucoup, à moi non plus, dit August. Il n'est pas du tout expansif. J'aurais voulu pouvoir l'aider davantage.

La voix d'August est calme et posée. Il se débrouille parfaitement. Personne n'aurait pu douter qu'il était un très bon ami de Roe.

— C'est du Roe tout craché, commente-t-elle. Il veut jouer les durs, mais je crois qu'il a des problèmes bien plus sérieux que ce qu'imaginent les gens qui l'entourent… Non, je dis n'importe quoi. Ce n'est certainement pas un sujet à aborder dans le discours que vous allez faire pour son anniversaire. Si vous voulez dire quelque chose de ma part, dites que je l'ai toujours considéré comme un homme bon.

Il s'ensuit un silence. August tambourine doucement sur le volant.

— Je pensais à quelque chose…, dit-il. Sa fille avait bien un concubin, n'est-ce pas ?

— Birk ?

— Oui, c'est ça. Vous pourriez me rappeler son nom de famille ?

— Fladmark, mais si j'étais vous, je l'inviterais pas. Roe n'a jamais apprécié cet homme, et il a été convaincu que c'était lui qui avait tué Anita.

J'entre son nom dans le moteur de recherche des pages blanches, en même temps qu'Ingrid parle.

— Excusez-moi. Dans ce cas, on ne va pas le contacter, bien entendu. Je vous remercie beaucoup pour votre aide, Ingrid. Sa voix se brise.

— Merci de m'avoir appelé, dit Ingrid. Comme je vous l'ai dit, je serais venue volontiers, mais je pense que ce serait audessus de mes forces. Je suis vraiment désolée.

— Ne vous en faites pas pour ça.

Une fois qu'August a raccroché, Birte et moi restons comme paralysées pendant quelques instants.

— Bon sang ! s'exclame Birte. C'était excellent, August. Quel talent !

August essaie de ne pas montrer à quel point il est fier des compliments qu'il vient de récolter, mais il est trahi par les taches rouges qui apparaissent sur son cou.

Et voilà, maintenant c'est à moi de jouer. J'ai les mains moites, alors que je m'installe sur le siège conducteur. Je baisse les yeux sur le téléphone, puis regarde dans le rétroviseur.

— Je suis pas certaine de vouloir le faire, je murmure.
— Mais qu'est-ce que tu dis ? réplique Birte.
Ma main tremble.
— Je crois pas qu'on devrait faire ça. On a reçu un ordre.
Birte part de son rire fracassant.
— Donne-moi le téléphone, me dit-elle.
J'obtempère. Elle compose le numéro. Je pose les mains sur mes cuisses et mon corps tremble toujours lorsqu'elle place le téléphone près de mon oreille. Elle ricane en silence.
— Allô ? dit l'homme à l'autre bout de la ligne. Allô, y a quelqu'un ?
— Bonjour, finis-je par lâcher. Je parle bien avec Birk Fladmark ? Je suis Ronja Solskinn, de la police de Kristiansund.
— Enfin, il était temps, répond l'homme. Je commençais à croire que vous me rappelleriez jamais.

ROE

Ålesund
Lundi 2 mars 2015

— Non, c'est bien toi ?

Sverre s'illumina en me voyant arriver dans le couloir du commissariat d'Ålesund, et aussitôt une sensation de chaleur se diffusa dans mon abdomen, comme si j'avais fait un bond de dix ans en arrière. Je pris la main qu'il me tendait et la serrai vigoureusement.

— T'es de retour ou quoi ?

Une simple question, comme si je m'étais juste absenté une semaine. Mais avec une pointe d'incertitude nouvelle dans la voix, qui venait sans doute de ma tendance à débarquer dans ces locaux pour disparaître à nouveau avant la fin de la journée. Cette fois, en revanche, c'était différent. Cette fois, j'allais rester.

— Oui, répondis-je. Je suis de retour.

Les bureaux étaient toujours ces vieilles pièces exiguës qui semblaient remonter à la nuit des temps. Je m'en étais fait assigner un nouveau. Nouveau dans le sens où ce n'était plus le même qu'avant. On m'avait confié un travail de bureau au sein de la brigade criminelle. Ma carrière opérationnelle appartenait visiblement au passé. Mon chef savait que je pouvais consacrer cette première journée à mon installation et c'était exactement ce que j'avais l'intention de faire. Je plaçai quelques livres sur les étagères vides et retirai les coupures de bandes dessinées que le précédent occupant des lieux avait laissées sur le tableau d'affichage en liège. Ce bureau avait été occupé par mon remplaçant, qui avait travaillé suffisamment longtemps pour obtenir sa titularisation. C'était tout ce que je savais à son sujet. Je ne savais pas non plus si celui dont il avait récupéré le poste avait quitté la police, s'il était en congé maladie ou s'il avait pris sa retraite. Avant la mort de Petite, cette maison n'avait aucun secret pour moi. À présent, j'allais devoir repartir de zéro.

Je retroussai les manches de mon pull et me lançai dans une difficile entreprise consistant à brancher tous les câbles au bon endroit. Celui qui avait inventé le PC aurait au moins pu rendre tout ça plus intuitif. En tout cas, j'étais content que personne ne soit là pour m'aider et de ne pas avoir à faire la causette. Tôt ou tard, j'aurais droit aux "On croyait qu'on te reverrait jamais" de mes collègues et aux "Pourquoi tu m'as jamais rappelé ?" de Sverre. Cette fois, tout irait bien. J'étais de retour.

Une fois l'ordinateur correctement branché et allumé, je me rassis sur mon fauteuil avec un soupir. J'étais en sueur à cause du soleil qui cognait contre la fenêtre. Je décidai de l'ouvrir un peu. Ces derniers temps, je m'étais habitué à faire de longues promenades. Avant la mort de Petite, je courais et faisais de la musculation. Désormais, j'éprouvais juste le besoin de marcher, tout simplement, en écoutant les cris des mouettes et en humant l'air marin. Descendre jusqu'à la rive et sentir le vent frapper mon visage. Ils n'étaient certainement pas nombreux, ici, à pouvoir comprendre ce genre de choses. Egil, lui, le comprenait. C'était ça que j'aimais chez lui. Il semblait tout comprendre.

J'ouvris le programme d'archivage des affaires closes et de celles qui étaient encore ouvertes. Je ne l'avais pas fait depuis tant d'années. J'allais avoir besoin de rafraîchir mes compétences, de ramener à la vie la paperasse morte. Je me mis en quête de la dernière grosse affaire dans laquelle j'avais été impliqué, celle qui avait aussi contribué à me mettre complètement hors-jeu. David Lorentzen. Cette affaire n'était toujours pas résolue. Il y avait trop peu d'indices significatifs. Ce qui voulait dire qu'il y avait trop d'indices. Je commençai à ouvrir les nombreux fichiers contenant des rapports consacrés à l'autopsie du corps, à l'analyse des traces biologiques relevées sur la scène de crime et aux auditions des témoins. Quasiment tout le milieu des trafiquants de drogue semblait avoir été impliqué à un moment ou à un autre. Pourtant, aucun d'eux ne savait ce qu'il s'était passé ce soir-là. Pour ne rien arranger, ils s'étaient fourni mutuellement des alibis. C'était sans espoir. Ces gens étaient habitués à mentir. Chaque fois qu'on les avait face à nous et qu'on les interrogeait, on savait pertinemment qu'ils nous mentaient. Ils refusaient généralement qu'on prenne leurs empreintes, de peur de finir dans le collimateur de la police. On pouvait relever tout l'ADN qu'on voulait sur une scène de crime, ça ne servait pas à grand-chose si personne ne voulait coopérer et nous fournir un échantillon afin de procéder à des comparaisons.

Le rapport d'autopsie mentionnait que David Lorentzen devait être mort "depuis cinq à quinze jours". Le corps présentait des lividités cadavériques à un stade très avancé et avait libéré du liquide de putréfaction. L'estimation du moment de la mort était aussi basée sur le stade de développement des larves retrouvées dans le cadavre.

Je parcourus le document et découvris que la victime avait été vue pour la dernière fois le samedi 16 avril 2005, le jour du match inaugural au Color Line Stadion. Il avait été convoqué par la police d'Ålesund pour être entendu dans le cadre de l'agression de Halvor Brynseth et du cambriolage qui avait suivi au domicile de celui-ci. Toutefois, on ne savait pas s'il était mort le jour même ou au cours des jours suivants. Il pouvait très bien avoir été tué une semaine plus tard. Les témoins que l'on avait interrogés avaient fourni des déclarations contradictoires. La plupart d'entre eux avaient nié avoir jamais mis les pieds chez lui, tandis qu'ils avaient été quelques-uns à admettre qu'ils l'avaient vu. Je retournai consulter le rapport d'autopsie, dans lequel le médecin légiste concluait notamment que la victime avait bu de l'alcool au cours des heures qui avaient précédé sa mort. En outre, des traces de diverses substances stupéfiantes avaient été retrouvées dans son sang, ce qui, bien entendu, n'avait rien de surprenant.

J'ouvris d'autres documents que je parcourus également. L'audition de la mère du défunt, Karoline Lorentzen, qui avait découvert le cadavre de son fils étendu sur son lit après être entrée chez lui à l'aide de sa propre clé. Un peu plus tard, je tombai sur une photo prise dans le séjour de l'appartement envahi de bouteilles d'alcool, de packs de bière et de cendriers pleins de cendres et de mégots. On aurait dit qu'il y avait eu une fête. Je consultai à nouveau le rapport d'autopsie et lus qu'on avait découvert des traces d'ADN féminin sur le pénis du défunt, ce qui signifiait qu'il avait eu un rapport sexuel avant de mourir. Sur ses poignets et ses chevilles, on avait également trouvé des résidus de colle provenant d'un ruban adhésif, lequel avait disparu. Étranglement par pression d'un objet sur sa gorge, telle était la cause de la mort. L'arme supposée était la lampe de chevet, mais quelqu'un avait manifestement mis beaucoup de soin à la nettoyer.

Plusieurs des amis de Lorentzen avaient été soupçonnés du meurtre, mais aucun n'avait jamais été formellement accusé. L'un d'eux avait accepté de donner ses empreintes digitales et son ADN, lesquels correspondaient aux traces relevées sur un gros tas de ruban adhésif usagé retrouvé dans la poubelle de la cuisine. Cependant, il n'avait pas été arrêté, ce qui était plutôt compréhensible dans la mesure où, sur cet adhésif, on avait identifié l'ADN d'au moins six autres personnes, hommes et femmes, en plus de celui de Lorentzen. Même chose avec les bouteilles et les packs, ainsi qu'avec les mégots de cigarettes disséminés dans l'appartement.

Je refermai tous les documents, puis cliquai sur celui intitulé "Portrait-robot sur les lieux de l'agression". Évidemment, comme les deux événements étaient assez proches à la fois dans le temps et géographiquement, il n'avait pas été exclu qu'ils puissent être liés. L'image apparut à l'écran, dévoilant le visage d'une jeune femme âgée de la vingtaine et vêtue d'un sweat à capuche et d'une écharpe aux couleurs d'un club de football.

— Je croyais que tu bossais pas, aujourd'hui ?

Sverre, appuyé au chambranle de la porte, m'observait. Je m'empressai de refermer le portrait-robot et ouvris au hasard un autre document qui était une photo du cadavre putréfié de Lorentzen sur son lit.

— J'étais juste occupé à vérifier une affaire, par simple curiosité.

Il s'approcha.

— C'est David Lorentzen ? C'était pas chez lui que tu… – Il s'interrompit de lui-même, à moins que ce ne fût moi avec mon regard. – J'ai toujours pensé que c'était une femme qui l'avait tué, reprit-il.

— Pour quelle raison ?

— Je peux pas le prouver, mais il avait couché avec une femme avant de mourir. En plus, on lui a ligoté les poignets et les chevilles, puis on l'a étranglé. Ça ressemble à l'œuvre de quelqu'un qui sait qu'il n'est pas assez fort pour le tuer de ses propres mains. T'es pas d'accord ?

Je haussai les épaules.

— Ou d'un homme prudent qui a voulu mettre toutes les chances de son côté et éviter de se prendre une raclée ? À moins qu'il n'ait été victime d'extorsion ?

— L'extorsion était en effet l'hypothèse la plus crédible.

— Autre chose… – Je m'arrêtai au milieu de ma phrase. – Non, laisse tomber.

Sverre acquiesça.

— Tu sors un peu, Roe ? Tu fréquentes quelqu'un ?

Je me tournai vers Sverre, qui me regarda comme tout le monde me regardait.

— Ah non, tu vas pas t'y mettre, toi aussi. J'en ai marre qu'on me rabâche ces conneries à longueur de temps.

— Tu devrais essayer les sites de rencontre.

— Excuse-moi, dis-je. Je crois que je vais rentrer chez moi, maintenant. Ma première journée aura été courte.

— P'tit veinard.

Sverre tourna les talons et disparut. J'attendis quelques secondes avant de rouvrir le portrait-robot. C'était moins bien dessiné que si c'était elle qui l'avait fait, mais en voyant ses yeux, cela ne faisait aucun doute. C'était Petite.

RONJA

Kristiansund
Mercredi 23 août 2017

Je mets fin à la conversation avec Birk et le silence s'abat sur la voiture. Je croise le regard de Birte, puis celui d'August et baisse les yeux. Je m'éclaircis la voix.

— Mariam Lind connaissait la fille de Roe, dis-je.

— Le concubin de la fille de Roe lui a filé un tuyau qu'il a pas exploité, renchérit August.

Birte se pince les lèvres et secoue légèrement la tête.

— Pourquoi est-ce qu'il aurait omis de nous dire de quoi Birk soupçonnait Mariam Lind ?

— C'est peut-être pour ça qu'il était autant obsédé par elle, dit August. À cause de ces soupçons.

— Mais pourquoi nous mentir ? insiste Birte. Pourquoi il nous a rien dit ?

Je réfléchis. Pour quelle raison quelqu'un mentirait-il sur une chose pareille ? Voilà ce qu'il faut se demander. Si Roe avait parlé du tuyau que lui avait fourni Birk, ça nous aurait donné une raison de plus pour enquêter sur Mariam Lind. Après tout, c'était ce qu'il souhaitait, ce qu'il a soutenu depuis le début.

— Il n'y a sans doute que Roe qui puisse répondre à cette question, dis-je.

— Oui, ça commence à faire beaucoup de questions auxquelles il va falloir qu'il réponde, commente Birte. Je pense qu'on devrait le convoquer.

— Le convoquer ?

— Si Roe en avait parlé, dit Birte, ça aurait relié Mariam Lind aux deux affaires, mais lui aussi. Peut-être qu'il a voulu diriger toute l'attention sur elle pour éviter qu'on s'intéresse à lui.

Je regarde Birte.

— Tu veux dire que Roe… ?

— Tout ce que je veux dire, c'est qu'on doit continuer à enquêter. Il nous a menti. Et il est lié aux deux affaires. S'il est convaincu que Mariam Lind a tué sa fille et sa petite-fille, ça lui fait un mobile pour lui rendre la pareille, pas vrai ?

August se racle la gorge.

— Évitons de tirer des conclusions hâtives, dit-il. Pourquoi on irait pas demander à Tor Lind pourquoi il nous a pas informés que sa femme avait quitté la maison, comme Shahid nous a ordonné de le faire ?

J'acquiesce.

— On y va tout de suite.

Birte s'installe au volant, tandis que je me décale sur le siège passager, comme d'habitude, et qu'August prend sa propre voiture. Il nous suit à faible distance. Birte conduit avec assurance, le menton haut, le regard rivé sur la route.

— Au fait, y a rien entre nous, dis-je. Entre August et moi.

Birte éclate de rire.

— Tu gères ça comme tu veux, Ronja.

— Je gère absolument rien du tout, je réponds, tandis que nous roulons en direction du Nordland.

Je pense à Roe et à la gentillesse dont il fait généralement preuve à mon égard, comme s'il était content de me voir. Peut-être que je lui rappelle sa fille. J'ai bien du mal à le voir comme un assassin, même si c'était ainsi que Birte l'a dépeint tout à l'heure. D'autres policiers disent qu'il lui arrive parfois de se montrer agressif, de leur parler rudement, mais il ne s'est jamais comporté comme ça avec moi. Je sais parfaitement qu'un assassin peut se faire passer pour une personne normale, mais lui, je n'arrive vraiment pas imaginer qu'il puisse être un tueur.

J'ai appris deux choses importantes à l'école de police. La première, c'est que, quelle que soit l'affaire, on doit toujours envisager le pire scénario – la théorie du pire – afin d'être prêt à se confronter à des situations difficiles. La seconde, c'est qu'il ne faut jamais tirer de conclusions hâtives mais, au contraire, garder l'esprit constamment ouvert. Il faut éviter les préjugés. On ne doit pas partir du principe qu'une hypothèse qui nous semble juste au départ est la bonne. Le cours des événements peut parfois prendre une tournure inattendue.

— Tu pourras me déposer près de la rue piétonne ? je demande. Plutôt que de me conduire jusqu'à la maison des Lind ?

— Pourquoi ?

— Je voudrais essayer de refaire le parcours qu'Iben est censée avoir emprunté. Et si je débarque chez Tor Lind à l'improviste, il se pourrait que ça joue en notre faveur. Parfois, les gens sont plus bavards quand ils sont pas préparés.

Birte ralentit et se range le long du trottoir. Elle appelle August avec son téléphone.

— August, on va attendre pendant dix minutes. – Puis elle me regarde en souriant. – Allez, vas-y.

Je descends de voiture et me mets en marche. Je coupe par là où la bande dessinée a été retrouvée et monte la côte en pente douce. Il est probable qu'elle ait couru jusqu'ici, avant que quelqu'un ne l'arrête. Il y a un endroit plutôt discret dans cette rue, si bien que quelqu'un aurait pu y faire monter une jeune fille dans sa voiture sans que personne ne le voie. J'essaie de faire mentalement le tour des questions que je compte poser à Tor Lind. *Où est votre femme, Tor ? Vous ne nous en avez pas informés ? Il me semble que vous nous avez dit qu'elle dormait, lors de notre dernière visite, et que vous ne vouliez pas la réveiller.* J'imagine son visage, son regard qui se met à errer, tandis qu'il cherche une explication. Tout à coup, je m'arrête. Je recule à pas longs et silencieux, avant de faire volte-face et de retourner vers la voiture en courant. Birte baisse la vitre de la portière.

— Qu'est-ce qui se passe, trésor ?

— Chut, je chuchote. Roe Olsvik. Je l'ai repéré derrière une voiture sur le parking. Il est en train de surveiller la maison de la famille Lind avec des jumelles.

— Shahid a dit qu'il était malade, aujourd'hui, répond Birte machinalement.

Puis elle se tait.

— Qu'est-ce que je dois faire ?

Birte réfléchit. Puis elle descend de voiture, rejoint August et lui dit quelque chose que je n'arrive pas à entendre. Il démarre aussitôt, tandis que Birte part en courant sur le sentier qui mène à la maison des Lind. Je la suis, sans trop comprendre ce qu'il se passe. J'ai l'impression d'être de retour à l'école, la fille du premier rang qui part à la recherche de l'enseignant quand celui-ci est en retard, alors que tous les autres élèves de la classe espèrent qu'il ne viendra pas. Je détestais être cette gamine, pourtant je la suis encore. C'est juste qu'à ce moment précis je la réprime de toutes mes forces.

Nous ne tardons pas à arriver dans le champ de vision de Roe. Il suffirait qu'il tourne la tête, mais il est trop occupé à scruter la maison avec ses jumelles.

— Salut, Roe, lui lance Birte. Qu'est-ce que tu fais ici ? – Il baisse ses jumelles et se tourne vers nous. – Je croyais que tu étais malade.

— Mariam Lind n'est pas chez elle, répond Roe. Ça fait deux jours qu'elle est partie.

— Qu'est-ce que tu fais ici, Roe ? répète Birte. Pourquoi cette famille t'intéresse autant ? Et pourquoi tu nous as jamais dit que tu connaissais Mariam Lind ? – Tout à coup, il semble prendre peur. – On est au courant de tout, poursuit Birte. On sait que tu étais à Storkaia, que tu nous l'as caché et que tu as parlé à Iben Lind avant sa disparition.

Il semble évaluer ses possibilités. Tourner les talons et filer à travers le jardin des Lind, peut-être après nous avoir bousculées, ou bien assommer deux policières et s'enfuir. J'essaie d'imaginer son corps imposant courant lourdement sur la pelouse et sautant par-dessus la clôture, mais il reste immobile. L'instant d'après, August arrive au volant de sa voiture et s'arrête à côté de moi.

— Je crois que tu vas devoir nous accompagner au poste, Roe, dit Birte.

ROE

Ålesund
Lundi 2 mars 2015

Le visage d'Egil s'éclaira lorsqu'il ouvrit la porte et qu'il vit que c'était moi. Il portait un petit tablier couvert de farine.

— C'est Roe ! cria-t-il en tournant la tête vers l'intérieur de l'appartement. Ça fait plaisir de te voir. Ce serait sympa si des gens plus jeunes que toi débarquaient aussi à l'improviste. Mais ça n'arrive jamais.

Il tendit un bras en direction de l'entrée lumineuse. Je fis deux pas dans l'appartement et m'arrêtai brusquement.

— Il faut que je te parle, dis-je.

— Qu'est-ce qui se passe ?

Aussitôt, je me mis à trembler. Mes jambes devinrent faibles et menacèrent de céder, mes muscles allaient de nouveau me trahir, comme mon squelette. Je fermai les yeux et serrai les paupières. Non, pas maintenant, pas encore, mais c'était plus fort que moi. Egil me prit par un bras et me conduisit dans le séjour, où il me fit asseoir dans le canapé. Les yeux toujours fermés, je l'entendis s'éloigner et parler avec sa femme. Derrière mes paupières, je voyais la fumée opaque qui m'avait assailli quand j'avais ouvert la porte de la maison de Petite. Si seulement j'étais arrivé plus tôt. Si seulement j'avais répondu au téléphone quand elle m'avait appelé. Le moins que je pouvais faire, désormais, c'était de découvrir ce qui lui était arrivé, de résoudre cette affaire. C'était le minimum, et pourtant j'en étais incapable. J'avais eu une pièce vivante du puzzle devant mes yeux pendant quatre ans, j'avais parlé avec lui, je m'étais réjoui avec lui pour tous les beaux moments de sa vie, comme s'il avait été un fils et pas juste un voyou. Il était venu chez moi. Il avait vu la photo de ma fille et avait compris, mais n'avait pas dit un mot.

Quelqu'un approcha, se pencha à côté de moi et posa quelque chose sur la table basse. J'ouvris les yeux et vis qu'Egil m'avait apporté un verre d'eau. Il s'assit sur la méridienne du canapé d'angle et croisa les mains.

— De quoi tu voulais qu'on parle ?

Un lâche, voilà ce que j'étais. Même pas capable de me confronter à un voyou sans que mes jambes deviennent molles comme de la gelée. Je pris le verre et bus avec avidité dans l'espoir que cette eau éteigne le feu qui brûlait en moi, qu'elle éteigne Anita. J'avais tellement besoin et envie de tranquillité, de ne plus bouillir intérieurement. J'ouvris le clapet de mon nouveau téléphone, doté d'un appareil photo avec une bonne résolution, et le tendis vers Egil pour lui montrer le portrait-robot.

— C'est Anita, sifflai-je. Bordel, c'est Anita, Egil !

Dans mon dos, j'entendis la porte de la cuisine se refermer. Egil s'avança au bord du canapé et baissa les yeux.

— J'essaie de comprendre, dis-je. Mais mon cerveau refuse de fonctionner tellement je suis furieux. Alors ça va être à toi de m'expliquer.

Je jetai le téléphone sur la table. Egil le prit et regarda le dessin. La fille avec un sweat à capuche orange et bleu et une écharpe autour du cou. Sa frange blonde, ces yeux qui, quand elle était petite, me regardaient avec fascination, trahissant sa conviction que j'étais un papa magique qui aurait pu réaliser n'importe quoi, si seulement il l'avait voulu. Ces mêmes yeux qui, à l'adolescence, avaient commencé à me fixer avec scepticisme et agacement. Non seulement papa n'était pas magique, mais il n'était pas non plus particulièrement bon. Il était juste un papa normal. Qui oubliait d'aller la chercher à la sortie de l'école parce qu'une nouvelle affaire criminelle captivante s'était présentée à lui. Qui rentrait tard le soir et s'endormait comme une masse dans le canapé pendant qu'elle mangeait ce qu'elle trouvait dans le réfrigérateur. “On était trop jeunes pour devenir parents", avait dit Ingrid tellement de fois, mais pour moi ce n'était pas ça. J'étais devenu un père de plus en plus mauvais au fil des années. Je ne lui avais pas consacré assez de temps. À présent, tout le monde me répétait sans cesse que le temps guérissait toutes les blessures, mais chaque heure de ma vie qu'il me restait était une heure que je ne pourrais pas choisir de passer avec Anita.

— T'as l'intention de rien dire ?

Egil manipulait nerveusement mon téléphone.

— Je voulais pas salir sa mémoire, dit-il. C'est pour ça que je t'en ai pas parlé. En fait, je crois pas que c'était ce genre de fille. Elle était juste désespérée.

— C'était la fille qui a pris part à l'agression avec toi. À l'époque, tu as déclaré que tu la connaissais pas. Où est la vérité ?

— Je savais qui elle était. On s'était rencontrés quand elle était en école de commerce.

— Tu as refusé de donner son nom pour la protéger.

Egil acquiesça.

— Je voulais mêler personne à cette histoire. C'était mon propre plan, ma tentative pitoyable pour me venger de mon père.

— Maintenant, tu vas tout me raconter, Egil. Qui était le commanditaire ?

Il haussa les épaules.

— Il y avait pas vraiment de commanditaire… C'est moi qui ai proposé à David Lorentzen de faire ce coup.

— Comment Anita s'est retrouvée embarquée là-dedans ?

— Elle m'a appelé, dit-il. Elle était tellement désespérée, elle voulait quitter Birk et avait besoin d'emprunter de l'argent. Elle pleurait, elle était bouleversée. J'avais rien à lui prêter, mais je lui ai proposé de nous aider.

— Donc tout ça, c'était à cause de toi. C'est ta faute si elle a participé au vol.

Il opina, la tête entre les mains.

— J'ai complètement merdé. J'ai merdé à fond.

— Egil, dis-je. Qu'est-ce qui est arrivé à Anita et à Aurora ? Pourquoi est-ce qu'elles sont mortes ?

Il secoua la tête, qu'il soutenait toujours avec ses mains.

— Je sais rien du tout de ce qui s'est passé après le vol. Je me suis fait arrêter.

— Tu sais qui était son nouveau petit ami, celui pour qui elle voulait quitter Birk ?

Il secoua à nouveau la tête.

— J'ai besoin que tu sois honnête à cent pour cent avec moi, maintenant. T'es plus en train de me mentir, là ?

Egil secoua la tête.

— Non, cette fois je te mens pas.

MARIAM

Ålesund
Mercredi 23 août 2017

À mon retour, je trouve Ingvar assis dans le canapé avec la télé allumée. Il regarde la chaîne d'informations en continu. Bientôt, une photo d'Iben et moi apparaît à l'écran, bien qu'ils n'aient rien de nouveau à annoncer dans cette affaire. Je ferme les yeux, j'essaie de faire comme si cette image n'existait pas. C'est Tor qui l'a donnée au *Tidens Krav*, ainsi qu'à d'autres médias, apparemment. Quand j'ai découvert qu'il avait communiqué cette photo, j'ai eu peur que quelqu'un me reconnaisse sous l'identité de Liv. Malgré tout, je ne m'y suis pas opposée, j'ai laissé faire. J'avais l'espoir qu'Iben voie cette photo d'elle et de sa mère dans le journal ou à la télé, et que ça lui donnerait mauvaise conscience. Décidément, quelle mère je fais !

— Je croyais que tu regardais jamais les infos, je commente.

— Ils parlent de toi, dit Ingvar en baissant le volume. Comment ça s'est passé ?

Je soupire et jette la clé sur la table avant de me laisser tomber dans le canapé, à côté de lui. Je voudrais poser ma tête contre son épaule et redevenir la Liv qui était si détendue avec son ami, mais je m'abstiens.

— Tu as de ses nouvelles ? je demande.

Mais il se contente de secouer la tête. Je lui tends le bout de papier avec le numéro de téléphone.

— Tu veux bien l'appeler pour moi ? Laisse-lui un message s'il répond pas.

Ingvar porte un t-shirt où est imprimé “Acid King”, avec l’image d’un magicien sur une moto. Il sort son téléphone et compose le numéro. Lorsque cela commence à sonner à l’autre bout du fil, il se lève et se met à faire les cent pas.

— Salut, c’est Ingvar, dit-il. Rappelle-moi quand t’auras ce message, OK ?

Il raccroche et revient s’asseoir. Une fois de plus, je repense au jour où j’avais croisé Patrick en ville. *Tu portes ta clé autour de ton cou comme les gamins qui sont seuls à la maison, Sara ?* À part mon frère, qui aurait pu vouloir me faire passer un message aussi évident ? Il fallait que je le trouve.

— T’as dit que tu le voyais au Smutten, dis-je. Tu le croises souvent, là-bas ?

Il lève les yeux au plafond.

— Ça fait un bail que j’y ai pas mis les pieds. Je me souviens pas.

— Est-ce qu’il y a quelqu’un, là-bas, qui le connaît ?

Le regard d’Ingvar se met à sonder la pièce. Qu’est-ce qui peut bien le rendre aussi nerveux ?

— Oui, sans doute.

— Alors on y va, dis-je. On va interroger tout le monde. Il doit bien y avoir quelqu’un qui sait où il est, ou alors à qui il faut qu’on s’adresse.

Il hausse les épaules sans conviction.

— Ça me va. Tu veux manger quelque chose avant de partir ?

Ingvar se tourne et s’empare de la télécommande. Il s’apprête à éteindre la télé mais, soudain, il se ravise et monte le volume. Ils sont en train de retransmettre une conférence de presse qui a lieu au commissariat de Kristiansund. Je reconnais les locaux. L’homme qui s’exprime, en revanche, je ne l’ai jamais vu. Il a des traits de Pakistanais et un air plutôt solennel. Shahid Sethi, responsable de l’enquête, peut-on lire en bas de l’écran.

— Nous avons demandé une mise en garde à vue sur la base d’un faisceau d’indices, déclare-t-il.

— Ils ont arrêté quelqu’un, dit Ingvar. Pour Iben.

Le policier à l’écran donne la parole à un journaliste qui lui demande s’il y a encore de l’espoir qu’Iben soit retrouvée en vie, mais il préfère ne pas répondre.

— Regarde un peu ça, fait Ingvar, qui s'est connecté sur le site d'un journal en ligne sur son téléphone. Ils disent que c'est un membre de la police qui est en garde à vue.

Je secoue la tête. Ce n'est pas possible.

— Je peux t'emprunter ton téléphone ? je demande. – Ingvar me le tend sans hésiter. Je compose le numéro de Tor. – Je suis devant les infos, dis-je une fois qu'il a décroché. Tu sais quelque chose ?

— Pas tellement. Juste que c'est un homme. Un policier. Ils refusent de me donner son nom ou de me le décrire pour l'instant. Ils sont en train de l'interroger et m'ont promis qu'ils me tiendraient informé.

— Ça tient pas debout, dis-je. Je crois pas que ce soit un étranger, c'est sûrement quelqu'un qui nous connaît. Qui me connaît.

En même temps que je parle, je serre la clé entre mes doigts et la lève, comme pour la lui montrer, bien qu'il ne puisse pas me voir.

— Je comprends, dit Tor, même si je ne suis pas convaincue qu'il m'ait vraiment comprise. C'est évident qu'ils ne nous disent pas tout. On va bien voir. Au moins, je suis content que les choses bougent enfin.

À l'écran, le chef de l'enquête refuse de répondre aux autres questions des journalistes, malgré leur insistance.

— Pour ton information, reprend Tor. La police est au courant que tu es partie. Pour le moment, ils sont occupés à tenter de résoudre ce problème interne, mais tu ferais mieux de rentrer le plus rapidement possible. Et pour l'amour de Dieu, j'espère que tout ça aura servi à nous ramener Iben.

ROE

Ålesund
Dimanche 12 mars 2017

— On est vraiment obligés de revenir là-dessus ? dit Ingrid en me resservant du café.

Nous étions assis dans son salon, dans un canapé en cuir flambant neuf, parce qu'Ingrid achetait tout le temps des nouveaux meubles. Par ce shopping constant, elle essayait de trouver la paix. L'autre minable pour qui elle m'avait quitté s'était retiré dans son bureau.

— C'est la dernière fois que je te le demande, dis-je. Je suis aussi passé chez Birk aujourd'hui.

— Tu as parlé à Birk ?

— Je lui ai posé toutes les questions les plus dérangeantes. Si c'était lui qui les avait tuées, s'il savait qui c'était, etc.

— Tu veux dire que tu l'as encore terrorisé en l'accusant de toutes ces choses abominables ? – Elle secoua la tête. – Birk est innocent. Mon cœur en est convaincu.

— Dans ce cas, ton cœur t'a dit qui les avait tuées ?

— Tu n'arrêtes jamais, Roe. Tu as conscience de ce que tu es en train de faire ? Tu réduis notre fille à une affaire criminelle qui n'est même pas de ta compétence. Sans parler du fait qu'elle est impossible à résoudre. L'affaire a été classée. C'était un incendie. C'est tout ce qu'on sait, il n'y a aucune piste. Tu ne pourrais pas laisser notre fille reposer en paix ?

— C'est justement ce que je cherche à faire. Je veux avoir la paix, et je veux aussi qu'elle l'ait. C'est pour cette raison que j'ai décidé de déménager. J'essaie juste d'en finir avec toutes ces questions avant de partir.

Elle croise les bras.

— D'accord. Alors, vas-y, interroge-moi encore.

— On a dû passer à côté de quelque chose, dis-je. Quelque chose qu'on a oublié à propos d'Anita, avant qu'elle meure, ou quelque chose qu'on aurait dû savoir sur elle. Tu te souviens si elle t'a parlé d'un autre que Birk ?

— Comme je te l'ai déjà dit un milliard de fois : non. Je ne sais rien. Si ce n'est qu'elle avait quelqu'un d'autre. Je ne sais même pas depuis combien de temps ça durait.

— Quand elle t'a parlé de cet autre homme…, j'insiste. Tu te rappelles ce qu'elle t'a dit ?

— Elle était désespérée. Elle m'a dit qu'elle voulait quitter Birk, qu'elle était amoureuse. Je lui ai demandé qui c'était, et elle m'a juste dit que c'était quelqu'un de son âge. Quelqu'un qui la comprenait, c'est ce qu'elle a dit, quelqu'un de gentil. Je n'ai plus envie de parler de cette histoire.

— Tu ne lui as pas demandé comment il s'appelait ?

Ingrid secoua la tête.

— J'ai répondu à ces questions tellement de fois, Roe. Pour dire la vérité, je suis contente que tu ailles vivre ailleurs. Pour ton propre bien. Tu en as besoin. De prendre tes distances. Kristiansund est une belle ville. Tu pourras repartir de zéro. J'espère que tu arriveras à laisser tout ça derrière toi. Recommencer à vivre.

Je savais qu'elle avait raison. Cette ville n'était qu'un immense trou noir dans mon cœur qui ne se refermerait jamais. Je ne pouvais pas sortir dans la rue sans fixer du regard toutes ces maudites personnes qui lui avaient survécu. Y compris mon propre reflet dans les vitrines des boutiques. Il fallait que je m'en aille loin de cette ville.

— Je voudrais vérifier ses affaires une dernière fois avant de partir.

Ingrid agita la main d'un air agacé.

— Elles sont là où elles ont toujours été.

La chambre d'Anita était pleine de peintures. Les murs en étaient recouverts, tandis que d'autres étaient rangées verticalement, les unes contre les autres, sur le sol. Parmi ces tableaux, il y avait de nombreuses copies du visage nu d'Anita, regardant droit devant elle, ou bien les yeux baissés ou levés. Il y avait également des portraits d'autres personnes, principalement des membres de la famille d'Ingrid. Des bébés comme des vieillards. Je caressai le tableau d'un bébé à la bouche grande ouverte, avec du sang sur les dents, une image vraiment drôle. Je me dirigeai vers l'esquisse encadrée d'Ingrid et de son mari actuel. Heureusement, quelques-unes de ses peintures avaient survécu, même si la plupart devaient être parties en fumée dans l'incendie.

Alors qu'Aurora était encore toute petite et que Birk était en mer, Anita avait passé pas mal de temps ici. Ingrid l'aidait à s'occuper de son bébé et Anita pouvait peindre quand elle avait besoin de se changer les idées. D'après Ingrid, quand Aurora dormait, elle dessinait souvent au fusain, assise sur son lit.

Trois blocs à dessin étaient soigneusement empilés sur une commode. Je les emportai jusqu'au lit, m'assis et commençai à les feuilleter. Comme d'habitude, il y avait de nombreux autoportraits, ainsi que quelques portraits d'Ingrid et du bébé. Des esquisses de corps sans visage, le plus souvent de personnages debout à côté d'un chevalet ou avec un bébé dans les bras. Il y avait aussi des dessins différents, peut-être le résultat d'une tentative pour faire quelque chose de nouveau. On aurait presque dit qu'elle avait cherché à capturer une forme de symbolisme. Une chambre avec un lit, un chevet, une commode, assez semblable à ce qu'elle avait ici. La plus grande différence, c'était le serpent. Il était enroulé sur lui-même sur le lit, la tête sur ses anneaux. Elle l'avait dessiné plusieurs fois, dont une où on le voyait accroché autour du cou d'une femme. Je me demandai ce qui avait bien pu l'intéresser chez ce serpent, le symbole incarné du mal. Cet animal avait-il une signification pour elle ?

Un dessin en particulier attira mon attention. Elle avait utilisé un pastel sec doré pour représenter une chaîne à laquelle était accrochée une clé. La chaîne était enroulée de la même façon que le serpent. Comme un collier à maille serpent. Je tournai les pages et découvris que le même collier était dessiné autour du cou d'une jeune femme brune aux yeux marron. Il me sembla avoir déjà vu cette chaîne et cette clé quelque part.

Je me levai et allai jusqu'à la coiffeuse qui se trouvait de l'autre côté de la chambre. C'était là qu'elle rangeait sa boîte à bijoux. Je l'ouvris, commençai à fouiller parmi les bijoux en or et en argent et finis par trouver ce que je cherchais. Une chaîne dorée brillante à laquelle était accrochée une clé, elle aussi dorée. C'était exactement celle qu'elle avait dessinée. Elle était à la fois simple et belle.

Je remis soigneusement les blocs à dessin à leur place. Je vérifiai tout le matériel qu'Anita avait laissé là, chez Ingrid. Des papiers, des fusains et des rouleaux en mousse de types divers. Je soulevai la molette en verre luisante qui était posée comme un presse-papier sur une pile de feuilles. Anita m'avait expliqué à quoi cela servait : à broyer les pigments en une fine poudre pour en faire de la peinture.

— J'ai très envie d'emporter un souvenir d'Anita, dis-je à Ingrid en sortant de la chambre. Ça te dérange si je garde ça ?

Je lui montrai la chaîne avec la clé.

— Je ne me rappelle pas l'avoir déjà vue, répondit-elle. Bien sûr, que tu peux la prendre.

MARIAM

Ålesund
Mercredi 23 août 2017

Un solo de guitare de Led Zeppelin résonne dans le local exigu lorsque nous entrons. Les clients sont encore peu nombreux. Au bar, une femme d'une cinquantaine d'années, en mauvais état, avec une minijupe et de grosses cuisses blanches, parle avec un homme du même âge. Ils ont l'air ivres, et l'homme, penché sur le comptoir, désigne les bouteilles d'alcool alignées sur le mur. Un groupe de motards est assis autour de grandes tables constituées de vieux tonneaux à bière. Ils ont entre dix-huit et soixante-dix ans, ou un peu moins. L'un d'eux porte un blouson de cuir clouté, un autre a un Viking tatoué sur le bras. Une tête de cerf est accrochée au mur, en face d'eux. Ingvar ouvre la marche. Nous passons devant le comptoir et nous rendons dans la pièce du fond, où deux filles sont en train de jouer au billard. Elles se penchent sur la table en riant fort, manifestement ivres, elles aussi, même si la soirée ne fait que commencer. À l'intérieur de la salle de billard se trouve une petite pièce avec des tables et des chaises, mais pas de clients.

— Il est encore tôt, dit Ingvar en consultant son téléphone.

Nous allons au comptoir. Je me sens un peu trop tirée à quatre épingles avec ma robe et ma veste qui sont plus adaptées à ma nouvelle vie. Personne, ici, n'est aussi bien habillé, aussi classe. Quand j'habitais avec Ingvar et Egil, ce pub était notre repaire. C'était un des rares endroits de la ville où Ingvar acceptait de sortir. À ces tables, j'ai chanté des classiques du rock, parié de l'argent sur qui battrait qui au billard, eu des altercations avec des ivrognes que je ne connaissais pas et qui quémandaient de la bière alors que j'étais moi-même fauchée. J'ai un peu eu l'impression que ce lieu m'appartenait, à une certaine époque. Le Smutthullet, ou le Smutten, c'était là que tout se passait. Le barman approche des quarante ans et commence à avoir le front dégarni. Il ne travaillait pas encore là quand j'étais jeune et que je sévissais dans ce pub. Je me souviens encore des noms de tous les employés de l'époque.

— Tu connais un type qui s'appelle Patrick Scheie ? je demande au barman, mais il se contente de secouer la tête en guise de réponse. – Je me tourne alors vers les deux qui sont assis sur des tabourets. – Et vous ? Patrick Scheie, vous le connaissez ?

Ils me regardent comme si je leur avais demandé s'ils croyaient que l'homme avait posé le pied sur la Lune. Je prends Ingvar par le bras et le tire à moi.

— On se sépare, dis-je. Je m'occupe des filles du fond, toi tu vas parler au groupe, là.

D'un signe de tête, j'indique les motards.

Je jette un coup d'œil du côté de la porte du pub, au cas où elle s'ouvrirait. Même si les chances de voir débarquer Patrick ici ce soir sont relativement faibles, j'ai le cœur qui bat fort.

Tandis qu'Ingvar se dirige vers les tables où sont installés les motards, je me rends dans le local du fond. Les deux filles qui sont au billard semblent trop jeunes pour être ici et trop concentrées sur elles-mêmes et sur leur partie pour remarquer que quelqu'un les observe. La blonde essaie de frapper une boule en tenant sa queue derrière son dos. L'autre, qui a les cheveux roux sombre, rit de sa technique.

— Qui mène ? dis-je.

— Aucune idée, répond la rousse, et toutes deux éclatent de rire. Tu veux jouer ?

Je m'empare de la queue.

— Les pleines ou les cerclées ? je demande.

Elles haussent les épaules.

— On joue juste pour s'amuser, dit la blonde.

Je me penche sur la table et vise la boule rouge. Je la tape et elle finit dans l'angle avec un bruit sec. Les filles jubilent, elles ont l'enthousiasme facile. Elles ont l'air tellement heureuses, simples et insouciantes. Je passe la queue à la rousse.

— Je cherche Patrick Scheie, dis-je. Patrick Scheie. Vous le connaissez ?

La blonde lève les yeux.

— Oui, je sais qui c'est. En fait, ça fait longtemps que je l'ai pas vu. Il venait souvent, avant. Il était un peu collant. J'espère que j'ai rien dit de mal.

J'acquiesce.

— Je sais comment il est. Tu sais s'il a déménagé, s'il a de nouveaux amis ou autre chose ?

Elle fait non de la tête. Je les remercie pour la brève partie et retourne dans le local principal, qui a commencé à se remplir entre-temps. Je me demande si j'ai vraiment envie de rester Mariam pour le restant de mes jours. Celle que j'étais ici, cette fille, elle existe toujours quelque part. De temps en temps, elle me manque. Ce que j'oublie, c'est que pour cette fille non plus ce n'était pas facile. Ce n'était pas si amusant de se tenir à une de ces tables à beugler sur des chansons. À vrai dire, c'était épuisant. Une simple tentative pour briser la solitude.

Ingvar s'est assis tout seul à une table, le visage tourné vers la porte d'entrée, un verre devant lui. Il a l'air tellement apathique, et en même temps il paraît tendu.

— Alcool ? je lui demande en désignant son verre.

— Non, t'es folle ?

— Personne l'a vu ? – Je fais un signe de tête en direction des motards derrière lui. Il secoue la tête et baisse le regard sur son verre. – Les deux filles dans la salle de billard l'ont pas vu non plus.

Je m'empare d'un tabouret et m'assieds avec lui à la table. La porte s'ouvre et de nouveaux clients entrent, et encore d'autres. Je finirai bien par le trouver. Il n'y a pas trop d'endroits où se cacher dans cette ville où tout le monde connaît tout le monde.

Ingvar salue de la tête deux types aux airs de mauvais garçons qui surgissent devant lui. Ils sont barbus et l'un d'eux porte un blouson de cuir à l'effigie d'un gang de motards. Quand

Ingvar me présente, ils me détaillent de la tête aux pieds, se demandant sans doute ce que je fais ici. Je les regarde. Il me semble que l'un d'eux était dans le groupe qui était assis dans l'angle quand nous sommes arrivés et à qui Ingvar a parlé. Celui avec un Viking tatoué sur le bras. L'homme me scrute du regard, porte ses doigts à sa bouche et dit :

— C'est toi. T'es la mère d'Iben Lind.

Cette photo d'Iben et moi dans la cabine d'essayage. Ça me paraît tellement loin, maintenant.

— Le flic qu'ils ont arrêté, tu crois que c'est lui qui a enlevé ta fille ?

Je secoue la tête.

— Non, je crois pas. Pour moi, ça doit plutôt être quelqu'un d'Ålesund.

Les deux types s'installent à notre table. Ils me fixent du regard, circonspects.

— Patrick Scheie, dis-je. Vous le connaissez ?

— Je l'ai pas vu depuis des mois, répond celui au blouson de cuir. Tu penses que c'est lui ? Il a pas l'air tout à fait clair, mais… tu crois vraiment ça ?

— Patrick a disparu, intervient son camarade. J'ai entendu dire qu'il s'était pas présenté à son travail. Et son appartement était vide quand ils sont allés voir.

— Disparu ?

Il acquiesce.

— Ma théorie, c'est qu'il est parti s'installer dans un endroit secret. Des types le cherchaient. Y avait des rumeurs sur lui. – Il secoue la tête. – Il se pourrait aussi qu'il se soit enfui à l'étranger.

Je regarde Ingvar, que cette nouvelle ne semble guère étonner. Je me tourne de nouveau vers les deux types.

— Donc, il se serait évaporé ?

— Comme si la terre l'avait englouti. Alors comme ça, tu crois que c'est pas le flic qu'ils ont arrêté ? Pourquoi ?

Je tends le bras et m'empare du verre d'Ingvar. Je le porte à mes lèvres et bois une grande gorgée. C'est plutôt culotté. Exactement le genre de choses que faisait Liv.

— Excusez-moi, dis-je.

Je me lève sur mes jambes instables et vais aux toilettes. J'ai besoin de m'isoler pour réfléchir. Je saisis la poignée de la porte, mais elle est verrouillée. Si Patrick a disparu volontairement, je vais avoir beaucoup de mal à le retrouver. À supposer que ce soit lui le ravisseur. Il est grand temps que j'aie une petite discussion avec Egil. Il se pourrait qu'il ait la réponse.

La porte des toilettes s'ouvre et une silhouette familière en sort. Ses cheveux gris pendant librement sur ses épaules. Sa robe est violet foncé et flotte autour de son corps. Elle écarte les bras et me serre contre elle. *"My darling."* Carol sent le chien mouillé et le parfum.

Elle me dit qu'elle a envie de fumer une cigarette, et je l'accompagne dehors, dans la rue déserte. J'avais complètement oublié que je croisais souvent Carol ici après qu'on lui avait acheté le serpent, et qu'on passait du temps ensemble jusque tard dans la nuit. Il y avait même eu une période où Carol était plus devenue une mère pour moi que ma propre mère.

— J'avais espéré que tu viendrais me voir, aujourd'hui, me dit-elle en soufflant sa fumée bleuâtre vers le ciel. J'ai vu aux infos qu'ils avaient arrêté un policier.

Je secoue la tête.

— Je crois pas que ce soit lui. C'est sûrement quelqu'un que je connais, quelqu'un qui veut me faire souffrir. Tu te souviens que je t'ai raconté que j'avais retrouvé cette clé chez moi dans une boîte à bijoux ? Ça doit être quelqu'un d'ici qui a fait le coup.

— *You're wrong, dear.* Tu te trompes, c'est lui. C'est le policier d'Ålesund. C'est lui qui a frappé à ma porte avant l'été. *I wear.* C'était un policier et il voulait entrer chez moi.

Elle se met à rire, fort et de bon cœur.

— Il a frappé à ta porte ? Pourquoi tu me l'as pas dit ?

Carol arrête brusquement de rire.

— Je ne voulais pas t'effrayer. Je ne savais même pas que c'était un *bad cop*, je croyais juste que c'était un flic quelconque. *Anyway.* Il était en colère et voulait entrer chez moi. Il m'a demandé si je te connaissais. Au début, il m'avait pas dit que c'était un *cop*, puis il a fini par le dire et… enfin, tu vois. Je lui ai demandé s'il voulait faire un *fight* avec mes chiens.

De nouveau, elle part d'un rire retentissant. Et tout à coup, je repense à l'inspecteur qui s'est présenté chez nous le soir de la disparition d'Iben. Il avait l'accent d'Ålesund. C'était peut-être le policier que Birk avait dit qu'il connaissait à Kristiansund ?

— Je comprends pas, dis-je. Je connais aucun policier. Je peux t'emprunter ton téléphone ?

Une fois que j'ai son téléphone dans les mains, je vais sur internet et tape "Roe Olsvik, police de Kristiansund". Une photo de l'homme apparaît. Les épaules larges, les cheveux grisonnants. Ça correspond aussi à la description de l'homme qui a rendu visite à celle qui se considère comme ma mère. Je montre la photo à Carol.

— C'est lui ?

Elle plisse les yeux.

— Ah oui, c'était bien lui. Je m'en souviens très bien, un homme dur.

Tout à coup, je laisse couler une larme. Je ne sais pas de quelle partie de mon cœur froid elle peut provenir. Le sourire de Carol s'effrite. Elle s'approche de moi et me prend dans ses bras maternels.

— Ne pleure pas, *darling*. *Heads up*. Ils l'ont arrêté. Et maintenant ils vont retrouver ta fille.

RONJA

Kristiansund
Mercredi 23 août 2017

Sur l'écran, je vois Roe, assis la tête penchée en avant dans sa cellule de garde à vue. Il est assis sur le matelas de la couchette, la couette sur les cuisses. Au-dessus de sa tête, quelqu'un a peint sur le mur un clown souriant aux cheveux jaunes qui pointent dans toutes les directions. Roe ne semble pas être du genre à se laisser remonter le moral par les images colorées qui décorent les murs de cette cellule, qui fait partie de celles qu'on surnomme "les cellules joyeuses", mais il n'a pas non plus protesté quand on l'y a enfermé. En réalité, il n'a pas dit un seul mot depuis qu'on l'a arrêté. August, Shahid et Birte l'ont bombardé de questions, mais il est resté assis en silence, pâle et défait. Maintenant qu'il est dans sa cellule, il se tient la tête entre les mains. Même le chef est convaincu que c'est lui le coupable depuis qu'ils ont perquisitionné son appartement et découvert que les murs de sa chambre étaient couverts du sol au plafond de photos de Mariam Lind. Ils ont aussi trouvé des dossiers correspondant à des affaires sur lesquelles il ne travaillait plus, des relevés d'empreintes digitales et d'autre matériel d'investigation. Ça commence à sentir mauvais pour lui, je dois bien l'admettre. Plus il se taira, plus il paraîtra coupable. Pourquoi est-ce qu'il ne dit rien ? N'a-t-il donc pas l'intention de se défendre ? Il faut qu'on découvre ce que signifient toutes ces photos et tous ces documents. Si Roe continue à garder le silence, ça risque de nous prendre des mois.

— Putain, il est pas facile à faire parler, dit August. – Je sursaute, je ne savais pas qu'il était à côté de moi. Des poils blonds ont commencé à repousser sur son menton. – C'est grâce à toi, tout ça.

— Grâce à moi ? De quoi tu parles ? je soupire, avec une sensation d'impuissance.

— L'affaire est quasiment résolue grâce à toi.

— Tu crois vraiment qu'elle est résolue ?

— Il manque plus que Roe se décide à parler.

— Le piège du biais de confirmation d'hypothèse, dis-je. En voilà un parfait exemple ! Maintenant, tout ce qu'on cherche, c'est à confirmer notre hypothèse. Tu as toi-même dit à Birte dans la voiture qu'il ne fallait pas tirer de conclusions hâtives. Mais c'est exactement ce qu'on a fait.

Je prends la clé de la cellule où est enfermé Roe. Je laisse August et descends rapidement l'escalier qui mène au sous-sol, où se trouvent les cellules.

Roe a l'air surpris de me voir. Je laisse la porte entrouverte et vais m'asseoir sur la couchette, à côté de lui. Il me sourit. Je me demande si je ne lui rappelle pas sa fille, celle qui est morte. Ça a dû être tellement dur pour lui.

— Je ne crois pas que tu aies fait quoi que ce soit à Iben, dis-je. Mais eux si.

Il m'indique la caméra de surveillance.

— C'est si difficile que ça de parler d'elle ? je lui demande. D'Anita ?

Il baisse les yeux et se met à fixer le sol.

— Je crois qu'il faut quand même que tu le fasses, je poursuis. Il faut que tu nous expliques ce que tout ça signifie, autrement personne ne découvrira jamais ce qui est arrivé à ta fille.

Il a toujours les yeux rivés sur le sol. Son regard est vide, comme s'il était perdu dans ses pensées. Puis il se tourne vers moi et hoche la tête.

ROE

Kristiansund
Mardi 6 juin 2017

Je maudis le réveil qui, une fois de plus, m'avait ramené dans ce minuscule appartement, dans cette ville aussi ordinaire et ennuyeuse qu'Ålesund, mais en plus petite. Je serrai les dents et m'assis au bord du lit, étirai ma colonne vertébrale et m'assurai que toutes les parties de mon corps fonctionnaient bien. Sur le sol étaient éparpillées les photocopies du dossier de l'affaire David Lorentzen. Le fait de déménager ici n'avait rien changé. Je demeurais lié à cette misérable ville que j'avais quittée. La prochaine fois que je déménagerai, il faudra que ce soit bien plus loin. Ou bien que je laisse réellement derrière moi tout ce que j'avais décidé de laisser derrière moi. Anita. Aurora. David. Egil. Des éléments d'une vie qui n'était plus supportable parce qu'il y avait toujours quelque chose, quelque part, qui faisait trop mal.

Je me penchai pour ramasser les feuilles et les glissai dans la chemise en plastique posée sur le chevet. Personne ne savait que j'avais fait des copies de ces documents. Si je réussissais à résoudre cette affaire, j'aurais la réponse à toutes mes autres questions, j'en étais convaincu. J'allai dans la cuisine, allumai la machine à café, sortis le pain, le beurre et le fromage et une assiette ébréchée. J'ouvris la porte de l'appartement et récupérai l'édition du jour du *Tidens Krav* qu'on avait déposée sur le paillasson. Je m'étais abonné à ce journal dès le premier jour. J'avais décidé que je vivrais cette nouvelle vie à fond, que cette ville deviendrait la mienne. C'était incroyable, ce que j'avais pu être naïf. Plusieurs mois après mon installation à Kristiansund, cette ville m'était toujours étrangère. Je m'étais efforcé d'appliquer ce conseil qui semblait m'arriver de partout quand les choses devenaient compliquées. Laisse faire le temps. Mais le temps était effroyablement long, et seule la mort nous attendait au bout du chemin.

Je me servis une tasse de café et ouvris le journal. Juin. D'autres e-mails sur le recours en appel concernant le futur hôpital. Cette histoire semblait sans fin, les habitants de Kristiansund ne parlaient que de cela. Ce que je comprenais dans la mesure où j'étais moi-même frustré par toutes ces fusions d'hôpitaux et de postes de police qui avaient lieu un peu partout dans le pays. Seulement, le sujet commençait à me lasser. Tandis que je me préparais une tartine de beurre avec du fromage, je continuai de feuilleter le journal en parcourant les titres. Je m'arrêtai sur "VeryHealth a remporté l'appel d'offres". L'article était accompagné d'une photo montrant un groupe de personnes rassemblées autour d'un gâteau glacé à la pâte d'amandes, des femmes pour la plupart. La VeryHealth était une entreprise qui fournissait des assistants personnels. Ils venaient donc de remporter un important appel d'offres lancé par la municipalité, mais ce n'était pas le texte qui m'intéressait. C'était la photo. En particulier la femme qui souriait, tout à droite. Elle avait les cheveux blonds, coupés court avec une frange longue, et tenait dans sa main une pelle à tarte. Ses cheveux étaient plus courts et plus clairs, et elle avait vieilli et maigri, mais ça avait quand même bien l'air d'être elle.

Je pris mon téléphone et fis défiler mes photos jusqu'à ce que je retrouve celles que j'avais prises des esquisses figurant dans le bloc à dessin qu'Anita avait laissé chez Ingrid. C'était étrange. Se pouvait-il vraiment qu'il s'agisse de la même femme ? D'après l'article, elle s'appelait Mariam Lind et c'était elle qui possédait la société. J'entrai son nom dans le moteur de recherche et appris qu'elle était mariée au conseiller municipal Tor Lind. Elle n'avait pas de compte Facebook, mais Tor Lind avait posté une photo de lui avec son épouse et une jeune fille souriante – Iben. Elle ne regardait pas l'objectif, mais quelque chose d'autre, sur la droite. Elle avait le regard absent. Un frisson parcourut mon corps lorsque je la vis. Il y avait quelque chose d'étrangement familier dans ce visage, même si je n'arrivai pas à saisir ce que c'était. Je tapai son nom et lançai une nouvelle recherche, mais ne trouvai qu'un article datant de la mi-janvier, paru à l'occasion de l'anniversaire de ses onze ans.

Je parcourus la liste de mes contacts à la recherche du numéro de téléphone d'Egil. Cela sonna longtemps, et j'eus à nouveau un frisson lorsque je tombai une fois de plus sur ce message d'accueil qui me ramena à ce jour-là. Je m'empressai de raccrocher, puis décidai de faire encore une tentative.

— Allô ? fit une voix masculine qui n'était pas celle d'Egil.

— Je pourrais parler à Egil ?

Il y eut un long moment de silence à l'autre bout de la ligne.

— Egil est en prison, finit par m'annoncer la voix.

MARIAM

Ålesund
Jeudi 24 août 2017

Je suis réveillée par une sensation de suffocation. Je halète dans la pénombre de la chambre, où des rais de lumière filtrent entre les rideaux. Pas d'air. J'essaie de bouger, mais j'ai les bras bloqués. Je suis enfermée dans un anneau musculeux, strié de marron, de noir et de jaune. J'ouvre la bouche en grand et tends le cou, prisonnière de la puissante étreinte du python. Je tourne la tête sur le côté et me retrouve face à la gueule béante de Néron. Il a tellement grandi qu'il dépasse ma tête. Des taches noires dansent devant mes yeux. Je secoue la tête. Encore et encore. Mes larmes giclent dans toutes les directions.

Puis il desserre son étreinte. L'air s'engouffre dans mes poumons, les frappant comme une volée de gravier. Je me recroqueville, prise d'une violente quinte de toux. Ma poitrine me brûle. Il s'enroule à côté de moi. Sa petite langue dépasse de sa gueule fermée. Puis il tourne la tête et, lentement, glisse sur le sol. Comme un film tournant au ralenti, chacun de ses anneaux tachetés se déroule jusqu'à ce que sa queue disparaisse sous le lit. Mon cœur bat la chamade dans ma poitrine. C'est la première fois qu'il m'attaque.

Je tremble toujours lorsque je rejoins Ingvar, assis dans la cuisine en train de fumer. Ça fait longtemps que cette odeur ne signifie plus rien pour moi. Malgré tout, je suis tentée à l'idée de m'asseoir à cette table, devant la fenêtre, pour fumer.

— Dernières nouvelles, dit-il en indiquant la radio. Le policier a été relâché.

— Tu m'en files une ?

Il me tend le paquet de tabac. Je le saisis, sors un papier à cigarette et commence à le remplir. Je me rends compte que j'ai oublié comment on roule les cigarettes. Le tabac ne se comporte pas comme il devrait, glissant systématiquement vers le centre. Ils ont relâché le policier, mais je n'en ai pas encore terminé avec lui. Je dois découvrir pour quelle raison il me cherchait ; pour quelle raison il voulait parler à Carol ; si c'est bien lui qui s'est présenté à la porte de celle qui se considère comme ma mère ; à qui d'autre il a parlé. Je place entre mes lèvres la cigarette que je viens de me rouler et l'allume. Le papier et le tabac brûlés me piquent les poumons et je me mets à tousser, ce qui fait rire Ingvar.

— Tu te souviens, Liv, de notre première soirée ensemble dans cet appartement ? On est restés assis toute la nuit, tous les trois, à fumer et à parler de tout et de rien. Je me rappelle que je me suis dit que tu étais la fille la plus cool que j'avais jamais rencontrée.

— Je m'en souviens parfaitement. C'était super sympa de votre part de m'accueillir alors que vous ne saviez absolument rien de moi. J'ai même pas eu à payer ma part de loyer, le premier mois.

— T'avais pas de quoi payer, de toute façon.

— Mais le plus important…, j'ajoute. Ce qui a fait que j'ai décidé de rester ici, c'est que je me sentais en sécurité avec vous. Je pouvais parler de mon passé, mais je n'étais pas non plus obligée de le faire si j'en avais pas envie. Vous avez compris que c'était comme de titiller un nid de serpents.

Ingvar tire une dernière fois sur sa cigarette et écrase le mégot.

— Un nid de serpents, exactement, commenta-t-il. À propos. Qu'est devenu Néron ?

— Je l'ai lâché dans les bois, je réponds. J'avais pas le choix.

Je n'étais pas obligée de mentir. Ingvar aurait été heureux de revoir Néron. Pourtant, ce mensonge est sorti tout seul. Je n'ai pas envie de le partager. Que Carol soit au courant qu'il existe toujours est une chose. Ingvar, en revanche, n'a pas à le découvrir. Comment savoir ce qu'il ferait d'une telle information ?

— C'est comme si tu l'avais tué, dit Ingvar. Je croyais qu'il comptait beaucoup pour toi.

Je m'apprête à répondre, mais m'interromps. Au-dessus de nos têtes retentit le martèlement des pas de la vieille propriétaire qui se déplace chez elle. Comment ai-je pu ne pas y penser plus tôt ? J'écrase ma cigarette seulement à moitié consumée.

— Je monte, dis-je à Ingvar. Je dois lui parler.

Curieusement, une fois dans le couloir, je m'attends à voir les tennis grises que je portais tout le temps à l'époque où j'habitais ici. Aussi suis-je déçue. Certes, elles ne sont plus aussi belles et impeccables qu'elles l'étaient deux jours plus tôt, mais ce sont tout de même les chaussures de Mariam que je trouve.

Je monte l'escalier jusqu'à l'étage et sonne à la porte. En fin de compte, je ne l'ai vue que quelques fois et elle n'a toujours montré que peu d'intérêt pour moi. Elle met du temps à venir à la porte. J'entends du mouvement à l'intérieur. Un léger cliquetis au moment où elle regarde par le judas, juste avant de tourner le verrou et d'ouvrir la porte en laissant la chaîne de sécurité. Elle est voûtée et ses cheveux blancs, aplatis sur sa tête, ne sont pas assez épais pour recouvrir la tache de naissance sur son cuir chevelu. Elle plisse les yeux derrière les verres épais de sa paire de lunettes.

— Qui est-ce ?

— C'est Liv, dis-je. La Liv qui habitait dans l'appartement il y a quelques années.

— Je vous prie de m'excuser. Je vois tellement mal, vous comprenez ?

— Il faut dire aussi que ça faisait longtemps.

— Vous vouliez quelque chose ? Il me semble que vous avez déjà payé le loyer pour ce mois-ci.

Sur son front se dessine une ride supplémentaire qui signifie qu'elle n'a pas de temps à perdre avec ses locataires, du moment qu'ils règlent leur loyer.

— C'est à propos d'autre chose. J'aurais voulu savoir si vous aviez reçu la visite d'un homme d'âge mûr, il y a quelques mois de ça. Les épaules larges ? Un policier, peut-être ?

D'un coup, son visage s'illumine.

— Oui, un homme est venu. C'était avant l'été. Il était de la police, un homme très aimable. Il m'a posé tout un tas de questions, mais je n'ai pas pu répondre à toutes. C'est vrai qu'il m'en a aussi posé sur vous, mais je ne savais rien du tout. Vous avez parlé avec lui ?

J'acquiesce.

— Il est entré dans l'appartement ?

— Oui, bien sûr. Je n'ai pas l'habitude d'y aller comme ça, mais quand c'est la police… Il voulait juste voir une pièce, et il en avait même la clé. Tant mieux, parce que moi je n'en ai pas. Il avait parlé avec le garçon qui est en prison maintenant.

— Egil ?

— Je ne me rappelle plus comment ils s'appellent. Tout ce que je sais, c'est qu'il est en prison et qu'il l'a sûrement mérité. Le policier avait la clé, et il a pu visiter la pièce.

— Est-ce que c'était lui ?

Je lui montre la photo de Roe Olsvik sur le téléphone d'Ingvar. Elle approche sa tête si près que ses lunettes touchent presque l'écran. Puis elle acquiesce.

— Oui, c'était bien lui. Un jeune homme très sympathique.

ROE

Ålesund
Mardi 20 juin 2017

Je me garai le long du trottoir devant le magasin de cadres. Je n'en aurais sans doute pas pour longtemps. Ålesund était une ville que j'avais déjà quittée. Avec un peu de chance, personne ne me verrait avant que je reparte.

Je traversai la rue et partis en direction de l'imposant centre pénitentiaire à la façade jaune. J'étais déjà venu plusieurs fois au cours de toutes ces années, mais toujours dans le cadre du travail, jamais avec un badge de visiteur dans la main. Je sonnai et le portail s'ouvrit aussitôt en grinçant. Le gardien me sourit depuis la porte n° 2.

— J'ignorais que tu avais des amis dans le milieu, Roe.

J'avais oublié le nom de ce type. Il ne devait pas avoir plus de vingt-cinq ans. Mais il avait une voix désagréablement stridente qui irritait les tympans comme du fil de fer. Je déposai mon téléphone et mon portefeuille dans un petit casier prévu à cet effet et il le ferma à clé, puis je pris l'énorme porte-clés, qu'un des détenus avait dû confectionner à l'atelier de menuiserie, et le glissai dans ma poche qui fit une bosse. Je tendis mon badge de visiteur au gardien et passai rapidement à travers le détecteur de métaux pour éviter qu'il n'en fasse toute une histoire.

La prison avait plus de cent cinquante ans et avait depuis longtemps dépassé sa date de prescription. Un beau bâtiment, pour un musée. Un excellent emplacement aussi, pour un musée. En plein centre-ville, avec des habitants juste en face, qui pouvaient observer les détenus de leurs fenêtres. Les places y étaient trop peu nombreuses pour qu'elle puisse servir de prison de haute sécurité pour tout le Vestland. Et elle abritait plus de détenus de Bergen que d'Ålesund, même si la liste des condamnés locaux en attente d'incarcération était suffisamment longue.

Le gardien me laissa seul dans le petit parloir. Sur les murs étaient peints des arbres aux troncs étroits qui allongeaient leurs branches du sol au plafond. De petits oiseaux étaient perchés sur ces branches ou battaient des ailes dans la forêt. On aurait dit que l'artiste avait voulu les représenter comme quelque chose de beau et de mélancolique. C'était peut-être ainsi que les habitants des lieux les voyaient dans leurs rêves. Je pris place dans le canapé en cuir noir, fermai les yeux et imaginai les oiseaux battant des ailes et criant de désespoir.

Egil sourit en franchissant la porte. Il releva les manches de son pull et me donna une poignée de main qui se termina presque en embrassade.

— Alors ça, je m'y attendais pas du tout.

Il s'assit sur la chaise en face de moi. Je sortis de la poche arrière de mon pantalon la copie d'une photo que j'avais dans mon téléphone.

— Qu'est-ce que c'est ? me demanda-t-il.

— Tu sais qui est cette personne, Egil ?

Il fixa la photo. Il était manifestement surpris. Il se passa la main dans les cheveux, un geste involontaire.

— Non. Non, je sais pas. C'est un dessin ?

— C'est Anita qui l'a fait. Je veux que tu sois honnête avec moi. Est-ce que tu connais son modèle ?

Egil secoua la tête.

— J'en ai aucune idée. J'ai jamais vu cette personne.

— Est-ce que tu me mens, Egil ? Est-ce que tu protèges cette fille ?

— Non. Je suis au courant de rien. Rien du tout.

— Tu comprends ce que ça signifie si tu me mens ? J'ai perdu ma fille. Et aussi ma petite-fille. Tu m'empêches de découvrir ce qui leur est arrivé.

— Je sais pas du tout ce qui s'est passé. Vraiment.

Je baissai la main qui tenait la photo. J'avais donc vu juste. Il m'avait menti depuis le début.

— Tu ne sais peut-être pas ce qui s'est passé, mais tu sais qui c'est.

Je brandis la chaîne avec la clé. Ses yeux gris-bleu s'écarquillèrent, son visage se tendit.

— Où est-ce que t'as trouvé ça ?

Je regardai ce jeune homme qu'à une époque j'avais cru toucher, un jeune homme que j'avais aidé, qui n'était pas habitué à ce que des gens de mon âge le traitent bien. Ça m'avait donné de l'espoir – et envie de me relever et de faire le bien. Soudain, je pris conscience que je n'avais rien fait de valable. Il avait bâti sa vie autour d'une vision du bien et du mal basée sur la morale de la rue, totalement différente de la mienne.

— Je l'ai trouvée dans la boîte à bijoux d'Anita. Je sais qu'elle appartient à la femme qu'elle a dessinée.

— Fait chier, s'exclama-t-il en serrant les poings sur ses cuisses. Je peux pas la protéger indéfiniment. Il y a quelque chose qui tourne pas rond chez cette fille.

Il sembla réfléchir. Puis il se pencha en avant.

— C'est la clé de la porte de ma chambre, à la coloc. Enfin… maintenant, c'est la mienne. Avant, c'était celle de Liv. Il y a encore des affaires à elle, là-bas, dans un sac poubelle noir, qu'on n'a pas osé jeter. Dis à Ingvar que je t'ai chargé de me rapporter quelque chose. S'il refuse de te laisser entrer, t'auras qu'à le menacer de déballer tout ce que tu sais.

Tandis que je retournais à ma voiture, je serrai entre mes doigts la clé que je tenais dans la poche de ma veste. Il n'y avait pas de temps à perdre. J'étais ici pour seulement une semaine. J'avais déménagé et commencé un nouveau boulot et une nouvelle vie. Je ne voulais pas m'accrocher à celle que je venais de laisser derrière moi, ni porter ce fardeau comme un sac de vêtements usés ou une vieille télé. Il fallait juste que je m'assure de n'avoir rien négligé avant de quitter cette ville pour de bon.

Il n'y avait personne à l'appartement. Pas de lumière aux fenêtres du sous-sol. Personne ne m'ouvrit lorsque je sonnai. Je décidai de retourner à la porte d'entrée du rez-de-chaussée et c'est alors que je vis une femme aux cheveux blancs à la fenêtre, qui regardait dehors, cachée derrière les rideaux de sa cuisine. J'allai à la porte principale en me disant que je n'avais rien à perdre. Je sonnai. Elle entrebâilla la porte. Elle avait des verres épais et un regard soupçonneux.

— C'est à quel sujet ?

— Roe Olsvik, inspecteur de police à Kristiansund. J'ai été en contact avec Egil Brynsteh. Il m'a autorisé à fouiller sa chambre, mais je n'ai pas la clé de la porte d'entrée.

La femme ne se fit pas prier. Elle alla chercher sa clé, enfila une veste légère et me précéda dans l'escalier qui menait au sous-sol.

— Je n'ai pas le droit de fourrer mon nez dans les affaires de mes locataires, dit-elle. Je ne le fais jamais. Mais quand c'est la police qui sonne à ma porte, je ne peux pas refuser. Ce sont de sacrés numéros, mes locataires. Je me demande à quoi ça ressemble là-dedans. Je n'y ai pas mis les pieds depuis… Oh, ça fait un paquet d'années ! Je reconnais qu'ils paient toujours leurs loyers en temps et en heure. Et voilà, je vous en prie… – Elle m'indiqua la porte et resta sur place, tandis que je pénétrais dans un couloir encombré de chaussures et de vêtements. – Je vous attends ici, je ne veux pas être indiscrète.

Egil m'avait dit que sa chambre était tout de suite à gauche après la salle de bains. La porte était fermée à clé. Je sortis la chaîne dorée et la frottai entre mes doigts pendant un instant. Derrière cette porte, je trouverais peut-être des réponses qui ne me plairaient pas. Ou peut-être qu'au contraire ce serait une impasse. J'enfonçai la clé dans la serrure et la tournai.

La pièce était petite. À l'intérieur, il y avait seulement un lit, une armoire et une commode. Près de la fenêtre, un pot contenait les restes de ce qui avait été autrefois une plante. Les rideaux étaient partiellement tirés. L'odeur de renfermé et de jeune mâle qui y régnait me ramena à mes propres jeunes années. J'ouvris la porte du débarras et repérai deux gros sacs poubelles noirs semblables à celui dont Egil m'avait parlé.

J'ouvris l'un d'eux et plongeai le bras à l'intérieur. J'en sortis un sweat-shirt noir et un album. Celui-ci était plein de photos, de soirées pour la plupart. Je m'assis sur le lit et commençai à le parcourir. Cette femme apparaissait sur de nombreuses photos, avec des verres d'alcool à la main, les yeux rouges et la langue tirée. Sur l'une d'elles, elle était assise avec un groupe de jeunes devant un écran de télé, sur lequel on distinguait plus ou moins une image de ce qui ressemblait à un documentaire animalier. Sur une autre, elle marchait sur les mains, tandis que quelqu'un la tenait par les pieds. Apparemment, elle était souvent au centre de l'attention. Parmi ces photos de soirées festives, il y en avait quelques autres. Des photos de la vie quotidienne, prises dans la cuisine ou dans le séjour. Sur une d'elles, elle était assise sur un lit, jambes croisées. Elle tenait dans ses bras un python. Il y avait d'autres photos de ce serpent. Parfois, Egil et Ingvar le tenaient aussi, mais la plupart du temps il était dans ses bras à elle, ou sur ses épaules.

Je posai l'album et me remis à fouiller dans le sac poubelle. Je trouvai des bijoux bon marché, ainsi que des vêtements, des chaussures et diverses affaires de femme. Je plongeai de nouveau le bras à l'intérieur du sac et saisis un objet dur qui se révéla être un biberon. Il y avait aussi des vêtements de nouveau-né et un petit ours en peluche. Je sentis ma poitrine s'enflammer. Je vis le petit corps calciné d'Aurora qu'ils avaient retrouvé avec plusieurs côtes brisées, comme si elle avait été écrasée par une force externe qui avait fini par l'étouffer. Puis, mes doigts rencontrèrent ce que je pris d'abord pour un de ces vieux téléphones, imposants et sommaires, avec une antenne. Je le sortis du sac. Il était mauve et muni d'un seul bouton qui servait à l'allumer ou à l'éteindre. C'était un babyphone. Je le reconnus aussitôt. Je l'avais offert à Anita à la naissance d'Aurora.

MARIAM

Ålesund
Jeudi 24 août 2017

Je m'étais rendue une seule fois au centre pénitentiaire d'Ålesund. C'était quand j'étais à l'école, mais je n'en avais qu'un vague souvenir de cour de prison et de béton. L'odeur des vieux bâtiments de style Art nouveau y est indéfinissable, mais incontestablement présente dans l'air. Après le portail, ils me dirigent vers un portique muni d'un détecteur de métaux. Je le franchis, puis ils me conduisent dans une petite salle dont les murs sont décorés d'une fresque représentant des arbres et des oiseaux aux ailes déployées. Dans cette pièce, il n'y a pas grand-chose à faire, si ce n'est rester assis à fixer cette œuvre d'art. J'attends ainsi jusqu'à ce que la porte s'ouvre à nouveau. Le visage d'Egil se fend de son éternel sourire charmeur. Le sourire à la Egil. Le gardien nous laisse aussitôt. Egil vient à ma rencontre et me serre longuement dans ses bras.

— Waouh ! s'exclame-t-il en s'asseyant à côté de moi dans le canapé. J'ai bien cru que je te reverrais jamais. Et puis quelle élégance !

Il regarde mes chaussures, mon pantalon à pinces, et j'ai une fois de plus la sensation d'être trop bien habillée, tirée à quatre épingles.

— Alors, comment va notre taulard ? Ils te nourrissent et te sortent suffisamment ?

— C'est d'un ennui mortel ici. Je vais devenir dingue à rester entre ces murs. D'un autre côté, je l'ai un peu cherché. Et toi, Liv, comment tu vas ?

— C'est Mariam, maintenant.

— Oui, Mariam, c'est vrai. Mariam Lind. Tu as complètement refait ta vie.

Il regarde ma main.

— Un bon mariage, une belle famille et un travail passionnant, et qui paie bien, j'imagine. Tu as changé de nom et laissé ton passé derrière toi comme on se débarrasse d'une vieille veste. Enfin, jusqu'à ce qu'il se passe ce qui s'est passé. Comment tu te sens ?

Je me demande si je dois répondre à sa question, mais il n'a aucun droit de savoir comment je me porte, ni ça ni rien d'autre.

— Je suis pas venue ici pour bavarder, Egil. En fait, je suis pressée. J'ai perdu ma fille.

Aussitôt, je jette un regard par-dessus mon épaule, vers ce qui ressemble à une caméra.

Egil secoue la tête.

— Ils nous surveillent pas. Ils le font seulement quand on reçoit la visite de quelqu'un à qui ils font pas confiance.

— Très bien. Dans ce cas, tu vas pouvoir m'expliquer comment tu as pu me faire une chose pareille.

Il baisse les yeux sur ses mains. Les traits de son visage sont plus marqués qu'à l'époque où on habitait ensemble. Il a même quelques cheveux gris.

— Je suppose que tu veux parler de Roe Olsvik ? – Egil attend. Comme je ne lui réponds pas, il poursuit. – Je sais que c'était idiot, mais j'avais pas tellement le choix. Il en savait déjà trop, et on était amis. J'en ai eu assez de lui cacher des choses. De toute façon, il a gardé pour lui tout ce que je lui ai dit. Autrement, tu serais ici avec moi.

Il parle vite, manifestement effrayé par ma colère.

— Pour être honnête, Liv, j'avais pas envie de mentir. Putain, je lui avais déjà menti tellement de fois, et il me considérait comme son ami, malgré toutes mes conneries, et ça signifiait beaucoup pour moi. Anita avait fait ton portrait, il avait des photos de ses dessins. Il avait même la clé de ta chambre, Liv.

— Là, je te suis plus vraiment, Egil.

— Anita Krogsveen. C'est son père. Je lui ai dit que je croyais pas que tu avais quoi que ce soit à voir là-dedans. Dans sa mort, je veux dire. Même si, franchement, j'en étais pas tout à fait sûr. Tu nous as caché tellement de choses.

Je soupire et ferme les yeux. J'imagine les cheveux blonds d'Iben, que je coiffais avec mes doigts quand elle était petite parce qu'elle refusait d'utiliser la brosse. Aussi blonds et fins que ceux d'Anita, et aussi beaux que ceux d'Aurora. Je pense tellement à Iben au passé. Est-ce qu'elle appartient au passé, maintenant ?

— Tu as dit qu'il avait ma clé ? je lui demande.

Il acquiesce.

— Ça devait être Anita qui l'avait volée. Roe l'a trouvée dans sa chambre, chez sa mère.

Anita. Je ferme à nouveau les yeux et repense à la fois où elle était entrée dans la salle de bains pour se remaquiller et qu'elle avait dit que j'avais des yeux intéressants. Puis elle avait dû vouloir vérifier si la rumeur était vraie, si j'avais réellement un python dans ma chambre. Elle l'avait toujours su. Tout à coup, des larmes commencent à dégouliner sur mes joues. Elles tombent sur mon pantalon à pinces.

— Quelle idiote, dis-je.

Moi qui pensais que je devais lui cacher l'existence de Néron. Pendant tout ce temps, je l'avais caché, et elle m'avait laissé croire qu'elle ne savait rien.

— Donc, tu lui as dit ce qu'elle ouvrait ? je poursuis. Tu lui as permis d'entrer dans ma chambre.

— Oui, enfin… Techniquement, c'est ma chambre. Ça fait douze ans que tes affaires sont là-bas, je pensais que tu reviendrais pas les réclamer.

— Et s'il l'a tuée, Egil ? Tu as pensé à ça, hein ?

Il secoue la tête.

— Il l'a pas tuée.

Je lève la clé dorée devant son visage et la fais se balancer.

— Tu sais où je l'ai retrouvée ? Dans une boîte à bijoux dans la chambre de ma fille.

Egil fixe la clé.

— Comment elle a atterri là-bas ? Tu penses vraiment que…

— J'en suis persuadée, Egil.

— Pourquoi tu es là, alors ? Tu ferais pas mieux d'aller chercher ta fille ?

Je baisse les yeux.

— Si. Bien sûr. C'est juste que… j'étais convaincue que c'était Patrick.

— Patrick ? – Egil jette un regard en direction de la porte, se tourne de nouveau vers moi et approche sa tête. – Patrick est mort, me chuchote-t-il. On s'est occupés de lui.

— Vous vous êtes occupés de lui ?

Il s'approche encore plus.

— Ingvar et moi, on lui a réglé son compte. Personne le retrouvera jamais. C'est comme s'il avait été avalé par la terre. Ou encore mieux, comme s'il avait été digéré. – Il pose une main sur sa poitrine et me fait un clin d'œil. – J'aurais fini en taule, de toute façon, mais c'est parce que je suis complètement naze comme criminel.

Egil lâche un rire bref. Puis il se lève, frappe à la porte et appelle le gardien.

— Vas-y, maintenant, me dit-il au moment où la porte s'ouvre et que le gardien entre. Retrouve-la.

MÉMOIRES D'UN REPTILE

Le temps passa. Mon corps devint long et lourd à traîner, et je ne quittais jamais le lit, à part quand j'éprouvais le besoin de m'étirer dans les petits rayons de soleil qui filtraient par la fenêtre.

Deux fois, je reçus la visite d'étrangers. La première, c'était un groupe de mâles avec des poils sur le visage et des vêtements sombres, lisses et décorés d'objets pointus. Ils étaient bruyants, m'ont promené un peu partout et avaient une odeur inconnue. Ils murmuraient entre eux en utilisant des mots que je n'avais jamais entendus avant, comme "peau" et "magnifique" et "précieuse". L'un d'eux caressa avec son doigt l'anneau qu'il tenait dans sa main. Je venais juste de m'endormir, j'étais furieux et avais désespérément envie d'une bonne proie bien goûteuse, de chair et de sang, aussi attaquai-je la première main qui passa à ma portée. J'y enfonçai mes dents et serrai. La main était sale et poilue. Son propriétaire prononça plusieurs mots que je connaissais. "Merde." "Monstre." Il lâcha mon anneau, si bien que je tombai par terre avec fracas. La douleur dura longtemps. Je m'attendais à les revoir, mais ils ne revinrent pas, malgré ma peau magnifique et précieuse. Peut-être que le prix demandé par la femme froide était trop élevé.

La deuxième fois, ce fut une personne seule. Il me sembla que c'était un mâle, couvert d'une grande toile blanche qui dissimulait sa tête et son corps. Sur la bouche aussi il avait quelque chose de blanc, et ses mains étaient revêtues d'une membrane transparente. Il me rappela quelqu'un. Derrière le plastique, je perçus une vague odeur de l'appartement où j'avais habité pendant un temps, mais les êtres humains ont tendance à tous se ressembler. L'homme tenait dans sa main un gros sac noir, lisse et brillant, si bien que la lumière de la fenêtre s'y reflétait. Je tâtai l'air pour tenter d'identifier une odeur, mais elle était faible. Amère et aigre.

L'homme étala un gros morceau de matière luisante sur le sol. Puis il ouvrit le sac noir. L'air se remplit d'une odeur de mort, sang séché et de peau durcie. Il sortit d'abord un bras coupé. Il le posa soigneusement sur le tapis et sortit ensuite une jambe qu'il plaça juste en dessous. Il disposa un nouveau bras à côté du premier et fit de même avec la deuxième jambe. Le tronc était coupé en deux au niveau du nombril. Pour finir, il sortit la tête d'un homme. En la tenant par les cheveux, si bien qu'elle se balançait. Ses lèvres étaient tuméfiées et il lui manquait plusieurs dents. Même la peau autour de ses yeux clairs était gonflée. L'homme la posa à côté des autres parties du corps. Il mit le sac en boule, puis se tourna et repartit.

Je n'avais pas envie de manger ce mort. Son corps n'était pas frais, c'était de la viande bonne pour les insectes et les charognards, mais j'étais affamé, ça faisait longtemps que la femme froide ne m'avait pas nourri. Je savais que si je refusais cette viande, je n'en aurais pas d'autre avant un bon moment. C'est pourquoi je la dévorai, même si elle avait un goût acide, même si la sensation de ce bras raide glissant dans ma gorge jusqu'à mon estomac me dégoûtait. J'engloutis tout. Après cela, pendant des mois, le simple fait de penser à de la nourriture m'écœurait, jusqu'à ce que je fusse de nouveau sur le point de mourir de faim. Quand, enfin, ils me servirent les proies froides habituelles, qui sentaient au moins la viande fraîche, je n'en fis qu'une bouchée.

Après la deuxième visite, la femme froide lava la pièce. Pendant ce temps-là, elle m'enferma dans une cage. La pièce empestait les produits détergents. Je l'observai, derrière mes barreaux, fantasmant sur elle, le jour où je parviendrais à la surprendre. Son agonie, qui serait longue et douloureuse. Elle sentirait son souffle la quitter lentement, la panique s'emparerait d'elle et elle puerait de terreur. Ses longs cheveux gris s'emmêleraient dans mes dents.

J'avais complètement renoncé à la femme chaude. Le jour où elle réapparut, plus rien d'autre n'eut de sens pour moi. Cela aurait aussi bien pu être le signe que j'étais mort, mais c'était bel et bien réel. Je tâtai l'air et perçus de nouvelles odeurs, mais aussi d'autres, plus anciennes. À moi, elle ne pouvait pas me la faire, on ne me leurrait pas avec des parfums. Elle s'allongea comme elle l'avait fait autrefois, me laissant m'enrouler autour d'elle, comme une proie qui se rend. Elle était en forme et bouillante, et moi, j'étais affamé.

ROE

Kristiansund
Vendredi 7 juillet 2017

Je rétrogradai en dessous des trente à l'heure, jusqu'à ce que ma voiture glisse presque silencieusement dans Siktepunktet. Une fois au bout de la rue, je vis que toutes les lumières de la maison étaient éteintes. C'était un petit pavillon mitoyen avec un jardin clos et une terrasse à l'avant. Elle n'était ni belle ni vilaine, juste une maison quelconque dans un quartier quelconque de Norvège. Tout ce qui la différenciait des autres, c'était qu'elle abritait le diable. Je me garai, coupai le moteur et restai là, à faire semblant de vérifier quelque chose sur mon téléphone, tandis que, par la vitre de ma portière, je surveillai la maison en attendant qu'il se passe quelque chose. J'entendais des voix d'enfants, qui jouaient quelque part aux alentours, mais je ne pouvais pas les voir. Pas plus que la voiture de Mariam Lind.

Depuis le début de l'été, il ne s'était pas passé une seule journée sans que je vienne faire un tour ici en voiture. Juste histoire de jeter un coup d'œil. Certaines fois, il y avait de la lumière aux fenêtres, d'autres fois tout était éteint. Certaines fois, sa voiture était là, d'autres non. D'habitude, je m'en allais au bout de seulement quelques minutes. Je ne savais pas pourquoi je faisais ça. Peut-être que j'espérais avoir une occasion de parler avec l'un d'eux, de rompre leur petite idylle familiale. Si des voisins m'avaient posé des questions, j'aurais simplement répondu que je m'étais trompé de rue. Mais si je l'avais rencontrée, elle ou un membre de sa famille, alors ça aurait été une autre affaire.

Je reposai mon téléphone. Je scrutai ces rues désertes et repensai à ce que m'avait dit Egil à propos de cette Liv, qui se faisait désormais appeler Mariam. De ce qu'il pensait qu'il s'était passé dans cette chambre. En fin de compte, je préférais ne pas y penser. Je n'en avais pas la force. Je fermai les yeux et essayai de chasser cette idée, mais elle s'accrochait. Les côtes fragiles d'Aurora, brisées comme si quelque chose l'avait serrée, écrasée. J'étais d'accord avec Ingrid sur un point. C'était que Birk n'avait pas de mobile pour tuer sa propre fille. Un serpent constricteur, en revanche, n'avait pas besoin de mobile. Seulement d'une personne diabolique pour réunir la proie et le prédateur.

Je rouvris les yeux. Je décidai que le moment était venu de redémarrer le moteur et de m'en aller, quand je remarquai une enfant qui montait la côte. Une jeune fille aux cheveux blonds, longs et fins comme du duvet. Des cheveux électriques, qui semblaient flotter autour de sa tête. Elle portait une veste rouge légèrement trop grande pour elle. Quand elle fut plus près, je constatai à quel point elle ressemblait à sa mère. Je baissai ma vitre et lançai un bref "Psst". Elle s'arrêta et tourna la tête vers moi. Alors, je sifflai et lui fis signe d'approcher. Lentement, elle fit quelques petits pas dans ma direction. Elle paraissait sceptique. On lui avait certainement appris de quoi elle devait se méfier. Je désignai sa maison.

— C'est bien ici qu'habite Mariam Lind ?

Elle leva les yeux vers le pavillon et acquiesça.

— Tu es sa fille ?

Elle hocha de nouveau la tête.

— Tu es aussi belle qu'elle, dis-je en lui adressant un clin d'œil.

Elle commença à se tortiller et baissa le regard, manifestement gênée.

— J'ai quelque chose qui lui appartient, ajoutai-je. Enfin, qui lui appartenait quand elle était jeune. – Je me penchai par la vitre de la portière et lui tendis la chaîne dorée avec la clé. – Je peux te la donner, si tu veux.

III

ROE

Kristiansund
Jeudi 24 août 2017

Le couteau est effilé sous mon pouce. J'ai cessé de compter les fois où je me suis retrouvé à sentir sa lame sur les lignes délicates de sa peau. Je sais exactement comment la toucher sans me couper. Je regarde mon reflet dans le miroir de la porte de l'armoire. J'ai l'air d'un fou avec ce couteau dans ma main. Je le lève et fends l'air comme si je me battais contre un ennemi invisible. Qui sait ? Si j'avais été là pour Petite, ce jour-là, peut-être que j'aurais pu éviter ce qui est arrivé. Je l'aurais fait, même si, pour ça, j'avais dû fendre la gorge à quelqu'un.

Je pointe la lame vers Iben. Sa gorge est découverte, laissant deviner les tendons et les veines délicats sous sa peau claire. Je la pique légèrement. Je gratte un peu sa peau rose clair, sur son cou, puis sur une joue. Elle ne réagit pas, elle continue de me fixer et de sourire. De ce sourire figé, timide et introverti. Son visage ressemble à celui de sa mère, mais avec un charisme plus réservé. Le regard de Mariam est pénétrant, il vous fixe jusqu'à ce que vous ayez l'impression de vous être changé en glace. Sa fille est différente. Elle est sensible et même trop gentille. Je ne sais pas vraiment pourquoi je suis là, à abîmer cette photo. Peut-être pour me convaincre qu'elle est morte. Toute la ville a compris qu'elle était morte. Comme mon Anita et mon Aurora.

J'entreprends d'accrocher à nouveau sur les murs le reste des photos que mes collègues m'ont confisquées quand ils m'ont arrêté. Des photos de Liv, du python. Le simple fait de les voir me donne la nausée. Ces derniers mois, j'ai vécu en permanence avec cette nausée, et aussi avec le rêve de lui faire très mal. Pas seulement la voir derrière les barreaux, mais faire en sorte de la marquer profondément. Comme elle l'a fait avec moi. C'est pour ça que j'ai parlé avec Iben. Je voulais utiliser sa fille contre elle, pour la blesser. À la sortie du centre commercial, je voulais lui raconter tout ce que je savais sur celle qu'elle considérait comme sa mère. C'était un acte désespéré, une tentative pour l'amener à comprendre. Je lui ai dit qu'il fallait qu'elle sache qu'on ne pouvait faire confiance à personne, surtout pas aux adultes, même ceux qu'on croit connaître le mieux. Puis je lui ai dit que sa mère était une meurtrière. Elle voulait partir, et il est possible qu'à ce moment-là j'aie élevé un peu la voix, que je l'aie prise par le bras et qu'elle se soit débattue pour se libérer. Ensuite, elle s'est enfuie en courant, vite, dans la rue, et elle a disparu.

La chemise contenant les documents de l'affaire David Lorentzen est posée sur la table de nuit. Je l'ouvre, parcours les photos et les rapports. Apparemment, il n'y a aucun lien entre ces deux affaires, pourtant je n'arrive pas à la laisser de côté. Pendant quelque temps, j'avais cru que le meurtrier d'Anita pouvait avoir été impliqué dans le vol, pour une raison que j'ignorais. Mais au fond, qu'est-ce que je pouvais en savoir, moi qui jamais de la vie n'aurais pu croire que ma propre fille était capable de commettre un vol ? À un moment, j'étais tellement désespéré que je suis même allé chez la mère de Lorentzen et que j'ai étalé sur sa table des photos et d'autres documents, des rapports qu'elle n'était pas censée voir, des coupures de presse et des photos de Mariam et d'Iben. Il y a bien longtemps que j'ai perdu toute faculté de raisonner. J'ai encore tant de colère en moi, bien que je sache à quel point c'est inutile. Cette colère ne me sert à rien, si ce n'est à me brûler le cerveau.

On sonne à la porte, une sonnerie longue et dure qui me transperce. Je range le couteau dans ma poche et inspire à fond. Rassemblant tout mon courage, je vais dans l'entrée et me penche légèrement en avant et jette un coup d'œil par le judas. C'est elle. Elle me regarde droit dans les yeux. Ses lèvres fines forment un sourire. On dirait qu'elle me nargue. *Je sais que tu es là*, disent ses yeux. Elle a du rouge à lèvres et porte un chemisier et un pantalon de costume. Un sac à main est accroché à son épaule étroite. Elle ressemble à la femme d'affaires qu'elle a réussi à devenir. Elle a sûrement une arme cachée dans son sac, mais elle est plus petite et moins forte que moi. La confiance en soi dont elle a fait preuve en venant ici, elle va la regretter.

Elle a le poing serré sur la bandoulière de son sac lorsque j'ouvre la porte.

— Mariam Lind, dis-je. Soyez la bienvenue.

D'un léger hochement de tête, je l'invite à entrer.

Sans retirer ses chaussures, elle va s'asseoir au bord du canapé et commence à regarder autour d'elle avec insistance.

— C'est plutôt vide.

— J'ai tout ce qu'il me faut.

Elle m'observe d'un air clairement inquisiteur.

— Je suis allée voir Egil en prison, me dit-elle. Aujourd'hui même.

J'attends qu'elle ajoute quelque chose. J'étais bien conscient que, tôt ou tard, elle finirait par découvrir ce que je savais sur elle. Ainsi, c'était à Ålesund qu'elle était ces derniers jours. C'est peut-être là-bas qu'elle a caché sa fille, ou plutôt son cadavre. Elle a fait une bêtise en venant ici. Elle croit qu'elle va pouvoir me régler mon compte comme elle l'a fait avec Anita, avec un coup derrière la nuque.

— Et ? finis-je par demander. Vous lui avez passé le bonjour de ma part ?

— Je lui ai parlé de la clé et il m'a dit de venir tout de suite ici.

Elle brandit la chaîne avec la clé dorée et se met à la balancer comme une pendule.

— Je l'ai trouvée dans la boîte à bijoux d'Iben.

J'acquiesce.

— Qu'est-ce que vous me voulez ?

Son regard froid et dur disparaît, ses yeux se remplissent de larmes, subitement implorants.

— Où est Iben ? me demande-t-elle. Je peux la voir ? S'il vous plaît.

RONJA

Kristiansund
Jeudi 24 août 2017

Les chips craquent sous les dents de Birte, tandis qu'elle feuillette le dossier de l'affaire David Lorentzen. Elle a les pieds sur la table et lit avec le paquet de chips sur ses jambes, sous les papiers. Je me sens épuisée rien que de voir la montagne de documents qui sont empilés sur la table. Des copies de toutes les pièces du dossier, des coupures de presse et des photos que Roe a collectées au cours de ces derniers mois. D'une main, j'étale en éventail un tas de copies de photos. Mariam Lind jeune avec les cheveux bruns. Parfois, les gens changent. Ils essaient de se donner une nouvelle identité ou modifient leur nom. Ce qui est très inhabituel, en revanche, c'est de changer à la fois de nom, de lieu de résidence, d'apparence et de personnalité d'un seul coup. Il faut vraiment être dans un état de désespoir extrême pour tirer un trait sur son passé de cette façon. Se pourrait-il que Roe ait finalement raison quand il dit que Mariam est responsable de la mort de sa fille et de sa petite-fille ? A-t-elle aussi quelque chose à voir dans la disparition de sa propre fille ? Je m'empare d'une photo où elle a un python sur l'épaule. Je n'étais pas convaincue qu'un tel serpent soit capable d'attaquer un bébé, mais depuis que j'ai fait une recherche sur internet, je n'ai plus le moindre doute. Cette espèce de serpent en particulier est un problème notoire en Floride, où certains propriétaires les relâchent dans la nature quand ils deviennent trop gros pour qu'ils puissent continuer à s'en occuper. Là-bas, ils s'attaquent à tous les animaux possibles, de l'opossum et du raton laveur jusqu'à l'alligator. Alors un bébé serait une proie facile.

Roe a enfin eu ce qu'il voulait. Nous menons des recherches dans la zone où Mariam Lind s'est rendue en voiture après être allée au centre commercial avec Iben, vendredi. Nous avons contacté la police d'Ålesund, qui nous a donné accès aux dossiers concernant les décès d'Anita Krogsveen et Aurora Krogsveen Fladmark et s'est lancée à la recherche de Mariam Lind. Il ne devrait pas être difficile de la retrouver, étant donné que cela fait déjà deux jours qu'elle tourne dans la ville. Des témoins l'ont certainement vue. La seule question est de savoir de combien de temps on dispose, car si jamais cette piste se révèle être aussi une impasse, nous n'aurons pas avancé d'un pouce. Roe est convaincu que si on retrouve Mariam, on retrouvera aussi Iben. Mais s'il se trompait ? Lui-même a le sentiment qu'il nous manque une pièce du puzzle. Que quelque chose parmi tous ces documents pourrait nous indiquer où est Iben.

Dans mes rêves, elle est toujours en vie. Je la vois lever les yeux, du fond du carton blanc dans lequel elle est cachée depuis tout ce temps, et rire à l'idée qu'elle nous a bien eus. C'est exactement de cette façon, d'un air totalement insouciant, qu'elle rit sur la photo de la fête d'anniversaire de ses onze ans. C'est le rire d'une enfant qui est persuadée que la vie n'est qu'un jeu. Je me demande si elle aura de nouveau l'occasion de rire comme ça.

Les chips continuent de craquer sous les dents de Birte. Elle est visiblement fâchée contre moi, parce que c'est moi qui suis parvenue à faire parler Roe. Ça fait plus longtemps qu'elle est dans le métier, et elle voudrait être la meilleure. Il n'y a aucune rivalité entre nous, mais ça l'a quand même contrariée. Il vaut mieux que je la laisse tranquille en attendant qu'elle soit dans de meilleures dispositions.

Roe a longtemps gardé ces secrets. Il craignait que cela jette une ombre sur la mémoire de sa fille. Que tout le monde sache qu'elle avait été impliquée dans une affaire de vol. Justement, est-ce que ça ne pourrait pas avoir quelque chose à voir avec ce vol ? D'après Roe, si on trouve le lien avec le meurtre de David Lorentzen, toutes les pièces du puzzle s'emboîteront. C'est pour cette raison que Birte parcourt le dossier avec une telle application. Elle veut être celle qui fera la prochaine grande découverte.

Je viens tout juste de me lever pour aller me chercher un verre d'eau, lorsque la porte s'ouvre. C'est Shahid.

— Ah, vous êtes là ! s'exclame-t-il.

— Tu as besoin de quelque chose ? je demande.

— August s'apprête à interroger une nouvelle fois Tor Lind. Tu pourrais écouter et prendre des notes, comme la dernière fois ?

Je jette un regard à Birte, mais elle s'est déjà replongée dans le dossier. Shahid ouvre la porte en grand pour m'inviter à sortir.

MARIAM

Kristiansund
Jeudi 24 août 2017

— Qu'est-ce que c'est que ces conneries ? soupire Roe Olsvik. J'ai aucune idée d'où elle est.

Le ton de sa voix est sincèrement indigné, mais je le soupçonne d'être un bon acteur. Il est impossible qu'il ne le soit pas, pour avoir réussi à garder secrète une vie entière à tout son entourage. S'il y a quelqu'un qui peut le comprendre, c'est bien moi. On ne peut pas juste faire comme si on était quelqu'un d'autre, il faut être ce quelqu'un d'autre pleinement et à fond, te fendre en deux et croire en la seconde personne autant que tu croyais en la première. Dans mon cas, la première n'était plus viable, c'est pour cette raison que la seconde existe. C'est sans doute la même chose pour lui.

Je m'apprête à répondre, mais au lieu de cela, j'explose en sanglots. J'essaie désespérément de sécher mes larmes à mesure qu'elles jaillissent, mais je ne fais qu'étaler mon mascara. Je ne sais pas comment j'ai pu croire que j'arriverais à maintenir un ton dur et le défier de manière à lui imposer le respect, puis à l'acculer. J'aurais dû savoir que je craquerais rapidement. Et maintenant que je suis assise ici, comme une gamine pourrie gâtée, je suis Mariam. Pas la Liv qui pourrait lui mettre son poing dans la figure, mais une mère désespérée qui veut seulement savoir si sa fille est vivante. Il me regarde, scrute mon visage. Ses sourcils sont froncés, son front plissé.

— Qu'est-ce que vous voulez ? me demande-t-il.

— Juste que vous me disiez si elle est vivante ou si elle est morte.

Soudain, je me rends compte qu'il est différent de la dernière fois que je l'ai vu. Il semblait alors plus arrogant, plus calculateur. Cette fois, il a quelque chose de sympathique.

— Ça, c'est plutôt à vous de me le dire.

— Je n'apprécie pas tellement ce petit jeu, Roe.

— Non. Ce n'est pas moi qui joue à un jeu. Vous l'avez récupérée en chemin avec votre voiture après avoir quitté le centre commercial et vous l'avez conduite quelque part. Je ne sais pas si vous l'avez tuée ou pas, peut-être qu'elle repose au fond de la mer, peut-être que vous la séquestrez, je n'en ai aucune idée.

— Mais vous ne m'avez même pas cherchée !

Il baisse les yeux et enfonce ses doigts dans sa chevelure aux racines grisonnantes.

— Tout est ma faute, dit-il. Vous l'avez tuée après avoir appris que j'avais parlé à Iben. Vous ne pouviez pas prendre le risque qu'elle révèle tout. – Je secoue vivement la tête. Il y a quelque chose qui ne colle pas. – Vous l'avez tuée pour sauver votre peau, comme vous n'avez pas hésité à sacrifier un bébé il y a quelques années.

— Vous n'êtes pas la personne que vous feignez d'être, je réplique.

— Je ne la serais pas si ce n'était pas pour vous ! s'écrie-t-il.

Il me saisit par le bras et me force à me lever. Il me serre fort, enfonçant ses doigts dans ma peau. Mon sac à main fuse sur le sol. Tout à coup, je comprends ce que j'ai fait. J'ai commis l'erreur que je m'étais promis de ne jamais répéter. J'avais cru que j'étais invincible. La lame brillante d'un couteau surgit devant mon visage. Le dos de la lame est dentelé et le manche est kaki. On dirait le genre de couteau qu'on utilise pour aller à la chasse ou à la pêche.

Il se tient tout près de moi.

— Si vous mentez encore une fois, j'hésiterai pas à m'en servir.

J'ai du mal à respirer. La lame du couteau scintille devant mes yeux. Son corps est collé contre le mien. Il empeste la sueur. J'ai mal au ventre, à la poitrine et à la tête. Je dois rester lucide. Et si je m'étais trompée ? Si ce n'était pas Roe qui avait enlevé Iben ? Après tout, la police l'a relâché, et il semble plutôt convaincu que c'est moi la tueuse d'enfants. Peut-être qu'il coopérera si je ne lui oppose pas de résistance. Ensemble, on pourrait découvrir où se trouve Iben.

— Lâchez-moi ! je gémis. Je vais tout vous raconter, mais lâchez-moi d'abord.

Il ne m'écoute pas. Au contraire, il serre mon bras encore plus fort et commence à me pousser, si bien que je suis tout près de tomber par terre. Je place une jambe devant moi et parviens à retrouver mon équilibre. Puis je le laisse m'emmener dans le couloir. Il me prend par la taille avec un bras, tandis qu'il tient le couteau dans son autre main. Il m'entraîne en direction d'une pièce.

Nous y voici. Liv et Mariam, étape par étape, de la fillette joueuse à l'adulte et à la mère. Je ne suis aucune d'elles et je suis les deux en même temps. Une photo d'Iben, tout sourire, est accrochée à l'intérieur de la porte d'une armoire. Elle est abîmée, tailladée. Je mets quelques instants à comprendre de quelle photo il s'agit. C'est celle qui a paru dans le journal local. Prise le jour de l'anniversaire d'Iben, en janvier. Une très belle photo. Bien sûr, puisque c'est Tor qui l'a prise. Ça a toujours été lui le meilleur pour prendre des photos d'elle. Moi, en revanche, je traverse la vie comme une somnambule. C'est mon châtiment.

LIV

Ålesund
Samedi 16 avril 2005

J'appuyai longuement sur la sonnette, la sentant vibrer sous mon doigt au rythme de la sonnerie qu'elle émettait. Il y avait de la lumière dans l'appartement. J'espérais qu'il était seul. C'était en tout cas son ombre qui se déplaçait derrière la vieille vitre granuleuse de la porte et qui souleva le rideau pour voir qui c'était.

— Liv !

Il était manifestement heureux de me voir. Plus que j'aurais voulu qu'il le soit, peut-être même plus qu'il aurait lui-même souhaité me le montrer. Ce sourire de gamin n'allait guère avec les airs de dur à cuire qu'il s'efforçait de se donner habituellement. David ouvrit la porte en grand sur le couloir lumineux, avec la tapisserie à rayures jaunes et marron et le vieux meuble à téléphone pourvu d'un siège intégré avec des coussins aux motifs entrelacés. “On dirait l'appartement d'un vieux”, lui avais-je dit. Mais il ne m'avait pas répondu, si bien que je ne savais toujours pas s'il en avait hérité ou s'il l'avait récupéré de manière illégale.

Il regarda mon sac d'un air surpris quand je le posai dans le couloir, troué qu'il était en divers endroits.

J'ôtai mes chaussures et accrochai ma veste à des crochets du portemanteau. Même la tapisserie faisait vieille.

— J'ai besoin que tu me rendes un service, lui annonçai-je. Que tu me loges cette nuit. Sans me poser trop de questions.

— C'est fini avec ta copine ?

Je me raclai la gorge.

— Sans me poser trop de questions, j'ai dit. Je trouverai un autre endroit demain.

Je m'assis et ouvris le sac dans lequel Néron dormait les yeux ouverts, comme toujours.

— On pourrait chauffer un peu ta salle de bains pour y mettre Néron ?

— Pardon ?

J'augmentai le chauffage par le sol de la salle de bains et plaçai Néron dans la douche. Rapidement, il sembla être à son aise.

D'un geste de la main, David m'invita à l'accompagner dans le séjour. Je m'étais rendu compte un peu trop tard que c'était le dernier endroit où j'avais envie d'être. D'autant que je portais un t-shirt que David pouvait croire que j'avais mis pour lui. Le fait que je lui plaisais constituait notre talon d'Achille à tous les deux. Mais je n'avais pas le choix, je n'avais nulle part ailleurs où aller. Tandis que je marchais devant lui dans le couloir, je pouvais sentir son regard me brûler le dos. Puis nous entrâmes dans le séjour. La table était couverte de bouteilles et de cendriers pleins à ras bord. Il y avait également des bouteilles vides et des pantalons sur le sol et aussi sur le rebord de la fenêtre. Le téléviseur était figé sur l'image d'une femme qui se tenait jambes écartées, dos à la caméra, avec son anus et son vagin en gros plan.

— J'ai pas de chambre d'amis, dit-il. T'auras qu'à t'installer dans ma chambre et je prendrai le canapé.

— C'est pas la peine, le canapé me conviendra parfaitement.

En réalité, le canapé était loin de me convenir, poussiéreux et taché comme il l'était, mais je ne voulais pas lui être redevable de quoi que ce soit. Et la dernière chose dont j'avais envie, c'était bien de dormir dans son lit.

Sans rien ajouter, David prit place dans le fauteuil et appuya sur le bouton *play* de la télécommande. Le salon se remplit de gémissements, aussi bruyants que faux, de femmes qui n'auraient jamais pu obtenir le moindre rôle dans un film de Hollywood. Je restai là, immobile, au milieu de la pièce, sans trop savoir quoi faire.

— Il y a plein de bières dans le frigo, fais comme chez toi. Par contre, j'ai rien à manger.

— C'est pas grave. J'ai pas faim, de toute façon.

Sur ce, je quittai la pièce. Les gémissements en provenance de la télé me suivirent jusque dans la salle de bains.

Néron était couché par terre, complètement immobile, la tête sur son corps, comme à son habitude. Lorsque je m'approchai, il ouvrit la gueule et siffla dans ma direction. Je reculai. Sa colère était sur le point de faire exploser ma tête. Elle s'insinuait en moi, sa voix pénétrante d'animal que l'on avait privé de sa proie me tourmentait. Je l'avais trahi, et il avait compris que je n'avais pas non plus l'intention de l'emporter. Je ne pouvais pas le garder, je ne pouvais rien garder de cette vie. Il m'aurait rendue folle si je l'avais pris avec moi.

Je restai un long moment devant le miroir, à observer mon reflet. J'avais les yeux légèrement rouges, les cheveux qui pendaient lourdement le long de mon visage, l'air épuisé et le teint livide. Malgré cela, je n'avais pas du tout sommeil. Il n'y avait aucun remède à la fatigue que j'éprouvais. Elle me dévorait de l'intérieur, rongeant mes muscles et mes ligaments. C'était comme si mon corps avait été vidé de son sang. Chaque fois que je fermais les yeux, même brièvement, l'image du petit cadavre d'Aurora apparaissait sur ma rétine. J'avais tellement envie de pleurer, de crier, de lancer quelque chose au loin, très, très loin. Et au lieu de cela, j'étais là, comme pétrifiée devant le miroir.

Demain, j'irais trouver Carol. Elle m'aiderait à faire en sorte que je puisse commencer une nouvelle vie ailleurs, mais étant donné la situation, elle n'avait pas voulu m'accueillir pour la nuit. Elle n'était pas prête à prendre un tel risque pour moi. C'est pourquoi je n'avais pas eu d'autre solution que de venir ici. Juste pour une nuit. Ensuite, je disparaîtrais. Je m'évanouirais dans l'air, je deviendrais invisible. Demain, je n'aurais jamais existé.

ROE

Kristiansund
Jeudi 24 août 2017

Je suis un autre. Les doigts qui serrent la corde autour des frêles poignets de femme ne sont pas les miens. Ils appartiennent à un homme que je ne connais pas. Quelqu'un qui est certain qu'il pourrait faire du mal, s'il le voulait. Le Roe que je connais n'a jamais cherché à soumettre une femme, mais le Roe qui agit en ce moment même serre la corde un peu plus fort, uniquement parce qu'il peut le faire. C'est le même qui a espionné une famille, qui s'est rendu jusqu'à la résidence de celle-ci en voiture et qui a baissé sa vitre pour parler à une gamine innocente. C'est le même qui a ensuite essayé d'entrer à nouveau en contact avec elle, n'hésitant pas à se montrer menaçant. Il a franchi une limite qui est difficile à établir légalement, une limite qui, pourtant, préserve du danger. Tout cela il le sait parce que, pendant des années, il a travaillé avec des délinquants. Il sait que les petites limites sont plus dangereuses qu'elles le paraissent. C'est souvent par là que commencent les délinquants. Ils trouvent une justification à chacun de leurs actes délictueux à mesure qu'ils les commettent. Je me comporte comme un délinquant depuis longtemps. Certes, mes intentions sont bonnes, mais mes actions sont celles d'un délinquant. Il y a déjà un bout de temps que je ne fais plus la différence entre ce qui est bien et ce qui est mal.

Elle essaie de s'installer un peu plus confortablement sur le sol, mais ses mains, qui sont liées à la tête du lit, l'en empêchent.

La corde pénètre dans sa peau, lui interdisant tout mouvement. Elle gémit.

— Je vais tout avouer, dit-elle. Je suis prête à assumer. Pour tout. Je veux continuer à chercher Iben.

Je place un tabouret au-dessus de ses jambes et m'assois dessus. Je suis tellement fou de rage que mon dictaphone tremble dans ma main. Je lance l'enregistrement et me penche en avant pour que sa voix soit bien audible. Dans mon autre main, le couteau tremble aussi.

— Commençons par votre nom complet.

— Mariam Steinersen Lind.

— Votre nom de naissance ?

— Sara Scheie.

— Pourquoi avez-vous quitté votre ville et pris un nouveau nom, une nouvelle identité ?

Elle sourit. L'espace d'un instant, j'entrevois en elle quelque chose de bien plus dangereux que la mère inconsolable.

— Par où dois-je commencer ?

Je déplace le dictaphone pour m'assurer qu'on entende bien ce qu'elle s'apprête à dire.

— Commencez par où vous estimez que l'histoire a débuté.

Elle se contorsionne légèrement. Elle a une expression particulière, comme si elle cherchait une inspiration poétique.

— Son corps, la première fois, commence-t-elle, était un paradoxe. Comme une roche grise vivante, ou du papier de verre doux.

Je me rends compte qu'elle a l'intention de prendre son temps avec cette histoire, qu'elle a peut-être rêvé de raconter pendant toutes ces années. Elle a enfin l'opportunité de le faire. Elle inspire à fond. Elle réfléchit à la prochaine phrase.

— Il était dur et mou en même temps. Rugueux et lisse. Lourd et léger.

LIV

Ålesund
Samedi 16 avril 2005

David fut suffisamment galant pour me préparer le canapé afin que je puisse y dormir. Le duvet était jauni, mais correct. La table basse, en revanche, était couverte de canettes de bière. C'était lui qui avait bu le plus. Pour ma part, j'avais juste bu un peu pour lui faire plaisir, mais pas assez pour être ivre. Il retourna s'asseoir dans le fauteuil et s'alluma une cigarette, posa ses jambes vêtues d'un pantalon de jogging sur l'accoudoir et braqua son regard sur moi.

— Pourquoi t'es venue ici et pas ailleurs ? – Il avait une expression joueuse et souffla un nuage de fumée vers le plafond. Je me servis dans son paquet de cigarettes et m'en allumai une à mon tour. – Enfin, je veux dire, c'est pas ça qui manque, les endroits où passer la nuit.

— Je voulais aller chez quelqu'un qui soit suffisamment malhonnête pour être fiable.

David éclata de rire. De la main avec laquelle il tenait sa cigarette, il désigna le duvet sur lequel j'étais assise.

— T'as besoin d'un t-shirt ? Tu dors nue, peut-être ?

— Je veux bien un t-shirt.

Il se leva, la cigarette entre les lèvres, et revint avec un t-shirt noir qu'il jeta sur mes cuisses.

— Je suis là-bas, dit-il en indiquant sa chambre sombre. Au cas où…

Il écrasa son mégot dans le cendrier, finit sa bière d'un trait et s'en alla.

Je m'allongeai sur le dos sous la couette et me mis à fixer le plafond blanc, que des lignes droites et fines divisaient en rectangles. Il était haut. Plus haut que celui de l'appartement d'où je venais. Tout à coup, je repensai à la fois où je m'étais couchée sur le lit d'Ingvar, après avoir fumé des joints, et que j'avais vu le plafond s'abaisser et s'élever, comme s'il respirait. J'avais trouvé cela apaisant, mais aussi effrayant, parce que même si je le voyais de l'extérieur, c'était comme si cela provenait de quelque part en moi. Ce que je voyais, c'était ma respiration, mon âme qui s'élevait et s'abaissait. Elle était plus profonde que je pouvais me le figurer, mon âme, et j'en perdais souvent le contrôle. Dans un sens, Néron m'avait aidée, du moins un peu. Il avait englouti une partie de mon fardeau, pris en charge certaines de mes grosses difficultés. En même temps, j'en prenais maintenant conscience, il avait aussi contribué à alourdir mon fardeau, et pas seulement aujourd'hui. C'était tellement compliqué de comprendre ce genre de choses.

Néron était enfermé dans la salle de bains, mais j'arrivais quand même à le sentir. Depuis longtemps, déjà, il avait trouvé le moyen d'entrer en moi, d'entrer dans ma tête et dans mon corps. Son corps de serpent couvert d'écailles glissait dans mes veines, raclant les parois de mes vaisseaux et me rappelant ce que j'avais fait. À présent, il était temps que je me libère aussi de lui. J'allais devoir me débrouiller seule. La seule façon de l'éradiquer, c'était de devenir quelqu'un d'autre, mais je ne savais toujours pas comment j'allais m'y prendre.

ROE

Kristiansund
Jeudi 24 août 2017

Je me lève pour changer la cassette de mon dictaphone. C'est le soir et le silence s'est abattu sur l'immeuble. Un cri attirerait immanquablement l'attention. Peut-être même que certains interrompraient ce qu'ils étaient en train de faire et s'approcheraient de la fenêtre, mais ils ne tarderaient pas à retrouver leur sérénité, se disant qu'ils avaient certainement dû rêver. J'ai joué avec cette pensée, tandis que je l'écoutais et que j'observais son visage, alors qu'elle me racontait ce qu'elle avait fait à ces petits animaux innocents. Elle rejette la faute sur le serpent. Elle dit que c'est lui qui le lui a demandé, une voix étrangère dans sa tête. Mais elle se trahit. Elle y a pris du plaisir. Difficile de croire que ce soit seulement par un malheureux concours de circonstances qu'une telle personne a infligé les mêmes souffrances à un bébé. Quelque chose en moi me dit que ça ne peut pas être vrai. Que je ne dois pas me laisser manipuler par ses débordements émotionnels feints, par ses larmes de crocodile ou par ce qui ressemble à des éclairs d'empathie.

— J'ai soif, fait-elle. Je pourrais avoir quelque chose à boire ?

Sa question résonne dans la pièce. Je ne veux pas lui répondre. Comme si moi je n'avais pas soif, comme si moi je n'avais pas envie de faire une pause. Mais ce n'est pas possible. Je ne m'arrêterai pas tant que tout n'aura pas été enregistré.

— OK, dis-je en rallumant le dictaphone après m'être rassis sur le tabouret. On en était arrivés au jour où vous deviez vous occuper d'Aurora. Comment a débuté cette journée ?

— Je pourrais avoir un verre d'eau ?

Je lui souris. Je me reprends aussitôt et redeviens sérieux.

— Quand vous m'aurez raconté toute l'histoire, vous pourrez boire toute l'eau que vous voudrez. Donc... Le samedi 16 avril 2005. – Elle soupire. On dirait presque qu'elle va se remettre à pleurer. – Qu'est-ce qui s'est passé ce jour-là, Liv ? Où est-ce qu'Anita devait aller ?

Elle hausse les épaules.

— Elle s'était trouvé un petit boulot. Elle devait juste s'absenter quelques heures.

— Anita a agressé un homme dans la rue avec Egil, dis-je.

Elle acquiesce.

— J'ai gardé Aurora. Dans mon appartement. Je m'étais jamais occupée d'un bébé et ça me rendait nerveuse. Et ça s'est pas arrangé quand elle s'est réveillée et qu'elle s'est mise à pleurer. Elle n'arrêtait pas. C'est à ce moment-là qu'Ingvar a appelé. On avait passé un accord. S'il m'appelait et qu'il ne disait rien, ça signifiait qu'il était en train de faire une crise d'épilepsie et qu'il avait besoin d'aide. J'ai aussitôt foncé chez lui. Mais c'était juste une ruse, une tentative pitoyable pour qu'on se réconcilie.

— Et puis qu'est-ce qui s'est passé ?

— Je l'ai laissée seule, sans défense. Mais pas longtemps. Je savais même pas que Néron était dans le séjour, et quand j'y suis retournée... C'était horrible.

Des larmes roulent sur ses joues et coulent jusqu'à son menton. Sa tristesse paraît sincère. J'ai déjà vu des délinquants verser de telles larmes, mais ils finissent toujours par se trahir. En général, c'est le moment où ils se mettent à pleurer qui ne va pas, comme si c'était programmé.

— C'est là qu'Anita est arrivée ? je murmure.

Elle acquiesce en sanglotant.

— La dernière chose que je voulais, c'était qu'elle la voie. – Elle secoue la tête. – Quand elle est arrivée, j'étais en train d'enterrer Aurora dans le jardin.

Je déglutis.

— Et Anita ? Comme est-elle morte ?

Elle secoue de nouveau la tête.

— Je sais pas. Elle a pris Aurora dans ses bras et est partie. Je l'ai plus jamais revue.

Elle baisse la tête.

Ce qu'elle vient de me raconter a beaucoup plus de sens que tout ce que j'ai pu m'imaginer dans mon nuage noir. Je n'aurais jamais pensé que les paroles qui sortiraient de la bouche de cette femme feraient s'imbriquer à la perfection toutes les pièces du puzzle. Comment Anita avait pu se trouver chez elle et être en vie avant l'incendie, et comment Aurora avait pu être étouffée, mais pas dévorée. Cette version avait du sens, en dépit de son absurdité. La seule chose dont je ne sois pas sûr, c'est de la véracité de sa dernière affirmation. Était-ce réellement la dernière fois qu'elle avait vu Anita ? Je ne peux pas le savoir. Cette femme est menteuse par nature.

— Qui a tué Anita, d'après vous ? je m'entends lui demander.

— Birk, répond-elle sans aucune hésitation. Pour moi, c'était le seul à avoir un mobile. Vous saviez qu'il la frappait ? Elle avait le corps couvert d'énormes hématomes. C'est pour ça qu'elle voulait le quitter.

Soudain, je suis pris de tremblements. Je serre fort mes doigts contre la paume de mes mains pour y mettre fin.

— Supposons que ce ne soit pas vous qui avez fait disparaître Iben, dis-je. Dans ce cas, qui ça pourrait être ?

Elle secoue la tête.

— J'en ai aucune idée.

Je balaie du regard toutes les photos accrochées au mur. Si ce n'est pas elle, cela signifie que nous sommes de retour au point de départ. Je ne peux pas lui faire confiance, mais j'ai au moins obtenu des aveux, et je vais maintenant pouvoir contacter mes collègues. Ensemble, nous devons tout mettre en œuvre pour retrouver Iben. Au moment où je me penche en avant pour éteindre le dictaphone, elle chuchote quelque chose.

— Qu'est-ce que vous avez dit ?

— Je suis désolée.

Soudain, une douleur me lacère le flanc et se propage dans toute ma poitrine. Je m'écroule par terre. Mariam est parvenue à se libérer une main et m'a poignardé avec son couteau, je le sens sous mes doigts. Le sang se répand sur le sol, se déverse hors de mon corps. Il y en a partout, sur ma main et sur ma chemise, mon propre sang. Brusquement, l'air devient lourd et épais, comme de l'argile. Je halète, ouvre la bouche en grand, cherche désespérément à inhaler de l'air. Ça y est, je meurs. C'est donc ici que mon chemin s'arrête.

MARIAM

Kristiansund
Jeudi 24 août 2017

Ma main est rouge du sang de Roe. Il tombe à terre, une tache sombre s'étend sur la moquette. Je parviens à me libérer, me lève, essuie le sang sur mon chemisier qui est désormais souillé à jamais. C'est sans importance. La seule chose qui compte, maintenant, c'est Iben. Je m'approche du mur sur lequel Roe Olsvik a affiché des photos de mon passé. La réponse doit se trouver là, quelque part. Il faut juste que je la trouve. Je caresse les photos de mes doigts ensanglantés. Je les ai presque toutes oubliées. Ce sont de lointains souvenirs d'une vie enivrante, d'une époque où je ne contrôlais pas mes pulsions. J'ai les yeux rouges et un sourire absent et fais l'intéressante devant l'objectif. Je joue un jeu. J'ai toujours été comme ça. Y a-t-il seulement quelque chose d'authentique en moi ? Je m'arrête devant une photo qui me rappelle quelque chose. Une photo de nous quatre, moi, Ingvar, Egil et David qui tient l'appareil à bout de bras. En arrière-plan, une partie de l'écran de la télé, où l'on distingue les anneaux d'un serpent. J'avais oublié que David était là aussi, ce soir-là.

Je décroche la photo, la compare à celle que j'ai dans mon sac à main, et que j'ai retrouvée sous le lit de la chambre qui avait été la mienne quand nous étions en colocation. Cette fois, David était probablement derrière l'objectif. C'était lui qui était avec nous le soir où, sous l'emprise de la drogue, j'avais vu le plafond respirer. Lui dont je me souvenais seulement comme d'un visage sans traits. Lui qui nous avait dit qu'il savait où on pouvait acheter un serpent.

Je range les photos dans mon sac. Je m'empare du dictaphone que Roe avait posé sur la table de nuit. Il faut que je m'en débarrasse quelque part où ils ne le chercheront pas. Sur le sol, Roe émet des râles désespérés que je m'efforce d'ignorer. Il n'est pas encore trop tard. Je peux encore retrouver Iben en vie, et en même temps faire en sorte d'éviter la prison.

Tout à coup, je remarque une chemise contenant des documents sur le chevet. Je l'ouvre. C'est le dossier de l'affaire David Lorentzen. Il y a des photos de son cadavre au moment de sa découverte, plusieurs semaines après sa mort. Je m'assois au bord du lit et parcours les rapports médicolégaux, les clichés de la scène de crime, les analyses ADN qui n'ont jamais rien donné et les comptes rendus d'audition des témoins. Je ne sais pas ce que je cherche jusqu'à ce que je tombe dessus. Enfin, les dernières pièces du puzzle s'imbriquent. J'aurais dû comprendre depuis longtemps.

Roe gémit, tandis que je quitte la pièce. Je me précipite dans le couloir et me dirige vers la porte. Si quelqu'un regarde par la fenêtre, il verra une femme en pantalon à pinces, chemisier et talons hauts. Mes vêtements sont couverts de taches sombres. Il faut que je m'en aille. Un long voyage m'attend.

Une fois à bord du bac, j'en profite pour me changer et enfile un pantalon foncé et un pull noir à col haut. Je retourne dans ma voiture et débarque. Je laisse la route me conduire jusqu'à cette maison, baignée par la lumière paisible du soleil couchant. Je n'ai jamais été en proie à tant de sentiments. Et en même temps, je ne me suis jamais sentie aussi sereine.

— Cette fois, tu viens avec moi, je murmure. Le moment est venu de payer.

J'ouvre le coffre, puis la valise où Néron est enfermé. Il se jette aussitôt sur moi et je l'empêche au dernier moment de me mordre. Ce n'est qu'au prix d'un gros effort que je parviens à le remettre dans la valise et à refermer celle-ci. C'est certainement le sang qui a réveillé sa faim et ses instincts.

Je sors la valise et l'emporte, le dos courbé et à grands pas, jusqu'à l'arrière de l'habitation, où une fenêtre est ouverte. Il fait tellement chaud dans cette maison, l'été. Je plaque la valise contre la fenêtre et ouvre la fermeture à glissière, de manière à diriger Néron vers le sous-sol. Dès qu'il a disparu derrière la vitre, je referme la fenêtre pour qu'il ne puisse pas ressortir. À l'intérieur, le serpent tâte l'air et avance, il a peut-être flairé l'odeur du zoo que cette maison est en réalité. Je lui envoie une pensée où je le prie de tout mon cœur de m'aider.

Je frappe à la porte, à ma façon habituelle, en donnant des coups lents et lourds. Comme l'autre fois, j'entends les chiens accourir et aboyer à l'intérieur, suivis par les pas patients et la voix tranquillisante de Carol. Le sourire radieux qu'elle m'adresse en me voyant est convaincant, comme toujours. Manifestement, l'actrice est devenue une crapule. Son grand rêve avait été de faire des films, elle avait vécu et travaillé à Hollywood pendant des années, mais la grossesse l'avait fait s'engraisser, les nuits sans sommeil l'avaient épuisée physiquement et mentalement, et puis elle avait eu besoin d'argent pour élever son enfant. Son rêve de devenir une star s'était envolé. Elle avait cessé de se teindre les cheveux, de se maquiller et d'entretenir son corps. Elle était partie vivre en Norvège, s'était mariée. Je la connais en tant que Caroline Halloway, un joli nom pour une actrice. Dans le rapport de police, en revanche, c'est son nom norvégien qui est mentionné : Karoline Lorentzen.

— Tu es revenue, me dit-elle.

Son sourire s'évanouit presque aussitôt. Je n'ai pas besoin de dire quoi que ce soit, elle l'a déjà lu dans mes yeux. On se connaît depuis tellement d'années, et en même temps on ne se connaît pas du tout. Je lui emboîte le pas dans le couloir. Ses chiens se pressent devant mes pieds, avides d'attention, et peut-être aussi de viande.

Carol entre dans la cuisine, à droite. Elle se dirige vers la plaque de cuisson, dans l'angle, et s'empare d'une bouilloire sur une étagère, avec des gestes de vieille dame. Elle veut me faire un café à l'ancienne. Comme si de rien n'était, comme toujours avec moi.

— Carol, dis-je. Tu sais que je ne suis pas venue pour boire le café. Mais pour récupérer ma fille.

Elle me regarde. Un éclair traverse ses yeux sombres.

MÉMOIRES D'UN REPTILE

Après toutes ces années éprouvantes, la femme chaude et moi étions de retour à la maison du passé. J'étais devenu un vieux python, et elle aussi avait vieilli. Elle paraissait plus réfléchie, moins impulsive et plus calme. Quand elle s'était couchée à côté de moi dans le lit que nous avions partagé autrefois, des larmes salées avaient surgi de ses yeux comme cette fois-là, des années plus tôt. Après avoir passé tant de temps au contact des humains, j'avais appris que c'était une manifestation de la douleur. Un type particulier de sentiment qu'ils distinguaient de toutes les autres émotions négatives qu'ils produisaient autrement : la colère, l'angoisse, la peur. Ils utilisaient tous ces sentiments pour quelque chose. Pour communiquer et pour échanger des cadeaux, pour interagir, pour se défendre. C'était incroyable, le nombre de sentiments dont ils avaient besoin.

J'étendis mon corps à côté d'elle, me mesurai à elle. Je me réjouis de constater que je dépassais largement sa tête blonde et ses pieds nus. Elle allait enfin pouvoir devenir ma proie. Pendant la nuit, alors qu'elle dormait, je me glissai sous sa colonne vertébrale, puis remontai le long de son ventre mou et fis plusieurs fois le tour de son corps, l'enveloppant peu à peu de mes anneaux. Même si elle s'était réveillée à ce moment-là, cela aurait été trop tard. Je la tenais. Mes muscles étaient beaucoup plus forts que les siens. Je tâtai l'air pour capter son odeur et me préparai pour le grand repas.

Dès que je commençai à serrer, elle se réveilla. Elle se mit à haleter et me regarda de ses grands yeux terrorisés. Elle commença à résister, comme l'aurait fait n'importe quel animal, se débattant pour tenter de se libérer et de respirer. Stupéfait, je contemplai le spectacle de cet être qui, pendant si longtemps, m'avait gardé prisonnier et avait eu le contrôle total de ma vie.

Enfin, j'ouvris la gueule pour engloutir ce repas dont j'avais tant rêvé. Puis je m'arrêtai. Je restai figé, incapable d'aller plus loin. Quelque chose me retenait. Tandis qu'elle se tortillait entre mes anneaux, j'essayai de comprendre. Finalement je dus relâcher mon étreinte et tourner sur moi-même pour me libérer.

Je me mis à pousser des sifflements rageurs lorsque je découvris ce qu'était mon ennemi inconnu. Un simple fil de l'oreiller s'était accroché à une de mes dents. Je me retournai et tâtai l'air à la recherche de son odeur. Mais la femme chaude était déjà en train de quitter la pièce. La prochaine fois, elle ne m'échapperait pas.

RONJA

Kristiansund
Jeudi 24 août 2017

Je pose la tête sur les papiers que j'ai devant moi, tandis qu'August raccompagne Tor Lind hors de la salle d'interrogatoire. Comme nous le redoutions, Lind n'est pas en mesure de nous aider. Certes, il nous a caché que son épouse était partie, mais à part ça, il ne sait rien. Nous avons le numéro du téléphone avec lequel elle l'a appelé, mais rien qui puisse nous aider à découvrir où elle se trouve maintenant. Sans parler du fait que Lind défend obstinément sa femme, malgré les preuves que nous lui avons montrées. Il ne connaît pas la femme que nous lui avons présentée et a même du mal à croire à son existence. Il est furieux à cause de toutes ces informations qui lui ont été données et qui n'ont rien à voir avec lui. Ce sont des choses qui se sont produites avant leur rencontre. Lui ne connaît que Mariam, pas Liv, et Sara non plus.

Je suis épuisée. Je n'ai pas beaucoup dormi, ces dernières nuits, mon corps est constamment en alerte, prêt à se lever et à repartir au travail pour tenter de retrouver Iben. C'est une situation éprouvante à la longue. Nous avons fait de grands pas en avant au cours des dernières vingt-quatre heures, mais c'est comme si nous avancions lentement, comme si nous étions embourbés dans un sol visqueux. Suis-je sur le point de renoncer ? Je soupire et lève la tête au moment où August réapparaît. Il s'appuie contre le chambranle de la porte.

— Tu dormais ?

Je secoue la tête.

— Je commence juste à perdre espoir.

Il y a quelque chose de réconfortant dans le sourire qu'il m'adresse. C'est vraiment un type bien. Stable, calme. C'est juste que tout est tellement bizarre entre nous depuis l'autre soir.

— August, dis-je. Vendredi. J'aurais pas dû... – Il soutient mon regard et me sourit sans rien dire. – Je voudrais pas que tu croies que... C'était peut-être pas une bonne idée... Enfin, j'avais pas prévu que ça arriverait, voilà.

— On était soûls, répond-il. Ce sont des choses qui arrivent.

Je ne sais pas si c'était ce que je voulais dire. Il est difficile de savoir ce que veut l'autre, il y a toujours plus d'une bonne façon de voir les choses. Tant d'éléments entrent en ligne de compte, si bien qu'on ne sait pas si l'on doit écouter la voix qui dit qu'on travaille ensemble, qu'il ne faut pas mêler vie privée et vie professionnelle. Ou bien s'il faut parfois passer outre cette règle. Pour moi, le Rakotzbrücke n'a jamais été l'entrée des enfers, ni la sortie. C'est juste un pont, et de l'autre côté il y a encore de l'eau, encore de la nature. On ne saura probablement jamais s'il vaut mieux se contenter de regarder de l'autre côté du cercle de pierre, ce cercle fascinant et attirant, ou monter dans une barque, ramer vers lui et le traverser. Une fois de l'autre côté, on peut toujours faire demi-tour et revenir, mais il est possible qu'alors on soit déjà devenu une autre personne.

Soudain, la voix de Birte vient rompre le silence :

— J'ai trouvé quelque chose !

Elle surgit à côté d'August en agitant dans sa main une coupure de journal. Je m'en empare et commence à lire l'article, tandis qu'August s'approche au point que je sens la chaleur de son corps. Il a paru dans le *Tidens Krav*, au mois de janvier de cette année, à l'occasion de la fête qui a été donnée pour les onze ans d'Iben.

— Oui, je l'ai déjà vu, dis-je.

— Elle est née en janvier.

Je regarde la photo de la jeune fille. Elle paraît tellement insouciante.

— Et alors ?

— Elle est née au milieu du mois de janvier ! Presque neuf mois jour pour jour après la mort d'Anita Krogsveen. On ne sait toujours pas qui est son père.

— C'était un viol, non ? intervient August.

— Oui, mais c'est arrivé où ? À Kristiansund ?

Je regarde l'article.

— C'est ce qu'elle a déclaré lors de son interrogatoire. Que c'était arrivé à Kristiansund.

— Et si elle avait menti ?

Tout à coup, Shahid fait irruption dans la pièce. Il a l'air plutôt agité.

— Qu'est-ce qui se passe ? je demande.

— La police d'Ålesund a entendu Egil Brynsteh, qui purge actuellement une peine à la prison de la ville. Mariam Lind lui a rendu visite aujourd'hui. D'après ce qu'elle lui a raconté, elle était persuadée que Roe avait fait quelque chose à Iben et elle a donc décidé d'aller le trouver.

— Roe ! je m'écrie en me levant. Il faut qu'on aille chez lui ! Tout de suite !

LIV

Ålesund
Samedi 16 avril 2005

Je fus réveillée par quelque chose de froid. Je crus d'abord que c'était à l'intérieur de mon corps. Comme un glaçon ardent qui aurait cherché à se frayer un chemin à travers mon téton pour sortir. Toujours dans mon rêve, je crus que j'avais un nouveau-né dans les bras. Qu'il essayait de boire le lait de mon sein, mais qu'au lieu de cela il était transpercé par une pointe glacée. Et alors que la cervelle du bébé se répandait sur mon sein, je me réveillai et ouvris les yeux dans l'obscurité.

David était assis au bord du canapé, à côté de moi. Il me fixait, droit dans les yeux, avec un petit sourire figé, tandis qu'il pinçait mon téton. Il réagit à peine lorsque je reculai. Un autre homme aurait montré des signes d'embarras, mais pas David. Au contraire, il posa alors sa main sur ma cuisse, tout en haut, juste à côté de ma culotte, et la serra. Au même instant, son visage prit une expression cruelle, comme s'il était furieux, mais qu'il continuait de sourire malgré tout.

Ses mains étaient vigoureuses. Je pouvais sentir son pouls à travers son pouce qui s'enfonçait dans ma cuisse. Il sentait l'alcool et le tabac acide. Je fis plusieurs tentatives pour me lever, mais en fus empêchée par une main puissante sur mon épaule. Plus je me débattais, plus je rencontrais de résistance. Je sentis quelque chose contre ma hanche. Je baissai le regard et vis sa queue qui débordait de son boxer, comme la racine d'un arbre. Je fermai les yeux et reçus aussitôt une gifle, si violente que l'arrière de ma tête cogna contre l'accoudoir du canapé.

— Ferme pas les yeux.

Une voix essoufflée, une haleine qui empestait la bière. Il ne s'était sûrement pas brossé les dents de la journée, et la veille non plus. Il pressa son front contre le mien, me bloquant ainsi contre l'accoudoir du canapé. J'avais l'impression que le bois me pénétrait dans la nuque. Sa queue se frottait contre ma peau et je sentis quelque chose de visqueux se répandre en moi, au niveau de mon diaphragme, une sorte de goudron noir dans mes veines qui ralentissait toute chose. Mon cœur battait à tout rompre pour faire circuler le sang. Collé contre ma paupière ouverte, il regardait au fond de moi avec un gros œil sombre et brillant. Un souffle humide se déposa sur mes lèvres et mon menton, de la salive coula dans ma bouche. Sa main descendit et fouilla rageusement, cherchant à baisser ma culotte. J'aurais dû faire autrement. J'aurais dû dormir dans ma voiture, ou simplement conduire toute la nuit et m'éloigner de tout, mais je me croyais encore invulnérable.

Il y eut un gros bruit de tissu qui se déchire, l'élastique de ma culotte se tendit. Il écarta mes jambes et enfonça en moi un pouce rugueux qui me racla les muqueuses. Je ressentis une vive douleur dans le bas-ventre. Je tentai à nouveau de me libérer, en vain. Une claque en plein visage fit vibrer mes dents et j'eus un goût de métal dans la bouche.

— Je t'ai dit de pas fermer les yeux.

Je les fermai quand même lorsqu'il s'introduisit de force en moi avec sa racine brûlante, s'appuyant de tout son poids sur mon bassin avec sa cuisse poilue, si bien que j'eus l'impression que mes muscles allaient se déchirer. Quelque chose coula à la commissure de mes lèvres et se rassembla dans ma bouche. Je pris mon élan et crachai, mais la salive me retomba dessus, sur mon menton, ma gorge et le t-shirt bien trop grand pour moi. Il me frappa à nouveau, et cette fois je lui crachai mon sang au visage. Le coup suivant me déchaussa une dent. Elle me gratta la langue, tandis que sa racine sèche s'enfonçait en moi, encore et encore, comme un bout de bois râpeux qui me brûlait les chairs.

Je maudis le souffle qui alimentait mes poumons, me maintenant en vie. Il fallait que je sorte de là, que je sorte de mon corps, si je voulais survivre. Il fallait que je voie les choses en blanc. Les rayons de soleil dans le ciel, l'herbe et les plantes, tout était blanc dans ma tête. Mais lorsque je fermai les yeux pour tenter de disparaître, je reçus une gifle qui me ramena aussitôt à la réalité, aux douleurs et à son haleine fétide. À une racine d'arbre brûlante qui frottait contre toutes les plaies, encore et encore, pendant ce qui me sembla être une éternité. Pour finir, résignée, je décidai d'accepter mon sort, et restai là, immobile, à fixer son visage dénué de honte.

Quand il eut terminé, il s'assit au bord du canapé et remonta son boxer. Il me tourna le dos. J'avais les yeux rivés sur le plafond. Puis je l'entendis allumer son briquet et perçus bientôt une odeur de cannabis. Il fuma tranquillement son joint, tandis que, allongée derrière lui, j'attendais, le bas-ventre en feu.

MARIAM

Ålesund
Jeudi 24 août 2017

Carol donne une légère tape sur la tête maigre du braque de Weimar.

— Je crois que tu as perdu l'esprit, *darling*. Je ferais tout pour t'aider à retrouver ta fille.

Le ton de sa voix est doucereux, comme quand elle s'adresse à son chien. Elle se penche et le gratte derrière l'oreille. Le chien gémit et secoue la queue, totalement inconscient de la situation dans laquelle il se trouve.

— C'est trop tard pour jouer la comédie, Carol.

Elle lève les yeux.

— Tu m'accuses de jouer la comédie ?

— Elle est vivante ou elle est morte ? Ta petite-fille ? – Elle secoue la tête. – Tu es la mère de David Lorentzen. Tu m'as menti quand tu as dit que tu n'avais pas laissé entrer Roe Olsvik. Il est venu ici, t'a déballé tout ce qu'il savait et tu as compris qu'Iben devait être la fille de David. J'ai raison ?

Elle se retourne, tend le bras et ouvre le four. Je suis surprise que, pour une fois, elle n'utilise pas le nouveau, celui qui est à l'autre bout de la cuisine. Elle glisse la main dans le four et en extrait un revolver à la crosse scintillante. On le dirait tout droit sorti d'un vieux western. Carol se redresse et le pointe vers moi.

— Tu sais que c'est la première fois que quelqu'un me dit que je suis une grand-mère ? – Elle lève le menton et bombe le torse d'un air offensé. – Tu veux ta fille. Je veux mon fils. Est-ce que mon fils est vivant, Liv ?

J'ai l'impression que mes veines charrient de la glace et des éclats de verre. Le sourire sur ses lèvres rappelle tellement celui de son fils que je n'arrive pas à comprendre comment ça a pu m'échapper.

— Explique-moi, Carol, comment tu as compris que David était le père d'Iben.

— Ce flic a débarqué ici et a déballé tous ses papiers, dit-elle en indiquant la table de la cuisine. Il y avait des photos et coupures de presse. C'était la première fois que je voyais une photo de ta fille. Elle avait été prise à la fête d'anniversaire de ses onze ans. J'avais encore jamais vu quelqu'un qui ressemblait autant à mon fils. Elle est née neuf mois après que tu étais passée ici me déposer le python. Neuf mois après le meurtre de David. Je me souviens que tu étais pressée de quitter la ville, ce jour-là. Et c'était aussi le dernier jour où *my David* a été vu vivant. Personne parmi ses connaissances n'aurait pu lui faire une chose pareille, il a été victime d'un acte haineux et avait eu une relation sexuelle avec une femme. Ça ne pouvait être que toi.

— Je peux la voir ?

Elle agite son revolver en direction de la porte du sous-sol.

— Je t'en prie. Tu peux la voir autant que tu veux.

Elle agite de nouveau son revolver et me force à passer devant. J'ouvre la porte du sous-sol, commence à descendre l'étroit escalier en pente raide, marche après marche. Je ne sais pas où se trouve Néron exactement, mais je sens sa présence. C'est comme s'il s'était insinué dans mes veines, qu'il était là, en moi.

— Pendant toutes ces années, j'ai été la gardienne de ta folie, murmure Carol derrière moi, avec son accent américain. Sans me douter que tu étais une insulte à l'espèce humaine.

Je n'avais encore jamais descendu ces marches. Toutes les fois où je suis venue dans cette maison, ici, je suis restée au rez-de-chaussée, ou montée au grenier. En bas, je découvre une petite pièce pourvue d'une cheminée, d'un lit et d'une vieille télé volumineuse.

— Il pouvait rester ici aussi longtemps qu'il le souhaitait quand il avait besoin de s'éloigner de ses mauvaises fréquentations.

Je ne peux m'empêcher de rire.

— C'était David, la mauvaise fréquentation, Carol.

Soudain, ses ongles m'agrippent le cou.

— *You beat him at being the bad guy*, s'emporte-t-elle.

Elle me donne un coup à la tempe avec la crosse du revolver et, pendant un instant, quelque chose dans son odeur me frappe, quelque chose dans son haleine me rappelle cette soirée dans le canapé chez David, quand il m'avait tabassée et pénétrée avec sa racine dure. Ça m'avait coûté plusieurs milliers de couronnes pour faire remplacer ma dent.

— Tu sais pas de quoi tu parles, Carol.

Elle me tient fermement et ouvre la porte de la pièce suivante, une sorte de petit cagibi. Là, dans le noir, une jeune fille blonde est assise sur une chaise. Sa tête pend lourdement sur sa poitrine, ses yeux sont fermés et, par terre, sous sa chaise, il y a une tache sombre.

Ma vie n'a plus aucune importance. J'écarte Carol de mon chemin et me précipite vers ces petits pieds, ces cheveux blonds, cette peau d'enfant. Mon bébé, que j'ai appris à aimer, même si ça me semblait impossible après tout ce qui s'était passé. C'est pour elle que j'ai tout changé. Mon nom, mon corps, ma façon de parler, mon comportement. Pour elle, j'ai vraiment cru à ce changement. Pour elle, je suis devenue une autre. Je secoue son corps mince de jeune fille jusqu'à ce qu'elle relève la tête. Elle me regarde de ses yeux à demi clos sous ses paupières lourdes.

— Iben ! Iben !

Elle ouvre ses yeux, qui brillent derrière ses cils blonds.

— Maman.

Je la serre dans mes bras. Je caresse ses cheveux blonds et fins, couverts de saleté. Iben, elle qui est d'ordinaire si propre et qui ne se fait jamais prier pour faire sa toilette. À présent, elle empeste les excréments et l'urine. Ça doit faire un moment qu'elle est là, toute seule, sans possibilité d'aller aux WC quand elle en a besoin. Au moins, sur la table il y a une assiette et un verre, ce qui suggère qu'elle a eu à manger.

— Mon trésor, maman est là. Je suis tellement désolée.

Je la serre à nouveau contre moi, un peu plus fort cette fois. Un coup sec retentit contre le mur. De la poussière de plâtre me tombe sur la tête.

— Lâche-la, m'ordonne Carol en braquant le revolver vers la tête d'Iben. Ou je lui colle une balle entre les deux yeux.

Je lâche Iben à contrecœur et recule d'un pas. Tout à coup, c'est Carol qui la prend dans ses bras et qui la serre contre elle, le revolver pointé sur son visage. Iben semble retenir son souffle. Elle me regarde d'un air implorant.

— S'il te plaît, Carol, dis-je. Elle est innocente. C'est moi qui mérite de mourir.

— J'ai bien entendu ? Tu veux que je te tue à sa place ? C'est bien ça ? – Iben gémit. – Si tu m'avais posé la question à l'époque, si tu devais me tuer moi ou tuer mon fils, alors je t'aurais répondu : Tue-moi. Est-ce que j'ai eu le choix ?

— Je peux tout t'expliquer.

— Oui, tu vas tout me raconter, et ma petite-fille écoutera ce que tu as à dire.

Carol presse le revolver contre la tempe d'Iben, qui ferme les yeux, serre fort les paupières et se met à pleurer. Je regarde autour de moi, à la recherche d'une solution, un couteau, un marteau, n'importe quoi, mais la pièce est quasiment vide. Je jette un coup d'œil vers la porte, mais je ne peux pas m'en aller, je ne peux pas laisser Iben toute seule ici.

— Ta mère est une meurtrière. Tu le savais ? Elle a tué un homme. Allez, Liv, raconte-nous ce que tu as fait.

LIV

Ålesund
Samedi 16 avril 2005

Il finit par me laisser et je me levai pour aller dans la salle de bains. Néron siffla, furieux, lorsque je le sortis de la douche. Un grumeau visqueux de sperme de David glissa le long de l'intérieur de ma cuisse et coula par terre en faisant de grosses taches roses. Je me saisis de la pomme de douche, ouvris le robinet à fond, la plaçai entre mes jambes et laissai le jet emporter tout ce qu'il pouvait. Néron me murmurait des paroles depuis l'endroit où il s'était réfugié, près de la porte. Des paroles rageuses, des exhortations à ne plus subir, à reprendre le contrôle de la situation.

Alors que je retournais dans le séjour pour récupérer mes affaires et partir, je vis que la porte de sa chambre était entrebâillée. Je l'entendais ronfler à l'intérieur. Je poussai prudemment la porte. Juste un peu. La pièce était plongée dans le noir. L'odeur de renfermé et de transpiration me donna la nausée. Tout ce que je voulais, c'était partir loin d'ici. Pourtant, je restai. De là où j'étais, je pouvais voir la commode du séjour, avec la télé dessus. J'y allai et commençai à ouvrir les tiroirs remplis de bric-à-brac, comme des CD cassés, des briquets Zippo raffinés, des vieilles piles et des vieux câbles. Dans l'un d'eux, je découvris une liasse de billets. Dans un autre le ruban adhésif qu'ils avaient utilisé le soir de la fête.

Je retournai à la porte entrouverte par où s'échappaient les ronflements réguliers de David. J'aurais pu m'en aller. Sans me retourner. Mais d'un autre côté, je savais que si je partais maintenant, je me sentirais petite pour toujours. J'aurais été hantée à jamais par la sensation d'avoir laissé mon corps se faire maltraiter une fois de plus. Néron avait raison. Je ne pouvais pas gagner comme ça. Alors, j'entrai dans la chambre.

Je commençai par enrouler le ruban adhésif autour de ses chevilles. Je fis trois tours. Je liai ses poignets l'un à l'autre et les enroulai jusqu'à ce que ses bras ne forment plus qu'un seul long membre devant son corps. Puis j'attachai le tout au lit avec de longues bandes de ruban adhésif. Je pris tout le temps nécessaire. Je collai le dernier morceau qu'il me restait sur ses lèvres poilues.

Ensuite, je m'assis tranquillement sur le lit, à cheval sur le corps immobilisé, semblable à une momie gris foncé. Je me penchai en avant et débranchai la lampe de chevet. Elle était en acier, de forme longue et étroite. Je la posai sur sa gorge nue, un peu en dessous de la trachée. Son nez émettait toujours un léger ronflement. Je commençai prudemment. Pas en suivant un plan préétabli, mais animée d'un besoin spontané et irrésistible d'agir. J'appuyai un peu plus fort, jusqu'à ce que, n'arrivant plus à respirer, il se réveille. Il écarquilla les yeux et baissa le regard sur son corps enveloppé dans du ruban adhésif.

— Regarde-moi ! lui ordonnai-je.

Il obtempéra. Il me fixa de son regard sombre et essaya de dire quelque chose, de crier, mais tous les sons qui sortaient de sa bouche étaient étouffés. La douleur dans mon bas-ventre guidait mes mains, un flot de sang qui semblait déjà circuler plus facilement, du bas vers le haut, jusque dans mes frêles mains de femme. Il se débattit avec la partie inférieure de son corps, se tortillant comme un serpent pour tenter de se libérer. En vain.

ROE

Kristiansund
Jeudi 24 août 2017

Quelqu'un me secoue. La lumière clignote, quelqu'un écarte mes paupières et pointe une lampe sur mes yeux. Il y a plusieurs personnes dans l'ambulance, vêtues d'uniformes rouges avec des bandes réfléchissantes jaunes. À un trépied près de moi est accroché un sac de sang relié à mon bras par un tuyau. La lumière bleue du gyrophare se reflète sur le plafond et sur les visages. J'ai la tête qui tourne. Ils ont dû m'administrer quelque chose contre la douleur. Malgré tout, j'ai terriblement mal au flanc. La douleur est insupportable. Je n'arrive pas à rester éveillé, le sommeil m'attire. Anita m'attend à l'orée de la forêt, je peux la rejoindre à tout moment.

— Roe, dit une voix familière.

À ma droite est assise une jeune femme au visage rongé par le stress. Ronja. Elle prend mon bras libre.

— Roe, il faut que tu te réveilles.

Je tousse. Quelque part à proximité, une radio crachote. À l'autre bout, quelqu'un parle, mais je n'arrive pas à capter ce qu'il dit.

— Juste un instant, répond Ronja dans la radio, qui crépite à nouveau. Contentez-vous de préparer les équipes à intervenir dès qu'on aura l'adresse. Roe ? Roe, tu m'entends ?

Anita m'attend à l'orée de la forêt. Elle m'a souri et dit que tout irait bien. Je ferme les yeux et essaie de l'invoquer à nouveau, mais il n'y a que les ténèbres.

— Roe !

Ronja continue de me rappeler à mes douleurs. Je gémis et vois une femme derrière elle, en tenue d'ambulancière. Est-ce que c'est elle qui doit me conduire jusqu'à Anita ?

— Pourquoi t'as pas utilisé l'alarme, Roe ? Tu avais juste à appuyer sur le bouton si elle débarquait, ou à nous téléphoner. Surtout ne pas la laisser entrer, ne pas lui parler, ne pas te faire planter un couteau dans le ventre. C'étaient ça tes instructions. Qu'est-ce que tu fous ?

Je geins.

— Je voulais être sûr qu'elle soit condamnée.

— Alors la solution, c'était de te faire poignarder ?

— Le dictaphone, dis-je. Elle l'a emporté ?

— Bien sûr, qu'elle l'a emporté.

— Excusez-moi, intervient l'infirmière. On ne peut plus attendre. Il faut qu'il soit opéré de toute urgence.

— J'ai d'abord besoin de réponses, réplique Ronja. Tu dois me le dire, Roe. Où est-ce qu'on peut trouver Mariam Lind ?

Je n'arrive pas à parler. J'ai trop mal. Et puis, qu'est-ce que je pourrais dire, de toute façon ?

— On a des équipes prêtes à intervenir, que ce soit à Kristiansund ou à Ålesund, insiste Ronja. Il faut juste qu'on sache où les envoyer. Tu peux nous le dire ?

MARIAM

Ålesund
Jeudi 24 août 2017

Je suis une autre. Ma fille voit le vrai visage de sa mère pour la première fois. Je me suis assise par terre. Iben est en face de moi, avec les bras de Carol autour de ses épaules maigres. Elle écoute, incrédule et apeurée, les paroles qui sortent de ma bouche, mes tentatives stupides pour édulcorer les faits, pour en minimiser la gravité. Peut-être pour faire passer ça pour un acte de légitime défense. Mais je n'ai pas tué David en état de légitime défense. Je l'ai tué par vengeance. Le visage de Carol est sombre. Quand j'arrête de parler, elle plisse les yeux et se pince les lèvres. Elle secoue lentement la tête.

— Je t'interdis de dire des mensonges sur mon fils.

— Je ne mens pas, Carol.

— Il n'y avait que toi et lui dans cette pièce. Et maintenant il n'est plus là. Tu l'as ligoté sur son lit et tu l'as tué. Peut-être parce qu'il ne voulait pas de toi, ou quelque chose de ce genre. Le policier m'a tout raconté. Si tu savais comme j'ai pleuré. Pendant tant d'années, je me suis demandé ce qui était arrivé à mon fils. J'en suis même venue à penser qu'il avait fait quelque chose de mal, qu'il l'avait mérité, mais d'après ce que m'a dit ce policier, tu aimes tuer. Tu n'as besoin d'aucune raison.

Je sais qu'elle a raison. Ça m'a plu de tuer David. Le peu de cœur que j'ai, je l'ai créé moi-même, mais c'est aussi avec ce peu de cœur que j'aime.

— Et alors j'ai compris ce qui s'était passé, et que j'avais une petite-fille. Je voulais éloigner ta fille du monstre que tu es, lui offrir une nouvelle vie. Si tu l'avais gardée, tu l'aurais corrompue. Il n'y a aucun amour en toi, tu la détruis. Il vaut mieux qu'elle soit ici avec sa grand-mère, c'est ce que je me suis dit. Mais tu mérites que je la tue.

— Tu entends ce que tu dis, Carol ?

Elle glisse le revolver entre les lèvres d'Iben, qui écarquille ses yeux rouges.

— Ta mère a tué mon fils et elle veut rejeter la faute de son acte sur mon fils. Comme s'il s'était tué lui-même, mais ce n'est pas comme ça que les choses se sont passées. C'est elle qui l'a tué. Ils étaient nombreux à dire du mal de lui, mais ils se trompaient. C'était un fils merveilleux.

— Je suis certaine que tu le connaissais tel qu'il était, tel que je le connaissais moi, Carol. Cesse de te mentir. Tu te rappelles dans quel état j'étais quand j'ai sonné à ta porte, ce jour-là, après être allée chez David ? Tu m'as demandé ce qui m'était arrivé, tu t'en souviens ?

Carol enfonce son arme dans la bouche d'Iben, qui émet des gargouillis et se met à vomir. Les larmes ruissellent sur ses joues molles. J'ai envie de me précipiter, mais je n'ose pas. Toute la colère de Carol est dirigée contre Iben, maintenant, et la balle pourrait partir à tout moment.

Soudain, je vois un énorme corps ondulant glisser sur le sol. Je cligne des yeux. Néron tâte l'air de sa langue fourchue et tourne la tête dans ma direction.

ROE

Kristiansund
Jeudi 24 août 2017

— On a loupé un truc, dis-je.

J'inspire à fond. J'ai l'impression que mon flanc se déchire sous l'effet de ce simple effort.

— Il faut que je sache ce qu'on a pu louper, lâche Ronja. Aide-moi à réfléchir.

— J'ai réfléchi pendant douze années.

Elle a déménagé d'Ålesund à Kristiansund il y a douze ans, juste après les décès d'Anita et d'Aurora. Qu'a-t-elle bien pu faire de ce serpent ? Elle l'a peut-être tué, ou relâché dans la forêt, mais quelque chose me dit qu'elle tenait trop à lui pour s'en séparer complètement.

— Son anniversaire est en janvier, dit Ronja.

Je tousse et une douleur fulgurante me traverse le flanc.

— Je sais pas si c'est important, ajoute-t-elle, mais on a oublié le père biologique d'Iben. Le violeur. On est bien sûrs que Mariam ne connaissait pas son identité ?

— Excusez-moi, insiste l'infirmière. Il doit aller en salle d'opération au plus vite.

Deux hommes en uniformes d'ambulanciers commencent à lever mon brancard. Ils se dirigent vers la sortie. Dehors, des gyrophares d'ambulances et des véhicules de police clignotent de partout. On me transfère sur un brancard à roulettes.

— Birte a été frappée par sa date de naissance, dit Ronja. Elle est née presque neuf mois jour pour jour après la mort d'Anita. Elle a dû être conçue à peu près au même moment.

J'ai la tête lourde. La douleur dans mon flanc est telle que j'ai du mal à rester éveillé. Je veux juste dormir. Je veux rejoindre Anita, qui m'attend à l'orée de la forêt, mais je fais un ultime effort pour réfléchir, tandis que les portes de l'ascenseur s'ouvrent et qu'on me conduit dans un nouveau couloir. Et lorsque je comprends, j'inspire brusquement et suis tout près de m'évanouir.

— David Lorentzen, je parviens à articuler. Il a eu une relation sexuelle avant de mourir. Si vous comparez l'ADN de la femme avec celui d'Iben, je suis convaincu que ça va matcher.

— Il faudrait d'abord qu'on retrouve Iben.

La mère de David Lorentzen a dit qu'elle aurait bien voulu pouvoir m'aider à découvrir le lien entre la mort de ma fille et celle de son fils. Elle m'a écouté du début à la fin et a examiné les documents que j'avais étalés devant elle sur la table. Elle avait eu l'air de particulièrement s'intéresser à l'article sur l'anniversaire des onze ans d'Iben – au point que j'avais trouvé ça bizarre. C'était avant l'été, avant la disparition d'Iben. J'aurais dû faire le rapprochement dès ce moment-là.

— Je crois que c'est sa grand-mère, dis-je en toussant. Karoline Lorentzen.

Je suis pris d'une quinte de toux si violente que j'ai l'impression que mon cœur va exploser. Ils disent à Ronja que ça suffit, qu'elle doit me laisser tranquille, maintenant. Elle proteste, mais ils l'éloignent gentiment. De toute façon, je n'ai plus rien à lui donner.

— Karoline Lorentzen ! Karoline Lorentzen ! je l'entends hurler dans sa radio, tandis qu'elle commence à courir.

MÉMOIRES D'UN REPTILE

Depuis que j'étais tout petit, tellement petit que je pouvais tenir dans la poche de sa veste, je n'avais qu'une hâte : devenir assez grand pour pouvoir engloutir la femme froide. Mais jamais je n'avais imaginé que, quand ce jour arriverait enfin, je la trouverais assise par terre et distraite.

Elle lutta de toutes ses forces, mais elle n'avait aucune chance contre mes muscles, bien plus longs et plus forts que les siens. Cela faisait déjà longtemps que j'étais supérieur aux squelettes dansants des êtres humains et que je n'étais plus impressionné par leurs corps verticaux. Je l'étouffai comme je l'aurais fait autrefois avec un rat, jusqu'à ce qu'elle cesse de se débattre. Son corps se laissa avaler docilement par ma gueule. Sa peau avait un goût délicat, pur et raffiné. Je la serrai plus fort qu'il n'était nécessaire afin de sentir sa vie la quitter. Elle s'abandonna, me laissa faire, sans opposer la moindre résistance. C'était la proie la plus grosse, la plus difficile et en même temps la plus facile que j'avais jamais dévorée.

Je n'avais encore jamais autant pris mon temps pour avaler une proie. Avec une grande application, je la laissai s'enfoncer en moi, peu à peu, jusqu'à ce que je puisse refermer mes lèvres sur ses grands pieds. Tandis que j'avalais les derniers centimètres de son corps, des lumières de toutes sortes se mirent à clignoter dehors et le sol vibra sous les pas des humains. Ce ne fut pas facile, alourdi comme je l'étais par un tel fardeau, mais, pour finir, je parvins à me mettre à couvert sous une table, où je pourrais digérer tranquillement. Après avoir avalé un repas aussi nourrissant, je n'aurais pas besoin de manger à nouveau avant que la pluie blanche commence à tomber derrière la fenêtre.

Alors que les bruits de pas se rapprochaient, je restai tapi dans l'ombre, pensant être bien caché. Ils étaient plus préoccupés par le petit humain que par moi, ce qui me convenait parfaitement. Mais tout à coup, comme sortie de nulle part, une tête appartenant à un mâle surgit devant moi. Il se mit à faire beaucoup de bruit et à agiter les bras. Je sifflai le plus fort que je pus, ouvris mes mâchoires en grand et avançai vers lui, mais le mâle ne recula pas, il était effronté et essaya de m'attraper, de me tirer hors de ma cachette. Des bras m'immobilisèrent et me soulevèrent, me faisant flotter dans l'air, au-dessus de tous mes refuges les plus sûrs.

Je n'étais guère disposé à me battre avec ma proie dans le ventre, mais je n'avais pas le choix. Je me jetai sur tous les membres qui passaient à ma portée. D'autres hommes accoururent en hurlant et me saisirent par la tête.

Je sifflai tous les sons humains que j'avais appris, mais même s'ils m'entendirent, ils n'en montrèrent rien.

RONJA

Molde – Vestnes
Jeudi 24 août 2017

Nous embarquons directement sur le bac, sans faire la queue. Nous nous rendons à Ålesund, au cas où nos collègues, là-bas, auraient besoin d'aide. Si Iben est vivante, nous devrons la ramener chez elle. Birte, dont les joues couvertes de taches de rousseur ont retrouvé de la couleur, conduit avec détermination et s'arrête tout au bout, devant la rampe, dans la première file. C'est la première fois que je mets aussi peu de temps à faire le trajet de Kristiansund à l'embarcadère de Molde. August vient se garer à côté de nous.

La police d'Ålesund a promis de nous tenir au courant de l'avancée de l'opération au domicile de Karoline Lorentzen. Ils ont obtenu rapidement leurs mandats d'arrêt et de perquisition et sont actuellement en chemin. Ils ne devraient plus tarder à intervenir, maintenant. Si nous avons raison, si nous avons vraiment raison, alors il se peut qu'Iben soit encore en vie. Chaque fois que j'entends la radio crépiter, je sursaute sur mon siège. Ils vont nous annoncer qu'ils sont prêts à entrer dans la maison.

Je retiens mon souffle et attends, tandis que le bac appareille. Je me retourne et vois la rampe du bateau se refermer derrière nous. Quand j'étais petite et qu'on empruntait le bac, j'étais chaque fois fascinée par ces rampes. Elle est en train de se refermer derrière nous, et quand nous serons arrivés, une autre s'ouvrira devant. Comme si nous étions avalés par un monstre et que nous lui faisions confiance pour nous recracher sur la rive opposée.

La radio grésille à nouveau. Je me tourne vers Birte, qui croise mon regard. Je vois qu'August, dans sa voiture, écoute aussi la radio.

— On est à l'intérieur, dit une voix crépitante. Il y a une morte, les deux autres sont en vie et en sécurité.

— Qui est morte ? Qui est en vie ? je demande.

— La suspecte Karoline Lorentzen a été déclarée morte, avalée par un python. C'est le truc le plus dingue que j'aie vu de toute ma carrière, je dois avouer. Mariam Lind et Iben sont vivantes. Aucune d'elles n'est gravement blessée.

Birte et moi exultons à l'unisson. Nous poussons des cris de joie et nous serrons dans nos bras. August aussi semble soulagé. Il descend de voiture en levant les bras, et Birte et moi l'imitons. Birte l'enlace la première, elle passe ses bras autour de son cou. Puis c'est à mon tour. Je prends mon élan et lui saute dans les bras. Je m'accroche à sa taille avec mes jambes et l'entends gémir, surpris par ce geste inattendu. Moi, je ris. La rampe du bac commence à s'ouvrir lentement, je baisse les yeux sur le visage d'August, qui est tellement près du mien.

Il sent bon, et un petit baiser n'engage à rien.

ROE

Kristiansund
Lundi 4 septembre 2017

Je perçois un crépitement quelque part à proximité. Le bruit de flammes éteintes depuis longtemps, mais dont les braises n'ont jamais cessé de brûler. L'être ardent qu'était ma Petite s'est éteint il y a des années et ce sont seulement les flammes de sa mort que je continuerai d'entendre et de sentir jusqu'à la fin de mes jours. Mais quelque chose de l'extérieur parvient quand même à percer. J'ouvre les yeux et vois une infirmière approcher. Elle replace correctement la couette qui me couvre.

— Je ne crois pas qu'il existe dans le monde quelqu'un de plus gentil que vous, dis-je.

Elle me sourit, tandis qu'elle contrôle le cathéter et change la poche de la perfusion.

— Vous n'êtes pas si mal non plus dans le genre, réplique-t-elle. Si on en croit tout ce qu'ils disent dans le journal. Vous êtes devenu une célébrité.

Elle indique le journal qu'elle a posé sur ma table de nuit et que je n'ai pas eu le courage d'ouvrir.

— Vous avez de la visite, m'annonce-t-elle. Vous êtes d'accord ?

— Tant que ce sont pas des journalistes.

Elle me donne une petite tape sur la joue, tourne les talons et s'en va. Lorsqu'elle arrive à la porte, elle jette un coup d'œil par-dessus son épaule pour voir si je la regarde. Je ferme les yeux et me repose pendant quelques minutes. Tous ces médicaments qu'on m'administre m'épuisent. Les jours s'enchaînent comme s'ils faisaient partie d'un long rêve. Parfois, quand je me réveille, je ne sais pas si tout ça n'était pas qu'un rêve, ce qui s'est passé avec Anita et Aurora, avec David, Iben, Mariam. Je soupire. Dans mon rêve, Iben dessine, assise à une table. Ses cheveux blonds sont rassemblés en une queue de cheval. Elle se tourne vers moi quand j'arrive. "Regarde ce que j'ai dessiné", dit-elle en brandissant sa feuille. Elle m'a dessiné à côté d'une grande maison avec une croix rouge sur le toit, un ballon de baudruche à la main. Elle a représenté un énorme cœur au milieu de ma poitrine. Le visage de la fille qui a fait ce dessin n'est pas celui d'Iben. C'est celui d'Anita, et elle a fait ce dessin quand elle avait sept ans. La maison avec la croix n'en fait pas partie, mais le reste est identique.

Quand je rouvre les yeux, je suis encore en plein rêve. Ce doit être un rêve dans le rêve. À côté de mon lit, il y a une jeune fille avec de longs cheveux blonds. Elle a le regard sérieux et la tête légèrement inclinée. Elle observe le cathéter dans mon bras. De l'autre côté du lit se tient Ronja, qui me sourit, les lèvres serrées.

— Tu es réveillé, Roe ?

Je prends une profonde inspiration.

— Ça me fait plaisir de te voir.

Je me tourne vers la jeune fille blonde. Elle me dévisage, maintenant. Elle semble être un peu intimidée.

— Roe, dit Ronja. Tu ne reconnais pas Iben ?

Bien sûr que si, je la reconnais. Même s'il y a eu comme une légère latence, et son prénom, au moment où j'entends Ronja le prononcer, m'arrache quelques larmes. Un vieux pleurnichard, voilà ce que je suis devenu. Iben paraît bien plus mature que la dernière fois que je l'ai vue. Elle a perdu quelque chose, son regard innocent. Je prends ses mains dans les miennes. Le mouvement réveille ma douleur au flanc, mais je le fais quand même.

— Iben voulait te rencontrer, dit Ronja.

— Je suis très content de te voir, Iben.

Elle regarde Ronja. Elle ne sait pas trop quoi répondre.

— Tu n'as pas besoin de dire quelque chose, je m'empresse d'ajouter. C'était déjà très gentil de ta part de venir.

— C'est Roe qui t'a sauvée, explique Ronja. Sans lui, on ne t'aurait jamais retrouvée.

"C'est aussi à cause de moi qu'elle a subi tout ça, je pense. Sans Roe, tu aurais toujours une mère et ta naïveté d'enfant."

— Ne me mets pas plus dans l'embarras, Ronja, surtout devant une aussi belle jeune dame.

Iben ricane.

— Allez, raconte-moi, Iben. Tu as repris l'école ?

La jeune fille secoue la tête.

— Je vais y aller deux jours la semaine prochaine.

J'acquiesce.

— C'est bien, il faut prendre son temps. Ne l'oublie pas. Même si ce sera peut-être un peu difficile au début. Plus tu accepteras l'idée que c'est normal d'avoir besoin de temps, mieux tu te sentiras. Moi, je détestais quand les gens me disaient ça, mais c'est la vérité.

Ronja hoche la tête. Je reprends mon souffle et poursuis.

— La chose la plus stupide que tu puisses faire, c'est de commencer à penser que tu aurais dû faire ci ou ça. C'est comme ça qu'on en arrive à se détester. Écoute les médecins, accepte leur aide et prends tout le temps dont tu auras besoin.

Des paroles d'une infinie sagesse. Douze ans, c'est le temps qu'il m'aura fallu pour le comprendre. Tant d'énergie gâchée avant d'y parvenir.

— Ma maman est en prison, dit Iben.

— Oui, je le sais. J'imagine que ça doit pas être facile.

Elle opine et me tend une feuille.

Je ne peux m'empêcher de lâcher un petit rire quand je découvre de quoi il s'agit. C'est un dessin. Le dessin d'un homme avec une clé dans la main et un grand sourire aux lèvres.

— Merci beaucoup, dis-je. J'espère que tu sais que c'était mal de ma part de te parler comme je l'ai fait. Tu as bien fait de t'enfuir, tu ne me connaissais même pas.

Elle acquiesce.

— Je vais demander à ce qu'on me l'accroche ici, près de mon lit. En tout cas, il est magnifique.

Elle hoche à nouveau la tête.

— Je vous aurais bien gardées toute la journée, mais malheureusement, je n'ai pas tellement de forces.

— On va y aller, dit Ronja en entraînant Iben vers la porte. Merci d'avoir bien voulu nous recevoir, Roe. À bientôt. – Elle attend qu'Iben soit sortie dans le couloir, puis retient la porte. – On a rouvert l'affaire sur la mort d'Anita et d'Aurora. Birk a été mis en examen pour le meurtre d'Anita, et aussi pour l'incendie. C'était lui, Roe.

Je frissonne, si fort que cela ravive ma douleur au flanc. Je retombe sur mon lit. Ronja accourt immédiatement, mais elle ne peut rien faire pour moi. Peu importe la douleur. Les souffrances physiques sont gérables, elles ont du sens.

— On a retrouvé l'arme du crime, me dit-elle. Elle était dans la chambre d'Anita au domicile d'Ingrid. La molette en verre. Après avoir mis le feu à la maison, Birk l'a cachée, puis il a profité de la première occasion pour la remettre à sa place. Il a fallu qu'on interroge plusieurs fois toutes les personnes impliquées, mais on a fini par le faire avouer.

Maintenant, je sais que les autres douleurs, celles qui sont ingérables, ne sont pas obligées de croître. Au contraire, elles peuvent diminuer, s'atténuer et même, à certains moments, on peut parvenir à les oublier. Ça ne m'est encore jamais arrivé, mais ça pourrait bien être le cas un jour.

— Merci infiniment, Ronja, dis-je en lui serrant la main. Je suis tellement content.

À peine est-elle partie que l'infirmière revient avec un pichet de jus de fruits, une petite boule de pain et du pot-au-feu dans un Tupperware.

— Je ne sais pas si vous êtes prêt à prendre votre repas, dit-elle. – Manifestement, elle me connaît déjà bien. – Je vous pose ça là, vous n'aurez qu'à manger quand vous voudrez.

— Merci, c'est très gentil.

Tandis qu'elle replace ma couette, je pose une main sur la sienne.

— Quand je serai sorti d'ici, je lui fais, je vous emmènerai dans un bon restaurant. Qu'en dites-vous ? Vous le choisirez.

Elle acquiesce doucement. Un sourire se dessine sur ses lèvres.

ÉPILOGUE

Je garai la voiture que j'avais rachetée à Carol dans une rue à quelques pas du commissariat de Kristiansund. Je me dis que s'il y avait un endroit au monde où personne ne rechercherait une femme déséquilibrée et meurtrière, c'était bien celui-là. Juste sous leurs yeux. Je n'avais pas osé allumer la radio, de peur d'entendre les voix de tous ceux qui s'étaient lancés à ma recherche. Je n'eus même pas la force d'aller sur la banquette arrière. Je me contentai d'incliner le siège conducteur, me tournai sur le côté et m'endormis en l'espace de seulement quelques minutes.

À mon réveil, j'entrevis le soleil, derrière les gouttes de pluie qui recouvraient le pare-brise. J'avais froid, aussi je démarrai le moteur et mis le chauffage et les essuie-glaces. Dehors, la rue était quasiment déserte, à l'exception d'une âme solitaire qui marchait lentement, une femme avec un landau. Elle avançait courbée en avant, avec une capuche sur la tête, si bien que je vis seulement le dos de son manteau. Tout à coup, je me dis qu'il devrait être possible de remplacer mon amour destructeur pour Néron par quelque chose de meilleur.

Je descendis de voiture, allai jusqu'au coffre et ouvris ma valise. J'en sortis un pull en laine et un imperméable que j'enfilai immédiatement, puis une écharpe pour dissimuler mon visage meurtri. Je tirai mon téléphone de ma poche, le jetai dans une flaque d'eau et le piétinai avec une telle application que mes baskets furent trempées. Je savais déjà qu'il était possible de tout recommencer. La première fois, je n'étais qu'une gamine qui se cherchait encore. Cette fois, je ferais les choses correctement, comme une adulte.

Je gagnai le centre-ville de Kristiansund à pied. Je marchai jusqu'à ce que je trouve une pharmacie ouverte. La jeune femme derrière le guichet me regarda avec insistance, avec mon écharpe devant le visage, ma capuche sur la tête et mon œil au beurre noir. Elle ouvrit la bouche pour dire quelque chose, mais s'arrêta lorsqu'elle me vit déposer sur le comptoir du produit désinfectant, du bandage, des compresses, du paracétamol et des produits de maquillage. Je réglai avec l'argent que j'avais découvert dans le tiroir de David Lorentzen.

De retour dans ma voiture, je me plaçai devant le rétroviseur de l'habitacle et m'efforçai de dissimuler du mieux possible les traces sur mon visage. C'étaient mon œil et ma bouche qui me faisaient le plus mal. Ma mâchoire aussi était douloureuse, mais ça finirait par passer. Je me souris à moi-même dans le rétroviseur, avec ma dent en moins. Il faudrait du temps avant que je puisse de nouveau me promener sans attirer les regards. En attendant, je devrais cacher sous une couche de maquillage tout ce qui pouvait être dissimulé et couvrir le reste.

Ce n'est qu'au bout de plusieurs jours que je trouvai une location. Entre-temps, je parcourus ma nouvelle ville pour me familiariser avec les lieux, m'appliquant à retenir les noms des rues et allant à la bibliothèque lire les journaux locaux. Je ne voulais pas simplement m'installer dans cette ville, mais m'y intégrer, comme si j'y avais vécu depuis des années. J'entrai dans une boutique de vêtements où, après de nombreux essayages, je finis par me trouver une belle robe élégante. Elle était plus longue que celles que j'avais l'habitude de porter, plus claire, moins cintrée, et me faisait paraître plus vieille. Je m'achetai aussi une paire de boucles d'oreilles et du maquillage. J'allai ensuite chez une coiffeuse et lui demandai d'éclaircir et de raccourcir le plus possible mes longs cheveux bruns. Elle refusa d'abord, si bien que je dus insister. À mesure que mes cheveux tombaient par terre comme de la pierre, je me sentais de plus en plus légère. J'étais bien partie pour réintégrer le monde des vivants. J'avais trouvé un appartement au loyer modéré, mais je ne tiendrais pas éternellement avec l'argent de David Lorentzen. Il fallait que je me procure un travail.

Quand j'ai rencontré Tor, j'étais serveuse dans un restaurant. J'avais de nouveau toutes mes dents et toutes les marques sur mon visage avaient disparu. Je m'étais habituée à mon nouveau style, je commençais à m'y sentir bien, comme sous une couette épaisse. Le jour où Tor et moi nous sommes rencontrés, il était venu dîner seul au restaurant. Il était environ 17 heures. Je ne me rappelle plus ce qu'il me dit, juste qu'il avait un très beau sourire. Et aussi qu'il remarqua mon ventre déjà arrondi, mais que cela ne sembla pas l'effrayer. Je me sentis comme une aventurière, un petit reste de la fille que j'étais avant – l'unique facette d'elle qui me plaisait. Ainsi, il écrivit mon numéro de téléphone à l'arrière de son reçu.

Quelques mois plus tard, Iben vint au monde. Tor était avec moi dans la salle d'accouchement, me tenant la main et essayant de me prodiguer des paroles d'encouragement. Je pense qu'il voyait un peu cela comme notre projet commun : faire sortir Iben de mon corps. Je lui avais raconté ce que j'avais pu sur son père. Tor était un homme juste, il détesta ce violeur inconnu de toute son âme. En revanche, il était prêt à accueillir et à aimer cet enfant. Moi aussi, je croyais que j'étais prête, mais Iben mit vingt heures à sortir de mon ventre. Tor commença à perdre courage. Lorsque je poussai une dernière fois avec le peu d'énergie qu'il me restait, me dégonflant comme un ballon, et que le bébé sanguinolent commença à hurler, j'eus du mal à y croire.

La première chose que je ressentis pour Iben fut… rien. C'était un amour très différent de ce à quoi je m'étais attendue. Rien à voir avec l'amour inconditionnel qu'Anita avait éprouvé pour sa fille. C'était un amour que je dus apprendre au cours d'heures et de jours à souffrir des mamelons, de longues nuits à veiller, sans ressentir rien d'autre que de l'épuisement et du chagrin. Je dus apprendre à aimer au cours d'années d'apprentissage du pot et du langage et d'innombrables disputes. J'ai mis onze ans à y arriver, mais j'ai appris à l'aimer.

RETROUVEZ LES DERNIERS TITRES PARUS
DANS LA COLLECTION "ACTES NOIRS"

LE BUREAU DES POLICIÈRES

roman traduit de l'anglais (États-Unis)
par Thierry Arson

Le Bronx, 1958. Le bureau des policières peine à gagner en crédibilité au sein du NYPD, même lorsqu'il résout des affaires sur lesquelles les hommes se sont cassé les dents. Jeune recrue issue d'une famille d'immigrés italiens catholiques, Marie Carrara essaie de trouver sa place au sein de cet univers sursaturé de testostérone. Elle refuse de se complaire dans des tâches "de femme" et n'aspire qu'à une chose : devenir enquêtrice.

Malgré son innocence et sa timidité naturelles, elle se découvre un don pour s'infiltrer dans les soubassements de la ville et tendre des pièges aux dealers de drogue et autres dépravés qui ne voient en elle qu'une proie facile. Dans le même temps, elle doit s'effacer et se soumettre à la maison : son mari, policier lui aussi, est un pervers narcissique violent et un coureur de jupons invétéré.

En dépit de la brutalité de son métier, du sexisme auquel elle doit faire face chaque jour et d'un mariage qui prend l'eau de toute part, Marie se promet pourtant de réussir au sein du NYPD et de devenir le modèle que mérite sa fille.

Inspiré par le combat de Marie Cirile-Spagnuolo, une ancienne collègue de l'auteur, *Le Bureau des policières* est un polar terriblement juste sur les violences professionnelles et domestiques contre lesquelles les femmes, hier comme aujourd'hui, doivent se battre.

LA BOÎTE À MAGIE

roman traduit du suédois
par Susanne Juul

Qu'est-il arrivé à Tuva, cette mère célibataire dont le corps dénudé et transpercé d'épées est retrouvé dans une boîte ? L'enquête sur ce drame, dont la scène de crime laisse penser à un tour de magie qui aurait mal tourné, est confiée à la détective Mina Dabiri, nouvelle recrue d'une équipe de la brigade criminelle de Stockholm. Ne parvenant pas à esquisser la moindre piste pouvant conduire à la résolution de ce crime abominable, elle décide de faire appel au grand mentaliste Vincent Walder, expert en magie et illusion.

Des indices trouvés sur le corps de la victime et dans le parc d'attractions où a été découverte l'installation morbide mènent Vincent sur les traces d'un tueur en série. Les deux acolytes font alors le lien avec d'étranges meurtres non élucidés. Une course contre la montre est lancée pour rattraper un dangereux psychopathe ayant plus d'un tour de magie pervers dans son sac. Et cela fait bien longtemps qu'il prépare le clou du spectacle.

Les talents exceptionnels de Camilla Läckberg et d'Henrik Fexeus se conjuguent pour mettre en scène un duo hors du commun aux multiples névroses mais étrangement complice.

LES SEPT DIVINITÉS DU BONHEUR

roman traduit du japonais
par Sophie Refle

Le pont de Nihonbashi, dans le quartier des affaires de Tokyo, représente l'ancien point de départ de toutes les routes du Japon. C'est aussi l'endroit où débarquent ceux qui veulent prendre pied dans la mégapole. Le lieu d'un élan et de tous les espoirs. Pourtant l'une des splendides statues de dragons ailés qui l'ornent sera le témoin d'un drame terrible. Un policier en patrouille avise un individu titubant et, lorsqu'il s'approche, ce ne sont pas des effluves d'alcool qui le heurtent, mais le spectacle d'un couteau enfoncé jusqu'à la garde dans la poitrine d'un homme d'affaires. La victime, Aoyagi Takeaki, s'écroule sous le regard impassible du dragon de pierre.

L'inspecteur Kaga, muté depuis peu au commissariat de Nihonbashi, participe à l'enquête dont l'apparente simplicité soulage l'équipe. Le suspect idéal, arrêté en possession du portefeuille du défunt, est un jeune intérimaire qui aurait voulu se venger de son patron. Mais Kaga n'est pas homme à se satisfaire des apparences. Le fin limier replonge dans le Tokyo des rejetés, des précaires et des oubliés pour mettre à nu la vérité.

Higashino noue encore une fois avec brio une énigme pleine de nuances et livre un origami policier aux ramifications insoupçonnées.

LE TROPHÉE

roman traduit du néerlandais (Belgique)
par Benoît-Thaddée Standaert

Hunter White, riche New-Yorkais et investisseur à Wall Street, a acheté un permis de chasse pour un rhinocéros noir, le seul trophée qui manque à son palmarès. Parti en Afrique, son terrain de jeu favori, il rêve d'enfin pouvoir rapporter à sa femme la tête empaillée tant convoitée. Fils et petit-fils de chasseurs, il est fier de perpétuer les traditions fair-play de la chasse sportive et est persuadé de participer au bon fonctionnement d'un écosystème précaire en faveur des Africains. Mais lorsque des braconniers tuent le rhinocéros qui lui était réservé, sa frustration est immense. En guise de compensation, son guide fidèle, Van Heeren, lui propose des proies d'un genre très particulier… Et quand Hunter finit par accepter, il sait qu'il a franchi une limite intolérable : la chasse est ouverte et il n'y a pas de retour en arrière possible.

Ode à la nature sauvage infusée de Joseph Conrad et d'Ernest Hemingway, *Le Trophée* met à nu les relations coloniales sous la forme d'un thriller glaçant dans lequel les rôles de chasseur et de gibier, de victime et d'exploiteur, se délitent peu à peu avant de s'inverser complètement. Alors que nous croyons avoir l'Afrique en ligne de mire, nous découvrons bien vite que c'est le lecteur lui-même que Gaea Schoeters a pris pour cible.

L'ÉTÉ DES LOUPS

roman traduit du suédois
par Rémi Cassaigne

Katya est douée pour attendre. Elle s'adapte à son environnement, change d'apparence, adopte la langue et l'accent qui conviennent. Elle attend... pour mieux saisir le bon moment, attaquer et parvenir à ses fins. Tueuse à gages depuis sa plus tendre enfance, Katya a aujourd'hui pour mission d'intégrer une petite communauté du Nord de la Suède et de retrouver la drogue et l'argent volés à la mafia russe qui l'emploie. Et ce, à tout prix...

Hannah Wester, elle, est confrontée à l'enquête la plus délicate de sa carrière. À la lisière d'un bois, de l'autre côté de la frontière, en Finlande, plusieurs corps sont retrouvés criblés de balles. À Haparanda, en Suède, ce sont les cadavres d'une louve et de son petit qui conduisent à la découverte d'un homme sans vie.

Les deux affaires peuvent-elles être liées ? Et Hannah parviendra-t-elle à mettre un terme au carnage en trouvant qui se cache derrière la mystérieuse Katya ?

Sous la chaleur harassante du mois de juin suédois, c'est une véritable course contre la montre qui s'enclenche et qui oblige Hannah, rattrapée par ses fantômes, à affronter le pan le plus sombre de son passé.

Pour en savoir plus sur la collection Actes noirs,
tous les livres, les nouveautés, les auteurs, les actualités,
lire des extraits en avant-première :

actes-sud.fr
facebook/actes noirs

OUVRAGE RÉALISÉ
PAR L'ATELIER GRAPHIQUE ACTES SUD
ACHEVÉ D'IMPRIMER
SUR ROTO-PAGE
EN SEPTEMBRE 2022
PAR L'IMPRIMERIE FLOCH
À MAYENNE
POUR LE COMPTE DES ÉDITIONS
ACTES SUD
LE MÉJAN
PLACE NINA-BERBEROVA
13200 ARLES

DÉPÔT LÉGAL
1re ÉDITION : OCTOBRE 2022
N° impr. : 101131
(Imprimé en France)